散 文

遥远的
童话

梅玉文 /著

文匯出版社

图书在版编目(CIP)数据

遥远的童话 / 梅玉文著. —上海：文汇出版社，2019.4

ISBN 978-7-5496-2853-7

Ⅰ.①遥… Ⅱ.①梅… Ⅲ.①散文集-中国-当代
Ⅳ.①I267

中国版本图书馆 CIP 数据核字(2019)第 073302 号

遥远的童话

著　　者 / 梅玉文

责任编辑 / 熊　勇

出版策划 / 力扬文化

出版发行 / 文匯出版社

　　　　　上海市威海路 755 号

　　　　　(邮政编码 200041)

印刷装订 / 成都兴怡包装装潢有限公司

版　　次 / 2019 年 4 月第 1 版

印　　次 / 2019 年 4 月第 1 次印刷

开　　本 / 880×1230　1/32

字　　数 / 325 千

印　　张 / 13

ISBN 978-7-5496-2853-7

定　　价 / 35.00 元

总 序

吴亚丁

20 世纪下半叶以来，在中国辽阔大地所发生的重大历史性事件之一，是深圳的崛起。迄今为止，四十年过去，深圳作为中国改革开放的先行地区，作为改革开放的重大成果，它以充满活力的形象，耸立在中国的南方。

濒临香港的罗湖区，是深圳的中心城区之一。20 世纪 70 年代末期以来，改革开放成为中国社会经济政治文化生活的主流，香港因素则成为深圳特区发展的重要因素。深圳文学秉承改革开放的深刻影响，在粤港澳文化氛围中发展成为具有鲜明深圳地域特色的新南方文学。作为深圳文学的参与者，同时，也作为《罗湖文艺》的主编，时至今日，我仍然记得 2014 年那个秋天，我们首次在《罗湖文艺》提出"南方叙事"或"南方写作"的概念。不，岂止是概念呢？事实上，那一年，我们正急切地期待一种全新的命名，来概括和诠释当代深圳文学的写作。

那是一次偶然的机缘。那年的某一天，我与文学评论家、深圳大学教授汤奇云博士曾就深圳文学的现状与未来展开讨论。深圳地处南海之滨，接续港台之风熏陶，在经济与贸易层面与国际诸多接轨，这些都对人们的生活和观念产生了莫大影响。在这座城市里，热爱写作的人日益增多，遍布在社会的各个阶层，每年都有新人新作问世。在这里，青春的面孔织就了写作的版图，新人辈出，佳作不断。在这里，年轻的活力正在引领写作的潮流，且日益成为引人注目的文学创作优势和标识。在这里，文学创作已经成为蔚为壮观、活力四射的不可阻挡之势。是的，深圳当代文学，经过数十年来的创新与发展，正在步入一个更具宽度与深度的活跃期。作为受惠于改革开放、日益繁荣发展的深圳文学，理应得到世人更多的关注与重视。在这充满希望之地，在这最具活力的南方经济之城，深圳的文学，更加迫切地需要寻找到自己的发展坐标与路径，需要认清楚自己的未来与使命。我们共同认为，深圳文学应该赓续和弘扬自屈原以来的浪漫主义传统，融合和发展源远流长的南方文化基因，在理想的旗帜下，承继古老而新锐的文学梦想。基于此，我们想给深圳文学的旗帜，写上这样的大字："南方叙事"，或者"南方写作"。

自然，我们也有困扰。其中之一的困扰便是，深圳文学研究弱势相对明显。深圳虽然地处全国一线城市，可是大学少，文化（文学）研究机构少。在深圳，能从理论上系统研究探讨深圳文学现状与发展的专业人员也相对较少。一言以蔽之，我们面临的情况就是，我们仍然缺少为深圳文学摇旗呐喊、为深圳文学的发展鼓与呼的人。于是，我们设想，是不是能以罗湖为核心，即以罗湖以深圳的作家为核心，以《罗湖文艺》等文学期刊为平台，团结更多的创作力量，一起来联手推动这项文学运动呢？这样的念头与想法，其实在更早的年份，我们也曾经产生过。若干年（近十年）前，在深圳的文学圈内，我们也曾聚集过一群重要的中青年作家谈论我们的理想。主要是大力鼓励和推动文学创作，鼓励推出新作品——创作出令人心动的新小说、新散文与新诗歌，齐心协力，一起为深圳的文学创造辉煌。这些设想与动机，犹如星星之火，轻易便点燃了"南方叙事"或"南方写作"的熊熊火炬。

从那个秋天开始，我们携起手来，利用掌握文学期刊和团结了一批作家的优势，正式亮出了"南方叙事"的旗帜。次年春季，有感于"南方叙事"构想的顺利推进，我写下了如下文字表达我的热望：

关于"南方叙事"，我们其实是想表达一个梦想，一个关于深圳文学的期待。深圳人，数十年间，经由祖国四面八方而来，聚集在这座辉煌的城市里，充满热情，奋力拼搏，努力耕耘。经过三十余年的努力，取得了不容忽视的成就。我们认为，从这个意义上来说，这是一种新型文学，具备了一种崭新的文学视野，它所讲述的，是关于新城市的叙事，也是关于南方的叙事。——这是我们推出"南方叙事"这个概念的缘由。

从那时起，我们满怀热情，立足罗湖与深圳，在文学期刊中开辟"南方叙事"的平台，聚焦本地重要作家与诗人。为了推动文学创作，扩大社会影响，我们与深圳大学部分文学教授与学者精诚合作，重点配发关于当代深圳文学的最新评论与理论研究成果。当然，更重要的是，我们用主要精力来推介深圳作家作品，在这方面，我们有主要栏目"南方叙事·作家作品推介"。关于"南方叙事"的理论探讨，我们有"南方叙事·论坛（理论）"；关于"南方叙事"的作家作品评价和研讨，我们有"南方叙事·评论"等栏目。通过立体的栏目构建，我们力图让读者对深圳文学的现状与发展有一个全方位的观察和认识。在这样的努力下，深圳的作家和诗人们，以重点篇幅出场，以新的面目示人，以风格各异的身姿陆续走进读者的视野。

由于杂志的篇幅和时间所限，在深圳范围内，仍有许多重要的作家尚没有收录进来。这是一个遗憾。现在，这套"南方叙事"丛书的编撰与出现，便成为深圳文学多声部呈现的另一个重头戏。在对深圳当代文学的巡视或扫描中，我们认为，通过杂志发表作品，当然是一个重要方式；通过出版社的出版和发行来推动文学的创作与繁荣，同样也是一个不容忽视的重要途径。我们相信，这些通过不同方式铸就的文字、画面与声响，将一道构筑起深圳的文学群像，构筑起丰盛迷人的"南方叙事"崭新的文学景观。

在此，我们想强调的是，与寻常意义上的"文学南方"不同，我们现今所提倡的"南方叙事"，并不单纯是一个地域或方位的概念，而是一个突出人与文学的双重自觉的文化概念。我们心目中的"南方叙事"，尤为关注它的世界意识和现代价值。

正是在这个意义上，我们自觉地将自己纳入宏大辽阔的南方概念，纳入南方的范畴。由于深圳地处南方特殊的地理位置，由于频繁国际交往和粤港澳台诸多因素的各种影响，这些由内地各省投奔深圳而来的作家艺术家，他们远离寒冷辽阔的北方，驻足于温暖南方的天空下，呼吸南方的空气，感受南方的花木，身受南方文化的影响，日渐形成了身上混搭一新的新南方气质。这些人，因此又被称为深圳新移民。我们希望，这种新移民身上新生的南方气质，能够与广州珠三角地区，与南粤大地，与整个南中国的文学风气，遥相呼应，形成气候。假以时日，他们将以新的南方文学基因，完成不同文化融合，以创新的姿态，进入中国南方新的文学编程，续写南方文学的浪漫新篇章。

这套"南方叙事丛书"，便是在这样的时代与文学背景下产生的。

收录在这套丛书中的 11 位作家与诗人，其所撰作品体裁遍及小说、诗歌和散文。他们中间，有自 20 世纪八九十年代便来闯深圳的前辈们，数十年来，辛勤耕耘在深圳这方土地上，收获颇丰。有来深圳较晚的年轻姑娘与小伙子，他们在这里嫁人成家，娶妻生子，却仍心怀文学梦想，在繁忙的工作之余致力文学创作，屡有佳构。他们无论男女长幼，都一直忙碌地活跃在当下的深圳，在每一个夜晚与白昼，心甘情愿地执着奋斗于文学的疆场。他们热爱文字，愿意为自己写作，愿意为深圳写作，愿意为梦想写作。他们愿意为生命写作。他们的写作，构成泱泱深圳民间庞大写作史的一部分。他们本身，也即是"南方叙事"大潮中的一群文学弄潮儿。

倘若阅读他们的作品，我祈愿作为读者的您——能够读到一个新鲜好奇的深圳，发现一个心仪有趣的南方……

2018 年 12 月 24 日于深圳

（注：吴亚丁，小说家。中国作家协会会员，深圳市作协副主席，深圳市罗湖区作协主席，《罗湖文艺》主编。现居深圳。）

序

吴亚丁

　　深圳是一个神奇的城市。我曾经在一篇文章中说，它是缘于一份国家文件而诞生的城市。这样的城市，在这个世界几乎是绝无仅有的。如果一定要比较的话，那么与其相若的城市，或许只有澳大利亚首都堪培拉可比拟。因为，从建城史的角度看，它们都是缘于特定需求而动土新建的重要城市。堪培拉是因为澳洲联邦政府成立后，需要确定一个首都。100多年前，悉尼与墨尔本，这两个南半球的最著名城市，犹如两兄弟争执不下，互不相让，故而澳洲政府只好在两个城市之间，以貌似调停的方式，选择了一个风调雨顺的地方定为首都——这便是堪培拉的由来。而40年前的深圳，却肩负着一个踽踽独行的东方大国突破重围、杀出一条血路的重大责任与希望，成为中国改革开放的桥头堡。它一路披荆斩棘，开拓创新，成为今天中国改革开放的一个象征。

深圳特区成立十二年（1992年）那一年，本书作者梅玉文先生从遥远的北方山西太原来到深圳。四年后，我与他在深圳的中心城区罗湖相遇。那一年开始我们同在一幢大楼上班。最初的相识似乎结缘于戏剧。在上下班的大巴上，我们偶尔言及美国戏剧之父奥尼尔。于是，我们仿佛找到了某种共同的语言，开始了长达二十多年的交往。

谈及戏剧是有来由的，因为，梅玉文先生首先是一位戏剧专业人员。他来深圳之前，是山西省话剧院的导演、话剧团副团长。来了深圳后，他才从事电视方面工作。而我们的交往，则交织着戏剧与电视的沟通与合作。

许多年过去，在深圳，我们在戏剧创作方面偶尔或不断相遇，同时在电视创作方面，又遭逢更多合作。那些浸淫于戏剧艺术与电视艺术的日子，曾经带给我们许多激情与快乐，同时也让我们收获了众多耀眼的成果和骄傲。直到有一天，梅玉文先生如愿在艺术的两条大道——电视与戏剧——并驾齐驱，左右逢源，踌躇满志，势头正好的时候，我对他说，你拥有如此丰富的艺术生涯与人生经历，从北方到南方，一路风霜和汗水，何不趁空写下一些篇章，将那些过去了的美好日子记录下来呢。

那些日子，亦是我创作完成并出版我的第一部长篇小说《谁在黑夜敲打你的窗》之后的那几年。那段时间，仿佛有一种声音，令我经常有意无意会去提醒他、催促他。对于我的建议，他像是为之心动，在几篇摸索性的试笔之后，很快便进入常态，开始了漫长的坚持。忘记说了，梅玉文先生，其实是一位有韧性的人，一如那片养育他的黄土地带给他特有的沉默与坚韧之秉性，一旦出发，便不停步。

这本书中所收录的作品，从时间上看，其中的大多数，应该也是从那时起才开始留下的文字。

梅玉文本质上是一位艺术家。其自演员进入话剧界，演而优则导。在山西，他演出过许多角色，地主恶霸、贩夫走卒、学生农民、干部军人，乃至伟人。他导演的若干作品，有小戏更有大戏，还有电视剧。来深圳之前，便是一位成熟的戏剧家。当他离开他所熟悉的故土太原，来到充满亚热带阳光的南方海滨城市深圳时，他似乎同时也远离了他的话剧事业。可是，那仿佛只是想象中的"远离"。或许，在他的心里，一再萦绕回响的，依旧是话剧的声音。从我刚认识他起，我们时常谈论的一个话题，即是话剧。他多次提到，在当年的深圳，能遇到可以跟他谈论奥尼尔戏剧的人，真是一种意外的惊喜。在那段日子，我与他在戏剧方面也曾有过短暂的交汇。其时，罗湖戏剧小品创作方兴未艾，新作送出，被中国剧协誉称为"戏窝子"。在创作氛围的热闹旋涡中，我亦未能免俗，不小心，便让飞溅的浪花淋湿了身。

自然，到后来，我们关注更多的，则是电视艺术及作品。

毕竟那是他的主业。1998 年后，在 21 世纪来临的前夜，仿佛是为了迎接新世纪的曙光，梅玉文先生恰从电视散文和电视诗歌的创作中找到了自己的突破口。他选择拍摄的第一部电视散文片是《情涌大鹏湾》。他与他的同伴们，罗湖电视制作中心的导演吴白桦、制片人禤晓明等，还有其他深圳的电视同仁们，在那些年一起合作，且一发不可收，拍摄和制作了许多精美的电视散文和电视诗歌。众所周知，电视是综合性艺术，需要各方面的配合与合作。那一部部的短片，从他们生花妙笔的手里拍摄和制作出来，又从央视、广东卫视和深圳电视台的屏幕里，向整个世界——生动地呈现。一时间，声誉顿然鹊起。其况之盛，虽不能称为独步一时，却在当时的电视诗文界享有影响。那是罗湖电视的黄金时期，也是梅玉文先生在电视领域里一展身手的时期。

在那段时间的前前后后，梅玉文先生仍然割舍不下戏剧。在进入电视创作的过程中，他仍然持续地坚持戏剧创作，坚持抽空写作一个又一个戏剧小品。他创作的戏剧小品，据统计，达二十多个。其中的《我想有个家》《"名记"》《西边日出》等诸多作品，都曾斩获过全国奖项。

及至耄耋之年，大多数人退休之后选择安享晚年生活，梅玉文先生却迎来生命的"第二春"。他仍然出任各种电视、戏剧、朗诵、歌舞等文艺活动的评委，仍然参与各种专业的、业余的演出或评审活动。后来更甚，乃至粉墨登场，亲自出演、或执导各种大大小小的舞台作品。这么过了一些年后，他仿佛再次来到一个艺术的发力时期：他所参与演出的活动由文艺演出或小品小戏又变成了大戏，他所导演的作品也变成了独立的话剧作品。他不仅在深圳或广东省内活动，还远涉新疆及山西、云南诸地，参与各种重要戏剧演出活动。这些渐行渐远的足迹，这些渐次做大的项目与演出，既壮声色，又添声誉。至今，我仍然记得，2016 年秋天，当我与民间艺术家协会的艺术家远赴新疆喀纳斯采风，他却猫在新疆的五家渠市，为新疆生产建设兵团第六师执导话剧《沙枣树》。甫一出手，便获赞誉及奖项。最近，他又在筹划导演《东征！东征！》等数部大型话剧。年愈长，业愈盛。他所焕发的能量，犹如老树新枝，再次绽放成生命的花朵。

或许，在这部散文集中，我们寻找不到这些最近才发生的事件。可是，仍然可以读到他生命中蜿蜒不歇的流向。他替自己的这部散文集起名，称之为《遥远的童话》。在我看来，那或者代表了他对艺术及生活的看法。或许，在他心目中，艺术和生活，永远如童话一般美好。

杨绛先生有一本书叫作《走到人生的边上》。而梅玉文先生这本书，却是写在艺术的边上，写在生活的边上。他自己说，写风俗民情，写亲情友情，写工作（电视与戏剧）的乐趣，写经历与回味……这些，无不印证了他写这些文字立于艺术与生活之侧的视角和怀想。

很多年以前，当梅玉文先生出版第一本戏剧专著时，我曾受邀为之作序。此次，他再次嘱我撰序，回望漫漫二十余年时光，我倍感童话并不遥远。是的，或许，童话其实一直就藏在他的心里。

而我，只能将这一篇序文，写在他那厚厚散文的边上。

2018 年 11 月 5 日

目录
Contents

好一朵报春花

友人来电，罗湖拍了一部电视散文《那棵葱郁的高山榕》，是写小平同志的，堪称精品。颇不以为然。窃以为，小平同志的伟业岂是一棵高山榕所能包容的了的？况且，电视散文当属阳春白雪，一个区的电视中心如何驾驭得了？但是，倘若拍得很"水"，中央电视台怎么会安排在一套初五播出？这可是全国上千家电视制作单位梦寐以求的殊荣啊！

在一片狐疑中，我看了这部电视散文。我愕然。我惊叹能欣赏到这么高雅的艺术品，我感叹罗湖能制作出这么优秀的电视散文。

编导者怀着对小平同志深切的思念，用饱蘸浓情的笔和镜头讴歌了一代伟人，讴歌了祖国的改革开放大业。但他们这些激情却没有像火山爆发那样惊心动魄地喷发出来，而是将这些激情融入了这棵葱郁的高山榕，使我们在欣赏片子的同时感悟到隐藏在高山榕之中的深深的爱，浓浓的情。

看得出编导者是用"心"去作这部片子的。我强烈的感受到从片中洋溢出来的这种爱，这种情。一棵普普通通的高山榕倾注了他们的心血，在编导者的心目中，它绝不仅仅是一棵树，它是万里山河的浓缩，它是改革开放的象征，还是小平形象的化身。无怪乎这棵高山榕拍得这么美，拍得这么富有人情味。那飘垂的气根、那明晰的叶脉、那繁茂的枝叶、那屹立的树姿，在晨曦中、在阳光下、在浓雾中、在春雨里显得楚楚动人。这棵葱郁的高山榕深深地植根于人们的心田。

我领悟到了编导者的匠心独具。经过遮幅的画面构图十分精美，每一幅画面都是精心设计的。片中调动了诸多拍摄手段：用色片来表达人的感情色彩，用推拉摇移表达人的心理节奏，用广角来体现画面的张力。那些游客的选择也颇具感染力：有归国的侨胞，有蹒跚学步的幼童，有远方的乡下客，有披婚纱的情侣，有祖国的卫士，有朝气蓬勃的青年，有跨世纪的接班人……这些人徜徉在高山榕下，不正表达出祖国人民对小平同志深深的爱么？

片中选用了小平同志漫步仙湖植物园的历史镜头，使我们再次目睹了他老人家当年的形象。编导没有简单地把素材剪过来，而是把它放慢。这些经过慢镜头处理的画面，再现了他老人家的风采。有许多镜头是第一次搬上荧屏，显得尤其珍贵。

细想起来，罗湖能拍出这样的精品也实属必然。近年来，他们文艺创作硕果累累，成绩斐人，相继推出了影响广远的歌曲《走进新时代》、组歌《香港早晨》、报告文学《绝无仅有》、电视散文《情涌大鹏湾》、小品《也想有个家》等一批好作品，在国家级的电视、报刊上播出或发表，仅1998年就获得国家级奖18个。这完全得益于他们有一个好班子，没有区委、区政府的鼎力支持，创作精品就成了一句空话。这部电视散文是罗湖区迎接中华人民共和国建国五十周年文艺创作系列之一。完全有理由相信，后面的创作他们会做得更好。

在九九新春佳节，感谢罗湖的"业余"文艺工作者给我们献上了一份精美的礼物，这是一朵鲜艳的报春花。

（1999 年 3 月 1 日）

（注：发表于《深圳商报》，署名郁闻）

我与共和国同龄

　　我是幸运儿，我是共和国的同龄人。

　　我生在红旗下，成长在祖国的怀抱里。我先后从事话剧和电视工作，是和共和国一起成长起来的文艺工作者。我的经历证明，个人事业的兴衰是和共和国的历史紧密地联系在一起的。

　　50年前我出生在河北井陉。井陉，《吕氏春秋·有始览》载为九塞之一，秦王政十八年（前229）王翦伐赵、北魏皇始元年（前396）伐后燕中的井陉皆指此地，是太行山进入华北平原的隘口。抗战时期的晋察冀根据地也包含井陉的一部分。前些年轰动的聂荣臻元帅救助两个日本小姑娘的事就发生在家乡的新井车站，距我家祖屋仅一公里之遥，小时候常在那里坐火车。母亲当过儿童团团长，会唱许多歌，《查路条》《妇女翻身歌》《保卫黄河》，等等。我一直在想，许是在襁褓中就受母亲歌声的熏陶，所以才走上了艺术这条路吧。

　　儿时的记忆里，家乡是美丽的。她美在正月里的"走会"，美在走村串巷的"社火"，美在河滩戏台上的《三娘教子》《蝴蝶杯》。还有爷爷的"胡胡"、山里的"秧歌"……这便是我最初所接受的艺术。50 年代初,刚刚解放当家做了主人的农民用自己的歌、用自己的舞表达了他们发自内心的喜悦。而我,则跟在大人后面,吃着散发的糖果,东跑西颠,乐此不疲。

到了上学的年龄,户口便迁到山西阳泉。阳泉以盛产无烟煤著称,但留给我最深印象的却是我家背后的狮脑山——这里是"百团大战"彭德怀元帅的指挥部。

也许是年龄还小,也许是煤矿的知识分子太少,"反右"没什么印象。依然是莺歌燕舞。第一次登台是在小学二年级,1957 年。只记得老师给扎了个"冲天辫",用墨汁画了个眼镜,脸上抹了两片红,居然兴高采烈。节目是快板,内容早忘记了。1958 年大跃进记忆犹新,把家里的铁锅铁铲交到学校"红领巾炼铁厂",放进"坩埚"里炼成了铁渣。那时的墙壁上画满了壁画,尽是些"钢铁元帅升帐""喝令三山五岳开道"的宣传画。那时候全民沸腾,群众性的业余文艺活动十分活跃,不过大都是街头宣传。或许是受到浮夸风的影响吧,演的节目也是"赶英超美"之类的活报剧。

60 年代初,度过了三年困难时期后,中国出现了欣欣向荣的局面,艺术也得以复苏。这个时期的作品,大多以阶级斗争为纲,对人民群众进行革命传统教育。不知是什么原因,阳泉的业余话剧十分活跃,我记得以厂矿为单位的业余话剧团有四个。先后看过他们演出的《千万不要忘记》《林海雪原》《红岩》,看过外地专业剧团的《八一风暴》和《乌豆》("文化大革命"中改编成《杜鹃山》)。最激动的是看中国儿童艺术剧院演出的《以革命的名义》,"以革命的名义想想过去。忘记过去就意味着背叛!"这句脍炙人口的台词深深地刻在了我的脑海里。1964年,二矿业余剧团演《雷锋》,找我去扮演小雷锋,遗憾的是由于上了初中,功课紧张,离家较远,对了几遍台词后便不得不退出了。但是,13年后我终于得到了补偿,大同市文工团上演了《雷锋》,不过我已经不能演雷锋,只能演雷锋的领导"营长"了。初二那年,我在反映知识青年上山下乡的独幕剧《山花烂漫时》中扮演了一位退休工人,居然得了市里的一等奖。自此奠定了我走上专业的基础。

1965年我到山西省艺术学校话剧班学习。这个班是专为山西人民话剧团培养演员的。该团在参加华北话剧歌剧汇演时,因为个别人政审不合格,险些失去了进中南海演出的机会。于是由省委书记批示,在全省应届高中毕业生中招收30名"根红苗正"的话剧学员,"宁缺毋滥"。许是标准太高,最终仅收了17人,还有5个是高一高二的(我就是高一的)。"极左"思潮略见一斑。

1966年初,山西省在省城太原举行第二次戏曲现代戏调演,艺校的学生得天独厚,每人手里攥着七八张票,想去哪个剧场就去哪个剧场,想看什么戏就看什么戏,着实过足了看戏的瘾。1974年江青在全国组织批判的晋剧《三上桃峰》,即是这次调演的优秀剧目《三下桃园》。《三上桃峰》的罪名是替王光美翻案,因为写了"四清"的事,剧中"一号人物"又是女主角,自然脱不了干系。

"文化大革命"之前的17年,党的文艺方针是"百花齐放",毛泽东主席提出,文艺为工农兵服务。我虽刚踏入文艺界的门槛,但耳闻目睹确实如此。而"江青反革命集团"出于不可告人的目的恶毒攻击文艺界是"死人"统治，执行的是一条黑线——从批判《海瑞罢官》开始，首先拿文艺开刀。

"文化大革命"中万马齐喑，全国只演八个样板戏。我有幸参加了芭蕾舞剧《白毛女》的演出，扮演黄世仁。"文化大革命"前期"毛泽东思想文艺宣传队"遍布祖国城乡各地，节目内容基本上都是歌颂毛泽东思想的。我参加了两年宣传队，演的节目是《葵花向阳》《红三篇万岁》《毛主席是世界人民心中的红太阳》《鱼水情》《巧送钱》等。

1968 年分配到正在筹备的山西大同市文工团。大同是历史文化名城，曾是北魏都城，有蜚声海内外的云冈石窟，文化底蕴深厚。本来有话剧、评剧、歌剧（二人台）、耍孩儿和晋剧五个剧团，由于不能演样板戏，就只保留了晋剧团，其余的全解散了。评剧团有几个评剧界早期（那时还叫"蹦蹦戏"）的老艺人，十分可惜。

其实，"文化大革命"十年也不止八个戏，只不过得不到"江青反革命集团"的承认而已。1968 年和 1969 年我就演出过《槐树庄》《南征北战》。进入 70 年代，大同市文工团先后演出了《金色的道路》《不平静的海滨》《风华正茂》《年青的一代》《枫树湾》《万水千山》等。这些戏几乎都遵循了样板戏的创作原则：在所有人物中突出正面人物，在正面人物中突出英雄人物，在英雄人物中突出"一号英雄人物"。而且，稍不如意，就大肆鞭笞。和《三上桃峰》同时被批判的还有我主演的《不平静的海滨》。那时，口袋里揣了份发言稿，一有会议，必慷慨激昂一番。当时的文艺工作者还经常深入厂矿、农村，一方面演出，一方面参加劳动，接受再教育。

粉碎"江青反革命集团"后，文艺的春天来了。在《枫叶红了的时候》《于无声处》"听惊雷"，那是何等的痛快！那种从未有过的"解放"感油然而生。短短几年，剧团先后上演了《雷锋》《霓虹灯下的哨兵》《姜花开了的时候》《不准出生的人》《西安事变》《让青春更美丽》《泪血樱花》《没法说》《假如我是真的》《深夜静悄悄》《救救她》《灰色王国的黎明》等十多部大戏。所在单位也由文工团而话剧团，我也从演员走上了导演岗位。值得一提的是我在《西安事变》中扮演了毛泽东，当年热烈的剧场效果刻骨铭心。

党的十一届三中全会后，小平同志指出：文艺要为人民大众服务，为社会主义服务。在全国范围内，歌颂老一辈无产阶级革命家的、批判"江青反革命集团"的、探索性的、外国的剧目纷纷上演。随着全党工作重心的转移，实现四个现代化成为我们的奋斗目标。这时一大批反映四化进程中的新的社会、新的问题、新的思想、新的人物，鼓舞人们振奋精神，团结向前的新剧目层出不穷。大同话剧团演出了《血，总是热的》，"用我们的血做润滑剂"成为改革者的豪言壮语。我接连导了《哥们儿折腾记》《哥仨和媳妇们》《魔方》《十五的月亮》等几部大戏。新时期的话剧发挥了巨大的作用，没有人怀疑，话剧会衰落。

毋庸置疑的是，电视的出现给话剧带来了冲击，话剧走入了低谷。我也在此时开始"触电"。拍的第一部电视剧是在1985年，反映石油工人的《二林小传》。

1986年我调山西省话剧院后，便一发而不可收。编、导、演拳打脚踢，接连拍了《点火的人》等九部33集电视剧，于是渐渐远离了话剧，俨然一个"电视人"的角色。1987年我客串导演了戏曲《活寡》，一举夺得山西省振兴上党梆子调演十三个奖项。从此，便再也没有排过大戏。没想到《活寡》成为我告别舞台的"封箱"之作。

真正成为"电视人"，还是调到深圳，来到罗湖电视制作中心之后。我安心于本职工作，致力于新闻和专题片的制作与创作。功夫不负有心人，我撰稿导演的专题片《乐土一方》获得了全国社会治安综合治理"好新闻"一等奖。

江泽民同志指出，文艺要弘扬主旋律，要用优秀的作品鼓舞人。本以为深圳是文化沙漠，从此会远离艺术。没想到罗湖区却是春色满园，群众业余文化活动十分活跃，我利用业余时间先后创作和导演了《不期而遇》《也想有个家》《家书》等十多个小品，《也想有个家》还获得了曹禺戏剧文学奖·小品小戏奖三等奖和省戏剧花会金奖。在电视艺术上，我导演了电视散文《情涌大鹏湾》《那棵葱郁的高山榕》，中央电视台播出后，受到了一致好评。我的创作进入了第二个春天。每一个进步、每一项成绩，都是超越自身的起点。

50年中最令我激动的是，在领导的关心和自己矢志不渝的追求下，我光荣地加入了中国共产党。

伴随着新中国前进的脚步，我的生命也度过了50个春秋。虽然已是知天命之年，可我依然觉得充满了青春活力。为了党的事业，为了我的祖国，我将不遗余力，在文艺事业的田野里继续耕耘。

（1999年9月15日）

回家过年

我是腊月二十四到家的。一进门，母亲的泪珠就挂在了笑脸上。我知道，她是盼到我回家过年高兴才流泪的。

父母住的地方就是家，是"大家"。而我这里，也就是小家了。在我们的心目中，一年的节日唯有春节是最重要的。在最重要的日子里全家团聚是最高兴的事。几十个春节，我就在"大家"和小家之间奔波着。

在17岁离开家以前，还有在太原上艺校的时候，年都是在家过的。过年的日子真好。那时候家里穷，平常是不吃炒菜的，只在节日才做炒菜。而且，由于出生农家，母亲也不会炒菜。所谓炒菜，也就是家常菜。最好吃的就是父亲亲手做的带鱼。有肉、能吃上饺子就是过年了。初一早上给父母拜完年，就能得到1毛钱的压岁钱。后来又长到5毛、1块。放鞭炮是我们最开心的事。那时候过年是孩子们企盼的事。

从1969年参加工作到大同以后的近十年里，因为过年的时候总是不能休息，总是在演出，我又是主演，就不可能回家过年。于是写封信寄回家去，给父母拜个早年。似乎到了 1977 年才回家过了个年。那次我是下了决心，推掉了给我分配的角色才得以回去的。

记忆中 1984 年春节是回去了。那时我在长春读书，因为女儿洋洋跟着奶奶，就回到阳泉和父母女儿弟妹们一起过年。

1986 年借调到省话剧院后的五年都是回家过的年。这时我是一个人，回家是理所当然的。由于我常年在外，吃过一些家里没吃过的菜，所以过年的时候，我也会下厨做一两个拿手的菜，像白菜卷、蟹黄蛋，给家里人吃个稀罕。

1992 年调到深圳后，回家过年的次数又少了。1993 年回家过年，尝尽了买票难的苦头。但是，再难也要回家。那时候北方的物资还不够丰富，回去总要带许多东西。我记得那年大大小小带了十三个包。我特意买了一瓶"人头马"，不过，家里人对这洋酒似乎并不中意，总觉得不如汾酒来劲。过年的时候我也尝试着把粤菜搬回家，让从未来过深圳的父母和兄弟尝个鲜，可惜都失败了。大约还是材料不同的缘故吧。

1996 年，我家四口人回去，这是唯一的一次全家大团聚。小小的圆桌挤满了人。父母亲看着满堂的儿孙高兴得合不拢嘴。我特意买了茅台给父亲喝，父亲平常滴酒不沾，过年高兴，也要喝两盅。买这么贵的酒显然不符合父亲勤俭的心思，他说"这酒太贵"。我说，"反正就喝一次，尝尝"。父亲准备的饮料是"格瓦斯"，没想到儿子很喜欢喝，走的时候还拿了两瓶。

年龄大了，也越来越想家了。说来也怪，在山西的时候，回家的次数反而少，有时一年也回不了一次。到深圳后倒多了起来，最少回两次。平常只要去北京出差，总要回去看看。记得有一次坐晚上的车回去，待了一白天，又坐晚上的车返回北京。《常回家看看》这首歌唱出了我的心声。但平常回家和过年回家的感觉和意义又不同。

母亲怕我花钱，说"就利用出差回来看看就行，过年就不用专门回来了"。父亲却说，"过年能回来还是回来"。这时候，过年是老人所企盼的事了。只有过年，老人才有可能把全家聚拢在一起，尽享天伦之乐。

家乡的年总是很热闹，那里有过年的气氛。家家户户的春联，不绝于耳的炮声，穿新衣嬉闹的孩子，红火喜庆的表演队伍，使年充实而祥和。而且平常的日子里各家忙自己的事，很少能全家相聚。大年三十这晚，全家十几口人围坐在一起吃团圆饭，不仅孩子们高兴，父母高兴，连我们这些兄弟姐妹都很高兴。那是亲情。

1998年父亲去世后，我给母亲装了电话。初一那天就能在电话里给母亲拜年了。其实，我每周三、周日都要和母亲通话。连着两年没回去过年，2001年春节我一个人回去了。舅舅和大姨夫听说我从深圳回来了，特意从老家来看我。两位老人家，一个69岁，一个78岁了，都是古稀老人。他们早上要5点起床才能赶上火车。想想大冬天的早上，两个老人冒着严寒，来看他们的外甥，我真的好感动。

2002年，我在深圳过年。这个年过得索然无味，不仅没有热闹的气氛，连吃什么都犯愁了。于是决定今年还是回家过年。

腊月二十八这天，福霞从太原回来，家里又增加了年意。除夕这天下午，玉明、玉成两家先后来了，每家都给母亲带来了年货。小小的屋子顿时热闹起来。我们和玉明包饺子，玉成、丽芳贴春联。玉萍是大师傅，在厨房忙着做菜。这些年，年饭基本上是玉萍主厨了。

外边零零星星传来几声爆竹声，年——正慢慢向我们走来。

按照乡俗，我给父亲摆上了供品，上了香，满了酒，然后全家才开始吃年饭。在我的主持下，儿孙们首先举杯共祝母亲健康长寿，母亲笑呵呵地接受了孩子们的祝福。不过，母亲也有些遗憾，因为洋洋、小杰和江江三个孙子没回来。这也是没办法的事，孩子大了，总有自己的事，有自己的想法，只能随他们去了。菜很丰盛，有十个凉菜，十个热菜。我久不吃家乡的菜，觉得个个都好吃。

在欢笑、祝福中早早地吃完了年夜饭，就看春节晚会。玉明、玉成他们先走了。我们一直看到午夜。

新年的钟声响了，炮竹声骤然响成一片。我赶紧取出一串鞭炮，在阳台上放起来。鞭炮声振奋而热烈，夜空不时有"火箭""流星"之类的花炮闪过。年，真的来了。鞭炮声此起彼伏，响了十几分钟。母亲说，今年少多了，有一年响了半个钟头还多。

初一这天，我用电话给太原的伯父、石家庄的姑姑、井陉的舅舅妗子和大姨夫、邯郸的三姨三姨夫拜了年。自从有了电话以后，年年都是这样，我都要问候一声，祝他们健康长寿。我想，该找个时间去看看这些老人家了，不然，也有见不到的可能。

初二早上，我和福霞回太原"拜丈人"——这是北方的习俗，初一在男方家给老人拜年，初二则去女方家给老人拜年。太原的姐妹分别偕全家齐聚酒楼，和老人吃了一顿团圆饭。

初三，我们又去给伯父拜年。伯父八十多了，精神很好，前两年还上班呢！伯父很亲我。用伯母的话说，伯父平常老黑着个脸，"一见玉文就笑了"（伯母已经过世了）。听说我要来，两个表妹和一个表弟也回来了。吃完饭后，伯父一定要送我，一直送到大马路边。之后，我一个人于初七返回阳泉。

回阳泉后，初八我和玉明、玉成去了趟大寨；正月十一和已分别28年的初中老同学聚会；正月十二、十三又分别到玉明和玉成家吃了饭；正月十五玉明领我去一矿、三矿看了灯；我还利用间隙时间写了小品《电脑该谁用》。——安排得满满当当，十分充实。

自离开家后，我从未在家过过十五。知道我过了十五才走，母亲高兴得拍起了巴掌。正月十六晚上，我领着母亲和外甥女宝宝看我们二矿的灯展。老家有个习俗，叫"正月十六游百病"。意思是说，正月十六这天晚上，一定要出去转转，这样可以祛病免灾。母亲前几年摔伤了腿，行动不太方便；可是她从五楼走到一楼却不要人搀扶，还很利索。整条路都被五彩灯光照亮了，路上到处都是观灯的人。母亲很高兴，这是我唯一一次领母亲观灯吧。我领着母亲一处一处地看，还给母亲和宝宝照了像。当我拉着母亲的手慢慢地观灯的时候，我感到一种满足。这是天伦之乐啊！我要好好尽尽孝道。

正月十七这天早上，我要返回深圳。76岁的母亲拉着我的手哽咽地说："记着过年回来。"我的心中涌起一阵酸楚。我决定了，就从今年开始，我要每年回去和母亲一块儿过年。

（2003年4月24日）

和玉明二三事

我们兄妹四人，我老大，玉明老二。我比玉明大 7 岁，我们哥俩在一起的时间最多。

小时候一块儿玩、一块儿干活、一块儿取牛奶、一块儿回老家、一块儿看三姨。许许多多的事一辈子也不会忘记。

玉明救过我的命

玉萍小时候没奶吃，只好喝牛奶。1958 年，喝牛奶还是新鲜事，那时候也没有上门服务这一说，需要订户自己取奶。这个任务便落在了我这当大哥的身上。每天放学后，我便去取奶。这时候，我总要带上玉明。他也很喜欢跟我去。因为我们可以在路上玩。取奶的地方离家大约有二里路。先走一段矿上的马路，便下到一条小路上。记得要跨过一条小溪，旁边是菜园子。之后才能到厂区。这是一座中途下马的钢铁厂，厂区很大，高高的烟囱，宽敞的厂房，偌大的高炉，全都空置在那里。矿上在一座厂房里养了几头奶牛。

我虽然性格上有些内敛，但孩子贪玩的天性还是有的。我们哥儿俩经常玩得很晚，回来少不了挨一顿骂。有时候不小心还会打破牛奶瓶。去的时候还好说，再回来拿一个就是了。回来的时候打破瓶子，玉萍的牛奶就泡汤了，回来就得挨打了。

有一天，路过一个水泥砌的池子，里边积满了雨水。池子里有一个废弃的汽油桶，离池子边不远。我对水中的汽油桶发生了兴趣，想站在上边玩。我爬上池边，试探着把脚伸过去，不想，汽油桶被推开了。原来它是浮在水上的。此时我已失去了重心，身子向水中滑去。水很深，一旦掉进池子里后果不堪设想。我惊出一身冷汗，大声喊着："玉明，快来救我！"不远处的玉明跑来，抓住我的胳臂。不知道是玉明劲大，还是我利用了巧劲，反正我顺势扒住了池子的边沿，翻身爬了上来。我在池子边上坐了好久，一个劲地后怕。后来，再也不敢做这冒险的事了。

那年，我9岁，玉明才2岁。

玉明和我打过架

玉明的脾气从小就有点儿倔，经常不服气。有时连父母的话都不听，我就更不在话下了。

玉明7岁那年，我领他去大阳泉看望三姨。不知为什么，他和我犟起来，哭着要走。大阳泉离我家很远，步行近半小时后还要坐汽车。他什么也不怕，也不等我，自己起来就走。我就远远地跟着他，心想，这条路比较偏僻，他肯定会害怕，肯定会返回来。不想，他义无反顾，根本没有返回的意思。我只好追上去哄他，最后两人才高高兴兴地回去。

我和玉明很少打架，记起的只有一次。原因早忘记了。那是 1967 年，我回来过暑假，因为一件小事两人吵起来，他不服我，我觉得他是无理搅三分，就动手打了他。他哭着要找父亲告状。后来，我给父亲打了电话（因父亲工作的需要，我们家曾装过两年电话，这是我们唯一值得炫耀的事），父亲批评了我，让我们自己解决。那时候正是学习毛主席语录"立竿见影"的年代，于是我和玉明学习了毛主席语录，我向他承认了错误，他也承认了自己的不对，哥儿俩握手言和。

那年，我 17 岁，玉明 10 岁。

玉明给我扛木板

我们小时候的家务活是很多的：洗碗、扫地、和煤泥（把黄土和煤面和在一起，用来封火）、担水、拉黄土、捡炭、看孩子。

玉明很小就挑起了劳动的重担。我在的时候，他就经常和我一起干活。等我 17 岁离开家后，家务活就落在了玉明的肩上。别的不说，担水就是个很费力气的事。那时他才 10 岁，每天都要把水缸挑满。真所谓穷人的孩子早当家。

也许是从小劳动的缘故，玉明的劲很大。他技校毕业分配到机器厂干的是翻砂工，也是出力的活。有一年回去，见他担水不用扁担，很奇怪。他说，用扁担太麻烦，不如用手提。接着他打趣道："哥，你不行了吧？"我当然不服气，也试着用手提。但终归没有他那么轻松。

1972 年我和玉明去邯郸看望从江西回来的三姨，返回的时候三姨给了我一副樟木板让我做个箱子。樟木板很沉。想到路途遥远我还得受累，就有些犹豫。玉明却说："哥，没事，有我呢。"果然，一路上都是玉明扛着板子。我想，他也才十几岁，虽然比我有劲，但也并非不累，只是为了我，他才不把累当回事。

那年，我 23 岁，玉明 16 岁。

玉明领我去观灯

2003 年过年，玉明说，哥，过了正月十五再走吧，矿上的灯挺好看。自离开家后，回家过年少，过十五就更少，几乎再没有和玉明一块儿过过十五。今年我也早有此意，两人一拍即合。

一矿和三矿在一条路上。玉明说先远后近，先到一矿，然后返回来到三矿。到一矿口时已经是热闹非凡，还有警察在维持秩序。路口搭起了牌楼，路上方拉着彩灯，整条路灯火通明。一矿的灯果然名不虚传。它的特点是一个单位一台戏，有《铡美案》《西游记》《白蛇传》这些传统的戏曲场面。做工很好，一个个人物栩栩如生，再加上灯光、布景、音乐，确实不一般。到三矿的时候已是人山人海。三矿的灯就差了许多，不过占地面积倒不小。

玉明想起很小的时候和我回老家，也是过年的时候，我俩一块儿出来看过"走会"。那是各村组织的演出队到各村巡演，很热闹，还碰上了教过我音乐的马老师。现在还是我俩，还是在过年的时候一块儿出来，眨眼间已是四十年了。真是别有一番滋味在心头。

回来的路上，炮竹声不绝于耳，各处开始燃放焰火，把个天空映得五颜六色，真的是缤纷灿烂。

那年，我 54 岁，玉明 47 岁。

和玉明在一起，乐也融融，情也融融。

（2003 年 4 月 4 日）

忆舅舅

刚刚接完母亲的电话，说舅舅病重了，一定要回去看看。

舅舅今年 72 岁了，"五一"的时候还通过电话，听声音还挺硬朗的。怎么说病就病了呢？

2003 年 7 月 25 日 10 点 39 分

今天给舅舅寄去 2000 元，和舅舅通了电话，嘱舅舅保重。回不去，只能如此了。

2003 年 7 月 27 日 11 点 22 分

母亲来电话，非想回去看舅舅。我说不行。因为母亲的血压高，高压 200 多，而且腿脚太不方便。我怕万一有个闪失。

我给三姨说了，三姨说不用回去了。

舅舅说，他知道自己得的是肺癌，疼得很厉害。他也说别让母亲回去了。

我也不能回去看舅舅，肯定是再也见不到舅舅的面了……

2003 年 8 月 2 日 14 点 33 分

刚刚放下三姨的电话：舅舅昨天下午 3 点去世了……

2003 年 8 月 29 日 8 点 54 分

舅舅很瘦很瘦，真的是皮包着骨头。每次见面或打电话总要问问他的身体，他总是乐呵呵地说："没事，挺好！"我也觉得舅舅的身体不错，70 来岁了，每天还骑着车子、带着农具去赶集。没想到……

舅舅待我很好。我上小学时有一年冬天，舅舅放羊的时候拣了一只死狐狸。他用狐狸皮做了一条领子，把肉煮熟冻起来，一直等到放寒假我回去才一起吃。那时候生活很困难，一年也吃不到多少肉。虽然狐狸的肉有些腥味，但能吃上肉，也是莫大的满足了。我从小爱吃肉，只要有吃肉的机会，舅舅总忘不了带上我。我记得还跟着舅舅去别人家吃过马肉。

有一年回家，晚上起床下地撒尿，一下子被蝎子蜇了脚，疼得我哭天喊地。舅舅赶紧起来给我治，用得是土法子，找来碱面糊在我的脚上，折腾了好长时间。果然很有效，疼痛减了许多。

小时候常住姥娘家，只有舅舅能管住我。那时候的印象是舅舅很厉害，老说舅舅很"歪"（家乡话，很厉害的意思）。但是舅舅从没打过我，对我最严厉的惩罚就是罚站。有一次我做错了事，舅舅在地下画了个圈，罚我站在里面，我也不敢出来。

我跟舅舅放过羊。有一年冬天我回去，正好舅舅给生产队放羊，我也跟去了。那时候羊圈不在村里，是在离村五六里的东坡。羊圈就是在土崖上掏的几个窑洞，人也住在窑洞里。每天晚上把羊赶回圈以后，都要清点数目。我最喜欢干这件事，因为可以把羊从这个窑洞赶到另一个窑洞，很好玩。不想有一天，怎么数也缺一只。我还以为白天被狼吃了呢。我赶紧告诉了舅舅，查来查去，发现一只羊死了，躺在角落里。舅舅怕第二天羊会有味儿（腐烂），就连夜把羊处理了。这一折腾就是大半晚上。那时也没个表，不知道几点。等第二天起来一看，太阳已经老高了，刺得人睁不开眼。姥娘见我们没回去吃早饭，急得颠着一双小脚走了好几里路来找我们，怕我们让火熏着了。

舅舅很巧，除了农活儿外，还会做其他的事。首先他是半个石匠。说是半个，主要是他做的大都是粗活：会采石头，会开石条，还会把石条凿平。记得石家庄盖毛主席展览馆的时候，还把他调去凿过几个月的石条。舅舅不会做细活儿，不会在石头上刻花。他做得最细的活儿，是给家里凿了个捣蒜用的石臼。其次，舅舅是个铁匠，他会打铁，就是打一些农具，像镢头、镰刀、火铲什么的。以至于后来我的两个表弟都学会了铁匠。其余的，像编个筐、笊篱，做个笤帚，他都能搞得像模像样。2001年过年的时候，我就把舅舅做的送给母亲的笤帚带回了深圳，当作了纪念。

舅舅是个孝子。姥爷70多岁的时候病了几年，后来好了，腿却再也伸不直了，再也没能站起来，只能拄着两把小锄蹲着往前走——实际是往前蹭。舅舅是全村有名的孝子，姥爷病的时候，他每天给姥爷喂饭，服侍姥爷大小便。姥爷病好后，舅舅每天早上把姥爷背出来晒太阳，中午吃饭再背回去，下午也是如此。姥爷活了82岁。

初中以后就很少回去了，和舅舅见面也少了。有时候舅舅去阳泉看望母亲，我也会特意从大同或太原赶回去看看舅舅，给舅舅买点儿好烟。舅舅特能抽烟，而且是旱烟，劲儿很大。他就用普通白纸卷着抽。每天一睁眼，第一件事就是卷一支烟抽，然后咳好一阵子。我也劝他少抽点儿，可他就是控制不了。现在得了肺癌，可能就是抽烟多的缘故。

有一年夏天我和玉明回家，还跟舅舅上山砍过柴。那座山叫孤山寨，据说是井陉县县北的名山。山就在姥娘家的对面，但是正面不好上。一大清早，舅舅带我们到了大姨家，从那边上地势平缓了许多。海文和双文也去了。舅舅带着四个外甥一路奔上山去。山上没什么大树，以灌木为主，有的灌木相对粗大些，我们就砍这些。有一种叫作"呼雷杆"的比较高大，砍了不少。山上的小虫子不少，印象最深的是"蚰蜒"竟有筷子般粗细。那时候干活也没什么力气，干干停停，虽然累，但很愉快。中午吃的是妗子烙的饼，很香。我们一直干到太阳快落山才收工。因为是从山上一路砍下来的，回来的时候我们就直接回姥娘家了。

1995 年夏，我和玉明回去，路过小作，知道舅舅在赶集，卖农具。我叫舅舅和我们一起吃饭，舅舅不肯，说等赶集的人少了再去，不让我们等他。我们和海文、密堂吃完了他才来。我要给他再叫饭菜，他说带着饭吃过了，把剩菜吃了就行了。剩下的是肥肉，舅舅吃得很香。舅舅每天还去赶集、卖农具，每天走的时候，总要安顿妗子给我们做"好饭"。回来的第二天晚上，几个嫂子、几个姐姐、几个妹妹，还有她们的孩子都来了，将近二十来人，坐了满满一堂屋。大伙儿说说笑笑，好不热闹。临走的前一天晚上，他特意叫炒几个菜，让五弟陪着我和玉明喝酒。他不喝酒，只抽烟。

舅舅有6个孩子，那时候家里很穷。母亲常接济着舅舅，其实也就是把我们穿剩下的衣服再给弟弟妹妹们穿。后来舅舅家的日子好过一些了，也常把农村的雪白的白面，还有母亲喜欢吃的杂粮、土特产送来。六妹喜林考上大学的时候，舅舅家还是比较紧张，我寄回去1000元，也算尽了我的一点儿心。我还想给舅舅安个电话，可是他们说什么也不让。后来，是喜林给安的。自那以后，逢年过节我都会打个电话问候问候舅舅和妗子。

2001年我回家过年，舅舅知道了，就和大姨夫一起来阳泉看母亲，顺便也看我。两个老人，一个70岁了，一个80岁了。我去车站接的。走的时候，我一直把两位老人送到了车上，找到座位安顿好我才下车。没想到，这竟然是我最后一次和舅舅见面。

我没能回去看舅舅。

舅舅，原谅我……

2003年8月30日9点02分

又记：今天是舅舅出殡的日子，脑中总晃动着姥娘家的影子，总晃动着舅舅的音容笑貌，耳中老有"吹鼓手"的喇叭声。

玉明、玉萍和玉成都回去参加舅舅的葬礼去了。

今天，我第一次用舅舅的笤帚扫了我所有的房间。

晚上，给舅舅倒了一杯酒，点了一炷香：舅，走好……

那无处不在的情

我执导过近百部电视片，其间发生的事绝大部分都淡忘了。但是，有两部电视片的幕后故事，却一直深深地印在我的脑海之中。这两部片子是电视散文《那棵葱郁的高山榕》和电视报告文学《渔民村的变迁》。《那棵葱郁的高山榕》是为缅怀小平同志逝世两周年而制作的，《渔民村的变迁》是为纪念小平同志视察渔民村二十周年而拍摄的。我要讲的，是发生在拍摄幕后的几件小事。

主创人员的激情

1998 年夏季的一天，时任区文联副主席的杨继仁找到吴白桦和我说，明年 2 月是小平同志逝世两周年，我们一定要做点什么，以缅怀他老人家。我们一拍即合，当即敲定拍摄电视散文《那棵葱郁的高山榕》。

杨继仁很快完成了初稿，摄制组也很快地成立了。

　　拍摄的那些日子，大家都处在创作的亢奋之中。我们决心要拍出最美的画面，以抒发我们对小平同志深切怀念。为了拍到照耀高山榕的第一缕晨光，我们凌晨五点便赶到了仙湖植物园。时值深秋，因为穿得少，很有些寒意。大家选好机位，便坐在车里保暖。当从监视器里看到拍好所需要的镜头时，心中的喜悦早已驱散了身上的寒意。为了营造出所需的氛围，拍出最好的效果，我们第一次使用了烟饼。深圳没有烟饼，我们专门去珠江电影制片厂购买了烟饼。开始由于没有经验，放烟雾的王玉祥把手也烧了，疼了好几天。我们把发自对小平同志的深深的爱，完全融入了片子的创作之中。那时候整个剧组起早贪黑，乐此不疲。大家怀着一片激情，决心把这部片子拍成精品。

　　样片送到中央电视台后，立即得到了有关方面负责人的首肯，决定和我们联合制作此片。《那棵葱郁的高山榕》播出后，获得中央电视台展播最佳文学原作奖、二等奖，2001 年又获得第四届全国百家电视台电视文艺展评银奖。

　　电视报告文学《渔民村的变迁》的主创人员也是我们这些人。这部片子从 1999 年开始拍摄，历时四年，前些日子刚刚做完最后的修改。我们记录了渔民村从拆迁到打桩、从第一层楼到竣工的全过程。中央电视台播出后，得到了专家和同行的肯定。如果没有缅怀小平同志的激情鼓舞着我们，这部片子也是很难拍好的。

高山榕下的真情

　　电视散文不是纪录片。为了达到艺术片的效果，许多场面是要组织拍摄的。为了表现人民群众对小平同志的怀念，我在《那棵葱郁的高山榕》中设计了许多群众场面。这就有一个难题，那么多人怎么组织呢？这个难题一直困扰着我。直到去仙湖采景的时候，我才发现我的担心简直就是多余。只见小平同志手植的高山榕下，聚集着许多人。这里有青年一代，有白发老人，有学步小童，还有新婚伴侣……他们有本地的，有外地的，有组织来的，有个人来的，有朋友结伴来的，也有全家一起来的。"他们徜徉在树下，缅怀一代伟人的丰功伟绩"。这比我设计的不知要丰富多少倍！这还用得着组织么？我们何不就从生活中摄取这动人的画面呢？

可是，这又出现了另一个难题：这些人能服从我们的调遣么？一遍一遍的重复，他们肯配合吗？还有，这是公共场所，让那些在镜头里不需要的人躲开，他们不会反感吗？我忧心忡忡。抱着试试看的心情，我们剧组开到了高山榕下。没想到，大家一听说拍的是纪念小平同志的片子，都十分配合：已经散开的团体重新集合了，拍婚纱照的到了我们指定的位置，带小孩的按要求一遍一遍地来，围观的群众很听话地躲开了镜头……

由此我真切地感到，人民群众对小平表现出来的是真情，是从骨子里涌出来的爱戴。

老村长的浓情

提起邓志标人们并不陌生，那幅小平同志到渔民村视察的著名照片就有他当年的身影。他当时是渔民村的村长。据说，

　　那时他进市委市府大院根本不用介绍信，他就是渔民村的一张"名片"。《渔民村的变迁》需要采访一个对渔民村了解、并且受过小平同志接见的人，这可是贯串全片的重要角色。1984年小平同志在渔民村接见的是村支部书记吴柏森和他，吴柏森已经去世了，要了解渔民村的情况看来非他莫属。

　　可是标叔能接受我们的采访么？据我经历所知，深圳的村民大都不愿意接受采访。前些年我们拍《罗湖桥》，经过三番五次的动员，一位老人接受了我们的采访。但是，中午吃过饭再去，老人说什么也不干了，只好半途而废。这个标叔会怎么样呢？

　　没想到他爽快地接受了我们的采访，而且谈得十分生动感人。看得出，他的这种情感是由衷的。后来，根据片子的需要，他又配合我们做了很多工作。那天在莲花山献花的时候，我看到他凝视着小平塑像，眼里含着泪花。他说，小平同志是我们的恩人，我每年都来献花，这是我的本分。

　　渔民村对小平同志怀有浓情的不仅仅是标叔一人。我们拍摄时遇到一位老人，据介绍，他会拉二胡。我们让他拉《二泉映月》，他不会；让他拉广东音乐《步步高》，他也不会。我问他会拉什么曲子，他说，《春天的故事》！原来他是三年前为了即将出世的孙子才学拉二胡的，学会的第一首曲子就是《春天的故事》，他要让孙子一出生就知道今天的幸福生活是那位叫邓小平的老人给的。

　　渔民村的人就是这样把对小平同志浓浓的情，融进了自己的生活中。

莲花山上的深情

《渔民村的变迁》有渔民村村民到莲花山给小平同志献花的镜头。以前他们献花我们没拍到，为了赶时间，只好组织一次。我事先和南湖办事处、渔丰股份公司、渔村社区居委会取得了联系，得到了他们的支持。但我心中无数。因为我要求有老有小，不少于40人。定好拍摄的那天，上午还晴空万里，到中午偏偏下起了雨。我想：糟了，弄不好要泡汤！当我带着大巴到了渔民村的时候，没想到，雨地里站了一片人，有打伞的、有戴斗笠的，竟有50多人。三四岁的孩子来了，二三十岁的年轻人来了，七八十岁的老人家也来了！渔丰公司和居委会的人告诉我，村民们一听说是去给小平同志献花，没一个不愿意来的，而且早早地就等着了，唯恐落下。我感动了。

由于有规定，机动车一律不准上山，原来联系好的用电瓶车送我们上山的计划也因下雨而不能成行。我一下子傻了眼，那是七八十岁的老人啊！没办法，我只好回到车上给大家解释，请大家步行上山。我的话音刚落，标叔就说，我们走。满车的人纷纷响应，没一个有意见的。山路很陡，我累得气喘吁吁，中途还休息了两次。我走在最后，却没碰上掉队的老人。我不知道他们哪儿来的那么大的劲，我再一次被感动了。

为了拍摄的需要，不能打伞，这些人就把伞收起来，在雨中淋着。戴斗笠的人也好不了多少，因为遮不住那么大的面积。所有的人身上都淋湿了。人们捧着鲜花，仰望着小平，心中涌动着多少话语啊！在雨中，村民们眼含泪花，深深地给小平鞠着躬，虔诚地把鲜花献在他的脚下。这是渔民村的人对小平同志的一片深情啊！

拍摄进行得很顺利。在整个献花的过程中，雨一直没有停，淅淅沥沥地下着。真是人动情天也有情啊！

我这里记录的，就是那么几件小事，但足以折射出人民群众对小平同志那深深的真情。小平同志走了，但他永远活在人民群众的心中。

（2004 年 8 月 7 日）

难忘潮州人

我刚来深圳那年，有一天去菜场买菜，算账的时候旁边有一个七八岁的孩子，还没等大人开口，他就非常麻利地算出了我买的几种菜的价钱。一问，是潮州人。于是，知道了潮州人做生意十分了得。我是学戏剧的，知道有个形成于明代，流行于潮汕、闽南、台湾的剧种叫潮剧，可惜从来没有看过。后来，我还吃过潮州菜，喝过功夫茶。可是，极少和潮州人有近距离的接触。

这次参加"魅力潮州"电视艺术采风活动，前后在潮州待了将近十天。来深圳十多年了，我还是第一次到潮州。这次来，走马观花般参观了开元寺、己略黄公祠、韩文公祠，浮光掠影地观赏了陶瓷馆、人民广场、滨江长廊，着实领略了历史文化名城潮州的风采。但是，最让我难忘的还是潮州人，是潮州人那份浓浓的情。

第一个结识的潮州人是电视台的林峰。当决定参加"魅力潮州"采风活动不久，就接到了他打来的电话，询问我们去几个人，都是谁，坐什么车去，好安排。后来，我去电话了解采风的内容，他很耐心地告诉了我。在去潮州的路上，他还关切地来电询问我们能不能赶上吃中午饭。虽然只闻其声不见其人，我却没有陌生感，觉得我们似乎早已相识。等到潮州见了面，也只是寒暄了几句，根本没有时间细谈。到临走的前一天下午，我正在外边拍摄，他还特意打电话告诉我，人民广场晚上要放音乐喷泉，要早一点去，否则晚了就拍不到了。我感到这是朋友间的关照。最后，就匆匆分别了。前几天他还打长途电话来，询问我的工作进度，问还有什么需要帮忙的事。我为他的热情所感动。很遗憾，没有和他喝两杯。

　　第二个认识的是导拍余远洁，也是潮州电视台的。那天，我们刚抽到选题，一切都没有头绪。没想到，她倒早已有了准备，及时给我们提供了拍摄的信息。许多我都没有想到的问题，她都提前想好了，甚至帮我们出主意。等我第二次返回潮州时，她早已把几天的拍摄工作安排得井井有条。有的拍摄内容，是我们临时决定的，她也毫无怨言，及时为我们做出相应的调整。拍摄的那几天，摄制组起早贪黑，她总是很早就到了宾馆大堂，等我们出发。有一天，是早上 6 点多起来的，她还早早地为我们买好了早点。后来才知道，她的孩子还很小，整天跟着我们忙忙碌碌的，连孩子的面都见不到，真是不容易啊。小余讲一口流利的普通话。细问起来，才知道她竟是潮州人，普通话居然讲得如此地道，令我十分惊讶。她说，她是专门学的，为了更好地和人沟通。小余的这种敬业精神让我很佩服。我真的很感谢小余，是她兢兢业业的工作，才使我们的拍摄顺利完成。

　　和小余同时认识的，还有司机余彬，他是潮州市经贸局的。

这次"魅力潮州"电视艺术采风，是历届规模最大的，也是组织得最好的。30个选题，派30个导拍员，抽调30辆车为摄制组服务，由此可见潮州市委、市政府的重视程度。司机小余当然也是早来晚走，还热心地帮我们拿设备，没把自己当外人。

我们拍摄的主角是潮安县安南大酒店的厨师长、潮州菜八大名厨之一的王帮强师傅。这是我认识的第四个潮州人。他和酒店经理十分爽快地答应了配合我们的拍摄，而且组织得很周到，先拍什么，后拍什么都想到了。那几天正值潮州举行"十大美食名店""十大烹饪名师""潮州名菜""潮州名小食"的比赛，他不仅要指导自己酒店做一桌席，还要担任比赛的评委，工作很紧张。但他却在百忙之中抽时间为我们亲手做了"护国菜"和"太极芋泥"两道名菜。尤其是9月15日那天，他全天都要当评委，脱不开身，只有上午10点前、晚上8点后才有空。而我们16日就要离开。没办法，只能抢这两块时间了。和王师傅一商量，他欣然应允。一大早，我们就开始了拍摄。先是在城墙上，后是到韩江边，最后去滨江长廊的古榕旁。王师傅精神饱满，"表演"得很到位。到了晚上，他带着雕刻的工具和材料，又如约来到了拍摄现场，一直忙到将近午夜12点。我们返深的时候，连招呼都没能打，因为王师傅正在赛场当评委。

第五个认识的是潮安县彩塘镇华东村的沈宗凯，小余的老叔。因为我想拍摄农家人做潮州菜。他早早地买了鱼、虾、鸡、笋等菜等着我们。老叔十分健谈，边做菜边给我们讲潮州菜的特点，讲潮州人的饮食习惯。拍完之后，我们享受了一席地道的潮州大菜。席间，老叔热情地请我们喝洋酒。因为下午还要拍摄，就由我陪老叔喝了几杯。我们吃了饭，本来应该给人家钱的。可是小余说，老叔很讲情义，他知道我们这次活动是在宣传潮州，给钱老叔反而会不高兴，就没给。现在想起来，还是觉得过意不去。老叔的热情待客、真诚待人感动了剧组所有的人。

我想在片中表现一下潮州菜和功夫茶的关系，小余联系了斋茶羽天的叶汉钟先生。这是我认识的第六个潮州人。叶先生是潮州唯一一位国家职业评茶师，对茶文化有很深的研究。他在他的茶社热情地接待了我们。根据拍摄要求，需要把家具重新摆放。他说，按你们的要求，想怎么摆就怎么摆。真是少见的豪爽。当我把想法跟他讲了以后，他根据片子的需要选择了相应的茶具，并亲自为我们讲解和表演功夫茶道。为了把火炉放在合适的位置，他把手都烫了。等我们撤走的时候，已经快夜间12点了，他不让我们收拾，留下了一个凌乱的房间。面对叶先生的热诚，我不知道说什么才好。

在潮州，还接触过广电局的李伟雄局长、组织潮州菜比赛的杜主任，都给我留下了"自家人"的感觉。

短短的几天，潮州人的敬业精神、负责态度和热诚待人，给我留下了难以磨灭的印象。我真的很感谢你们。十分惭愧，对这些我无以为报，只能把《遐想潮州菜》拍好，以不辜负你们乃至潮州人的期许。假如片子拍好了，功劳簿上有我们的一半，也有你们的一半！

（2004 年 10 月 6 日）

（注：载《中国电视文艺》总第 15 期）

《外婆》幕后的故事

由罗湖电视制作中心摄制的电视散文《走不出外婆的目光》（以下简称《外婆》）继获得中国广播电视学会"全国第五届百家电视台电视文艺节目展评"金奖、第二十一届中国电视金鹰奖提名奖之后，又获第十八届全国电视文艺"星光奖"文学节目一等奖。有关本片的评论、采访等都已见诸报端，本文披露的是发生在片子摄制前后的幕后故事。

字里行间显亲情

2001 年七八月间，我们得知电视散文专辑《深圳写意》获得了第十九届中国电视金鹰奖提名奖后不久，时任市委宣传部文艺处副处长、又是该片文学编辑的倪鹤琴将《外婆》交给了我。

这是《深圳特区报》副总编杨黎光先生新近写的一篇散文。我已经读过许多遍了。掩卷静思，刻在脑海中挥之不去的，是那质朴的字里行间浸透着的浓浓的祖孙间的亲情。这是杨黎光先生真情的迸发，它深深地打动了我。我的眼前分明浮现出了一幅幅情真意切的画面：小时候，外婆抱着"我"、外婆给"我"穿衣服、外婆为"我"洗脚；长大了，"我"抱着外婆、"我"为外婆穿衣服、"我"为外婆洗脚。这是一幅多么动人的亲情图啊！我涌起了创作的冲动：这篇散文一定能拍成部好片子！

我看了以后，两次约见杨副总编，从导演的角度提出了一些修改意见。没想到杨黎光欣然接受，很快改了两稿。经再三斟酌后，我还是沿用了原稿。只是为了画面的需要，将抱外婆改成了背外婆。

亲情弥足珍贵。当今社会，能"尽孝"的子女已然少了许多。时代发生了翻天覆地的变化，但中华民族的优良传统能变吗？弘扬中华民族的传统美德，这是我们责无旁贷的义务。于是，我为电视散文《外婆》确立了最高任务——"为亲情树立丰碑"。

在市委宣传部和罗湖区委宣传部的大力支持下，2002 年 3月，《外婆》剧组正式成立。

众里寻她千百度

看过电视散文《外婆》的人，都异口同声为片中的外婆喝彩叫绝：太棒了！大家不知道的是，我为寻找外婆绞尽了脑汁。

这部片子，外婆是当然的主角，她直接关系到片子的成败。我准备了两套方案：一是用非职业演员，因为她们朴实无华，能最大限度地贴近观众；二是用专业演员，因为她们可以使片子得到起码的保证。第一方案，只要选好了人，就有成功的希望。但是，明显地也冒着相当大的风险。

3月26日，白桦（摄影）、晓明（制片）和我启程赴徽州，为片子选景，同时选演员。经杨先生介绍，黟县政协副主席余治淮先生领我们去了屏山村。屏山村依山傍水，只见马头墙高矗，屋檐重叠，一条溪水穿村而过。时值雨季，细雨蒙蒙，好一派江南景色。没想到，这里居然是已故表演艺术家舒绣文的故乡。

因任务在身，无心赏景。在余先生的带领下，我们串街走巷，很快敲定了主要场景——外婆的家。可是，主角外婆却始终没有找到。看了七八个80岁以上的老人，都不理想。天色渐晚，我已经有些绝望了。心想，晚上要立即和广州、杭州的专业剧团联系，寻找外婆。

这时，余先生和我说，咱们再看看最后一家吧。转过一处墙角，推开一扇木门，我顿时眼前一亮，就是她了！眼前是一位慈眉善目的老太太，活脱儿的就是外婆！我不禁冲外大声叫起来："白桦，外婆找到了！"

大妈叫胡再丕，已是89岁高龄，居然耳不聋眼不花，现在还能看书呢。大妈一生坎坷，年轻时曾在安庆、芜湖等地生活。由于各种变故，大妈至今身边并无直系亲人，全靠亲戚供养。

人是选定了，可依旧忐忑不安。不知大妈会不会"演戏"，倘若演不了，就砸锅了。不过，还是心存侥幸的，即使不会演戏，就凭大妈的形象，也能混个及格的水平吧。真没想到，拍戏的时候，大妈"演技"之高超，居然让我大跌眼镜。许是沾了舒绣文的灵气？

和大妈离别的时候，我有些依依不舍。相处仅仅两天，使我多了一份挥之不去的牵挂。拍完片子后，剧组把剧中买的服装和食品送给了大妈，给了劳务费。我个人也给了大妈 200 元。八月十五的时候，我们买了月饼寄去。2003 年春节，我又寄了 500 元。这是我们对这位孤寡老人的心意吧。

遗憾的是，节后不久，大妈去世了。《外婆》因她所获的荣誉，她未能知晓。不过，倘若她老人家地下有知，也会感到欣慰的。

剧组徽州拍摄忙

4 月 4 日，我们再赴黟县，剧组正式集中。

俗话说，麻雀虽小，五脏俱全。一个摄制组，除了导演、演员、摄影、制片外，还需要灯光、化装、道具、服装、剧务等一干人马。电视中心只有我、白桦、晓明、植凯，其余的人都要外请。为了节约开支，我们从安庆调集了其他创作人员：副导演李智贵、灯光杨科成、潘峰和化妆王红。加上演员、当地请的剧务等，共有 16 人。

主要场景"外婆家"的主人在外地，现在委托亲戚照看着。我们采景的时候是一个木匠作坊，里面堆满了木料。经过清理打扫，又借来了桌椅板凳，挂上中堂字画，摆上座钟瓷瓶，一处典型的徽式民居"诞生"了。

开机前夜，倪鹤琴也赶来了。7 日一早，我们举行了一个简单的开机仪式。鞭炮声引来了许多看热闹的村民，我们不得不关上了大门。我耐心地给大妈说戏，大妈不住地点头。第一个镜头刚拍完，我就知道，外婆选对了。杨黎光和外婆配合得很好，真的就像祖孙俩。扮演母亲的查艳玲也不错。拍摄进行得很顺利，内景戏一天就拿下了。大妈还表扬我呢，说，"你这个导演脾气真好。"

第二天，移师县城西边的石桥，拍送行。这是全片的开头，自然不能等闲视之。为了达到最佳效果，我们从河里打了十几桶水，洒在石板桥上。然后铺设轨道，拍的时候还要放烟火。一共拍了 5 条，每次都要洒水、放烟。短短几十秒的镜头，折腾了一个上午。

我在片中精心设计了一座牌坊。采景的时候，到著名的旅游景点看了许多，都不理想。后来，在一本小册子里查到歙县富揭乡稠墅村还有三座。那里比较偏僻，几番打听才找到。功夫不负有心人，这里果然不错。4 月 9 日，剧组到稠墅拍最后一组镜头。因为杨黎光下午还要赶回深圳，我们早上 5 点 30 分就起床了。提前准备了早点，就在车上对付了。三个多小时后，才赶到现场。

天下着雨，这里泥泞的土路难以落脚。每个人的鞋都沾满了泥巴。那条小路几乎不能通行，我借了老乡的铁锹，把浮泥铲去，才勉强可以走。之后，又在 30 多米的路上铺上纸钱。为了达到梦境的效果，我们还在镜头前加了炭火。开拍的时候，老天照顾，雨终于停了。牌坊下，一条洒满纸钱的蜿蜒小路，"我"（杨黎光）背着"外婆"（用的是替身，演母亲的演员）向远方走去，"留下一个永远的思念"。几遍之后，终于 OK。

前期拍摄顺利结束了。

众人拾柴火焰高

我向来认为，一部作品的成功，是凝聚了集体智慧的结果；能够获奖，也是集体的功劳。《外婆》当然也不例外。

前期就不用说了。后期的工作也是相当重要的。担任剪辑的廖才着实动了不少脑筋，出了不少点子，作为再次创作，他很好地完成了任务。作曲王志杰（以前总说是音乐制作，不对，应该是作曲）也下了不少功夫，我对埙的主题音乐特别满意，它准确地表达了我所营造的意境。这当然也要归功于埙的演奏员范睿。

初剪之后，陆陆续续请了很多同行及专家观看，请他们提意见。和我们中心长期合作做电视散文这个圈子里的，就有区文联杨继仁主席以及吴亚丁、翁晓波。市影视协会副主席陆小雅（也是我们中心聘请的艺术指导）、吴启泰老师，还有市电视台的禹成明、申晓力、黄仁忠、徐培等，都提出很多宝贵的意见。最后由陆老师指导，白桦操刀，对片子做了修改。所以说，《外婆》凝聚了所有参与者的心血，我真的很感谢他们。

正在广泛征求意见的时候，6月22日，传来一个好消息，"首届冰心散文奖"在江苏吴江市同里镇揭晓，《外婆》折桂！当然，这个消息对我也是压力，我们的电视散文一定要做好。

没想到，因《外婆》还引出一段插曲来。8月1日，市委宣传部审片。时任副部长的李小甘、文艺处处长王廉运以及许军看过后，对片子没提多少意见，倒是李小甘说，你们为党的十六大拍首MTV吧。于是就有了党的十六大期间在中央电视台播出的《旗帜》。这是后话。

《外婆》于 2003 年 2 月 15 日在深圳电视台首播，6 月 4 日
中央电视台三套播出。此前，《外婆》遭遇到一家大台的栏目拒
绝播出的尴尬。事过境迁，不说也罢。

泉城高捧"星光奖"

《外婆》获得的第一个奖是"全国第五届百家电视台电视文
艺节目展评"金奖（同是我导的《油坊往事》获铜奖）。

2003 年 10 月 15 日，颁奖活动在重庆举行。市区领导都很
重视，市委宣传部文艺处副处长许军，区委常委、宣传部长朱
军和文化局副局长郑刚坚等 7 人专程出席了此次活动，受到了
很好的礼遇。

记得第四届颁奖活动在武汉举行，时任区委宣传部副部长
宋治良及区文联主席杨继仁等一行 7 人参加了活动。这一届，
罗湖电视制作中心大获全胜：《红树林》一举夺得金奖、最佳电
视诗文奖和最佳制作奖，《那棵葱郁的高山榕》《读雪》分别获
得银奖和铜奖。白桦三次上台领奖，最后一次接受采访都没词
了，只是说，"又拿了一个"，引起全场一片善意的笑声。

《外婆》获第二十一届中国电视金鹰奖，好像"天上掉下个
林妹妹"。这时金鹰节活动已经结束了，《外婆》报上去以后，
没有任何消息。我们都以为没戏了。不料，11 月 5 日，省电视
艺术家协会副秘书长王宝林突然来电，说要给我们送奖状，是
提名奖。这不是意外收获吗？第二天，他和秘书长王乃斌专程
来到罗湖，送来了奖状。朱部长接待了他们。席间，王秘书长

解释说，金鹰奖的提名奖就是三等奖，因为金鹰奖不分一二三或金银铜，而是分为优秀、作品、提名。如此说来，深圳市的宣传文化精品奖我们少拿了两个（电视散文专辑《深圳写意》得了十九届的提名奖），实在冤的慌。

"星光奖"的一等奖，这是想都想不到的事。今年 9 月 21 日，王副秘书长来电话说，《外婆》得了一等奖，我还以为听错了呢。因为这个奖不好拿，除中央电视台之外的地方组只有一个一等奖，含金量是很高的。这还意味着我们小小的区级电视中心要和全国各省市电视台竞争，真的不容易啊。

深圳市委很重视这次颁奖活动，派文艺处许军副处长带队，带领获了 MTV 一等奖的《又见西柏坡》的导演黄仁忠和白桦、晓明、我共 5 人去泉城济南参加。

11 月 15 日晚，颁奖典礼在新建的山东会堂隆重举行。中宣部、广电总局、山东省委以及中国电视艺术委员会的有关领导和来自全国 30 多个省、自治区、直辖市电视台的近 300 名电视文艺工作者出席了大会。1000 多人的大礼堂座无虚席。

领奖的时候，既激动又平静。激动的是，经过几年的努力，我们终于站到了最高领奖台；平静的是，因为我知道，这个奖不是我个人的，我代表的是我们电视中心这个集体、代表的是《外婆》这个剧组。

当晚，市委副书记白天打来电话表示祝贺。深圳几家报纸的记者分别对我们进行了采访。12 日，《深圳特区报》发表了对我的专访《真情大爱，直撼灵魂深处》；15 日，《深圳晚报》发表了《今夜，深圳"星光"灿烂》，16 日又发表了《四电视作品闪耀熠熠"星光"》；17 日，《晶报》发表了《深圳制造，辉映"星光"》。报道称：这是"深圳实施文化立市战略取得的又一重要成果"，"电视文学作品能获全国大奖让人对深圳这方面的创作水平刮目相看"。

辉煌已经是昨天的事了，但外婆恍惚还在眼前……

（2004 年 11 月 25 日）

大兴安岭采风日记

2005 年 3 月 4 日，星期五

坐了将近 24 个小时的火车，下午终于到了北京。

这次北上，由白桦、小褅、晓波、廖才和我一行五人，组成了"大兴安岭采风团"，奔赴内蒙古林海雪原采风。这次活动是由中共深圳市委宣传部文艺处、中共罗湖区委宣传部和中国内蒙古森林工业集团、内蒙古大兴安岭林业管理局宣传部联合组织的。此次采风意在加强特区和林区、南方和北方的沟通和交流，我们想以电视文艺的形式把林区的精神面貌、风俗民情展示给特区的电视观众。

大兴安岭我们并不陌生，九年前的 1996 年 9 月 27 日至 10 月 7 日，白桦、小褅和我就去过满洲里、海拉尔、莫尔道嘎和室韦，这次路线完全相同。所不同的是，上次我们是自己去的，这次由林管局接待。而且，我们这次带着新进的高清设备，一来练练兵，二来想再做一部好片子。

2005 年 3 月 5 日，星期六

早上 5 点 15 分被铃声催醒，匆匆赶往首都机场。

8 点多起飞，两个多小时后，从飞机上往下看，下面已是崇山峻岭，白雪皑皑。"山舞银蛇，原驰蜡象"的词句呈现在眼前。这就是大兴安岭了。上午 10 点 45 分，飞机降落在内蒙古海拉尔机场。

一出机场，大兴安岭林业局党委宣传部商晓东副部长和解志强科长就等候着我们了。他们是从牙克石赶过来的。商副部长我们认识，在深圳喝过酒。几句寒暄，就领我们上了车。他们调来了两部丰田 4500，是林管局最好的车。这车在林区还是地位的象征，是局领导坐的。开车的是两位富有经验的老司机，王师傅和齐师傅。听王师傅说，这车马力大，林区就得靠它，别的车走不了林区的路。这话后来在室韦才体会到。王师傅是老林区，开了 30 多年车，跑遍了内蒙古大兴安岭的 19 个林业局。他很善谈，整个林区的地形、道路、风俗、民情，他是门儿清。一路下来，我便发现他是林区的活地图。

车子在呼伦贝尔大草原上沿着通往林区的道路行驶。偌大的草原完全被白雪覆盖着，我取出相机拍个不停。20 世纪 50 年代开发的时候，方圆百十来里没有村子，所以就取了三八、六一、七一、八一的地名。现在村子也很稀少，最大的额尔古纳市也就是个镇的样子，完全没有城市的规模。

远远地见路边有两座蒙古包式的房子，在白茫茫的雪原上十分抢眼。这就是神树泉酒店。正是中午时分，商副部长决定在这里吃饭。摆了满满一桌，最有特色的就是血肠、肉肠和手把肉。这里的羊肉很好吃，不像深圳。王师傅说："这里的羊吃的是中草药，喝的是矿泉水，拉的是六味地黄丸，尿的是太太口服液。"和巴盟的说法一样。

车又行了 3 个多小时，天黑的时候，到了莫尔道嘎林业局。这个林区 1967 年开发，1970 年投产，在林管局是最年轻的，也是最优秀的。

莫局宣传部副部长刘兆明早已守候在这里，把我们接进了人称"小白宫"的龙岩山庄。刘兆明算是老朋友了，上次就是他接待的我们。

刚刚洗了把脸，便被催着去喝接风酒。由刘兆明做东，宴请我们一行 9 人，陪同的还有他们部里的杨伟生。待坐下来一看，王师傅和齐师傅却没来，一问，早有朋友请去了。

早就知道这里的人善饮，果真不假。酒桌上摆的是 1 两 4 的杯子。而且，他们喝酒很讲究，主人要"提酒"——就是说说喝酒的理由。商副部长首先提，他说："朋友是天，朋友是地，有了朋友就能顶天立地；朋友是风，朋友是雨，有朋友就能呼风唤雨。"他先喝了一口，这叫"打样"，别人要跟他喝得一样多。还有"一主一挂"——像拖车，主是白酒、挂的是啤酒。喝完白酒还要"盖帽"——喝一杯（或不止一杯）啤酒。我们叫"漱漱口"。我们喝的是"莫茅"，被称作莫尔道嘎茅台，实际上就是高粱酒，酒真的不错。每人差不多喝了半斤。

让我吃惊的是，席间刘兆明竟然唱起了我都很陌生的《深圳情歌》。这首歌是 20 世纪 80 年代创作的，居然从南国唱到了北疆，足见当年深圳的影响有多大。

2005 年 3 月 6 日，星期日

行前我们曾联系，想拍些少数民族风情的东西。刘副部长做了安排。早饭后，我们到了太平川。太平川俄语叫作乌绍科夫，大约是因为居民多为华俄后裔的缘故吧。这里有 30 多户居民，150 多人，全都是林场的职工。这里的房子全是俄式民居木刻楞。木刻楞是俄罗斯的建筑风格，以木结构为主，特别在门窗上下了功夫，整体上有一种雕塑的美感。他们说，新房子都会漆上红黄绿的颜色，很好看（第二天我们去室韦就看到了这样的房子）。

刘兆明和这里很熟，给我们找了一家典型的木刻楞，还叫来了一个华俄后裔六子协助我们拍摄。据介绍，六子是个"明星"，上过好多回电视了。果然不错，配合得很好。

原来，这些华俄后裔，父系大都从山东闯关东来到这儿的，母系大都是俄罗斯人，他们的后代面貌像俄罗斯人，口音却是东北的。现在已经是第三代、第四代了。除了这里有一部分，室韦、临江等地还居住着不少人。

天气阴沉沉的，我们说，就是缺点儿雪。没想到真的是心想事成，正拍着呢，飘飘洒洒的雪花从天而降，整个村子都被覆盖了。

中午时分，刘副部长组织几户村民过了"巴斯克节"。巴斯克节是俄罗斯的传统节日，是复活节，华俄后裔把它继承下来了，成了他们最热闹的节日。据说要喝几天酒。应该是 4 月份才过的，现在只好提前模拟过了。因为太仓促，把俄罗斯菜也改成东北菜了。都是些家常菜，有特色的菜只有布留（咸菜）、列巴（面包）和彩蛋。他们把煮熟的鸡蛋涂上了红的蓝的颜色，两个人手握彩蛋撞击，谁的彩蛋破了谁喝酒。酒是自家酿造的，度数不低，有 60 来度吧。这里的人们很热情，本来说好不喝酒的，经不住劝酒，还是喝了几杯。同去的解科喝得差不多醉了。

席间，有人拉起了手风琴，人们唱着俄罗斯歌，最后还跳起了骑兵舞。窗外雪花飘飘，室内热气腾腾。虽然是模拟的，但也真真切切感受到了节日的气氛。

晚上，莫局宣传部长曹立柱设宴招待了我们，又是一顿酒。

2005 年 3 月 7 日，星期一

天气之冷，始料不及，气温逼近了零下 30℃。采风团来到中俄边界——额尔古纳河畔的室韦俄罗斯民族乡拍摄。说是俄罗斯民族，实际上还是华俄后裔。我想是为了旅游的需要才这样叫的吧。

和上次来不同，街道两旁新盖了几栋木刻楞。为了发展旅游，许多家建成了家庭旅馆。我们进了两家，发现内部的装修都变了味，失去了原来的风格。后来在一位叫原红林的大嫂带领下又找了一家相对比较好的，才开始拍摄。原大嫂很热情，听说我们是从深圳来拍风土民情的，就主动介绍说可以做"西米丹"。"西米丹"是利用离心力原理把牛奶的水分甩出来留下的奶制品。她从家里搬来了机器，为我们操作了一番。

这家也是华俄后裔，小孩一看就是混血儿，很漂亮。我们拍了不少照片。

室韦也有不好的地方，满街的牛粪，没有人打扫。若是到了夏天，还不把人熏死？要发展旅游业，牛粪问题一定要解决。

在室韦旁边的临江，我们拍到了马爬犁。原来这种工具到处都是，现在人们很少用了，几乎成了古董。

中午的饭是特意安排的，也是俄罗斯风味，比太平川地道

多了。不过,主要的菜和东北菜差不多,有特色的是都柿酱、越菊、布留克,主食是彼切尼(夹馅点心)、阿拉基(小炸糕),还有苏巴汤,这是俄式大汤了。土豆泥很好吃,一问才知道加了黄油,是他们专门开车去外面买的。

吃过饭后就往回返。爬上一道高坡,回望室韦,村子静静地伏卧在冰天雪地之中,只有那座高高的中国移动的发射塔提醒着你,现在是 21 世纪了。村旁,是冰雪覆盖着的额尔古纳河。阳光透过云隙,照射在冰雪之上,泛着蓝色的刺眼的光,仿佛讲述着一个即将逝去的故事。

路过一片白桦林,我们就钻进了林子。正拍得起劲,马路上开来一辆军车,下来几个军人,好像不让拍似的。林业局的同志解释了一下,他们就走了。这里是边防线,他们是来巡逻的。

我们想抄条近路回去,没想到积雪把路边的沟都填平了,车一下子陷进雪里,费了好大的劲才拖出来。但这也就是丰田4500 了,若是别的车,那肯定趴窝了。

等回到莫局,早已黑漆漆一片了。

2005 年 3 月 8 日,星期二

上午,领我们去了原始森林。这也是上次来过的地方。所谓原始森林,根本不是想象中的遮天蔽日的参天大树,而是原始次生林。据说,真正的老林子不多了,现在这片已经很珍贵了。

返回来时上了莫尔道嘎旁边的山头,整个镇子尽收眼底。山顶上有一座成吉思汗骏马出征的雕塑,只见成吉思汗跃马张弓,煞是剽悍。原来,“莫尔道嘎”的蒙语意思就是骏马出征。据史书记载,室韦及莫尔道嘎一带是蒙古族的发祥地,一代天骄成吉

思汗在这里完成了力量的积蓄，然后走出了山林、走出了草原。

下午就要离开莫局了，中午曹部长、刘副部长安排了送行的饺子，而且还喝了上马酒。这是内蒙古人的习俗，客人走的时候，一定要吃饺子，意思是平平安安。酒也是少不了的。

中途路过金河林业局，参观了他们的狐狸养殖场。这是林业局的第三产业。这些年，森林砍伐得差不多了，为了可持续发展，开展了多种经营，种树、养殖、旅游，等等。

晚上到了根河林业局，党委副书记朱良晨摆了接风酒，陪同的还有宣传部的戴部长、电视台的薛台长。

2005 年 3 月 9 日，星期三

到了根河，一定要拍鄂温克。这里有个敖鲁古雅鄂温克民族乡，居住着我国最后一支狩猎民族。去年中央电视台报道过他们从满归迁来的消息。

我们跟着乡武装部长先去了鄂温克的驯鹿点。猎民不在，说是看驯鹿去了。林子里有一块空地，搭着帐篷，没有锁，也不需要锁。据说他们以前住的是"撮罗子"，用几根树干支起来，再用兽皮一围就行。帐篷里很简陋，两张床，当地一个火炉，旁边是做饭的家什和柴米油盐。引人注目的是迎门赫然挂着一幅毛主席像，足见他们依然保持着那种纯朴的感情。

小襦问我，看没看到猎民的仓库。我很奇怪，外边就是林子，哪儿有什么仓库？经指点，我才发现，原来那四棵树上搭的架子就是仓库！上边放着一袋粮食。到现在了，他们依然有夜不闭户、路不拾遗的遗风，实在是难能可贵。

铃声吸引了我们的目光，原来，猎民领着驯鹿回来了。可

能是长期驯养的缘故，驯鹿并不怕人，见了人反而很亲切，会过来舔你的手。副商部长说，忘了带上点儿盐，它是要盐呢。小伙子叫以列，不善言辞。虽然这里没有水、没有电，更没有电视，但是，他还是觉得林子里比住宅点好，清净。直到现在很多老人天气一暖和就会住到林子里来，他们习惯了养育他们的森林，他们是森林的儿子。

下午，我们参观了鄂温克博物馆，是一个叫敖妮沙（素荣花）的鄂温克姑娘给讲解的。在这里基本上了解了鄂温克族的历史，看到了已经消失的鄂温克的生活。比如，桦木船、萨满。看到萨满服时，我突然想起看过一个纪录片，讲的是柳芭的故事：柳芭是从林子里出来的第一个大学生，毕业后在呼和浩特一家出版社工作，因为不适应外面的世界，又返回了森林。她的外祖母是鄂温克的最后一个萨满。一问，果然是她。她曾担任过乡长。但是，她已经不在了，据说是喝多了酒，在外面冻死了。真遗憾。

我采访了古香莲（热妮娅）乡长，请她介绍了鄂温克的历史。解放前，他们过的是游猎生活，居无定所。中华人民共和国成立后，在猎乡建立了鄂温克族人民政府，直到 1965 年政府在敖鲁古雅修建了 30 多幢房屋，才把游猎在密林深处的猎民接下山，实现了定居。去年，又迁居到这里，彻底告别了深山老林。

接着，又采访了阿荣布、玛茹莎夫妇，这是以列的父母，他们还会唱自己民族的歌呢。

2005 年 3 月 10 日，星期四
早上起来，从窗户望去，家家炊烟袅袅。

　　根河，实际上是蒙古语"葛根高勒"的谐音，意思是"清澈透明的河"。根河市的前身是呼伦贝尔盟额尔古纳左旗，1994年撤旗设市。1977年根河曾发生了"5·11"特大火灾，把城区全烧了，这是后来重建的。大兴安岭林业局在这里有下属企业根河林业局、储材厂和人造板厂。

　　吃过早饭，我们就去了老劳模陈显廷家。家里的墙上挂满了20世纪70年代的奖状。陈师傅还邀集了钱成贵和傅木两位老师傅，他们都是储木厂的老工人。因为对林业不熟悉，就请商副部长主持了采访。老师傅们都很健谈，当年他们是生产一线的好手，现在早已退休颐养天年了。在我们的强烈要求下，钱师傅还给我们唱起了号子。

　　采访过后，便到了储材厂和人造板厂。据介绍，储材厂是亚洲最大的。我们登上了龙门塔吊，放眼望去，果然了得。厂里的木材堆积如山，运木材的车辆络绎不绝。

　　下午，又返回敖鲁古雅乡，去采访百岁老人玛莉亚布。这是鄂温克最老的老人了，前几年问她，她就说是99岁了。可能她也记不清楚自己究竟有多大岁数了。鄂温克族有语言，没文字，很长时间还用的是结绳记事、击鼓传信、刻树标记的原始办法。采访老人还真有些困难，老人听不懂汉语，会听又会说鄂温克语的人太少。找了半天，才找来古丽梅当翻译。老人讲述了他们民族的历史。最后还请马嘎拉 葛老人唱了两首鄂温克民歌。

　　我觉得鄂温克的民族文化正在消失，若不对现存的驯鹿生活方式和民歌进行抢救，若干年后，狩猎的鄂温克将不复存在。（鄂温克族还有农耕一族，占了大多数，狩猎的仅此一支，而且政府已经禁猎。）

晚上，根河林业局电视台请客，吃涮羊肉。羊肉当然没说的，酒又喝了许多。后来又到歌舞厅唱歌。我朗诵了毛主席的《沁园春·雪》。应该是对"北国风光"有所悟的原因吧，我觉得处理特别到位。多少年了，这次是发挥最好的。

今天是最冷的一天，零下36℃。你想，那日子是怎么过的。

2005年3月11日，星期五

林区的拍摄结束了，按照计划，今天要撤回海拉尔。因为要赶五个多小时的路，一大早，采访了朱书记，请他谈的也是鄂温克族的事。

喝完了上马酒，驱车直奔海拉尔。路上，还停下车拍了一些镜头。天真是太冷了，站在公路旁，寒风刺骨，身上就像没穿衣服。我一会儿用150摄像机记录一下白桦他们的活动，一会儿用NIKON拍张照片，一会儿又用数码相机拍几下，忙得不亦乐乎。手冻得够呛，时不时地要戴上手套暖和一下。整个采风期间，基本是这样的。

汽车急驰在呼伦贝尔辽阔的原野上，窗外一望无际的白雪下覆盖着我国最美丽的草原。据考古发现，两三万年前，古人类——扎赉诺尔人就在呼伦湖（即达赉湖）一带繁衍生息了，他们创造了呼伦贝尔的原始文化。自公元前200年左右（西汉时期）至清朝，在2000多年的时间里，呼伦贝尔草原以其丰饶的自然资源孕育了中国北方诸多游牧民族，诸如拓跋族、蒙古族、女真族等，被誉为"中国北方游牧民族成长的摇篮"。可惜是冬季，倘若是夏天，这里必定是一幅绚丽多彩的画卷。

海拉尔是呼伦贝尔盟所在地，去年撤盟设市，成了呼伦贝尔市。我们住进了呼伦贝尔宾馆。

安顿好以后，商副部长他们就要回牙克石了。在一起整整待了一个星期，他们安排得很好，也很辛苦。我们做东请了他们，也算是答谢吧。一算日子，今天恰好是二月初二，按当地习俗，要煳猪头，还是个纪念。最后喝了告别酒，送走了商副部长一行。

2005 年 3 月 12 日，星期六

因为返回去的机票是 15 日的，我们决定去一趟满洲里。

满洲里原来是个边境小镇，原名叫霍勒金布拉格，是清政府边防哨所——卡伦所在地。1896 年沙俄政府为了达到侵略中国东北的目的，把西伯利亚的铁路延伸到中国东北境内，与清政府代表李鸿章签订了《中俄密约》，迫使清政府允许俄国修筑从赤塔经过中国东北连接沙俄乌苏里铁路的"东清铁路"。1901年"东清铁路"在霍勒金布拉格建立火车站，定名"满洲里"。

1996 年我们也来过这里，这次旧地重游，感觉变化很大。市里盖起了不少楼房，很有些味道了。满洲里市是通往俄罗斯的国门，当年毛主席出访苏联就是从这里出去的。现在满洲里是北方最大的货运口岸，火车站停满了装满木材的车皮，这都是从俄罗斯进口的。有原木，也有板材。据说这样好的木材国内已经没有了，需要进口。俄罗斯来的火车要在这里换轨，由宽换窄（像解放前山西的铁路），然后运往祖国各地。现在有"南有深圳，北有满洲里"之说，可见其地位不容小觑。满洲里这里已经建了机场，上个月开通了北京至满洲里的航线。

我们决定再去国门看一看。去国门新修了一条柏油路，沿

途都是俄罗斯套娃，倒是很好看。不过，没有了自己的特色，不知该喜还是该忧。国门建成于 1989 年，位于满洲里的西部，是一幢高 30 米，宽 40 米的乳白色建筑。国门上方有七个红色遒劲大字"中华人民共和国"，金色的国徽闪着耀眼的光彩，一条国际铁路从下面通过。国门对面不远处是俄罗斯的国门，金色的"POCCMЯ"字母不免让人回想起苏联时期的风光。

满洲里的边贸很发达，市场很旺。市场里俄罗斯的产品占了绝大多数，有套娃、手表、望远镜、衣服、巧克力，等等。漫步街头，五颜六色的轿车来回穿梭，白皮肤、蓝眼睛、黄头发的外国商客、游人随处可见。

上次是 9 月底来的，还去了达赉湖，吃了全鱼宴。这次来听说因为冬天太冷，饭店都撤了，就没有去。

晚上，小禤的朋友联系了满洲里市委组织部办公室的张志杰主任，他来设宴招待我们，席间又唱起了《深圳情歌》。没想到，他们的人还没有我们能喝，几乎都醉了。到歌舞厅听了一会歌就回到华源宾馆休息了。

2005 年 3 月 13 日，星期日

早上起床后，又到街上逛了逛。中午，坐火车返回海拉尔。

在火车上就听小禤说，满洲里的张主任给呼伦贝尔组织部办公室的李广林主任打了电话，说没有招待好我们，要他们好好地招待一下。言外之意是让我们多喝点儿酒。看来，晚上又是一场"硬仗"。

果然，刚进宾馆，李主任就来了，晚宴定在楼下的蒙古包里。这里当然是蒙古族风情了，吃的是火锅涮羊肉。一看杯子，

傻眼了。这哪里是酒杯，分明是茶杯，一瓶酒只能倒两杯。他们不停地敬酒，盛情难却，只好硬着头皮干了。酒过若干巡，又请来了蒙古族姑娘唱歌、献哈达，每人又敬酒三碗。只喝得天旋地转，尽兴而归。

2005 年 3 月 14 日，星期一

上午，李主任派车领我们到海拉尔国家森林公园参观。

我国唯一以樟子松为主体的国家森林公园位于海拉尔市区西部，在清代就以"沙埠古松"而闻名呼伦贝尔。

进园一看，果然名不虚传。和大兴安岭的落叶松不同，尽管气温低于零下 30℃，可它依然枝繁叶茂、葱茏翠绿，难怪被誉为"绿色皇后"了。樟子松又称为海拉尔松，是亚寒带特有的一种常绿乔木。海拉尔人是把樟子松作为"宝树""神树"来看待的。它的树体粗壮而高大，树枝苍劲而有力，树根遒劲而发达。据说，百龄以上的古松就有 1000 多株。蓝天白云之下，皑皑白雪，翠绿青松，真的让人心旷神怡啊！

下午，到市里转了转，采购了一些当地特产，蘑菇、木耳、奶制品。

没想到大兴安岭林管局的党委副书记刘振国还会来给我们送行。原来，商副部长给他汇报后，他很重视林区与特区的这种关系，而且我们的工作态度和水平也给他们留下了深刻的印象，于是，他们就专程从牙克石赶来了。

没想到刘副书记还是个文人，他是中国作家协会会员，出版了《郁苍苍》（中国文联出版社出版）、《天涯堪留连》（作家出版社出版）好几本散文集呢。在兰天酒店的酒宴中，他侃侃

而谈，讲地质、说历史，给我留下了深刻的印象。

吃完饭后，他们又连夜赶回去了。

2005 年 3 月 15 日，星期二

早餐后，飞机于 11：45 起飞，下午 2 点多降落北京；两个多小时后坐上去深圳的飞机，晚上 7 点 30 分回到了深圳。

这次赴大兴安岭，历时 13 天，在林子里行程 2000 多公里，知道了大兴安岭对国家建设的贡献，了解了林业工人的艰辛，探望了老朋友，结识了新朋友，收获颇丰。

应该说，森林里的秋天才是最美丽的。不知还有没有这个缘分。

（2005 年 3 月 20 日初稿

2005 年 7 月 22 日整理）

后记：采风完成，但因为种种原因，片子并没有制作，留下了遗憾。10 年后的 2015 年 2 月和 8 月，退休 6 年后，我受罗湖文联委托两次带队赴大兴安岭甘河林业局，再次拍摄林区。这时商晓东已调任甘河林业局任副书记。

2017 年 12 月，罗湖文联、甘河林业局联合出品，我任导演的纪录片《这里的森林静悄悄》（原名《逝去的伐木号子》）最终完成，22 日，深圳电视台 DV 频道首播。自此，了却一桩心愿。

（2017 年 12 月 31 日）

美国西部之鸡零狗碎

　　按：2005 年 4 月 17 日—25 日，应 SONY 公司邀请参加
"NAB2005 世界广播电视博览会"，顺路去了美国西部的旧金山、
拉斯维加斯、拉夫林、洛杉矶，以及夏威夷。"五一"长假期
间，将见闻整理了一下。内容拉拉杂杂，故为鸡零狗碎。

一

　　北京时间 2005 年 4 月 17 日 23 点 55 分，美国联合航空公司
UA888 航班的波音 767 飞机经过 11 个小时的飞行，徐徐降落在
旧金山国际机场。

　　因日本教科书、开采东海石油及钓鱼岛等问题在国内掀起
的一片"抗日"浪潮中，日本 SONY 公司邀请国内 70 多名客户
参加在拉斯维加斯举行的 NAB2005 世界广播电视年会。这是中
日之间典型的政冷经热的体现吧。我和吴白桦、禤晓明成为其
中南方团的成员。南方团由广东、广州、厦门、成都、内蒙古

等各电视台组成，共 19 人。

刚踏上美国的土地，便感受到一种不寻常的气氛：除各个入境口外，警察三五成群散布在入境大厅各处，密切地注视着入境的旅客。

入境有些烦琐。一位移民局女官员先是仔细看过了 SONY 的邀请信，再取了双手指纹，还拍了照片，最后问了一个我听不懂的问题，然后在入境卡上划了一道。由于这一道，取了行李交入境卡时，又被警察拦住了，和护照一起交给了后面的警察。后面的警察又找来一个会中文的警察来盘问，问我从什么地方来，来做什么，带了多少钱（连问三次!），有无信用卡，什么时候离开美国，最后走人。这可能是例行抽查吧，其他人倒没有享受这个待遇。同行的朋友笑曰，"以为你是拉登了吧?"确实，我稍长的头发和胡子有些像中东人了，引起了老美的紧张。想起 2002 年在英国和德国也有类似遭遇，也就见怪不怪了。不过真的很不爽!

说美国人有些像惊弓之鸟也不为过：托运的行李不能上锁，上飞机不能带打火机，安检要脱鞋、还要抽出腰带。我想这是"9·11"事件后给美国所带来的负担，反恐"首领"恐慌到了如此地步，也未见得是什么好事吧。

二

旧金山时间是 17 日早 8 点 55 分，和北京时差为 -15 小时。因酒店要到晚上才会有床位，所以也顾不了倒时差带来的困倦，就匆匆开始了游览。

第一站是市政厅，只觉得天很蓝。之后是圣玛丽教堂。之后是双峰山。

双峰山本身没什么看头，实际上是个观景台，站在山顶上整个旧金山市尽收眼底。旧金山是个半岛，整个城市建在丘陵上，街道高低起伏不平。市里大都是两层的木制小楼，很是密集。高楼不是很多，最高的是美国最大的银行美洲银行总部大楼。

远处是圣弗朗西斯科湾，通向太平洋的出口金门海峡上飞架着金门大桥。金门大桥建成于 1937 年 5 月，总长 2737 米，两个主桥墩约为 65 层楼高，主桥墩之间的距离为 1280 多米，用了 2.4 万吨钢缆。这是世界上第一座斜拉桥。

走近金门桥，它宏伟的气势、壮观的外形、红色的色调依然证明着它的不寻常，无怪于它成了旧金山的标志性建筑。

金门公园让人惊讶的，不是它艳丽的鲜花，不是它茂密的树林，也不是它荫荫的草坪。它让人惊讶的是 120 多年前这里还是一片沙丘——这里原来是人造公园！不由你不佩服。我发现美国人不怕冷，男的老的小的，大都穿着短衣短裤，女的还穿着露背装。而我们却穿着两件衣服。

令人难忘的是旧金山艺术宫，这是一片钢筋水泥造的仿欧建筑，是 1915 年"庆祝巴拿马运河开航巴拿马太平洋万国博览会"的展览馆。只见一排玫瑰红的科林斯石柱上顶着浑圆的罗马式的圆顶，顶面上浮凸着一幅精细的浮雕。据说这是德裔建筑师梅贝克在 1962 年设计重修的。宫的前面是个人工湖，碧波荡漾，景色宜人。湖中的天鹅、水鸭自由嬉戏，不时抢食着游人抛出的食品。每到此时，总有几只会振翅跃起，在阳光的照耀下显得分外精灵。有趣的是乌龟，它们三三两两的，或在岸边或在水中枯木上伸着脑袋晒太阳。有只小龟爬在大龟的背上，懒洋洋的十分惬意。

据史料记载，博览会于1915年2月20日开幕，12月4日闭幕，历时280余天，参展国达31个，游客1800万人，可谓规模空前。让我在意的是，在这次博览会上，有中国馆。中国带来了北京景泰蓝、青田石雕、福建漆画、扬州雕漆器、广东草席篾篮、浙江藤器竹椅、苏浙丝织品、江西瓷器、天津栽绒毯、泥塑人像、广东檀木家具等展品，其中有号称中国国酒的山西杏花村汾酒。我们现在喝的汾酒标签上印着个金质奖章，上面有一行字"1915年巴拿马太平洋博览会"，就是这次获得的。汾酒能评上金奖，还有个传说。3月9日，中国馆正式开馆。当时展馆里人头攒动，没有人注意到"义泉涌"作坊的汾酒。这时老板急中生智，伸手打翻了酒瓶。立时酒香四溢，弥漫了整个大厅，参观者纷纷循香而至。于是，汾酒便荣登榜首，成为唯一获得甲等金质大奖章的中国名酒（不知为什么，这么好的酒，至今也没有打入深圳市场）。中国展品在这届博览会上共获得1211个奖章。虽然现在中国和美国还有巨大的差距，但是，我依然为在美国的土地上中国人曾有过这样的辉煌而自豪。

渔人码头已经不再是一个单纯的码头了，而是一个挤满了商店、酒吧和餐馆的商业区，是个游客的聚集地。在这里能看到圣弗朗西斯科湾里那个著名的阿尔卡特拉兹岛，这里拍过好莱坞有名的动作片《勇闯夺命岛》。码头的后面还有一大群海豹。它们懒洋洋地躺在人们为它们准备的十来个木排上晒太阳。有一头海豹想爬到一个木排上。大约是为了捍卫自己的地盘，上面的海豹就是不让它上来，两头海豹绕着木排斗来斗去，十分有趣。更有意思的是，有个木排上面就一头海豹，那么大的地方，它就躺在边上，一个翻身就掉到了海水里，等爬上来，还是躺在边上，逗得游客哈哈大笑。

三

18 日早上 5 点 30 分就醒了，全是时差在作怪。

躺在床上我琢磨着，这里为什么起了个很中国的名字呢？后来查资料得知，旧金山，实际上是中国人的叫法，别的国家把它叫作三藩市或圣弗朗西斯科。原来，1848 年加利福尼亚发现了金矿，大批移民蜂拥而至，掀起了淘金热。广东台山一带的人作为"契约劳工"也来到这里，他们挖金矿、修铁路，备尝艰辛。后来更多的华人在这里安家落户，形成国外最大的唐人街。他们就把这座城市称为旧金山（以区别澳大利亚的新金山），叫响了海内外。旧金山现在是美国西部重要的海港城市，金融、贸易和文化的中心。

旧金山很怪，流浪汉就睡在市政厅前的大街上。据说他们"待遇"很好，还有营养大餐可吃。旧金山的居民构成复杂，除白人外，还有华人、黑人、日本人、菲律宾人、俄罗斯人。这些移民分区而居，形成了各自的圈子。我们路过中国城的时候，满街道都是中文，人也是华人，像在香港。导游说黑人区是犯罪率较高的地区，晚上人都不敢去那里。我们吃饭的地方，就看见几个妓女在公开拉客，看来是没有人管。

旧金山还是同性恋的大本营，有一条街上挂满了他们的六色旗：赤橙黄青蓝紫。这是因为 2004 年新当选的市长宣布同性恋合法可以结婚，同性恋者便蜂拥而至。在车上我们就看见人行道上双双搂肩搭臂，酒吧里也是对对卿卿我我，所不同的是全都是同性。还是文化差异的缘由吧，总觉得有些怪异，直起鸡皮疙瘩。

我很不理解这里为什么全是木屋（当然外表看不出来，"外包装"相当好）。问询后才知道加利福尼亚州这边是地震带，1906 年曾发生过大地震，毁掉了大部分房屋。后来重建就全用木材了。这木料都是加拿大运来的。老美真行，自己的森林不开采，专用别人的。保护资源啊。

导游说我们这时候来还是不错的，因为加利福尼亚州只有雨季和旱季，现在是雨季末期。到旱季的时候，没有了绿色，满目一片金黄，因此加利福尼亚州也叫金州。对了，他们的州长我们认识，就是原好莱坞的明星施瓦辛格。

据说旧金山还是艺术的城市，可惜短短的一天，无缘得见。

四

吃过早餐后，我们搭机飞往赌城拉斯维加斯。

位于内华达州西部的拉斯维加斯，原本是北美印第安人的地盘。1829 年，墨西哥商人陆续来到了这里，取名 Las Vegas，意思是"沙漠中的绿洲"。又说是西班牙探险队 1830 年发现了此地，将这地方命名为 Vegas。也不知哪个更准确。

原来这里不过是旧金山到洛杉矶的中途"站"，很一般。据说直到 1931 年，当时的胡佛总统批准拉斯维加斯的赌博成为合法事业，才使这里成为世界闻名的赌城。不过，美国各州的法律是由州议会（政府）制定的，联邦政府并不管。不管怎么说吧，拉斯维加斯的"赌城"之名就此传开了。现在每年能接待世界各地来的 1000 多万游客。

赌城果然名不虚传，一下飞机便在机场候机厅见到了老虎机，还真有人在赌。原来以为赌场是另建的大楼，没想到酒店里就设有赌场。在拉斯维加斯，有 250 多家赌场和 6 万多台老虎机，世界排名前 10 位的豪华酒店，有 9 家在这里建有连锁店。这些酒店里都设有赌场，这才是赌城的真正含义。这里酒店的一层是赌场，上面才是住人的客房。吃、住、赌一条龙。创建这个模式的是火烈鸟酒店。

酒店一层很大，出口很多，没有人领路很难找到门。你语言不通，问不到路。国内似乎没有这个问题。

可以说，拉斯维加斯的每个酒店都有自己的特色。米高梅酒店是赌城最大的酒店，共有 5005 间房，一个人一天换一个房间住，也得要十四年。巴黎酒店，把埃菲尔铁塔、凯旋门按比例缩小立在了酒店正面。

应该说，拉斯维加斯才是真正的不夜城。夜间，整个城市霓虹闪烁，流光溢彩。我们参观了两间主题酒店。威尼斯酒店，建了一个广场，广场上空彩霞漫天。还挖掘了一条河。船工摇着木船，高唱着《重归苏莲托》。抬头望去，头顶上是蓝天白云。这可是室内的景啊，天空也是人造的。不由得你不佩服。恺撒酒店，里面种满了各种鲜花，而且有许多中国的花卉。酒店门口是一个数十米长的音乐喷泉，十分美丽、壮观。珍宝岛酒店前，巨大的三桅战舰上上演着美女和海盗的故事，火焰、炮火、烟雾，以及从桅杆落入水中的动作确实引人入胜。本想再看看奇迹酒店的火山喷发，可惜因为风大，没能一饱眼福。倒是去老城区看了拱形大屏幕的灯光特技表演。

有的酒店还有豪华的夜总会。我们看了一场艳舞表演，有歌舞、杂技、小音乐剧。没有色情，只是有的节目女演员会赤裸着上身。我理解这是一种美的展示吧。音乐剧演的是泰坦尼克号的情节，布景竭尽豪华。那船、那碰撞真的很棒，完全是高科技操控。整个演出和巴黎的红魔坊很相像，但没有那里的好。

这些活动全都安排在晚上，白天我们要参观展览。

五

来赌城的有四种人：一是来赌的，二是来结婚的（这里的结婚手续简便，美国许多州的人会来这儿结婚），三是举办展览的，四是来旅游的。我们来美国的重头戏是参加 NAB2005 世界广播电视展览，所以 18 日一下飞机便被拉到拉斯维加斯展览馆。

拉斯维加斯展览馆只有两层，面积却很大。NAB 是世界顶级展览，全世界著名的广播电视器材生产厂商云集于此，有索尼、松下、苹果，等等。我们中国只有索贝傍着索尼也参加了展览。我真是长了见识，知道了什么是世界级的展览。

18 日下午，SONY 公司还举办了"2005 中国之约"。

六

到了赌城，岂有不赌之理？不过，18 日太困了，只想睡觉，没去。第二天晚上才去赌了一把。

我不会赌，看人家有玩牌的，有押数字的，还有 21 点，看了许久也看不出个所以然。只好去玩最简单的老虎机。其实玩老虎机也得有人指点，因为看不懂几个按钮的说明。开始的时候是按按钮，到后来来情绪了，按已经不过瘾，就改成拍按钮了。爽！

25 美分是 1 点，我放进去 20 美元，共 80 个点。一次可以赌 1 个点或 2 个点、3 个点。20 美元没用多久就没了。又放进去 20 美元，输到 50 个点的时候，一拍按钮，突然音乐大作，不知出了什么问题，也不敢拍了。幸好后边有个略懂英语的同行者，让他找到服务员问了问，比划、画了半天，才知道是中了彩，要继续拍。连拍了几次，出了个数字，250 点！加上剩下的 50 点，正好是 300 点。这意味着我赢了 31.5 美元。我盯着老虎机，点燃了一枝烟（美国唯有赌场可以抽烟），尽情享受着赢钱时的快感。虽然时间尚早，我还是决定收手。最后一拍，顿时哗哗啦啦落下来一大堆硬币，全是 25 美分的。怎么去兑呢，只能装在兜里，完全没有看到老虎机旁边还有个专门装硬币的纸桶，露了一怯。

不过，到了新兴赌城拉夫林就不一样了。拉夫林的老虎机先进，它不吐币，而是打单。兑钱也是取款机，很方便。赌场的服务也很周到，提供免费饮料，不过，服务生的小费还是要给的。

我只赌了两次，一次在拉斯维加斯，一次在拉夫林。在其他地方再没见过赌场。两次下来，我赢了 18.25 美元，这在整个旅行团里是不多见的。之所以能赢，我想一是手气，二是心态。像《世界广播电视》总编所说的，见好就收，不好也收。另外，还有个技巧：赢了就兑，然后再玩。看看，我都有赌经了。

我发现外国人赌比较潇洒，他们很多人是用信用卡的，好像就是玩玩。据说那些豪赌的大人物，是坐着私人飞机来的，简直不敢想象。

七

说拉斯维加斯是沙漠中的城市，我一点也不相信。这里的风不小，却没有尘土，奥妙究竟在哪儿呢？4 月 20 日一早，我们驱车前往科罗拉多大峡谷的时候才找到了答案。

一路上，导游说这是行走在沙漠之中。往窗外看，哪有沙漠的影子？远处的山倒是光秃秃的，没有什么植被。但山脚下的平地，却是绿色葱茏，长满了剑麻、骆驼草、仙人掌之类的植物。这哪里是沙漠，分明是草原嘛。真的，不亚于我们内蒙古的草原。如此巨大的反差，令人难以置信。细细想来，除了人为的因素外，就是自然的原因了。原来，这里的沙漠是沙砾的，细小的石粒，刮不起来。不像我们这里的沙土，风一吹就满天飞扬。再者，这里靠近太平洋，我们是内陆，降雨量大不相同。所以，同是治理，效果大相径庭。老天对老美情有独钟，你有什么办法？

中午时分，我们来到了科罗拉多大峡谷。科罗拉多大峡谷位于亚利桑那州的西北部，是世界七大自然奇观之一。

我们只能在大峡谷上方观赏，眼前是红色的片状巨型岩石，层层叠叠，很是壮观。你不能不惊叹大自然的杰作，堪称鬼斧神工。这是经过科罗拉多河一千万年的侵蚀冲刷而形成的。峡谷深不见底，河水流淌。看照片，大峡谷的色彩变幻无穷：红色、紫色、蓝色、棕色，真是太美了。那是阳光斜射下的杰作，可惜当时是下午一点多，摄影大师也无力回天吧？

大峡谷也是西班牙人发现的，1919 年成为国家公园。

八

20 日晚上，我们住到了新兴的赌城拉夫林。这是一个有 4000 人的小镇，是一个交通枢纽。

这个小镇上停满了摩托车，几乎全是高档的。原来，成百上千的摩托车族要在这里聚会，好像有个什么活动。他们是骑着摩托车从四面八方赶来的。在路上曾碰到一个车队，有十几辆，很是威风。

车真棒，牌子我也看不懂，只听说比普通的汽车都贵。

我们印象中美国的西部牛仔是很威的，现在牛仔当然早已经没了，但这些摩托车族却大有牛仔遗风。

九

4 月 21 日，又坐了一天车。

中午路过林伍德名牌产品直销中心，采购了一番。晚上，来到了洛杉矶。

洛杉矶是位于纽约之后的美国第二大城市。和我们概念中的城市不一样，这是一种新的城市模式，也有叫作都会区的。原来，它不是"一个"市，而是由 88 个市组合而成，并且互不隶属，上面也没有一个统管它们的政府机构。洛杉矶的 88 个市是连成一片的，市与市之间有的距离近些，有的距离远些，由高速路连接。从我们住的地方到好莱坞影城就路过了好几个市。

洛杉矶市仅仅是其中的一个市。洛杉矶市是一个办公的地方，市政厅及其附近的市、县、州、联邦行政办公大楼设在这里，还有银行、公司。没有居民在这里居住。白天上班的是白领，晚上就成了流浪汉的天下。不过，听说治安还可以。

就我所知，洛杉矶是美国的科技之城，著名的硅谷就坐落这里；洛杉矶是美国西部最大的工业中心，主要是制造业；洛杉矶是美国高速公路最发达的城市，拥有全美最多的汽车；洛杉矶是美国西部的旅游中心，闻名世界的是好莱坞和迪斯尼游乐中心；洛杉矶和广州是友好城市。

我们坐在车上游逛了名牌街，眼馋了比佛利山庄的豪宅，还去了圣莫尼卡海滩。说人家怎么先进怎么富裕，咱都服。可最让人心理不平衡的是，洛杉矶大大小小的公园竟有 210 个，这也太奢侈啦。

✝

22 日，游览好莱坞环球影城。

一下汽车，那个旋转着的镂空的金属地球就映入了眼帘。这是环球电影公司的标志。在影城就是参观和玩。我很佩服这个老板的创意，他居然能把电影的生产过程转化成生财之道。

像"回到未来"，明明是原地坐在车上，配合着声光电和车的晃动，真的就像坐在了穿梭的太空船上。那迎面而来的陨石、即将撞上的大山、深不见底的深渊……真的是惊心动魄！

一次"汽车之旅"，让你参观了许多经典电影的场景，更多的是你亲历了许多电影的特技。洪水爆发的山庄、硝烟弥漫的战场、火车出轨、鲨鱼袭击、桥梁塌陷、地震……太逼真了，真的如临其境。

在侏罗纪公园坐船游览，见到了恐龙；在影城中心，窥到了拍摄的秘密；在一个"工厂"，感受了爆炸起火。还有个活动，因为惧怕血压升高，干脆放弃了。

最后看的立体电影《怪物史莱克》。它不仅能让你多角度地看到剧情，还能使你置身其中：马车好像冲你奔来、拳头好像冲你打来、水喷了你一脸、蜘蛛钻到了你的裤脚里。许多感受是靠座位配合的：座位是活动的，能配合剧情需要左摇右晃；座位的后背有小孔，能按需要喷出"液体"——当然都是水；座位的下方还有小刷子，能制造出小动物挠腿的效果。

我最大的收获是：终于明白，好莱坞大片是靠科技制造出来的。

十一

23 日，参观了好莱坞星光大道。

星光大道其实是马路两边的人行道，上面镶着棕色的五角星，星上刻着电影、电视、音乐、戏剧、唱片等各行业巨星的名字。从 1958 年开始，已经有了 2200 多颗星星。我们知道的巨星都有，还有美国前总统里根呢。属于华人的巨星不多，我只知道有李小龙、吴宇森和成龙。这些星星不为人类专有，人类在留下自己同类姓名的同时，也给自己创造出来的明星留下了一席之地，像唐老鸭、米老鼠、怪兽哥斯拉、黑客帝国里维斯等。

要想在星光大道上留名很难。好莱坞商会每年只从 200 多份申请中严格挑选 20 名左右入选，最后还需交 15000 美元的星星制作费用。

中国戏院根本没有中国建筑风格，倒有些像东南亚风格。名人的签名手印已经铺满了一院子，不知道以后的巨星手印会放在什么地方。

引人注目的是举办奥斯卡颁奖典礼的柯达剧场。

奥斯卡金像奖，本名叫"电影艺术与科学学院奖"，是由美国影艺学院（该院由好莱坞米高梅电影公司老板梅耶于 1926 年 11 月创建）颁发的。奥斯卡，就是那个小金人的名字。据说，学院新来的图书管理员玛梅丽特·赫丽刚见到小金人的时候很惊讶地说："真像我叔叔奥斯卡！"正巧被门外的记者听到，误以为小金人就叫奥斯卡，第二天就上了报纸。从此，别名"奥斯卡"被叫响了，大名"学院奖"反而被忽略了。

那个 13.5 英寸高、3.9 千克重的小金人吸引着全世界多少人的目光啊。他脚下的五个胶片盒，分别代表着制片、导演、编剧、演员、技术人员五个电影创作的主要行当。小金人是米高梅的美术设计赛赘克·吉朋斯设计、乔治·斯坦克制作的，设计者自己就获得过 11 次奖。奥斯卡从 1929 年开始每年一届，如今已经举办了 76 届。遗憾的是，中国大陆的电影至今还没有一部获此殊荣。

礼堂金光灿灿的，是个电影院，平常放电影，也没叫我们进去。那个神秘的大厅里上演着永不褪色的明星梦。

洛杉矶还有著名的迪斯尼乐园，没能看，很是遗憾。

十二

"阿劳哈（Aloha）！"

4月23日晚一出夏威夷机场，就听到了这句热情的问候，接过了导游奉上的鲜花编织的花环。Aloha是当地的土语，是你好、早上好、我爱你的意思。

夏威夷，中国人叫作檀香山，有132个岛屿，像珍珠一样镶嵌在太平洋中部。夏威夷在1958年才成为美国的第50个州。夏威夷的纬度和深圳差不多，这里也有勒杜鹃。不过，他们叫什么三角。

夏威夷的意思是"喷发的火山"，这里有世界著名的活火山公园。夏威夷一共有8个住人的岛屿。我们住在欧胡岛，是夏威夷的第三大岛；也叫火奴鲁鲁（机场的名字就是HONOLULU），意思是"避风的港湾"。这个岛是夏威夷的政治、文化和旅游中心。

这里有许多海滩，像白沙滩、黑火山海滩、恐龙湾海滩、威基基海滩等都有各自的特色。我们下榻的酒店在威基基海滩附近。听说这个海滩是人造的，沙子是从澳大利亚运来的。真牛。到恐龙湾潜水，海水是绿色、蓝色，珊瑚礁隐约可见。只有在九寨沟才见到如此美丽的水。得天独厚的自然条件，使游泳、冲浪成了夏威夷的特色。忘不了的除了海水，就是蓝天。天空那么纯净，云彩那么洁白。在国内基本上看不到这样的天空。

夏威夷有美国唯一的国王，还留有皇宫。皇宫完全是西式建筑，既无亚洲风格，也无欧洲风格，很普通。我们看了很失望。

25 日晚上，我们搭乘"爱之船"，观赏了夏威夷歌舞，观赏了太平洋海上落日。

十三

珍珠港是 24 日去参观的。对珍珠港并不陌生，我看过反映偷袭珍珠港的电影《山本五十六》和《虎！虎！虎！》。

1941 年 12 月 7 日 6 时 40 分，在日军联合舰队司令山本五十六海军上将的策划、指挥下，由 6 艘航空母舰组成的特混舰队袭击了美军太平洋舰队所在地夏威夷珍珠港。美军损失惨重：炸沉战舰 12 艘、重创 9 艘，炸毁飞机 164 架、重创 159 架，死亡官兵 2388 人，受伤 1178 人。这就是第二次世界大战著名的珍珠港事件。其结果是 12 月 8 日美国政府便对日宣战，加速了日本军国主义的灭亡。

现在这里是美国的爱国主义教育基地，供游客免费参观。这个教育基地由三部分组成：一个博物馆，陈列着二战的一些照片和美军的遗物、实物；一部《偷袭珍珠港》的黑白纪录片，这是用美国和日本两国的资料剪辑的；再就是亚利桑那纪念馆。

亚利桑那纪念馆就建在葬身海底的亚利桑那号残骸上。纪念馆像一个白色的枕头，两端翘起，中间低凹，寓意着太平洋战争初遭惨败、终获大胜的过程。当年战列舰亚利桑那号被

1760 磅重的炮弹击中沉没，船上 1177 名舰员全部殉难。纪念馆正面墙壁的大理石上镌刻着他们的名字。透过清澈的海水，锈迹斑斑的战舰清晰可见。整整 60 年了，还有柴油往外渗漏。人们说，那是亚利桑那的眼泪。我看到一位胸前挂着勋章的老兵默默地凝视着战舰的残骸。我想，他是在第二次世界大战胜利 60 周年之际来此凭吊当年的战友吧。

如今，珍珠港依然是美国太平洋舰队司令部所在地，是军事要地。

十四

去美国旅游有许多不同之处，感觉比较新鲜。

首先是吃。

在美国，正餐基本上都到中国餐馆吃。像拉斯维加斯中国城里的花果山餐厅、洛杉矶的小台北北海餐厅、夏威夷的中华饭店、旺记海鲜酒楼，都有地道的中国菜，甚至还有皮蛋瘦肉粥、炒米粉。我觉得比欧洲的中国菜正宗。

早餐就不一样了，是西餐。这儿早餐的品种分四类。一是主食，有各式各样的面包，还配有果酱、牛油。二是菜肴，有肉类，甚至有牛扒，还有蔬菜。三是饮料，是各种果汁，橘子汁、西瓜汁、橙汁等，包括牛奶、咖啡。四是水果，有木瓜、西瓜、苹果、香蕉等。真是太丰富了。我们说吃饭"早上要好"在美国是充分体现出来了。他们的饭菜都是凉的，饮料甚至是冰的，只有咖啡是热的。早餐就这样，午餐和晚餐更可想而知了。

在美国看到许多奇肥无比的男女，一个个大肚肥臀，不由地为之一惊！我忍不住偷拍了几张照片。在他（她）们硕大身躯的映衬下，我这90公斤的体重算是苗条的。这和他们的饮食有很大的关系吧。

我奇怪的是，这些大腹便便者竟都是穷人。细究之下方知，因为他们吃的是"垃圾"食品，热量很高。而富人却是消瘦的，因为他们有钱吃精细的食物，还有时间去健身。

其次是住。

酒店当然都不错，和国内不一样的是，他们没有分星级酒店。所有的酒店没有热水，有的有咖啡壶，自己可以烧热水。酒店也没有牙膏牙刷，没有拖鞋，没有梳子。看来，世界上最富的国家也不是什么都提供的。我想，这也有他的道理吧。但是酒店都有电子表，这是国内所没有的。大约他们考虑到外国人来此地有时差的关系？

其三，美国的禁烟。

烟是不能随便抽的，严到不露天的地方都不能抽（赌场除外。但是拉夫林的赌场就划分了抽烟区和非抽烟区）。在酒店，也规定只有在允许抽烟的房间才能抽。在机场，根本就不设抽烟室。十来天下来，倒为我们这些烟民省了不少烟。据说，还有相应的法律禁止未成年人买烟。不像我们的禁烟，雷声大雨点小。评上"无吸烟单位"的，并不能保证没有烟民。

美国的法律很严格，像酒，也只有取得了经营权才能卖。而经营酒的牌照，其总量是控制的，不能超出。

其四，人性化设施到位。

各旅游点的公厕虽然小，但很人性化。男性的小便池一般是两个，一高一矮，一看便知矮的是为小孩设计的。每个公厕都有残疾人专用的厕位。再有，公厕的纸张供应充足。

另外，街上都有残疾人专用通道，很方便。而且，在红绿灯处还有手控的按钮。假如你有急事，可以自己把红灯换成绿灯。这在我们这里大概行不通，不堵了车才怪呢。

其五，看不到年轻人工作。走了五个地方，逛了商店、住了酒店、坐了飞机，就看不到年轻人工作。他们的年龄都偏大。我弄不明白，他们的年轻人到哪儿去了呢？

十五

有一点被导游有意无意地忽略了，那就是旧金山、洛杉矶、夏威夷和中国及华人的关系。

前面讲过，旧金山是华人起的名，而夏威夷又叫作檀香山，也是华人起的名（檀香山原来是有许多檀香树的，后来砍伐殆尽，现在没了）。这两个很中国化的地名以及洛杉矶曾频频出现在我们近代史中。这有两个原因，一是华人为美国西部开发出过大力，以至于到现在为止旧金山的唐人街是全世界最大的；二是孙中山早期的反清革命活动是在檀香山开始的，而且多次到旧金山、洛杉矶活动。

史料记载，1879 年 6 月，孙中山随母亲杨氏，经澳门乘英轮"格拉诺克"号，远涉重洋，来到檀香山，在约拉尼学校就读。1894 年 11 月 24 日，孙中山组织成立了反清革命组织兴中会，明确提出"驱除鞑虏，恢复中华"的口号。1904 年 4 月 6 日，孙中山乘"高丽"号邮轮抵旧金山。1910 年，孙中山在旧金山成立中华革命军筹饷局。1911 年，孙中山在旧金山建议同盟会员一律加入致公堂。现在这几个地方都有孙中山纪念堂。孙中山的孙女孙穗芳依然居住在夏威夷。张学良也葬在夏威夷。

这些事情我认为对于中国人是很重要的，导游应该介绍。

在夏威夷，我想拍孙中山去过的教堂。走了几个路口，因为顾虑同车的人等候，最后放弃了。车一开，发现我们吃饭的饭店旁边就是孙中山的塑像，导游也没介绍。真是遗憾。

十六

4 月 26 日早，从夏威夷乘机到东京成田机场，等待了 5 个小时，换乘全日空航班飞回北京。下飞机的时候，已经是北京时间 27 日近 21 点了。

在北京机场，飞机还在滑行中，人们便迫不及待地打开了手机，信息声此起彼伏。急得全日空小姐几次出来制止，竟毫无效果。这就是我们国民的素质了，而且是一批有知识的人（都是各地电视台的）的素质，丢人哪！突然让我想起在旧金山的时候，每到路口司机总要停一下，见没有行人才开过去。其实，路口并没有红灯，只有一块 STOP 的牌子。这就体现了人的素质，车一定要让人。而我们的司机，双黄线照压不误。现实就这样无奈。这也算赴美的收获吧。

美国，一个富有的国度，一个没有令我流连忘返的地方。

（2005 年五一长假期间）

雪域高原之旅

　　雪域高原，一直是令我神往的地方。早就盼着能目睹那巍巍的雪山、湛蓝的天空、如絮的白云，还有布达拉宫、藏民和牦牛。

　　提前两天就吃了降压的药，吃了抗高原反应的藏药红景天。9月23日下午，宣传部的尹先明、苏芬、张慎昌，电视中心的孙大冬、宗俊和我一行6人，作为去西藏采风活动的第三批终于踏上了雪域高原之旅。当晚于成都下榻。

　　24日上午10点多，飞机上广播，飞机即将降落在西藏贡嘎机场，地面温度12℃。立时莫名地兴奋起来，继而又后悔把毛衣托运了。不想机场外面一点也不冷，太阳射在皮肤上，竟有灼热之感。在车里拉上窗帘也抵挡不住紫外线的辐射。这是离太阳近了的缘故吧。最后，只剩下了T恤衫，和在深圳一样。

　　接过导游小方献上的哈达，就觉得到了西藏了；接过小方发的高原安并要求喝下去，才觉得这就是实实在在的西藏了。

机场离拉萨100多公里，据说是世界上离城市最远的机场，行车要走1个多小时。小方说，这条路原来要走2个多小时。今年恰逢西藏自治区成立40周年，8月底架好了雅鲁藏布江桥和拉萨河桥，打通了嘎拉山隧道，这才缩短了行程。

贡嘎和拉萨海拔3600米，没有什么反应。在拉萨吃过午饭，我们没有停留，便向林芝驶去。沿途果然风景如画，那湛蓝的天和洁白的云尤其让人心旷神怡。司机小廖很配合，不时停下来让我们拍照。

一路慢上坡，完全没有高原的感觉。大约在海拔4000米的样子才有了反应。只觉得胸憋得很厉害，呼吸也急促起来，头开始发晕，昏昏欲睡。情急之下，赶紧吸氧。也许是心理的作用吧，自觉好了许多。

第一座高山是米拉雪山，山口5013米。下了车，朦朦胧胧的，话也不想说，走路像踩在海绵上，很慢很慢，想快也快不了。刚一抬头，经幡便扑面而来，立时感到一种从未有过的震撼。山顶上扎满了分别代表着蓝天、白云、红火、绿水、黄土的五色经幡（也有说是代表金、木、水、火、土五行的），巍巍壮观。仰头望去，经幡映衬在蓝天白云之下，萧萧然有肃穆之感。山风吹来，经幡被吹得呼呼作响，这就是山风替人诵经了吧？

翻过米拉山口，便进入了林芝地区。汽车沿着尼洋河谷行驶，山上的植被渐渐丰盈起来，后来就进入茫茫林海了。林芝的藏语意为"太阳宝座"，位于西藏东部，海拔2900米。此处景色与西藏其他地区迥然不同，一派森林云海风光。只见山峦起伏，林海莽莽。山间云雾缥缈，宛若仙境。据同行的尹先明说，这里的春天是花的海洋，还盛产香蕉、苹果，人称西藏的江南。原来，他在 1989 年曾在林芝援藏三年，这次是故地重游。

下午 5 点多，到了林芝的八一镇。这是林芝地区所在地。因为和内地有 2 个小时的时差，太阳依然很高。导游嘱咐早点休息。刚躺下，尹先明打来电话嘱咐说，要把窗户打开，以免缺氧；要把浴缸灌满水，以防干燥。我们照做了。到了晚上，头倒不怎么晕了。可就是翻来覆去的睡不着。这也是高山缺氧的一种反应。

折腾到 25 日早上 6 点，天还没亮，我就起床了。天亮之后到了院里，朝远处一望，只见山腰处白云升腾，耳听得鸟雀争鸣，好一派人间仙境啊。

听人说，到了西藏，除了看景，就是拜寺。果然，我们要去的第一个景点就是喇嘛林寺，这是林芝地区最大最重要的藏传佛教场所。藏传佛教，就是喇嘛教，是 11 世纪吐蕃时期从印度传入西藏的。喇嘛教又分为红教（宁玛派）、花教（萨迦派）、白教（噶举派）、黄教（格鲁派）几个分支。红教是最早的教派，属于密宗。因为该教派僧人只戴红色僧帽，才称作红教。

喇嘛林寺属红教，供奉着其创始人莲花生大师。西藏的寺庙很有意思，不像内地佛教，以供释迦牟尼为主。喇嘛教似乎更重视他们的创始人，供活佛和他们的灵塔。旁边有个偏殿，供着释迦牟尼佛。而且，他们还保留着原始的男性生殖崇拜，寺院门前的路两边赫然矗立着几个偌大的男性生殖器，有的还被涂成了红色。那是生命和活力的象征。进得寺庙，两旁有两个巨大的转经筒，旁边围坐着几个手握小转经筒的藏族妇女，她们嘴里念念有词，全然不理会身边来来往往的人群。寺庙背靠青山，掩映在绿树丛中。寺里还种了许多花，多了一些人间烟火的味道。

下午，我们沿尼洋河逆流而上，去卡定沟参观天佛瀑布。天佛瀑布从天而降，有好几十米。单看瀑布，也没什么特别。所不同的是，瀑布周围有天然形成的佛祖像、观音像、酥油灯，还有一个草书佛字。这就是自然奇观了。

返回的时候，又好好地观赏了尼洋河。尼洋河是工布人民的"母亲河"，在传说中是神山流出的悲伤的眼泪。这条河河水极其清澈，似乎是我生平所见到的最干净的河流。两边的山上生长着郁郁葱葱的树木，云雾在山腰间缭绕，蓝天上飘浮着白云，尼洋河唱着欢歌在山谷间跳跃。这哪里是什么悲伤的眼泪，分明是天堂里流淌的幸福的琼浆。

26 日，小方说，先领你们看看柏树王。原来这里生长着一种西藏特有的古树——巨柏，也叫雅鲁藏布江柏木。林芝县巴结乡境内有个巨柏自然保护区，那棵柏树王坐拥其间。近前一看，果然名不虚传，树王高 46 米，直径 5.08 米，怕是十几个人也围不起来。据测算，它已是 2600 岁的高龄了。莫不是创下了世界之最？这棵柏树王被当地人以"神树"之尊加以保护，树上挂满了经幡。在佛教传入之前的苯教中传说，其开山祖师辛饶米保的生命树即是古柏。所以，古柏林在当地藏族群众的心目中是圣地，常有信徒远道前来朝拜。

　　林芝地区有个地方叫鲁郎。去鲁郎要翻越 4700 米的色奇拉山，在天气晴好的日子可以眺望 7700 米高的南迦巴瓦雪峰。这天有些云雾，没能领略到雪山的雄姿。看到我们有些失望，小包和小廖安慰我们说，别急，到纳木错的时候一定能看到雪山。

　　鲁郎，被称为西藏的香格里拉。半个多世纪以前，英国作家詹姆斯·希尔顿写了一本探险小说《消失的地平线》，里边描写了一个叫作"香格里拉"的世外桃源。这成了世人关注的一个谜。直到 20 世纪 90 年代，人们才把目光聚焦在云南迪庆。可是，随后林芝的鲁朗也出现在人们的视野中，被誉为西藏的香格里拉。

　　翻过色齐拉山顶，从山上望去，两侧青山生长着茂密的森林，那是云杉和松树。山谷间是一片狭长的草场，只见藏式村庄错落有致，周边是用木板栅栏围住的麦田，靠近山坡是成方成块的草坪，牦牛在草地上悠闲地吃草……蓝天白云、林海茫茫、田畴葱茏，简直是一幅牧歌式的田园风光长卷。这不就是人间仙境么，这不就是世外桃源么，这不就是香格里拉么？我深深地陶醉了。

　　时值金秋，许多树叶变成了金灿灿的黄色，有些性急的已然是红彤彤的了。司机说，每年春天，这里是漫山遍野的杜鹃花，简直是花的海洋。

　　来到鲁朗，不能不吃石锅鸡和香猪肉。石锅，是珞巴族人的当家炊具，是用雅鲁藏布江沿岸特产的一种叫皂石的石料制作的。石锅烧出的饭菜味美而可口，已经成了旅游者的首选。我们吃的是火锅，当然也只有火锅才能摆上桌面供游人边吃边欣赏。据说还有炒菜、烙饼、煮饭的石锅，样子略有不同。鸡是广东人说的那种"走地鸡"，肉质鲜嫩，和手指菇、党参等炖在一起，堪称美味佳肴。

香猪是西藏的本地猪，在四川贵州也有，长不大，也就40来公斤。可惜我们没吃到鲜肉，只吃到腊肉。这也是这些年所吃到的最香的猪肉了。在灵芝吃的鸡肉、猪肉之所以香，应该是这里的环境没有被污染，吃的也是自然环境中的东西的缘故。所谓回归大自然，这也是一种回归吧。

在去和回来的路上，碰上了几个骑车旅游的外国人。真的很佩服，我们坐汽车还头晕呢，难道他们就不缺氧？正为国人的体质自觉羞愧的时候，又遇见四个骑车的中国小伙子。一问，居然是深圳的，来西藏骑车旅游有4个月了。真不简单，自愧不如啊。

这次旅游，安排得很人性化，没有匆匆忙忙地赶来赶去。在灵芝"逍遥游"了2天，27日一早，乘车折返拉萨。

离开林芝不远，我们去了被红教尊为神湖的巴松措。藏族人把湖称为"措"，巴松措藏语的意思是绿色的水。高山峡谷之中，湖水清澈碧绿，白云和雪山倒映在湖中。水清的让人不敢相信自己的眼睛。

踏着浮桥走上湖心岛，岛上有座错宗工巴寺，建于唐代末年，是西藏有名的红教宁玛派寺庙。寺前依旧有生殖崇拜的图腾——用木头雕的男女裸体，生殖器裸露。据说，藏族人到这里来主要是求子，很灵的。有些像我们内地的送子观音。

寺为土木结构，分上下两层，殿里供着强巴佛，小包说就是内地的弥勒佛。可是两座佛的形象相去甚远，弥勒佛是大肚弥勒，笑口常开；强巴佛则是常见的正统佛像。里边还供着千手观音和金童玉女，就是没供释迦牟尼佛，真的有些不太理解。寺南有一株桃树和松树的连理树，不知是何年，一只小鸟衔来松树的种子，把它丢在了桃树的树洞里（也许是风刮来的种子）。若干年后，松树在桃树的怀抱里渐渐长大了。松桃相偎相依，这给那些前来求子的善男信女们带来不少联想吧？

离开巴松措继续前进。尼洋河上有一座吊桥，两边是片石垒的桥墩，钢索拉着的吊桥横架在河上。导游没介绍，我想这应该是茶马古道了。这就是川藏公路，从丽江到拉萨的唯一公路。不时还可以看到河岸边那窄窄的羊肠小道，只是不见山涧铃响马帮来。中途还路过一个叫作太昭的古堡，据说有 1000 多年的历史了。

再次翻越米拉雪山的时候，一点高山反应也没有了，大约是适应了吧。不知道是什么原因，越近拉萨，周边的山越是光秃秃的，让人觉得很是荒凉。天还很亮，我们就到拉萨了。没想到，吃饭的时候，碰上了区文联的几个人。在林芝，也有区里来的一个旅游团。哈哈，世界真小啊。

28 日，我终于见到神往已久的布达拉宫了。

坐落在拉萨市西北隅玛布日山上的布达拉宫，是世界上海拔最高、规模最大的宫堡式建筑群。它始建于公元 7 世纪的吐蕃时期，据说是松赞干布修建的。可惜在公元 8 世纪就被毁掉了。直到公元 17 世纪，五世达赖用了 3 年时间重建，就是现在这个规模。布达拉宫占地 41 公顷，主楼高 117 米，共 13 层，有上千间殿室。1994 年，布达拉宫被联合国教科文组织列入世界文化遗产名录。

我们是从布达拉宫的旁门进去的。沿山坡而上，还没进到宫里，就被一阵歌声吸引。抬头望去，高高的屋顶上站着一群排列整齐的藏族青年男女，他（她）们手里握着一根木棍，棍的底端似乎连着重物，边唱边跟着节奏举起放下，好像是在夯房顶。原来唱的是劳动号子。我还是第一次在生活中见到唱劳动号子的。他们分成了两拨，号子声此起彼伏，吸引得游客纷纷为他们拍照。

布达拉宫由白宫、红宫两部分组成，白宫是历代达赖喇嘛起居和处理政务的地方。他的寝宫在最高处，因阳光终日照射，被称为日光殿。宫内收藏了大量珍贵文物，有印度贝叶经《甘珠尔》、清代皇帝敕封历世达赖的金册和金印等。红宫居中，主要建筑是历代达赖喇嘛的灵塔殿和各类佛堂。每座灵塔的塔身都用金箔饰裱，周身镶嵌各种珠宝，极为华贵。最大的达赖五世灵塔高 14.85 米，共用黄金 11.9 万余两，大小珍珠 4000 多颗，其他珍宝不计其数。不知是什么原因。殿堂没有全部开放，还是没见到主殿，不知释迦牟尼供在什么地方。

布达拉宫还在维修，殿基是用花岗岩垒砌的，墙体是一种草。这种草是专门用作寺庙的建筑材料，老百姓是不许使用的。有意思的是，在喇嘛庙里绝对不会出现没有零钱布施的尴尬。因为可以自己在上供的钱堆里找零钱，当然不能多拿。

从网上查了资料，始知达赖和班禅是藏传佛教格鲁派（黄教）的两大活佛系统：达赖是"欣然僧佛"即观世音菩萨的化身，班禅是"月巴墨佛"即无量光佛的化身。达赖喇嘛这个称号，始于公元 1578 年。这一年蒙古俺答汗赠给格鲁派的哲蚌寺寺主索南嘉措以"圣识一切瓦齐尔达喇达赖喇嘛"的尊号，从此西藏历史上才有了"达赖喇嘛"这一称呼。"达赖"是蒙古语，意为"大海"；"喇嘛"是藏语，意为"大师"。经清朝顺治皇帝于公元1653年的册封，达赖喇嘛这一封号就成为达赖系统的专用名称。

撩开布达拉宫神秘的面纱是不可能的，只能说窥到了布达拉宫冰山一角。

下午，游览了大昭寺。大昭寺位于拉萨市中心，始建于公元647年，是藏王松赞干布为迎娶唐朝文成公主入藏而建的。寺内供着松赞干布和他的两个妻子唐朝文成公主和尼泊尔公主的塑像。寺院不高，只有4层，寺顶及其装饰全部镏金，阳光之下金光灿灿，辉煌壮观。整个寺院既有唐代建筑风格，又吸取了尼泊尔和印度建筑艺术特色。寺内走廊和殿堂四周布满描写文成公主进藏盛况以及神话故事的藏式壁画，长近千米，栩栩如生。最珍贵的文物是大殿正中供奉的文成公主从长安带来的释迦牟尼12岁时的等身镀金铜像。

最引人注目的是寺庙正门磕长头的人们。这些善男信女双手合十，五体投地，如此不断地重复着同一个动作，一磕就是一天，甚至是十几天。这是喇嘛教最高的顶礼膜拜方式，可见信徒们对佛门的无限虔诚。

环大昭寺四周的那条街，就是著名的八角街。整个街道密密麻麻布满了当地商人和尼泊尔、印度商人开设的小店铺，出售各种富有西藏特色的手工艺品：藏刀、唐卡、天珠、红珊瑚、绿松石等。本来有心买一些的，可大冬说大部分都是假的，根本不值，遂打消了购物的欲望。

29 日一早，我们驱车前往日喀则。这一路完全不同于去林芝，褐色的大山没有一点生机，只有山脚下才有一些泛黄的绿色。绿色的草地上有放牧的牛羊，远处是藏民的黑色帐篷。当然，头顶上的天空依然是那么湛蓝，飘浮的白云在提醒你，这里是西藏的草原。

西出拉萨，经过曲水雅鲁藏布江大桥，沿拉亚公路南行，爬上 4400 米的高山，就看到了美丽的、碧玉般的羊卓雍湖。羊卓雍湖是一个狭长的湖泊，像珊瑚枝一般，因此它在藏语中又被称为"上面的珊瑚湖"。这里是西藏的鱼库，是一个丰饶的高原牧场，还是藏南最大的水鸟栖息地。据民间传说，羊卓雍湖是天上一位仙女下凡变成的。有当地民歌可以佐证她的美丽和富庶："天上的仙境，人间的羊卓。天上的繁星，湖畔的牛羊。"可惜只是高高在上遥望了一会儿，无缘得见真面目。

羊卓雍湖是西藏三大圣湖之一。据说，虔诚的佛教徒每年都要绕湖一圈，骑马需要一个月左右。不过，羊卓雍湖之所以被称为"圣湖"，主要原因是它能帮助人们寻找达赖喇嘛的转世灵童。

活佛转世是喇嘛教的宗教制度。它初创于藏传佛教噶举派的噶玛支派。该支派的首领都松钦巴 1193 年逝世时，遗嘱弟子"将转世再来"。弟子们认定噶玛拔希为其师的转世灵童，经寺庙 10 年培养，正式以该派首领身份活动，成为西藏第一位转世活佛。

格鲁派（黄教）采用活佛转世制度始于 16 世纪中叶，1542年，格鲁派的哲蚌寺寺主根敦嘉措逝世，哲蚌寺正式寻找他的转世灵童，并于 1542 年认定堆垅这个地方的贵族子弟索南嘉措为根敦嘉措的转世灵童。1546 年，年仅 4 岁的索南嘉措被迎接到哲蚌寺接替根敦嘉措的法位。1578 年，蒙古俺答汗赠索南嘉措"达赖喇嘛"的尊号后，格鲁派（黄教）追认宗喀巴的弟子中年纪最小、创建并担任扎什伦布寺寺主的根敦珠巴为一世达赖，追认曾任扎什伦布寺主、后任哲蚌寺寺主的根敦嘉措为二世达赖，而索南嘉措便成为三世达赖，达赖活佛系统从此建立。

上面两段引自网页资料，我觉得很有意思，起码是增加了一些喇嘛教的知识吧。要不然岂不是白去了一趟西藏？

在曲水吃过午饭后，继续沿着雅鲁藏布江逆江而上。下午 5 时我们便到达了号称日光城的日喀则，没有休息，直奔扎什伦布寺而去。寺院建在日喀则市西面的尼玛山南坡上，始建于 1447 年，是后藏地区黄教的最大寺院，是班禅喇嘛进行宗教活动和政治活动的中心。

班禅这个称号，始于 1645 年。这一年蒙古固始汗赠给格鲁派扎什伦布寺寺主罗桑曲结以"班禅博克多"的尊称。"班"是梵文"班智达"（即学者）的简称；"禅"是藏语，意为"大"，二字合起来意为"大师"。1713 年，清朝康熙皇帝册封班禅时的正式封号是"班禅额尔德尼"，"额尔德尼"是满语，意为"珍宝"。从此，班禅这一封号就成为班禅系统的专用名称。

扎什伦布寺还是西藏地方政府的县官衙署，而且有军事建筑的性质。寺内不仅有经堂、佛殿，而且还有宗本（县官）办公室、法庭、牢狱和仓库等。据说山上山下还有秘密暗道和水源相通。这是古代碉堡建筑长期发展演变的西藏独有的建筑样式。

扎什伦布寺有 50 多个经堂，200 多间房屋。其中的强巴佛（弥勒佛）大殿最为辉煌，分设冠、面、胸、腰、脚 5 层殿堂。强巴佛铜像由 6700 两黄金和 23 万多斤紫铜制成。佛像眉间白毫，用大小钻石、珍珠、琥珀、松耳石共 1400 多颗。这里班禅的灵塔只有一座是黄金的，其余的都是银的，比达赖的灵塔逊色了许多。不过十世班禅的灵塔是黄金的。

班禅活佛转世系统始于罗桑曲结。罗桑曲结是四世和五世达赖喇嘛的师父。1645 年他被蒙古固始汗赠以"班禅"的尊号后，格鲁派（黄教）确认他为四世班禅，追认宗喀巴的门徒克主杰为一世班禅，索南却朗为二世班禅，罗桑顿珠为三世班禅。从四世班禅起，历世班禅都以扎什伦布寺为母寺。

扎什伦布寺是宗教活动的地方，能看到许多喇嘛。在一个佛堂有十几个喇嘛在翻阅经书，好像在整理。临离开的时候，正赶上他们做晚课，还有些小喇嘛，是有十几岁吧。

高山反应虽然轻了许多，但还是有些不舒服。早早地躺下，就是睡不着。原本想早起拍日出的，也因为头隐隐作痛而放弃了。熬到天亮，已经是 30 日了。这天没安排活动，就是返回拉萨。

大约在曲水县城附近，途经一小寺。小廖说去看看吧，反正回去时间还早。我们想也对，就进了寺院。据介绍说，这个寺院以前的规模很大，说可以拜见活佛，并接受活佛摸顶。很好奇，便跟着大家进了佛堂。佛堂里光线较暗，一下子也看不清楚，只听得有诵经的声音传来。这时有喇嘛叫众人跪下，我才看见一个喇嘛坐在那里眯着眼睛，嘴里念念有词。因为是藏语，根本就听不懂，大约是祝福的话。好容易轮到我，又跪到了活佛面前。我没敢睁眼，只听得活佛为我念诵着经文，之后给我披了条哈达。有净水洒在我的头顶，凉凉的，然后是被摸顶。旁边有一个喇嘛翻译着活佛的话，大意是我有福，和佛有缘，应该请一个什么供品回去避邪什么的。

回到市区，我们又去土特产店购物。好不容易来趟西藏，当然要带些土特产回去。牦牛肉干、酥油茶、青稞面，大包小包带了一堆。

本来躺下了，导游来电话说布达拉宫亮灯了。我一想，机会难得，要不是国庆前夜，哪有看布达拉宫夜景的美事？立刻穿衣，和大家结伴去了布达拉宫。

布达拉宫，茫茫夜幕笼罩之下显得更加神秘了。

布达拉宫脚下的路是北京中路，前面是刚建好的上海广场，广场中央有音乐喷泉，南端是一座纪念碑。广场上聚集了许多人，有休闲散步的，有拍照留念的。广场上已经拉起了一条横幅，是明天早上要举行升旗仪式和一个活动。

全国都在支援西藏的建设，日喀则是山东和上海援建，林芝是广东和福建援建。在林芝的工布江达县，有我们罗湖援建的罗湖小学，我们还专门去看了看。

今天是国庆节，我们去圣湖纳木错。

车是沿着青藏公路前进的，刚出市区就看见了马上就要完工的青藏铁路（10 月 15 日，已经全线贯通）。西藏没有铁路的历史结束了。有了铁路当然是好事，西藏可以加快发展的步伐。

只是不知道人们会不会变得聪明起来，别以牺牲环境为代价，让这片世界屋脊永远保持一方净土。真是看《三国》掉泪，替古人担忧啊。

一直没有看到雪山，今天总算得到了补偿。沿途果然如司机所说，雪山绵延不断。不时要求停下车来，拍摄那美丽的景色。

去纳木错的路也是刚刚修好的柏油路，翻过那根拉山口就到了。那根拉是我们这次赴藏翻越的最高的山口，5190米！原以为高山反应会很厉害，下了车倒也没什么。眼前依旧是经幡飘扬，人们纷纷和那根拉石碑合影留念。孙大东嫌不过瘾，又向上爬了几十米，说要超过他弟弟来西藏的高度。说也怪了，他比我还大两岁呢，硬是没有一点反应。不服不行。站在山边，放眼远眺，蓝蓝的纳木错圣湖就在眼前。

纳木错，藏语意思就是"天湖"。纳木错和阿里的玛旁雍湖、浪卡子县的羊卓雍湖并称为西藏三大圣湖。纳木错海拔为4718米，是西藏最大的湖泊，是中国第二大咸水湖，也是世界上海拔最高的大湖，还是中国乃至世界上最特殊的一个湖。因为纳木错是世界上唯一像海一样，能随着日升月落的律动而有潮有汐的一个内陆湖。

站在湖边，遥望远处，碧空、白云、雪山、蓝湖，浑然一体，令人心旷神怡！湖水清澈透底，清得让人敬畏。双手捧起圣水，水很凉，凉的浸骨。据说这清凉的圣水能洗去烦恼，能带来幸福。我痛痛快快地洗了一把。

上了车赶快编了一条信息，发往千里之外，和亲朋好友分享到达圣湖的喜悦。

　　在当雄吃过饭往回返的时候，遇上两个磕长头的青年人。停车询问，原来是从青海一路磕来的，已经磕了四个月。前面有两个人拉着两辆小平车，车上装着他们的生活用品。这是虔诚的喇嘛教徒为了还愿，才采用这种最虔诚的方式去朝拜。人们为这种虔诚所感动，纷纷解囊相助。

　　羊八井也是个出名的地方。20 世纪 70 年代，这里打出了我国第一口湿蒸汽井，建成了地热发电站，供应着拉萨所需要的电力。现在这里开发了温泉游泳场，供来往的游客洗去旅途的风尘。可惜，这里海拔 4300 米，大多不敢享受这高原的温泉，看看也就足矣。据说，这里的温泉能喷射而出，水柱高达十几米，可惜没看到这种壮观的场面。

　　晚上在容中尔甲宫看表演，吃藏餐。容中尔甲是个歌手，参加中央电视台青年歌手大奖赛后名声大噪，先在九寨沟开了歌舞厅，又在拉萨开了容中尔甲宫，这是拉萨最好最大的旅游歌舞厅，演出印象最深的是一位 80 岁的歌手唱《在那桃花盛开的地方》。老人嗓子很好，嘹亮高昂，只是气喘得厉害，唱两句就要停下来大声地喘气，像拉风箱一样。这时候又觉得有些残酷。老人早该颐养天年了，不该出来再唱了。再有印象深的就是藏族服饰表演了，好像藏族还分有几个支系，服饰各有不同，粗犷与妩媚，剽悍与华丽，那么和谐。

　　吃的藏餐当然是改良过的，真正藏族吃的只有酥油、酥油茶，还有青稞酒。其余的是羊肉和青菜。有些人闻不惯那个油味，就另外叫了面条。在西藏吃饭实际是以川菜为主。这里与四川为邻，四川人来西藏发展的居多。我们经常要求吃面条、菜粥。西藏高原缺氧，做什么都离不开高压锅。在吃的方面，我占有极大优势，不是能吃多少，而是什么都能吃，自己既不受罪，又不给别人添麻烦，还能自得其乐。酥油茶喝了不少，青稞酒只尝了尝。因为这种酒有点儿甜，不好喝。

晚会是在欢乐的锅庄舞中散去的。明天就要离去了，意犹未尽啊。

10月2日早上去贡嘎机场，坐飞机返回成都。

车上，宗俊把最后一卷维生素糖分给了我们。从深圳出发前，我们准备了两袋吃的东西，也包括药品。宗俊是我们的后勤部长，这一路上就由他给大家分发东西，当然东西也由他看管。这是一个团队，大家相处了10天。

我又拿了一瓶农夫山泉。在机场喝了几口，把瓶盖拧好，到成都机场再喝的时候，瓶子已经成瘪的了，像被抽了气似的。这是气压高了的缘故。可见我们人在西藏，也承受着很高的压力。

当晚，我们返回了深圳。没有在家吃饭，立即到啤酒广场洗尘，好找回10来天没喝酒的感觉。

西藏还有许多地方没有去，譬如雅鲁藏布江大峡谷，譬如可可西里，譬如珠穆朗玛峰大本营，譬如墨脱……我大约不会再去了。可是我会始终珍藏着她。雪域高原之旅，我的圆梦之旅。

（2005年10月24日）

方伟元印象

深圳的话剧和小品起步较晚，进入 20 世纪 90 年代才登上舞台。在这些最初屈指可数的"话剧人"里，便有方伟元先生。记得 1992 年初看深圳的第一台话剧《泥巴人》，感叹"文化沙漠"中竟有如此高水平的话剧艺术时，仅有的四个演员中便有老方。那时相见不相识，只知道方伟元来自江西抚州地区文工团，进修于上海戏剧学院导演系，在罗湖区文化馆工作。

我和老方的相识还是由于小品结缘。自 1991 年始，罗湖区抓小品创作常年不懈，集结了一支小品创作队伍，老方是当然的主力之一。我们经常在一起切磋各自的剧本，也经常在一起合作演出，理所当然地成了朋友。

乍见老方，不熟的人会觉得他严肃、古板。接触多了，会发现老方是个待人热情、诚挚，在事业上有执着追求的人。许是在农村锻炼了几年，方伟元完全没有知识分子那种文弱的样子。黑里透红的脸膛，腰板总是那么板直。如果不是在交谈中偶尔蹦出个"是勿啦"的上海口语，你根本不会觉得他是南方人，还以为是个北方的汉子。

我和老方真正的深交，也是缘于小品。在基层工作，很少有纯专业的，大都是拳打脚踢，来的是"全活"。老方也一样，编、导、演全来，样样拿得起放得下。除在剧本上的相互切磋外，我们还一起合作过三个小品。有一件事使我难以忘怀。我的小品《名记》第一次排练时，是邀请了老方参加的。平心而论，老方是十分认真、竭尽全力的。决定参加曹禺戏剧奖评选之后，《名记》作了重大修改。根据导演的意见，角色也要进行调整。老方得知消息后，几次主动找到我说："老梅，如果觉得我不适合修改后的这个角色，就换下来。真的。一切为了这个戏，不要顾及我的面子。"我确实很感动。在到处奉行"市场经济"的今天，老方为了朋友的利益顾全大局，不计个人得失，将自己的利益抛在脑后，确实难得。细细想来，这样不争名利的事还有几次。他都是淡然处之，从无怨言。可以肯定，老方绝不是一时心血来潮做出如此"义举"，而是他的高尚的人品所决定的。联想到每次开创作会议，征求到他的意见，他总是那么认真，或为你出谋划策，或与你分析研究，总是把朋友的事当作自己的事那么认真，也就不足为奇了。

老方是做群众文化工作的，这些年他为基层编导的小品有十多个，为小品在罗湖乃至深圳的普及做了大量的工作。在不断的排练和演出中，为基层培育了一批小品演员，更培养了一批小品观众。如果说小品在罗湖有一定的基础，老方真是功不可没。

来深圳这些年，老方在艺术创作上可以说是硕果累累：在《我爱莫扎特》中扮演老僧获广东省国际艺术节表演二等奖第一

名，小品《庭院故事》《忘年交》获中国曹禺戏剧奖·小品小
戏奖三等奖，《红与白》获广东省业余创作二等奖，等等。更为
难得的是，在这些小品创作中，他没有循规蹈矩地沿用一种模
式，而是对小品的风格样式进行了积极的探索：《庭院故事》是
散文式的，《忘年交》是现实主义的，《红与白》则是浪漫主
义的。

让人意想不到的是，老方虽然在文化馆，却只能是"业余"
创作，他的主业是在公司。原来老方于 1997 年走马上任，掌管
了区文化馆的"三产"。别看公司不大，却着实牵扯着他不小的
精力：他要申请牌照、跑年审、跑各种变更、收租金，甚至还
要打官司。他也觉得很累，想辞去公司职务，专事小品创作。
可几次提出辞呈，就是不允，据说是找不到人代替他。其处事
公道、为人真挚可见一斑。但这就为难了老方：一方面是"公
家"的事不能等闲，另一方面是割舍不去的"自己"的戏剧情
结。不知他是如何在二者之间取得平衡的，想必有鲜为人知的
"绝活"？个中甘苦，唯有他独自品尝了。

戏剧小品是深圳罗湖的品牌，老方也是罗湖戏剧创作的骨
干。取得那么多成绩的老方很低调，对荣誉也在不经意间，他
不事张扬，总是默默地笔耕不辍。老方有个心愿：什么时候能
辞去公司的事，一心一意搞创作就好了。我想，到那时候，老
方一定会百尺竿头，更上一层楼了。我衷心祝愿老方心想事成。

（2006 年 4 月 10 日）

小舒和我

一

小舒今年 56 岁了。因为他比我小一岁，"小舒小舒"的叫了几十年，习惯成自然，改不过来了。我们哥俩有缘，从 1964 年认识到现在，四十多年了。

小舒大名舒承忠，也是阳泉人。他家住在晋东化工厂，我家住在二矿小南坑。哥俩"认识"的时候，只有十四五岁。说起我们的认识，还真有些"戏剧缘"。1964 年底，阳泉市举行学校文艺汇演。哥俩都是文艺骨干，我在矿务局一中，他在化工厂中学。我们演的是独幕话剧《山花烂漫时》，我演一个退休老工人（名字早就忘记了），还获得了一等奖。就因为看了获奖后的汇报演出，小舒说，对我"留下了深刻的印象"。他那时在校乐队吹黑管，我真的没有什么记忆。到了 1965 年，哥俩竟成了"对手"。因为都是校足球队队员，参加了阳泉市学校的比赛。我是阳泉二中的后卫，他是化工厂中学的前锋。断没断过他的球说不准，但他肯定突破过我的防线。因为我本不会踢球，是因为个子大才被体育老师选中做后卫的。

实际上，二十二三岁的时候，我俩才真正的认识，是在左老师家。左晓琳老师是山西省话剧团的导演，是我上山西省艺术学校时的主课老师，"文化大革命"后期下放到阳泉文工团当导演。1972年我去看望5年未见的左老师，正好碰上了他。第一面，就觉得小舒十分机灵，是个浑身透着朝气的小伙子。那时候，他已经在左老师的培养下，成了剧团的主演了。《霓虹灯下的哨兵》演赵大大、《万水千山》演罗顺成、《枫树湾》演苗望春、《风华正茂》演赵晨光，都是主要角色。我们哥俩都是左老师的得意弟子，自然亲近许多。同出师门，他便称我为"师兄"。那些年，我每年都要回家，每年都要看左老师，哥俩每年见一次面。

1978年，省话剧团从下放地吕梁回到省城重建，排演的头一出戏就是《西安事变》。这时，左老师也返回来担任该戏的导演。同时，小舒和我也借到了话剧院。不久，省委组织部把我们的调令一块儿开出来了。那真是开心时刻啊！能到省话剧团从事自己的演艺事业，是梦寐以求的事，如今美梦就要成真了！哥俩憧憬着三十而立之年会在同一个单位大展宏图。遗憾的是，大同不放我走，而小舒顺利地调到了省话剧团。

二

这一别就是8年。其间小舒在省话剧院又创造了许多闪光的舞台形象，像《我肯嫁给他》里溜着旱冰的刘浪才、《特别记者》里讲日语的吉田，这都是他的创造。我们断断续续的常有来往，我和小舒还学过《救救她》里草上飞的格斗呢。

一直到 1986 年底我都 37 岁了才借调回了省话剧团。幸运的是，哥俩同在影视剧部工作。那时，他已经改行当了摄像，我也从吉林艺术学院导演干部专修班毕业成了导演，都不再当演员了。哥俩成了名副其实的同事。

那时是攒足了劲儿想干一番事业的年纪。正好我从大同带来一个朋友写的《车厢里的故事》电视剧本，是写和越南那场战争的。我们认为写得不错，想把它拍出来。于是，一方面找赞助，一方面开始写分镜头本。影视剧部只有一间办公室，白天人多，没法干。于是就在晚上写。小舒住话剧院宿舍，五分钟就到；我更近，就住办公室隔壁。晚饭后，哥俩就在办公室开侃。什么机位啊、构图啊、运动啊、轴线啊，比比画画，争来议去，纯粹的纸上谈兵，却十分的得意。哥俩信心满怀：这部片子，那是冲着飞天奖去的！遗憾的是每集两万元的资金都没落实，这部片子没有拍成。

哥俩的第一次合作，是 1987 年 8 月拍电视剧《特殊采访》。小舒是摄像，章冰老师是导演。我开始的时候什么也不是，充其量算个导演助理。章老师写完分镜头本后，一定要我看看。我在吉林艺术学院曾听过长春电影制片厂的导演讲座，也拍过电视剧《二林小转》，对电视剧有浓厚的兴趣，所以就提出了不少建议。没想到章老师采纳了全部建议，对分镜头本做了全面修改。其实那些镜头基本上全是和小舒商量过的。小舒拍得很下功夫，画面非常漂亮。晚上看回放的时候，大伙激动地直喊"奥斯卡"！后来在电视剧《护航》和《苦果》中，哥俩都在打下手，也没有施展拳脚的空间。好在都是尽心尽责的人，对自己参与的事都会全力以赴。

没事的时候，哥俩会喝着浓茶侃大山。茶杯是用罐头瓶子做的。那时候吃水果罐头是一种奢侈，病人才可能吃。吃完了罐头，瓶子舍不得扔，在瓶口上拧根儿铁丝作把儿，就成了茶杯。虽然简陋，却透着少许时尚。这做茶杯的事，也只有小舒能干。我很佩服。在聂卫平大胜日本人掀起围棋热的时候，我还教小舒下过围棋。记得有一天傍晚，哥俩每人提一瓶啤酒，到五一广场对面的并州饭店路边，守着烤羊肉串，边喝边看来来往往的行人、自行车、汽车，也是一种乐趣。

有时我会去小舒家吃饭。他爱人鲍惠敏也调到话剧院工作了。鲍惠敏也是阳泉人，我俩是乘同一列车到太原的，是艺校的同学。不过，我在话剧班，她在（戏曲）表演班。在学校的时候，大家都叫她鲍子，没成想，一直叫到现在。后来，鲍子调到了华北广播学院，分了房，他家就搬到山上去了。吃饭的时候，他总是把一个酒杯往我跟前一放，让我自斟自饮。那时，他还不会喝酒呢。

在剧院，小舒是个热心人，这是有口皆碑的。无论谁找他办事，他总会尽心尽力。小舒还是个有能力的人。他经常为剧院跑些事，充当外联的角色。而且完成得很好。1988年年底的时候，我正在忻州拍电视剧《晋北题材对话》，恰好调令下来了，手续必须在年底前办完。要回大同办手续，只有几天的时间了。而我是导演，根本不可能离开。我一下子想到了小舒，只有他才能替我把手续办来。那时候办调动可不是件简单的事，那些手里握着点儿小权的人很懂得运用自己的权力。没有点本事，根本玩不转。小舒去了，调动手续办妥了。人生一件大事，我没费吹灰之力，小舒给我办了。好像也没有刻意感谢他。这就是兄弟。

1989 年，小舒去北京电影学院学习了一年。观念发生了很大的变化。回来之后是如虎添翼。他拍摄的《豆花》第二年获得了飞天奖。

1991 年，我们哥俩正式合作了《缉毒行动》。本子是我根据临猗县公安局破获的一起贩毒案件写的。他任摄像，我任导演。搞分镜头本之前，我们到永济相国寺、解州关帝庙、河津黄河边等地采景，感觉非常好。为了拍出好画面，小舒着实动了不少脑筋。比如，高机位俯拍。那时没有大摇臂，在农村和公路上想俯拍就不可能。他想出了个主意：去掉汽油桶的顶，焊两个把手串上钢丝，再用吊车一吊。试了以后，效果还真的不错。他还专门设计了一个远摄镜头，想制造出某种惊险效果。这个倒不太理想。前期拍摄用了半个月，哥俩住一个房间。那时候很辛苦。每天晚上看完回放以后，再研究第二天的机位，往往两三点钟才能睡觉。第二天早上 7 点就要起床，只能睡三四个小时。苦是苦点儿，但是乐在其中。片子有些一般化，看来是功力不逮啊。

我和小舒真正同事，也就是在话剧院这五年。

三

拍完《缉毒行动》后，我就调来了深圳。那时家里也没个电话，之后的两三年联系得少了些。1993 年春节他来看我，我却回了阳泉，面儿都没见着。之后他随剧院的一个剧组又一次来到深圳。深圳给他留下了深刻的印象。于是有了个志向：来深圳发展。为了实现这个志向，小舒三进深圳，可以说是锲而不舍。

第一次，1994 年 10 月间，我准备到广西北海拍一个片子，邀小舒担任摄像。到了北海，由于种种原因，片子没拍成。回来后，我给单位引荐了小舒。

那时，单位刚进来一批设备，需要一张能摆放编辑机的工作台。现成的买不到，定做价钱又高。于是，单位决定自己做。这艰巨的任务就落在了小舒肩上。小舒一个人搞设计、买材料、锯木板、拼装支架、上油漆，没多久，一个工作台就完成了。设备多了，还需要专门的插线板。于是，小舒又用塑料菜板做了两个插线板。插线板一直用到搬进新区委大楼。

这期间，哥俩合作拍摄了《深大 TCL》《国企形象》《柜台风貌》几个专题片，还拍了中心第一部 MTV《我爱大海》。拍《我爱大海》时，因为受经费制约，他着实动了脑筋，我家的沙滩椅、花阳伞、百叶窗都派上了用场。效果还不错呢。

小舒整天乐呵呵的，带给大家的也是欢乐。他和大家相处得很融洽，没多久，我深圳的朋友就都成了他的朋友。

因为单位不能办理调动，半年后，小舒去了车公庙一家叫亚翔的公司，只做了几个月。

第二次，是在老边的推荐下，他去了"世界之窗"。老边是我们话剧院的美术设计，退休后在"世界之窗"打工。正好是1996 年春节前，小舒已经回了太原。他本想过了春节再来，可听我爱人福霞说了一句"人家可不等你啊"，于是就赶来了。

在"世界之窗"的时候，小舒拍摄了大量的资料，填补了他们的许多空白。后来，小舒开拓业务，搞起了"现场直播"：通过摄像机把大型歌舞《创世纪》直接投射在舞台两侧的大屏幕上。一个多小时的晚会，由他一人操控着：随着音乐的节奏，跟着台上的演员，或推或拉或摇、或特或中或全。镜头运动十分流畅，完全看不出什么纰漏。只是没有人替换，累得够呛。

就这样，小舒在"世界之窗"一待就是五年。他在那里，我们就沾光了，自己，还有朋友，凡去"世界之窗"，一定找小舒。五年间，我们时不时地会聚一下：有时候是因为工作，有时候是逢年过节，有时候是来了朋友，有时候是鲍子来深。

2001年，小舒辞掉了"世界之窗"的工作，应邀到北京为中央电视台体育频道的《拳王争霸》担任主摄像。

一年之后，已经52岁的他还是割舍不下深圳，又应朋友的邀请返回来在深圳"视之源"文化艺术有限公司就职。这是小舒第三次来深圳打拼了。这回来，他就在深圳扎下根了。小舒在公司是管理人员，干的是制片的工作。谈业务、组织拍摄，干得井井有条。我不太理解的是，他怎么会舍得放下自己的摄像专业呢？他笑着说，想明白了，干什么都一样。我还真没想明白。

我特别佩服小舒的闯劲。44岁开始闯深圳，十几年了，韧劲十足，一般人坚持不下来。现在他站稳了脚跟，真不容易啊！个中酸甜苦辣，只有小舒自己品味了。我是自愧不如。

四

2002年，我们买房子的时候，正好鲍子也在深圳，福霞就约她一起看房子。她们俩早几年一见如故，很快地成了好姐妹儿。本来没有买房意愿的鲍子，竟然相中了"今日家园"。这下可遂了小舒的心愿：有了房，不再寄人篱下，从今往后是正儿八经的深圳人了。后来，我家选了君逸华府，两家相距十分钟的路程。想的就是住得近一些，老了也能经常走动。

前年，鲍子提前退了休，也来到深圳，结束了他俩牛郎织女的生活。如今，小舒是房子有了，车也有了，小日子又有滋有味地过起来了。

小舒说，我来深圳，是奔着师兄来的。话也不能这么说。他第一次来深圳是住在我家，差不多有半年。这是应该的。他不住我这儿，住哪儿？说来说去，还是哥俩的情谊，这是缘分。当然，这也说明福霞人好，她要不同意，我也没辙。

现在，我们经常去小舒家聚会，由鲍子主厨，吃山西家乡的饭：河捞、不烂子、焖面、和子饭、包饺子。完了就打麻将、聊天。聊天的时候，不知谁会偶尔冒出一半句阳泉话或太原话，立刻就会招来一阵会心的开怀大笑。其乐融融啊！

一晃眼，老哥俩都快奔六十了。好像也没多少变化。要说变化，我看是小舒的酒量长了。那时候去他家吃饭，只给我准备一个杯子，他不喝。现在不但能喝，而且可以和我平分秋色了。他说，这是我、还有我那帮朋友们培养的。我想，这和他长期一个人生活有关。一个人总要有朋友的，有朋友总要喝酒的。鲍子说，坏啦，小舒现在馋酒。哈哈，只要不酗酒就可以啦。

人啊，是要有几个哥们儿的。尤其是像我和小舒这样几十年的哥们，不多。年轻的时候，能互相帮助；到老了，还能说说掏心窝子的话。这也是人生的一大乐事吧。这不，刚接了小舒的电话，约我到金威啤酒广场集合呢。

（2006 年 4 月 14 日作
2014 年 11 月 24 日修改）

后记：

这篇文章写于八年前的 4 月 14 日。

这 8 年间，我和小舒间还发生了许多故事。

比如，在深圳拍摄 MTV《美丽的眼睛》，去河源拍摄专题片《罗湖"双到"工作巡礼》，去广西东兴拍摄电视散文《美丽的京族三岛》，去江西赣州拍摄《我们应该选择怎样活着》，都是哥俩搭班子；

比如，他作为理事、罗雪儿朗诵社社长参与组织了罗湖戏剧家协会承办的所有"今夜我们倾听"诗歌朗诵会，除了忙里忙外，还参加了朗诵；

比如，退休后这些年，哥俩常年坚持快步走，边走边聊，聊天聊地聊时事聊朋友聊过去聊未来。小舒说，"老哥俩要好好地再活 30 年！"

可是，2014 年 9 月 29 日 6 点 40 分，小舒竟先去了……

无以言表。谨以此文作为纪念。

（2014 年 11 月 24 日晨于君逸华府）

我爱我的老师们

一晃眼，离开阳泉 40 年了。

我的小学、初中和高一都是在山西阳泉读的。我由一个小学生成长为一名艺术工作者，这期间，除了教我专业的老师，还渗透着小学、中学老师的心血。这些老师我是永远也不会忘记的。

1965 年，我考上了山西省艺术学校话剧班。话剧演员是要说普通话的，我会讲普通话，要归功于王老师。

我是在河北农村长大的，能讲一口流利的家乡话。1995 年回老家，亲戚们还夸我，说口音一点也没变。我更熟练的当然是普通话，这是我的专业。而最初教我讲普通话的，是王老师。

王老师叫王占忠，是我小学一年级的班主任。记得他高高的，瘦瘦的，头发是花白的。我记得很清楚，头一天上课，他就要求我们做好两件事。一是不要随地吐唾沫。他边做示范边说，那样不讲卫生，另外，唾沫还是帮助消化的。二是课堂上要讲普通话。至于为什么，我没记住。

那是 1956 年，不像现在，讲普通话被认为是"撇京腔"，是要受到嘲笑的。所以，同学们都说家乡话。我是在家和父母说井陉话，出来和大家说阳泉话。王老师是平定人，普通话也不标准，不知为什么他让我们讲普通话。不过，我开始学着讲普通话了，虽然蹩脚，但在课题上也能用普通话回答问题了。同学们却有相当一部分人还是讲阳泉话。我因此受到了表扬，这样一来，说普通话的劲头更足了。可是，下了课还是不好意思讲普通话，就讲地方话。

1958 年，全国推广普通话，学校首当其冲。我们在校门口挂一块小黑板，写几个词，无论老师同学，都必须用普通话读完才能进去。经过一段时间，我坚持下来了。从此，无论课上课下，我都讲普通话。同学们也渐渐地相互适应了。当年 60 多名学生，坚持下来的只有两个人，我和贾田锁。我想，假如我和其他同学一样只会讲地方话，无论如何是不会考上山西省艺术学校当话剧演员的。

当然，那还是"阳泉普通话"，离标准的普通话还有很大距离，这让后来教我台词专业的雷影梅老师没少费力。但说普通话，还真的是王老师的功劳。

王老师后来回了平定老家。我曾打听过，但没问到。想必已经过世了。

当演员上台表演要有胆量，这也是要经过锻炼的。是吕老师给了我第一次上台表演的机会。

我第一次登台表演是在小学二年级。那时候可不像现在的孩子，刚上幼儿园就敢表演节目。五十年前的孩子普遍胆小，不敢抛头露面。而且还很封建的，男女同学在一起演节目，羞羞答答，不好意思。

忘了是个什么节日，大概是六一儿童节吧，我们班也要出个节目。班主任吕老师写了个快板，没人演，找来找去找到了我。我好像很愿意。吕老师一句一句地教会了我，而且还打着竹板。演出那天，吕老师亲自给我化妆：扎了根冲天辫，用墨汁画了副眼镜，脸上还涂了胭脂。挺滑稽的。演出也没有舞台，就是在校园里，同学们围成一圈，我们就在圈子中间表演。

自打演了化妆快板以后，我就成了班里乃至学校里的文艺骨干，每年都要登台表演节目。有些重要的节目我还记得：四年级跳过舞，《春到茶山》；五年级说过《找舅舅》和纠正错别字的相声；初二还和老师搭档演过相声，至今还记得开头两句，"辞去六四冬，迎来六五春，师生同台说段相声"；初三演过小话剧《山花烂漫时》，得了阳泉市学生汇演的一等奖；后来演《我和班长》，已经是"主演"了；到了高一，还演过反映越南人民抗美的哑剧。这一系列的锻炼，使我在台上比较自如，不怵舞台。再后来，我就是大同市文工团真正的主演了，演过几十个角色。

吕老师后来不当老师了。若当年他没选我表演快板，今天可能就少了一个文艺"人才"了。

在班主任老师的培养下，我从小就是班干部。我当导演的组织才能，大概就是那时候锻炼出来的。

在大同文工团的时候，我曾戏言，肯定是学生时期把干部都当过了，现在连个小组长都混不上。虽然什么干部都不是，但却是团里的舞台监督。舞台监督是业务干部，谁都能管。舞台监督可不是什么人都能当的，他要熟悉上演的戏或节目，要熟悉舞台，要有责任心、要有组织能力。我想，这组织能力就是当班干部锻炼出来的。

　　一年级下学期就当上了小队长，二年级开始当班长，有时是班委。从小学到初中，到高中，一直到艺校。六年级时还是大队长，初中是学生会文体部副部长。培养我当干部的班主任老师，在二矿小学一年级是王占忠老师，二年级是吕老师，三年级是杨老师，四、五年级是陈淑梅老师，六年级是罗仁仪老师，初一是刘善明老师，在阳泉矿务局一中十七班（初二、初三）是杨忠琳老师，阳泉市二中（高中）十四班是王培元老师。

　　最锻炼我的，是六年级和初中。罗仁仪老师是我六年级时的班主任，我是班长，还是大队长。大约是"六一"吧，学校组织了一次演讲比赛。当时学校还有两个初中班，我代表我们班参加了比赛。演讲的稿子是罗老师写的，内容是春游。在罗老师的精心辅导下，我取得了第一名。这增加了我的自信。那时候学生的活动不是很多，我记得有"一帮一，一对红"，还跟老师做过家访，做过值周。我就是这样得到锻炼的。

　　初一是在原来的小学上的，叫"戴帽中学"。初二的时候，整合到了矿务局一中。我们很不愿意离开二矿，一些同学就调皮捣乱，结果成了全年级五个班里最差的一个班。后来班主任杨忠琳老师召集我们班干部开会，希望我们能管好自己。我们分头做了同学们的工作，大家一致认为，绝不能给矿工子弟丢脸，一定要争光争气。结果还真的不错，我们班在全校的运动会上取得了团体第一名，在全校文艺演出中也得了第一名，初中毕业考高中，还是第一名。那时候我是做了一些工作的，这锻炼了我的组织能力。2005年同学们四十周年聚会，大伙谈起来依然是津津乐道。

工作几十年，我从来不迟到，在剧组拍片也总是第一个到现场，这和当过班长都有关系。那时候班长负责点名，每天都是踏着《国际歌》声走进教室（那时中央人民广播电台的早新闻6：30到7：00，开始曲是《国歌》，结束曲是《国际歌》）。因为当班长要以身作则，不迟到不早退是首要的。

其实在学校的时候，是为方方面面打基础。我现在写小品，写电视剧，写散文，也是学校读书时打下的基础，几个教语文的老师深深地影响了我。

不知为什么，我喜欢写作文。从四年级开始，我写的作文总是能得到表扬。大概是受到陈淑梅老师鼓励的缘故吧，我的作文比一般的同学写得长。那时，作文占两节课，写小楷，同时也练了毛笔字。我因为有许多话要说，正规的握笔手势写字的速度就跟不上趟，于是就用写钢笔字的方法写起了毛笔字。结果，文章完成了，字这辈子也没写好。

六年级的时候，罗老师要求我们写日记，这对我很有帮助。而且，老师还看，提出意见。当时概念中，国家有许多号召。于是在作文的结尾就有口号式的语言。清楚地记得罗老师有个批语：不要乱发号召。

到了初三，更是受到郭烽明老师（就是写小话剧《山花烂漫时》的老师）的器重，我的作文经常会被作为范文贴在教室后面的墙上。最得意的，是在暑假写了一篇谈理想的作文，洋洋洒洒写了近万字，贴了满满一墙。

其实，在学校是多方受益的。1986 年，我参加全国成人高考，历史卷上有一道填空题：在山东被捻军所杀的清军高级将领是谁。我毫不犹豫地填上了僧格林沁。交完卷我就有些激动。历史是六年级学的，当时就已经过了整整 24 年，我居然还记得僧格林沁。我很喜欢历史课，教我历史的是孙梦兰老师。我还喜欢地理，以至于退休后最想做的事竟是旅游。教我地理的是姓赵的老师。

我能记起来的老师，还有读小学时的数学老师王其昌、美术老师李树隆、音乐老师王金城，以及大队辅导员宋振亭老师、教体育的吕老师和教音乐的马树禾老师；初中时的生物老师杨曼莉、英语老师刘汉、高兴泰，数学老师刘淑青，几何老师赵运鸿，物理老师吕淑英，政治老师张大华、冯毓英，语文老师宋树平，音乐老师叶松枝，体育老师敖国斌。高中只上了一学期，除了班主任王培元老师和英语杨文斗老师，别的老师的姓名就想不起来了。真对不起。

在小学、初中和高中，我不但学到了知识，还学到了老师们敬业、奉献的精神，这辈子受益匪浅。

教师节马上就到了，我向所有教过我的老师深深地鞠上一躬，我想对你们说：谢谢啦！

（2006 年 9 月 5 日）

后记：自打 1966 年离开阳泉，见老师的机会就少了。后来借着同学聚会的机会，先后见过罗仁仪、孙梦兰、杨忠琳、郭峰明等老师。我自己还看望过刘善明、王培元老师。

2004年5月26日，罗仁仪老师在《阳泉矿工》报发表《他是咱阳煤子弟》，介绍了我取得的成绩，特别指出我在"学生时代好学上进，自强不息，成就了他的艺术人生"。2012年春节，李树隆老师赠我藏头诗："玉昆山片名远扬，文章星斗导演忙，福至心灵走艺道，霞光七彩映八方，美不胜收作品广，意气风发志如钢，延年益寿连三老，年高德劭人敬仰。"老师对学生的溢美之词见于报端、跃然纸上，十分感动。

2015年7月30日，我在阳泉海外海酒店设宴，宴请陈淑梅、罗仁仪、李树隆、王其昌、王金城诸位老师，共叙师生之谊。

现在，和李树隆老师还有联系。83岁了，还能视频通话呢。祝愿老师们长寿快乐！

（2018年7月8日）

天边，有一片彩云
——随中国剧作家访问团赴俄散记

　　天边，有一片彩云。

　　"忘记过去，就意味着背叛！"列宁微微前倾着身体，左手插入马甲，右手用力地挥向前方。这不是话剧《以革命的名义》么？耳边巨大的嗡嗡声提醒着我，这是在去莫斯科的飞机上。这次参加的是中国戏剧文学学会组织的第六届中国剧作家赴俄访问团。昨天（6月25日）由于深圳到北京的飞机延误，只睡了3个小时，4点就起床了。8点零5分飞机一起飞就想睡觉，只是迷迷糊糊的，就是睡不着。脑子被搅动着，有些兴奋。是啊——

　　俄罗斯，我并不陌生。

　　很少有一个国家是我如此熟悉的。许多和这个国家有关的事在我脑海里拉起了洋片：小时候就知道马恩列斯，列斯就是苏联的列宁、斯大林，五年级我还学过半年俄语呢。我看过小说《钢铁是怎样炼成的》《静静的顿河》《罪与罚》《安娜·卡列尼娜》……还看过电影《列宁在十月》《列宁在1918》《保卫察里津》……看过芭蕾舞剧《天鹅湖》，唱过《莫斯科郊外的晚上》《小路》，读过果戈里、契诃夫的剧本，学过别林斯基、车尔尼雪夫斯基、普列汉诺夫的美学文章，学过斯坦尼斯拉夫斯基戏剧体系、爱森斯坦的电影理论……我还知道小白桦歌舞团、莫斯科大剧院，知道卓娅和舒拉、高尔基、普希金、屠格涅夫、托尔斯泰、奥斯特洛夫斯基、布哈林、夏伯阳、朱可夫、乌兰诺娃、列宾、加加林……当然，还知道苏修背信弃义、赫鲁晓夫、九评苏共中央公开信、珍宝岛事件……这个国家就是苏联。

1991年12月后，苏联解体，改叫俄罗斯了。其实，在我的潜意识里，俄罗斯还是苏联。俄罗斯是简称，是清朝那会儿汉族人从蒙古族人的读法音译过来的，它的全称是俄罗斯联邦。

在元朝的时候，称俄罗斯族为"罗斯"。这是因为他们居住的地方有一条第聂伯河的支流叫罗斯的河，罗斯河畔有一个罗斯部落。公元6世纪，罗斯部落联合了居住在第聂伯河两岸的斯拉夫部落成为盟主，加入这个联盟的所有斯拉夫人逐渐地都被称为罗斯人了。公元15世纪末，大公伊万三世建立了中央集权制的国家——莫斯科大公国。我们熟知的沙皇和俄国，是伊万四世的事了。彼得大帝时才首次定国号为"俄罗斯帝国"。

就这样，迷迷糊糊着，15个小时后，莫斯科时间3点23分飞机降落在莫斯科的"爷爷"机场——莫斯科有四个机场，这是最老、最大的。机场正在扩建中，护板、脚手架、吊车充斥着四周。

我终于踏上了俄罗斯的领土。

在中餐馆彩虹酒家吃过早饭，便开始了紧张的行程。先是参观全俄罗斯国民经济展览中心，接着是太空广场。午饭后看了彼得大帝出海纪念碑和艺术公园。晚上八点 30 分，我们到了火车站，准备乘车去圣彼得堡。没想到——

铁路，能让我惊奇。

俄罗斯火车站的命名很有意思，它不是叫始发站所在地的名字，而是叫终点站所在地的名字。像我们在北京坐火车，无论去哪里，天南地北，都是去北京站，最多分个西站、南站什么的。俄罗斯不然，莫斯科没有莫斯科站，我们去圣彼得堡，就去圣彼得堡站。所以莫斯科有好几个火车站。这倒好，不会走错地方。

到了火车站，还有让人惊奇的。旅客进了一个大门，就像进了一家商场——一条长长的通道，两旁全是卖小商品的，还有卖饮食的。到了一个有列宁塑像的宽敞的大厅，角落里有售票室，买了车票直接就上了站台，连候车室也没有。见不到车站工作人员，检票是由列车员完成的。那么复杂的一套环节，被俄罗斯人简化得有些不可思议。这在国内是不可想象的。

不可想象的还有他们的列车，车厢是老式的，就连软卧也不例外。车厢一头的茶炉，我觉得像 20 世纪二三十年代的产品，从外表看就很复杂，有管子、仪表，看样子是烧油的。车厢的另一头是厕所。厕所很宽敞，里边有洗脸池。洗脸池水龙头的开关是按压式的，而且在下面。用水的时候必须用一只手压着开关，手一松，就关上了。用着不太方便，却是节约型的。若是国内也用这种开关，肯定能节约不少水。卧铺的卧具要自己铺，列车员是不管的。我看见俄罗斯人起床后又把卧具整理好，这也很稀罕。

稀罕的还有他们的车站。我们乘坐的是直达列车，一路不停。这里纬度高，天黑的晚，都十点多了，还可以欣赏到铁路两旁的景色。这里是丘陵地貌，起起伏伏的。远处的天空蓝蓝的，还镶嵌着朵朵彩云；近处是墨绿的森林和草原，其间点缀着土红色尖屋顶的村舍。真像一幅幅迷人的风景画啊。正诧异见不到车站的时候，有些预制板搭起来的像桥一样的建筑一晃而过。这种"桥"沿着铁路线而建，高出路基半米，有一列车那么长。全部钢筋水泥预制结构：下边的柱子，上面铺的板子，后边立的栏杆。待又见到"桥"上有三三两两的人时，才猛然醒悟到这就是火车站！太简陋了，简陋得你无法相信，无法相信昔日的超级大国的火车站居然是这个样子。够邪乎了吧？

不过，更邪乎的倒不是这像桥一样的车站。临睡觉前，地陪提着一个塑料袋很神秘地进了包厢。他朝外看了看，低声说，别让他们看见。然后从袋里掏出一根6号铁丝说，睡觉的时候把门关好，锁上，再用铁丝拧好。完了还给我们示范了一遍。最后说，无论谁叫门，都不要开。气氛骤然紧张起来，几个人面面相觑。我脑后的头皮明显有些发麻：难道真的这么可怕？按照地陪的嘱咐，锁好门拧好铁丝，忐忑不安地在火车的隆隆声中似睡非睡地休息了。到了下半夜，突然听到咔嗒咔嗒的声音，好像有人在动门！我立刻警觉起来，用足丹田之气大喊一声："谁！"半天没有反应，依然是咔嗒咔嗒的声音。"好像是火车过铁轨的声音吧？"睡在上铺的上海老徐轻声说。"就是。""对。"苏州老褚和深圳老朱附和着。原来，包厢的人都醒了。

哈哈，虚惊一场。

　　天边，有一片彩云。

　　4 点 50 分到达圣彼得堡的莫斯科火车站的时候，天色大亮。来自山西太原的导游小段说，6 月 22 日圣彼得堡刚过了白昼节，这前后十来天昼长夜短，只黑两三个小时。火车站大厅里有彼得大帝的塑像，圣彼得堡就是他建的。

　　这是人们不能不仰视的地方。因为——

　　圣彼得堡，是世界的文化遗产。

　　比起我们国家动辄上千年的城市，圣彼得堡只有区区 300 余年的历史，它是 1703 年建成的。当初，彼得大帝在波罗的海芬兰湾东岸战胜了北欧强国瑞典，打通了俄罗斯的出海口，先在涅瓦河三角洲的兔子岛上建立了彼得保罗要塞，后来扩建成了圣彼得堡。从此，俄罗斯由一个内陆封闭的弱国成为一个濒临海洋的强国。1712 年，彼得大帝把首都从莫斯科迁到了这里。

　　300 多座桥梁把 42 座岛屿连接在了一起，宽阔的涅瓦河穿城而过，圣彼得堡是北方的威尼斯。据说每天凌晨的 2 点到 5 点，涅瓦河上的 21 座桥梁会渐次开启，让轮船通过。此时天空布满了彩霞，河水泛着鳞波。场面之美，绝无仅有。可惜没有这个眼福啊。

　　这座城市是完整地作为世界文化遗产被保护的。由于沙皇一纸手谕，全城至今没有高层建筑。1000 多个名胜古迹散布在全城各处：宫殿、庭院、纪念碑、园林、桥梁、塑像，还有那些装饰着各种雕塑的大型建筑物。置身其中，分明是在艺术的海洋里徜徉。

　　时间并不宽裕，只能择其重点浏览。我们一行游览的名胜古迹有彼得保罗要塞、斯莫尔尼宫、冬宫、滴血教堂、喀山大教堂、伊萨大教堂、夏宫、普希金村等。这些古迹，几乎都与沙皇有关。

　　彼得保罗要塞是彼得大帝亲自监督建造的，它坐落在市中心涅瓦河右岸当年一个叫兔子岛的地方。有了要塞之后，才诞生了圣彼得堡这座城市。沿石阶下到河边，发现要塞正扼着涅瓦河的咽喉。这座高大厚实的古堡，最厚处竟有 4 米。怪不得它后来成了国家监狱，阴暗潮湿的地牢里关押过车尔尼雪夫斯基、高尔基，列宁的哥哥甚至被杀害在这里。要塞中矗立着巴洛克式的圣彼得保罗大教堂，钟楼的尖顶上是一个可爱的天使。教堂内有从彼得大帝到亚历山大三世的俄国历代沙皇的陵墓，末代沙皇尼古拉二世及其全家的遗骸也安葬于这里。

　　汽车缓缓驶离了彼得保罗要塞，我突然想起，彼得大帝为拓展俄罗斯疆土在波罗的海芬兰湾东岸建这个前哨阵地的时候，东方的康熙大帝正在承德建避暑山庄。是的，这年是康熙四十二年，正是 1703 年。现在，都是世界文化遗产。

　　彼得大帝建要塞 5 年后，给妻子叶卡捷琳娜一世建造了一座金碧辉煌的宫殿，也是其女儿伊丽莎白女皇、叶卡捷琳娜二世、亚历山大一世及尼古拉二世最喜爱的郊外行宫。这就是著名的沙皇村。这座宫殿只有两层，蓝白相间，外墙饰有高大的雕像，顶部有五个独具特色的金色洋葱头圆顶——这是皇家教堂。整座建筑富丽堂皇，极具皇家气派。据说内部更好，只是无缘得见。外面是修剪整齐的法式花园，占地极广，幽静而雅致，留下印象的是那被称作"卖牛奶之女"的泉。

　　沙皇村现在叫作普希金村，是为了纪念俄罗斯文学之父普希金而改的名。1811 年，12 岁的普希金进入沙皇村中学读书，在此度过了 6 个年头。园内还有普希金博物馆，是普希金与妻子在 1831 年来此避暑的别墅。在和诗人的雕塑合影的时候还在想，倘若诗人没有决斗，或者决斗了没有死亡，那还有没有普希金村呢？

　　彼得大帝还建了一座别墅，称为彼得宫，通常人们叫夏宫。夏宫坐落在芬兰湾的森林中，主体建筑是大宫殿，还有上下两个花园，豪华而壮丽。挥之不去的是那大宫殿前被称作大瀑布的喷泉群。大瀑布从七层台阶上分左右两边奔泻而下，汇入一个半圆形的水池，四周十几个小喷泉，簇拥着中央高达 22 米喷涌的水柱，十分壮观。其实喷泉倒不稀罕，抢人眼球的是几十个金光灿灿的雕像，竭尽奢华，尽显皇家气派。尤其是那座掰开雄狮大嘴的参孙雕像，形象更为生动。参孙是《圣经》里的大力士，他能赤手空拳把狮子制服。狮嘴里喷出的就是那最高的水柱。瀑布的水直接流进了芬兰湾。

　　沿芬兰湾岸整个下花园，堪称喷泉世界，在林子中散布着整整 150 个喷泉，2000 余个喷柱。什么亚当喷泉、夏娃喷泉、罗马喷泉、金字塔喷泉，还有太阳喷泉、橡树喷泉、小伞喷泉……太多了。最有趣的是暗藏喷水机关的喷泉，若不小心踩到了哪块石头，旁边的树形喷泉便会喷出水花，洒你一身。十几个黄发碧眼的儿童嬉笑其间，好不快活。令我惊讶的还有棋盘山瀑布，最高的泉口居然饰有 3 条中国龙。或许彼得大帝对东方巨龙也有兴趣？

　　遗憾的是，当时的东方巨龙只会雕梁画栋，建座承德山庄，雕座千手观音，建设这复杂的机械装置的景观还真是无能为力啊。

这座城市有三个名字：圣彼得堡、彼得格勒、列宁格勒。一个名字就是一段历史。现在又叫回圣彼得堡，当然，这又是一段新的历史。其实，我所知道的却是它的另一段历史——

列宁格勒，十月革命的摇篮。

1917 年，俄国爆发了二月革命，沙皇尼古拉二世被推翻。之后，俄国出现了两个政权：一个是资产阶级临时政府，一个是苏维埃代表大会。为此，列宁又领导布尔什维克党和人民，进行了伟大的十月社会主义革命。电影《列宁在十月》反映的就是这段历史。

1991 年，苏联解体了。如今这里已经很难寻觅到布尔什维克的踪迹了。但是这并不妨碍我们去寻访那段尚未尘封的历史。

鲜为人知的是，十月革命的前线指挥竟然是托洛茨基。列宁从瑞士返回彼得堡后，藏身于一套公寓之中遥控指挥。托洛茨基是彼得格勒苏维埃大会主席、革命军事委员会主席。就是他单刀赴会，深入彼得保罗要塞，说服守军，使要塞成为起义军的司令部。之后，按照列宁的指示，在要塞的旗杆上悬挂起一盏明灯，给阿芙乐尔巡洋舰发出了炮轰冬宫的信号。

在罗马神话里，"阿芙乐尔"是司晨女神。每天清晨，它唤醒沉睡的人们，送来第一道曙光。正是它，1917 年的 11 月 7 日，给俄国送来了十月革命的曙光。这天凌晨，阿芙乐尔开进涅瓦河。上午 10 时，向全国广播了列宁以革命军事委员会名义起草的《告俄国公民书》。晚上，看到要塞发出了信号，就向冬宫发射了第一炮——这就是"十月革命一声炮响"。

后来，阿芙乐尔巡洋舰参加了卫国战争，曾自沉于港湾。如今，阿芙乐尔巡洋舰静静地停泊在涅瓦河上，成为一座军舰博物馆。前甲板的主炮依然高昂着头，炮口的硝烟仿佛刚刚散去。它像一个功成名就的英雄，接受着来自世界各地的人们的礼拜，这其中就有来自中国的我们。

炮弹落在冬宫的院子里，水兵们高喊着"乌拉"，越过冬宫的铁门，占领了设在这里的资产阶级临时政府。冬宫，昔日的沙皇皇宫，是由意大利著名建筑师拉斯特雷利设计的。这是一座三层楼房，和沙皇村一样，蓝白相间，是18世纪中叶俄国巴洛克式建筑的杰出典范。攻下冬宫后，列宁健步来到冬宫大厅，庄严地宣布："同志们，布尔什维克的同志们，我们一向所说的必须进行的工农革命胜利了！"

现在的冬宫是艾尔米塔什博物馆，一点也没了十月革命的影子，倒是在它的广场上矗立着一根纪念战胜拿破仑的亚历山大纪念柱。这座纪念柱重达600吨，高近50米，是用整块花岗石雕成的。它的顶部是脚踩巨蛇、手持十字架的天使，这是战胜敌人的象征。

布尔什维克推翻临时政府后，把政权中心设在了斯莫尔尼宫。斯莫尔尼宫位于斯莫尔尼修道院旁，是叶卡捷琳娜二世修建的贵族女子学校，也是修道院的一部分。"斯莫尔尼"意为沥青，是个地名。因为彼得大帝时期，这里是专门存放沥青的工场。斯莫尔尼修道院是伊丽莎白女皇修建的，是俄罗斯18世纪末建筑艺术的代表之作。

现在的斯莫尔尼宫是圣彼得堡市政府所在地。大门两侧分别是马克思和恩格斯的头像，周围种满鲜花。楼前的小院里有列宁等身高的塑像，前来旅游的人获准门卫的同意，可以进去瞻仰。我没能进去，只是隔着铁栅栏门望着那个"普通的人"。

离开圣彼得堡的那天晚上，我漫步在涅瓦大街上。不经意间，一个熟悉的影像吸引了我的目光，那不是列宁么？定睛望去，果然是他。路边一幢楼房的墙上钉着一块铜牌，是列宁头像的浮雕，下面刻着1917—1918。这可是列宁当年的故居？朦胧夜色中，列宁向前凝视的眼神显得有些神秘。我默默地驻足良久，脑子里回旋着一句话："十月革命一声炮响，给我们送来了马克思列宁主义"……

在俄罗斯到处都能看到教堂，那是东正教教徒们做礼拜的圣地。那五颜六色的洋葱头顶泛着耀眼的光芒，显得肃穆而庄严。这些教堂都建在居民区，十分方便。我国的寺庙，无论是佛教的还是道教的，都建在深山老林，幽静而神秘。这也是东西方文化的差异吧？不管怎么说——

东正教堂，绝对靓丽的风景。

靓丽的风景似乎有些滥了，但用在这里绝对合适。你想，几个色彩斑斓的形似洋葱头的圆顶在或高或矮、或浓或淡、或青或灰的建筑丛中跃然而出，那是一种什么样的感觉？

在俄罗斯参观的第一个教堂，是喀山大教堂。这喀山教堂的名字来自于教堂内所供奉的喀山圣母像。据说喀山圣母经常显灵，所以成为俄罗斯东正教教徒最敬奉的圣像之一。从外面看，喀山大教堂具有一种帝国的霸气：那非凡的古典式的柱廊围成一个半圆，正中教堂圆顶突出；广场上有座花岗岩喷泉，两旁是俄军统帅库图佐夫和巴克莱·德·托利的雕像。整座教堂庄重而威严。教堂内有些昏暗，神父隐在巨大的黄丝绒帐幔后面，前来忏悔的教徒排着长长的队。那幅圣母像在穹顶中央，需要仰视才能看见。周围陈列着俄罗斯抗击拿破仑时缴获的战旗和一些欧洲城市和城堡的钥匙，好像是1812年—1814年卫国战争纪念馆。到1932年，这里成了国家宗教与无神论历史博物馆。但这并不妨碍喀山大教堂依然是独一无二的俄式礼拜堂。

在格里鲍耶托夫运河边上有一座五彩缤纷的教堂，教堂顶部由五个五光十色的洋葱头组成，整个墙面是马赛克拼成的宗教图像。据说教堂内部的墙壁、方柱和拱顶也是用马赛克镶嵌而成的。这座教堂有一个血腥的名字——滴血教堂。原来，这里是1881年俄罗斯民意党刺杀沙皇亚历山大二世的地方，后人在这里盖了这座与众不同的教堂。

圣彼得堡另一座著名的教堂是位于市中心的伊萨教堂。这是一座圆拱型的建筑物，建筑物上方的雕像以沙皇妻女为原型，是神话故事中的寓言人物，分别代表着信念、睿智、力量和平等。那巨大的花岗岩石柱、雕花的大理石山墙、金黄的教堂拱顶，无不给人以宏大的仰视的分量。无怪乎伊萨教堂与梵蒂冈、伦敦和佛罗伦萨的大教堂并称为世界四大教堂了。教堂名称来自圣徒伊萨，以伊萨命名的还有教堂前面的伊萨广场。巧合的是，彼得大帝的诞生日和圣徒伊萨的纪念日同为5月20日，于是这天便成了俄罗斯的重要节日。伊萨广场成了帝国之都的化身，伊萨教堂则成为俄罗斯帝国中最重要及最隆重的宗教圣地。那用了100千克黄金镀就的教堂穹顶，过了100多年后依旧光彩夺目，令人瞩目。我很想登上大教堂的屋顶，俯瞰圣彼得堡市的美景，可惜未能如愿。听说游人是可以上去的。

天幕湛蓝，白云如絮，映衬着九个错落有致、色彩斑斓的塔楼——美得让人震惊，美得让人目瞪口呆。难怪诗人徐志摩会说，看着它"像是做了最古怪的梦"，因为这是"从未见过的一堆光怪的颜色和一堆离奇的式样"。这就是位于莫斯科红场入口处的俄罗斯最漂亮的教堂圣瓦西里大教堂。教堂原来叫圣母大教堂。后来，一位叫瓦西里的修士在这里终生苦修，于是就改为现名。但教堂的建造既与圣母无关，也与瓦西里无关。教堂是伊凡大帝1552年下令修建的，是为了纪念远征鞑靼人的喀山汗国的胜利。教堂由九座相连的八边形塔楼巧妙地组合为一体。为了纪念八位帮助俄罗斯军队打了胜仗的圣人，教堂屋顶由八个副塔和一个代表上帝的主塔组成。美丽绝伦的教堂并没有给建筑师带来幸运。为了确保它的独一无二，"恐怖沙皇"伊凡大帝残酷地刺瞎了他们的双眼。出头的椽子先烂，木秀于林，必先摧之啊！

令人诧异的是，在红墙内、在克里姆林宫，居然还完好地保留着七座大教堂。这七座大教堂分别是圣母安息大教堂、大天使大教堂、天使报喜大教堂、十二使徒大教堂、救世主大教堂、解袍大教堂、拉扎尔大教堂。这些教堂是大公伊凡三世兴建的，组成了教堂广场，是莫斯科最古老的广场。那富丽堂皇的圣母安息大教堂，是历代大公和沙皇进行加冕礼的地方。靠近莫斯科河畔的天使报喜大教堂，是皇家礼拜堂，也是皇族举行婚礼的地方，里面保留着俄罗斯最古老的圣像壁画。大天使大教堂，是都城迁往圣彼得堡之前君王们的陵寝。在我们中国人看来，这陵寝有些不可思议。52个铜棺挤满了教堂，显得十分狭窄。想想乾陵，想想明十三陵，那是何等的气派啊。俄罗斯，一个堂堂的帝国，这么多君王挤在一座小小的教堂里，难道是想节约些土地？

我十分奇怪，苏联共产党执政了那么多年，为什么还有那么多教堂存在呢？这可是意识形态问题啊。更不可思议的是，在红场的入口处，在克里姆林宫里，在最高苏维埃领导人的眼皮子底下，教堂赫然在目。布尔什维克和东正教何以能长期共存？真是百思不得其解啊。

天边，有一片彩云。

仰望着朱可夫元帅的塑像，觉得他很像战神。要说爱国主义教育，我看俄罗斯做得最好。它摈弃了意识形态的束缚，凡是为祖国做出过贡献的人，它都敬仰。无论在圣彼得堡，还是在莫斯科，在街道、在广场、在公园，都会看到许多塑像。这些或大理石或青铜的塑像，都给我留下了深刻的印象——

俄罗斯，崇尚英雄的国度。

我所见到的塑像，大约分两个历史阶段，以 1917 年十月革命为界：沙皇时期和苏联及俄罗斯时期，包括那些科学家、文学艺术家。可以看得出，他们都是作为英雄、作为偶像供俄罗斯人民瞻仰的。

莫斯科的红场是瞻仰英雄的地方。红场，坐西朝东。它的本意和我理解的不一样，在俄语里它不是"红色的广场"，而是"美丽的广场"。由于克里姆林宫建在一块高地上，地势并不平坦，红场也不是很平，而且出入口都是坡路。想起在片子中看到苏联领导人、各国首脑检阅浩浩荡荡的苏军队伍，那个恢宏的场面叫我有些怀疑究竟是不是在红场。

苏联应该是保存领袖遗体的头一个国家吧，列宁的遗体就保存在这里供人们瞻仰。像红场一样，列宁墓很小，和越南的胡志明墓差不多，和巍峨的毛主席纪念堂比起来，它至多像一座小屋。列宁墓很朴实，没有张扬的雕饰。这天是七一，我特意佩戴着毛主席像章向列宁他老人家致敬。可惜，墓没有开放，瞻仰不到他老人家的遗容。在列宁墓后面克里姆林宫红色的围墙里安放着斯大林、捷尔任斯基、勃列日涅夫等一些苏联领导人的骨灰，前面还有他们的头像。再往前，还安放着朱可夫、高尔基和加加林等名人的骨灰。

看来，第二次世界大战时期的卫国战争是俄罗斯人纪念英雄的重点，在莫斯科有无名烈士纪念墓和胜利广场，在圣彼得堡有胜利公园和列宁格勒保卫战纪念碑。

出了红场左转，便是无名烈士纪念墓。这里有士兵守卫，肃穆而庄严。墓碑前摆放着鲜花，长明的火焰幽幽的，像烈士的英魂在述说着什么。碑上刻着"你的名字无人知晓，你的功绩永世长存"。换岗仪式很庄重，俄军士兵迈着正步，交接完后笔直地守卫在墓旁。栏杆前挤满了游客，有不少儿童，默默地。

为了纪念世界反法西斯战争胜利 50 周年，于 1995 年 5 月建设的胜利广场就大多了。广场后面是纪念碑，纪念碑后有一座扇形卫国战争博物馆，广场右侧是一组大型喷泉，左侧是常胜圣格奥尔基大教堂。远远地，三棱形纪念碑像一把利剑直刺天空。141.8 米的高度，象征着卫国战争 1418 个日日夜夜。碑的三个棱面是表现苏联红军重大战役的惨烈场景的高浮雕，个个栩栩如生。碑的顶端是胜利女神，旁边是吹着胜利号角的小天使。碑的前面是神奇勇士格奥尔基手持长矛刺杀毒蛇的塑像。我们去的那天是多云天气，偌大的天空像被装饰了一番：大片的云彩是蓝灰色的，层层叠叠，浓淡相宜。它像一幅出自大师的水彩画。真的，从来也没见过这么漂亮的云彩。外国的月亮不一定比中国的圆，但俄罗斯的云彩肯定比中国的漂亮。眼见为实。

圣彼得堡的胜利公园里，整齐地排列着许多塑像。我不懂俄文，听略懂一二的上海老许说，这都是苏联二战英雄，有战士，也有科学家。其中有我们熟悉的卓娅、马特洛索夫，就是苏联的黄继光。有一座碑上还刻着一辆坦克，大概是苏联红军的坦克之父吧。不远处是孩子们的小游乐场。我想，孩子的父母或者老师，会带着他们瞻仰这些塑像，给他们讲述英雄过去的故事。

在圣彼得堡，还有列宁格勒保卫战纪念碑。留下深刻印象的是主碑前两组军民抗击德军的群雕，还有主碑后面凹下去的环形石壁上的浮雕和火炬。

由于对斯大林的扬弃，一度遭受挫折的苏联卫国战争二号人物朱可夫元帅成为俄罗斯二战民族英雄的代表，公园里有他的全身立像，在红场北面历史博物馆门前有他骑马的塑像，他的骨灰安放在克里姆林宫的红墙内。

其他的英雄就是沙皇时期的了，首先就是沙皇，尤其是彼得大帝。

彼得一世，他在位43年，一手创建了俄罗斯帝国。所以，沙皇中，他的塑像最多。最有名的是圣彼得堡十二月党人广场上的青铜骑士像。远远地就望见一块巨石上有一匹前腿腾空的骏马，彼得大帝骑在上面，目光炯炯。据导游讲，骏马象征着俄罗斯，马蹄踏着的蛇代表着反对力量。普希金据此曾写下了最出名的叙事诗《青铜骑士》。火车站有他的半身像，在莫斯科，还有彼得一世出海纪念碑。另一尊沙皇的像是圣彼得堡市伊萨广场上的尼古拉一世的骑马铜像。尼古拉是主张对外扩张的，镇压过波兰和匈牙利的民族运动。应该还有沙皇的塑像吧，只是我没看到或不知道而已。

在红场的圣瓦西里大教堂前，有 1612 年打败了波兰侵略军、解放了莫斯科的民族英雄米宁和波扎尔斯基的塑像。在圣彼得堡喀山大教堂前，有 1812 年率领俄罗斯军队打败拿破仑的俄军统帅库图佐夫和巴克莱·德·托利的塑像。莫斯科还有座凯旋门，是为纪念俄军打败拿破仑而建的。门顶上是胜利女神，她手执月桂花环，驱驾六套马车，那神情仿佛昭示俄罗斯是战无不胜的。

像我们知道的，苏联有功勋艺术家的称号。俄罗斯人崇拜的另一类英雄应该是各种"家"了。像圣彼得堡列里宾馆前有车尔尼雪夫斯基塑像，我们看芭蕾舞《天鹅湖》的剧场前有民族音乐之父格林卡塑像，普希金村有普希金塑像，莫斯科还有普希金广场（最近网上说，为了开发，要强行拆除普希金塑像，遭到众怒），还有第一个宇航员加加林塑像。这是导游告诉我们的。车窗外一闪而过的塑像太多了，数也数不清。我想，俄罗斯人被这些英雄包围着，耳濡目染，还能不爱国？

当然，俄罗斯还崇拜神话里的和《圣经》里的英雄，像前面提到的参孙、胜利女神、勇士格奥尔基。

那些塑像塑的是英雄，但同时也是艺术品，大都出自名家之手。像青铜骑士，就是女皇叶卡捷琳娜二世特聘法国名家法尔科内雕塑的，参孙像是由戈斯罗夫斯基制作的，伊萨广场上的沙皇尼古拉一世骑马铜像是由彼得·柯楼特设计的。我们至今还可以强烈地感受到它们的艺术魅力。而那些建筑艺术，像设计伊萨教堂的法国著名建筑师奥古斯特·蒙斐朗、设计喀山大教堂的沃罗尼欣、设计斯莫尔尼修道院的拉斯特雷利，都是欧洲或俄罗斯的设计大师。在俄罗斯，你会觉得艺术就在你的身边。而且我发现，对于俄罗斯人——

艺术，是生活的组成元素。

列宁山，如今叫麻雀山，可以俯瞰莫斯科市容的一块高地。我们遇到了几拨结婚的新人，亲朋好友十几个人，他们除了拍照、开香槟，就是唱歌跳舞。没有外人，完全是自拉自唱自跳。这或许是俄罗斯民族性格使然吧。

还有，我们绝对想不到的是，他们活着的时候浪漫，去世后似乎也真的进了天堂。和我们阴森的墓地不同，他们的墓地堪称是艺术公园。我们游览了莫斯科的新圣女公墓，这里鲜花翠柏，雕塑满园。这里的墓碑设计各异，雕刻精美。有头像、有全身像，有浮雕、有圆雕，有写实的、有写意的。乌兰诺娃是白色大理石浮雕，大师跳舞的形象，应该是《天鹅湖》的造型吧。写《钢铁是怎样炼成的》的奥斯特洛夫斯基，是黑色大理石横着的浮雕。还有纯粹的生活场景，一个老人坐在石凳上小憩，不远处卧着他的爱犬。还见到一个线条勾勒的头像，十分简洁。赫鲁晓夫的墓碑极具特色，由黑白相间的大理石构成，说是代表着他一生的功过各半。这里还有作家果戈里、契诃夫、法捷耶夫和马雅可夫斯基的墓碑，绝不雷同。王明在这里也有一席之地，是一尊头像。置身于墓园之中，给人以一种十分奇妙的感受。你会觉得，你与墓碑的主人亲近了许多。这是一种墓园文化。

当然，在俄罗斯，要想享受艺术的饕餮大餐，那还得去博物馆。

世界有四大博物馆：伦敦的大英博物馆、巴黎的卢浮宫、纽约的大都会艺术博物馆、圣彼得堡的艾尔米塔什博物馆。说艾尔米塔什博物馆有些陌生，说冬宫就觉得亲切了。冬宫是这个博物馆的一部分。这是座白绿相间的建筑，最早是叶卡特琳娜二世女皇的私人博物馆。叶卡特琳娜从欧洲收购了各种各样的艺术品，绘画、雕塑、书籍、硬币、纪念章，等等。现在的博物馆分为东方艺术馆、远东艺术馆、西欧艺术馆。馆藏270万件艺术品，如古埃及的石棺、木乃伊，伊朗的银器，中国的甲骨文、敦煌千佛洞的雕塑和壁画，泰国的雕塑，文艺复兴时期的绘画、素描、雕塑，等等。镇馆之宝是座孔雀钟，极其珍贵。还有达·芬奇的《戴花的圣母》《圣母丽达》，拉斐尔的《科涅斯塔比勒圣母》《圣家族》，米开朗基罗的雕塑《蜷缩成一团的小男孩》。馆里还有我国的齐白石、徐悲鸿和张大千几位大师的作品。不过，苏州的老褚说，那是赝品。不免有些扫兴。

莫斯科有一个世界著名的美术馆——特列季亚科夫美术馆。这原本是个私人收藏馆，主人特列季亚科夫是个商人，酷爱艺术品收藏。著名的作品有列宾的《意外归来》和《伊凡雷帝与他的儿子伊万》，克拉姆斯特依的《无名女郎》，彼得夫的《三套车》，伊万诺夫的《基督显圣》，萨夫拉索夫的《白嘴鸦飞来了》等等。真是大饱了眼福啊！1892 年主人将收藏献给了莫斯科市政府，院里有他的雕像。

普希金造型博物馆是另一个绝好去处，它是莫斯科最大的外国艺术品收藏馆。馆里原先陈列中世纪和文艺复兴时期的复制品，1923 年后才收藏真品。我们看到了米开朗基罗的《大卫》，罗丹的《夏娃》。还欣赏到了毕加索的《站在地球上的少女》，凡高的《放风的囚徒》，莫奈的《草地上的早餐》，伦勃朗的静物画。

说实话，欣赏那些作品我还真不在行，只是仰慕大师的名声而已。这辈子能亲眼观赏到这些真迹，就是莫大的荣幸了。

莫斯科的地铁，说是一个博物馆也不为过。我们只看了革命广场站和基辅站，一个车站是雕塑群，柱子的四周是工人、农民、学生、运动员和战士的塑像；另一个车站是绘画，是俄罗斯风格的宣传画。风格虽然不同，但却可以看得出俄罗斯人对艺术的需求。

我们看了两场戏。在圣彼得堡芭蕾大剧院看了《天鹅湖》，好像不太正宗。舞台简陋，场面也没那么宏伟，演员的功夫也差。我看过日本松山芭蕾舞团和中央芭蕾舞团的《天鹅湖》，都比这好。在莫斯科大马戏院看了一场马戏，剧团的名字很奇怪，导游阿德说叫什么"英雄领导"。上海老徐说，比上海马戏团差远了。有上当受骗的感觉。芭蕾和马戏，应该是俄罗斯的长项，这么一般的水平只能糊弄游客。可能都是让市场闹的。更遗憾的是，作为戏剧家代表团没看上俄罗斯的话剧，几个著名的剧院，像莫斯科剧院、契诃夫艺术剧院、丹钦科剧院也没看到。据说莫斯科有 150 座大大小小演出话剧的场所，常年演出契诃夫、奥斯特罗夫斯基、莎士比亚、莫里哀等大师以及俄罗斯和西方的现代话剧。中国的话剧虽然从日本舶来，但正统学的却是斯坦尼体系。既然到了"祖师爷"的家乡，应该顶礼膜拜才是啊。

在圣彼得堡涅瓦大街和莫斯科阿尔巴特大街，都有许多街头画家，技艺之高，令人咂舌。这是一景。莫斯科奥运村旁边有个专卖民间工艺品的跳蚤市场，这里有披肩、琥珀、桦木制品、套娃、酒壶，等等，琳琅满目。这也是一景。短短几天，肯定是孤陋寡闻。但是，真的——

俄罗斯一游，值。

俄罗斯还有一景，抽烟的少女。俄罗斯的少女很漂亮，窈窕的身材，妩媚的笑脸。但是一过十八岁，就人高马大，成俄罗斯大婶了。几乎无一例外，每个女孩子都抽烟，当然是女士香烟。金发飘逸的女孩，或坐、或站、或行，纤纤手指间夹着细枝烟卷，确实是一道独特的风景。

莫斯科的士少，当局允许私家车充当的士。而圣彼得堡，干脆就没有的士，完全由私家车承揽。你需要车的时候，站在路边挥挥手，就会有车停下来。谈好价，就 OK 了。这种车不是搞营运的黑车，不是专门拉客的。他是上下班或者办什么事，价钱合适，就顺便拉你一程，挣点儿外快。

早听说俄罗斯物价昂贵，此番有了切身体会。12 个卢布去洗手间，合人民币 4 元钱。圣彼得堡盛产琥珀，但也价格不菲。比黄豆大不了多少的几粒，也要 100 多元。久闻鱼子酱大名，本想买些回来享受。一问价格便退下阵来：100 克 32 欧元，若是黑色的要 90 欧元。

俄罗斯有许多中国餐馆。圣彼得堡有桃园、亚细亚、东方红、房子、瑞龙居、中国城；莫斯科有彩虹、友谊、包青天、老北京。在老北京，见到了 28 年没见面的李宗伦。我们是老同事。1978 年山西省话剧团上演《西安事变》，我是 B 组毛泽东，他是 B 组关团长。我们谈得来，还在团里美工张国凡家喝过酒。后来，他调回北京，先后在二炮文工团、总政话剧团工作。因为俄语好，10 多年前到了俄罗斯。如今是这里的老板。他也没有完全脱离文化圈，和国内合作拍过影片、搞过中俄文化交流，还是全国政协的海外委员呢。

7 天时间一眨眼就过去了。总的感觉一个字：爽！

7 月 3 日，北京时间凌晨 6 点，飞机降落在北京首都国际机场。不经意间从舷窗向外望去，蓦然发现——

天边，有一片彩云。

（2006 年 9 月 16 日）

拾捡儿时的快乐

　　十五的夜晚，望着皎洁的明月，不知怎么就突然想起了小时候，想起了儿时的游戏。

　　儿时不懂得赏月，只是听老人们讲，月宫里有个嫦娥，还抱着一只大白兔。月亮洒下了多少神秘啊。我们可不愿意空耗这美妙时光，早早地约了同学，跑出去捉迷藏了。四五个小伙伴聚在一起，经过几轮"庆杠锤"，最后的赢家便去藏起来，任由输家去找。赢了的那位，或藏在阴影里，或躲在砖墙后，或闪在大人们的空隙间。看着小伙伴四处张望着从旁边寻找着走过，躲在暗中的赢家就偷笑了。当然，最终的结果还是藏不住的。这时大伙儿会大呼小叫地雀跃欢笑，招来大人的几声呵斥。然后，压低了声音，又开始"庆杠锤"……

　　儿时的我们是快乐的，因为我们有许多游戏可玩。可现如今，许许多多好玩的游戏，渐渐地消失了。

一

捉迷藏是集体游戏，集体游戏还有老鹰抓小鸡、打仗，女孩子爱玩丢手绢。

玩老鹰抓小鸡的时候，男孩子都想表现自己，愿意充当老鹰或者母鸡。只能由一个人担当的角色，最公平的办法就是用"庆杠锤"来确定。出拳的时候，不是喊"一二三"，而是喊"庆杠锤"。"庆杠锤"，这是山西阳泉的叫法，其实就是"石头、剪刀、布"。那里也不叫布，而是叫包袱。赢了石头的时候，就是把你"包（住）了"。

老师在的时候总是扮演母鸡的角色，老师不在就是一个高大的同学充当母鸡。母鸡在最前面张开双臂护着后面的"小鸡"。后边的同学揪着前边同学的衣服，一个揪一个，长长的一队，像龙摆尾一样。老鹰在前面，抓住一个就算赢了。往往五六个回合下来，后面的小鸡就跟不上前面的步伐了，自己先乱了阵脚，会跌倒一片。这时候，老鹰就冲上去把小鸡抓住了。大家嘻嘻哈哈地拍打着身上的灰土，又开始下一场。

玩集体游戏大都在放学以后，时间比较长。这时，女同学会玩丢手绢。大家在操场上围坐成一个圆圈，不许东张西望，一个同学拿着手绢，悄悄地丢在某个同学的背后。在她没发现以前，丢手绢的同学能尽快地转回到这个位置，就赢了。输了的同学就要站在圆圈中间唱支歌。如果发现手绢在自己背后，就赶快捡起来去追丢手绢的同学。如果追不上，让她坐了自己的位子，也是输了，也得唱歌。如果追上了，就赢了，丢手绢的同学还得继续丢。丢手绢还有一首儿歌呢："丢手绢，丢手绢，轻轻地放在小朋友的后面。大家不要告诉她……"

男孩子玩得最开心的游戏是"打仗"。玩打仗，要在星期天，而且要到野外。大伙儿会带上各自的武器：用木头或铁丝做的手枪、冲锋枪，到约定的地点集中。开始前先要出手心手背，分成两伙。一伙儿扮"解放军"，一伙儿扮"国民党"。至于谁扮"解放军"，谁扮"国民党"，就由两队的头儿"庆杠锤"来决定了。赢了的会把柳条折下来，编成帽圈戴在头上，很像电影里"解放军"的样子。守阵地的是"国民党"，"解放军"勇敢，打冲锋。

在山坡上，两队远远地拉开了距离，随着"轰！""轰！"的炸弹声，先扔一阵手榴弹——就是土坷垃，基本上打不着人，打着也不要紧。有人会假装中弹倒下，然后又爬起来继续"战斗"。之后，"解放军"嘴里喊着"冲啊！""杀啊！"地往上冲。近了，大喊"缴枪不杀！"紧接着就是短兵相接，展开肉搏战——摔跤。一对一地在坡地上翻来滚去，直到汗流浃背，每个人都滚成泥猴。其实，往往是势均力敌，也不见得就是"解放军"赢，"国民党"也会打败"解放军"的。大家都很卖力，直玩得精疲力竭才会打道回府。

二

20世纪50年代的游戏十分丰富，各种类型的游戏都有，像滚铁环、跳绳就属于运动型的游戏。

相信大部分爷们都有过滚铁环的经历。现在城市里家家都用上了自来水，已经用不着水桶了。即使偶尔用水桶也是塑料的。我们儿时楼房不多，大都住在平房，而且家里没有自来水。自来水在户外，大约几十户用一个。要用水只能出去挑水。下班以后，自来水龙头前会排起一条挑水的长龙。供水也是定时的，早来的会把水桶放在自来水龙头旁排队。大大小小的水桶排在一起，也是一幅独特的景观。大部分水桶是铁的，也有木水桶。我们滚的铁环就是用来箍木桶的铁箍。铁箍的内圈是平的，外圈是弧形的。内圈平，和木条接触面大，好固定；外圈弧形，是为了美观好看。

上学的路上，男同学几乎都滚着铁环。看着同学们滚铁环，前前后后响着哗哗的声音，心里边痒痒的。好朋友也会让你绕着操场玩儿两圈，但那毕竟不是自己的。因此，拥有一个自己的铁环，便成了一种奢望。弄个铁环其实也挺难的。家里的木桶轻易不坏，即使坏了，也是换换木条，铁箍依然派着用场。虽然杂货铺里有铁环卖，但父母是绝不会花钱给你买的。我的第一个铁环是从姥娘家拿来的。姥娘家木桶多，铁箍也多。在我的央求下，舅舅终于给了我一个。简直高兴坏了。回来的路上，我把铁环斜挎在肩上，像哪吒的乾坤圈。

滚铁环的弓子也很讲究。首先它必须是硬的，软了滚不动铁环。在矿上，8 号铁丝还比较好找，好多是废弃不用的。我们用铁锤把铁丝砸直，一头弯成 U 状，另一头弯成手柄。手柄竖着看有些像 B，中间凹进去，好握。最后用红布条把手柄缠绕起来，就更舒服了。滚铁环的技术在于拐弯，掌握不好力度铁环就会倒下。往右还好，有铁丝帮着就拐过来了。往左拐，十有八九拐不过来。后来，也有用细钢筋焊成铁环的，不过很少，也不好玩。

自从拥有了自己的铁环，早上也可以滚着铁环去上学了。记得学校开运动会，滚铁环还是其中的一个项目呢。

跳绳既是一种运动，也是一种游戏。单独跳的时候，一般是比跳的次数，看谁一次跳的多且不失误。再有就是规定时间内跳多少，失误了可以重来。玩的时候还有花样。常见的是连跳，就是跳起来后绳子能连续过两次，最好是连续过。很少能连续过三次的。这不但要跳的高，而且悠绳子要快。高级的是挽绳花，跳过以后，两手迅速交叉，绳子会在头上挽个花，然后接着跳。最有意思的是集体跳绳，两个身强力壮的同学悠起大绳，别的同学喊着一二三依次往里跳，最多的时候同时跳的有十几个。那个场面，也是很壮观的，往往会引来其他班的同学们驻足观看。

三

低年级的时候，许多游戏是不分男女一块玩的。但是，我们从小就有男子汉的游戏，像弹弓、玻璃球，女同学是从来不染指的。

那时候的男孩子书包里都有一副弹弓，玩弹弓是我们乐此不疲的游戏。弹弓的架子有两种，一种是树枝的，一种是铁丝的。树枝的架子是选用 Y 形桠杈做的，一般用枣木，因为枣木硬，不容易断。绑皮子的地方要用刀刻出小槽，以防皮子脱落。下边的手柄，要缠好多布以增加它的粗度，好握。树枝的不多，大部分还是铁丝做的。铁丝依然以 8 号为最好，太软了不行。

实在没有 8 号的，用 6 号的也行，不过，那就必须要双起来才行。窝架子是个技术活儿，不但要实用，而且要美观。有了铁丝，再拿来钳子、榔头，就可以做架子了。可以做成直角的，也可以做成有弧度的，握的柄也要窝好。架子做好，还要再加工一番。用漆包线或者花花绿绿的炮线把架子缠绕起来，十分好看。弹弓的皮子很重要，我们把坏了的自行车内胎拿来，先划好线，再剪下来。杂货铺也有卖的，有红色的也有黑色的。最好的是输液管，弹性极好，弹得很远。包子弹的小皮子很不容易搞，往往会到修鞋的小摊上找人家不要了的边角料。子弹就要去河滩里找了，圆圆的装二三十个，经常会把口袋磨破。少不了又是一顿训斥。

弹弓最主要的用途是用来打鸟，以麻雀为主。那时候，麻雀是四害（老鼠、苍蝇、蚊子和麻雀）之一，属于被消灭对象。况且当年也没有保护动物这一说。有几年麻雀很多，总是在树上叽叽喳喳地叫。我们握着弹弓悄悄地走过去，瞄准了，啪地一下把石子弹出去，技术好的就会掉下一只麻雀，捡起来炫耀一番。技术不好就会把麻雀吓走。我的技术不行，记忆中就没得过战利品。但这并不影响我对弹弓的钟爱。

我们对弹弓还有发展，就是微型弹弓：架子做得很小，皮子用女孩子扎头绳的橡皮筋，子弹是把纸卷成火柴杆长短粗细的小纸卷折起来的。更简单的，干脆把架子省了，食指和拇指伸开，形成一个"八"字，橡皮筋就直接架在指头上。这种弹弓是用来对射的。纸卷子弹打在脸上，也是生疼的。

还有个游戏是男孩子们必不可少的，想你也猜着了，对，弹玻璃球！

玻璃球，有彩色的，也有无色的。彩色的也分纯彩色和混彩色两种。纯彩色里边是一种颜色，混彩色有三种颜色。颜色呈片状，像扭麻花一样。还有的里边做的是花。无色的就简单了，像是手工作坊做出来的，比较粗糙。玩的时候，在地下挖个小坑，远远地划上一条线，各自放一个球。"庆杠锤"决定了顺序，就先后用另一个球弹放在地上的球，直到把球弹进坑里去，就可以赢了这颗球。还有一种玩法。把球放进小坑里，看谁能把它弹出来，谁弹出来就归谁。我们弹的球还有钢球，实际就是轴承的滚珠。因为生活在矿区，有煤车，有电机，总有坏了的轴承，就总有钢球玩。

除了弹玻璃球，还有个玩的是弹杏核。吃完杏，杏核是一定会留下的。因为甜杏仁可以生吃，也可以腌起来吃（有一种杏仁是苦的，不能吃）。我们很少吃，主要是用来玩。弹杏核的规则和弹玻璃球差不多，方法却不一样。弹玻璃球是把球放在弯起来的食指间，用拇指用力弹出；弹杏核是用拇指挡住食指或中指以形成力度，然后用劲弹向杏核。能赢许多杏核也是向同伴炫耀的资本。

儿时还有好玩的，就是扇洋片、扇三角。

洋片，我总觉得和火柴有关。大小就和火柴盒上的火花差不多，而且那时候的火柴不叫火柴，叫"洋火"，也叫"洋取灯"。洋片上面画着《三国》或《水浒》中的人物，什么刘备呀、曹操呀、宋江呀、李逵呀，很好看。整张的洋片有几十幅图吧，我们是花一两分钱买几张，然后剪开来玩。三角是用香烟盒折叠的。那时候的香烟没有硬盒，都是软纸包装。有的人为了增加它的分量，还剪了同样大小的"马粪纸"（像现在鞋盒子那样的纸，没有现在的硬）包进去。

扇洋片和扇三角的玩法略有不同。扇洋片时，五指并拢用力向地上的洋片扇去，这时会产生一定的风力，如果能把洋片翻过来，就赢了。而扇三角，则是手里还拿着一张三角，用手掌加三角的风力把地上的三角扇翻。扇洋片和扇三角要特别注意，往往为了产生更大的风力，手掌会尽量靠近洋片或三角，也就是靠近地面，稍不注意手指就会和土地产生亲密接触，指甲缝间会擦进泥沙，渗出鲜血。我就有过这血的教训。

洋片还有一种玩法是拍。拍的时候五指并拢形成窝状，然后用力在洋片旁边拍下，也是利用产生的风力，让洋片翻过来。

四

儿时也有益智型游戏，像石子棋、九连环，那是要动脑筋的。

石子棋比较简单，在地上画一个棋盘，捡些石子，就可以玩了。比较常玩的是"羊吃狼"和"憋茅坑"。"羊吃狼"，羊肯定吃不了狼，而是20只羊围堵一只狼。狼像象棋里的炮，吃羊的时候，要有只羊做炮架子，越过去，就可以吃掉（拿走）一只羊。羊就要想办法连成两只羊，狼就吃不成了，最后被羊逼进狼窝，羊就赢了。否则，狼就赢了。

"憋茅坑"更简单了，一边一颗大石子，一边四颗小石子。只要大的有步子可走，就没输。只有走不动了，被"憋"进了"茅坑"，就输了。这个简单的玩法，比的是反应，看谁走得快而准。一段时间玩石子棋都玩疯了，这堂课间没赢，下堂课间还玩，连去厕所的工夫也没有。

我们也下象棋，不过没有棋子。棋子是用硬纸剪的，找来"马粪纸"，用墨水瓶盖比着画好圆圈，然后剪下来，再用红蓝墨水写好字，再划好棋盘，一副棋就做成了。我象棋的启蒙，就是从这纸象棋开始的。

九连环，这就比较复杂了。九连环是用铁丝做的，大约用的是4号铁丝。记不太准确了。只记得它由两部分组成，有一把"剑"，还有九个连在一起的铁环。如果是分开的，就把它套在一起；如果是套在一起的，就把它分开。玩九连环可不那么容易，要没有人指导，你简直就是白费力。我是花了很长时间才玩利索的。

五

有些游戏是需要自己动手才能玩的，这是动手型的游戏。当然，前面说过的滚铁环的弓子、弹弓的架子、打仗时候用的"枪"、三角也要自己动手。这些游戏简单，有的是即兴的。

玩纸飞机，一张纸三折两折，就折成了一架飞机。用手捏着使劲朝上一扔，飞机便会借助空气的浮力向前滑翔。教室里课间时间经常会有大大小小、花花绿绿的飞机飞来飞去。有时候，我们也会到操场上去玩，比比谁的飞机飞得远。

纸风车也很好玩。拿一张正方形的纸（最好有些硬度），对角两折，沿线剪开——当然不能剪断，然后拿起间隔的四个角粘在一起，中间用铁丝串起来插在木棍上，风车就做成了。最后这两个环节还不太好操作。铁丝的一头需要窝个环，以防风车脱落；往木棍上插，也有难度，铁丝不是尖的呀。还有，串纸风车的两头都要光滑，不然是转不起来的。有风的时候拿在手里，风车就会转起来；没风，就要跑起来风车才能转。这时候，太快了还不行。因为阻力大的缘故，风车往往会被毁掉。

布老鼠见过吗？所谓布老鼠是用手绢叠的。我叠布老鼠是跟姥娘学的。把手绢对折一下，两头再相对搭住，然后再往里卷。差不多的时候，反过来再卷，这样手绢就包起来了。再抽出两个头，一头打个结，就成了老鼠的耳朵，另一头就是尾巴。玩的时候，把左手手臂弯起来，老鼠头向里放在弯曲的手掌上，手指尖正好托住老鼠的屁股。右手轻轻地抚摸着布老鼠，左手指猛地一曲，布老鼠顺着手臂"嗖"地一下就窜走了。这一招逗小孩最管用。每次逗妹妹玩，总能惹得她咯咯咯地笑。现在玩具多了，手绢也不用了，我这门手艺看来也要失传了。

赶陀螺。陀螺是学名，那是大城市人的叫法，当然，书上也这么写。我们那里不叫陀螺，叫"木牛"。为什么叫木牛，我也不清楚。大概是因为用木头做的吧。做木牛是要下一番功夫的。找个断了的铁锹把、镐把很简单。那时候，家家都生火，需要劈柴，凡是木头的都不会丢掉。找来铁锹把或镐把，用锯子锯下一段（那时候——又是那时候，没办法，那时候锯子是家里的基本生活工具）。接下来就是个细活了，用菜刀、小刀、砂布，小心地把一头削尖。这要花去两天的业余时间。这时，要在顶尖的地方，镶上一颗滚珠。这样转起来更快些。然后，浑身涂上自己喜欢的颜色，再在面上正中间摁一个图钉，这样，木牛就做完了。还得做根鞭子，鞭杆一般都是竹竿做的，鞭绳用麻绳，有时鞭梢拴一截皮条，这样的鞭子耐抽。这时候就会迫不及待地跑到外面，找一块坚实的土地，把鞭子顺时针缠在木牛上，用力一拉，木牛就会飞快地转起来。稍慢下来，就抽一鞭子，木牛就又加快了速度。玩油了，眼看着木牛慢下来也不管，直到它东倒西歪快不转了，再迅速地抽几鞭子。技术好的，木牛就又欢实地转起来；技术不好的，一鞭子下去就把木牛抽死了，只好重来。

玩水枪也是一乐。找一根粗一点的竹子，锯一节下来，一头带节，一头不带节。在带节的一头钻一个眼儿。另外找一根竹筷子，在一头缠上布条。把它塞进竹筒里，水枪就做好了。其实就是注射器的原理。把它吸满了水，使劲一推，水能射出去很远。我们经常用它打水仗，直到把衣服都打湿了，也就尽兴了。

万花筒有卖的，但我喜欢自己做。做得有条件，那就是遇上划玻璃镜子、而且大小不合适需要裁边的才行。有时候玻璃镜好找，划玻璃刀就没地方找了。直到现在，那也是一件专业工具。你还得会说好话，师傅才肯给你划，而且划成长短宽窄一样的三条。有了这三条玻璃，基本上就大功告成了。把三块镜面朝里支成三角形，外面用报纸裹住，再用线绳缠好。找来五颜六色的玻璃纸（塑料纸）剪碎装进去，两头再用玻璃封好，万花筒就做成了。虽然外表不好看，但里面的世界很精彩。举起来朝里望去，真的是五色缤纷、色彩斑斓，像一个童话世界。不知道现在的小朋友有没有兴趣自己动手做这些玩具？

六

压跷跷板、打秋千，那是为数不多的由公家出资做的器械型大型玩具。现在偶尔也能看到，不过和五十年前相比，都属于袖珍型的了。儿时的跷跷板很高，翘起来的那头有一人多高。我们玩跷跷板，比的是速度，快落地的时候，两腿用力一蹬，跷跷板哗地一下就起来了。很过瘾。

不过，打秋千才是最刺激的。我玩秋千是跟三姨学的。小时候在老家跟着三姨玩，她喜欢打秋千，每次都带着我。开始的时候不敢站着，就坐在板子上。后来，就敢站起来了。这时候还是三姨带着。再后来，就敢独自玩了。而且越打越高，几乎快荡平了。多少年以后，"文化大革命"中我到山西省委党校，还玩了一把秋千。看得他们都有些目瞪口呆。周围的人，还真没有超过我的。打秋千锻炼了我的胆量，后来到剧团装台，不畏高，多高多险的地方都敢去。这是儿时唯一为长大后打下基础的游戏。

七

有没有什么道具都不用，徒手型的游戏？当然有。不过很少罢了。像掰手腕、掰中指、坐轿、跳"山羊"、碰拐，都是。

掰手腕不必细说，现在也有人玩。掰中指就没人玩了。其实简单，和掰手腕一样。两个人面对面地坐好，伸出各自右手或左手的中指，相互勾在一起，然后再用力把对方扳倒。僵持的过程中，中指被勾得生疼，有的人就坚持不住了，先自败下阵来。坐轿要三个人玩，两个人相互交叉着攥住手腕，形成一个座椅，另一个人坐上去。或上下忽悠，或托着他跑，也很好玩。有的时候还比赛呢。这就要调整好步伐，步调要统一，否则很容易摔跤。跳"山羊"，体育课上有这个项目。但是，此山羊非彼山羊也。我们是让一个同学弯下腰去充当山羊，然后其他同学来跳。这个扮山羊的同学，通常个子要小，高了别人跳不过去；还要有力气，没力不是被推倒了，就是被压倒了。

碰拐是一对一的游戏：一条腿金鸡独立，把另一条腿扳起来放在膝盖的位置，然后相碰，落下腿的一方就输了。碰拐有三个战术：碰、压、闪。两人后退几步，然后同时向对方冲去，以膝盖碰膝盖，这是碰；两人纠缠在一起，有人会抬起扳起来的腿向对方的腿压下去，这是压；一方在对方进攻的时候，突然闪开，这是闪。无论哪种战术，成功了就行。白猫黑猫，抓住老鼠就是好猫。

八

前边说的游戏，基本上是男孩子玩的，个别的是一块儿玩的，女孩子有自己玩的游戏。像跳猴皮筋、拍皮球、抓子、踢毽子、跳坊、玩金金宝，基本上就没有男孩子的身影。

跳猴皮筋是女孩子们的拿手好戏，一下课，她们就会聚集在一起，又唱又跳。猴皮筋有两种：一种是一根长的，两人分别拽住两头；一种是环形的，套在两个人的身上。跳的花样就很多了：一根猴皮筋，就有单人跳、双人跳，还有四五个人一起跳；环形猴皮筋，一般是单人或双人跳；还有把猴皮筋拉成三角形或四边形的，几个人转着跳。不管哪种跳法，都是从小腿、膝盖、腰、胸、头顶依次升高，直到举过头顶。多人跳的时候，为了统一节奏，她们还唱着歌谣。也不记得她们唱些什么，反正挺欢快的。

抓子很好玩。先把一个子高高地抛起来，然后迅速地把下面的子摆成三堆各一、二、三个；接住落下来的子后再抛起来，把下面的子一下子抓起来后接住落下来的子。子有多种，有石子，有杏核，最牛的是羊骨头。那时候有卖羊杂汤的，熬过汤后羊骨头就没用了。羊腿关节处那块小骨头，正好派了用场。杏核和羊骨头还染了颜色，也是蛮好看的。

踢毽子是很普通的游戏。像男孩子书包里的弹弓一样，女孩子书包里装的是毽子。毽子是鸡毛做的，找几根公鸡毛，再找三个铜钱摞在一起，把鸡毛固定在钱眼里，毽子就做好了。踢毽子的花样很多，尤其在北京。五十年前的阳泉就简单多了，就是踢来踢去，最多是两个人对着踢，像踢到头顶上啊，转圈啊，脚尖脚边啊，没见过。

在地上划几个格子，拿一块瓦片依次扔进去，然后依次单腿跳着去捡回来，这就是跳坊，也叫跳格子。坊是作坊的意思吧，小时候并不懂。想想也是，划在地上的格子还是有房间的意思的。

不知为什么她们把它叫作"金金宝"。这是一个呈方形的小沙包，边长一寸有余。包沙子的布是家里的破布头，花花绿绿的，倒也不难看。玩的方法有两种：一种是"打人"，一种是比远近。"打人"的时候，一边站一个人，中间站一个人。两边的用沙包打中间的。中间的接住或躲开就是赢家，被打中了，就输了，再换另一个人。另一种是在地上划条线，用脚把沙包夹住，然后用力地抛出去，看谁抛得远。压了线不算。

以前啊，卖的玩具很少，好像还引不起国家的重视。在我记忆中，只有玻璃球、万花筒和皮球。小皮球绝对是奢侈品，一般人家是买不起的。偶有买了小皮球的同学，也是和大家分享。小皮球有红色的、黄色的、彩色的，有光面的、有涩面的。拍皮球也有花样，骗腿拍的，左右手轮流拍的。

九

儿时，还有许多季节性的游戏。回想起来，儿时和大自然要亲近许多。

北方的春天因为冬天的凄凉而显得格外美丽：榆树上开满了黄嫩嫩的一片片一片片的榆钱，槐树上挂满了白花花的一嘟噜一嘟噜的槐花。最早报告春天信息的，是柳树。不经意间，在春寒乍暖的某天早上，就会发现柳条悄悄地绿了。这时，新的游戏也开始了。这就是做柳笛。

吹柳笛要先动手做。折一枝嫩柳条下来，用小刀把它切齐，然后两手轻轻地反方向拧着柳条，柳条皮和柳条杆儿就会分离，然后切断，把皮褪下来。长短自己看着办。长的声音粗，短的声音细，凭自己喜欢了。然后在一端用小刀轻轻地刮去柳条皮上最外边的那层薄皮，像吹奏乐器的簧片，一支柳笛就做成了。这是最简单的柳条哨，只能发出单音。还有一种是长一些，用小刀在柳条皮上挖两个或三个眼儿，吹起来呜哩哇啦。最棒的是插杆儿的。前边的工序都一样，就是褪皮的时候，把柳条杆儿留下，长度是柳条皮的两倍。也不要做簧片，像吹箫那样吹，吹的同时上下拉动柳条杆儿。那声音婉转悦耳，十分动听。吹着这种柳笛，小鸟都能被吸引过来。真的，我和小鸟还对过话呢。你信不信？小鸟在树枝头跃来跃去地欢叫，我在树下吹着柳笛，那叫一个惬意！吹柳笛也就十来天工夫，时间一过，柳条长出了叶子，皮和杆儿剥离不出来，柳笛就做不成了。

春天还有一件事可做，掏麻雀。我们管麻雀叫家雀，因为它的窝就筑在房檐下，老围绕着家飞来飞去，找吃的嘛。小时候淘气，经常在房檐下掏鸟窝，有时候会掏出刚孵出来的小麻雀。小麻雀还没长毛呢，眼睛也没睁开，嘴巴是黄的。小心翼翼地捧回去，找个纸盒子，里边垫一些棉花，就算小麻雀的窝了。小麻雀的食物，就是蚂蚱和小米。离家不远是桃河，那里能逮着蚂蚱。可惜的是，麻雀太小，根本喂不活，两三天就死了。真可怜。有时能掏到半大不小的，嘴还是黄的，长了羽毛，但是飞不远，也就是扑棱几下。这样的小麻雀能喂住。但几天过后，嘴不黄了，这就要小心了，因为它翅膀硬了，能飞了。看来，嘴黄不黄是成熟的标志。突然想起"黄丫小儿"这个词，说的就是雏鸟吧，应该是不成熟的意思。

那会儿还养蚕，也是很好玩的。蚕子是从同学那里要来的。发黄的麻纸上铺着一层小小的黑点，小黑点圆鼓鼓的，里边藏着蚕宝宝。找来医院放针剂的硬纸盒子，把蚕子放进去，天天给它晒太阳。用不了几天，蚕宝宝会咬破硬壳钻出来。刚刚破壳而出的蚕宝宝黑黑的，小得用手根本就抓不起来。要用羽毛轻轻地把它扫到桑叶上，它就开始吃了。桑叶是早早地准备好了的。要来蚕子的时候，就会侦查到哪里有桑树，好及时去采。而且，还有桑葚可吃。桑葚是黑紫色的，很甜。和槐花、榆钱一样，是难得的美味。蚕宝宝这一吃就吃个不停，好像它就是为吃才出生的。直吃得由黑变白，由小到大。大了的蚕宝宝有一寸长，筷子般粗细，白白胖胖的。蚕宝宝边吃边拉，每天都要清理打扫。听说蚕的粪便是下火的，特别适合婴儿枕，我们都要搜集起来，准备做小枕头。

终于有一天蚕宝宝不吃了，在盒子的角落里，开始吐丝。蚕丝有白的，也有黄的。从薄薄的一层，直到做成茧把自己封在里面。这算真正地知道什么是作茧自缚了。但如果铺一张纸，让蚕吐的丝没了依托，就能得到一张平平的蚕丝。我们一般会铺在圆形的物体上，得一张圆形的蚕丝。这样，就能看到"春蚕到死丝方尽"的场面了。"死了"的蚕身体小了许多，僵硬地躺在那里。慢慢地蚕变成了蛹。直到有一天，蛾破壳而出。然后交配，产子。这时候要铺一张麻纸，让蛾把子产在麻纸上，来年春天，又可以养蚕宝宝了。

到了夏天，最高兴的事是套知了。知了学名叫蝉，当地叫"莫唸蛙"，是个象声词吧。我们把捡来的马尾拴在竹竿上，挽个活扣儿，一个活套就做成了。发现了目标后，悄悄地靠上去伸出竹竿，活扣儿在知了的眼前晃动，它会伸出前爪去够。这时，猛地一拉竹竿，就套住了。被套住的知了不甘地叫着，挣扎着，但为时晚矣。最后，被抓住的知了也逃脱不了死亡的命运。

还有好玩的事，就是抓萤火虫。夏日的晚上，萤火虫很多。抓来十几个，放在罐头瓶子里玩。十分好奇，总也弄不清楚萤火虫的尾巴为什么会发光。曾经把发光的尾巴割下来"研究"，当然不会有什么结果。直到初中学生物了，才知道那是种萤光材料。萤火虫尾部发出的光亮度极小，我不相信这点儿亮度能看书，古时候囊萤照雪的故事应该是演义过了吧。

夏天吃完了冰棍，那根棍儿能做什么？我们是不舍得扔掉的，因为可以玩挑棒棒的游戏。那时候只有三分钱一根的冰棍，五分钱的是牛奶冰棍。没有雪糕。冰棍中间串的是竹棍，细细的，不像现在雪糕用的是薄片。把竹棍收集起来洗干净就能玩了。玩的时候，每人出相同的竹棍，握在一起让它自然落地。然后用另一根竹棍把它们一根一根地挑出来。挑的时候不能碰其他的竹棍，否则算输。赢回来的竹棍还有用途，生火的时候它能引火。

金色的秋天，和小动物打交道多。有一种瓢虫，我们叫金八牛，硬壳。抓到后，在甲壳缝隙间插上竹篾子，它就会振翅飞翔。当然是飞不走的。有时，也会拴一根线，飞起来更好看。秋雨过后，我们会到榆树下去抓水牛。不知道它是从哪里飞来的，因为平常看不见。也不知道它的学名叫什么，反正是甲壳类昆虫，长长的触须，黑白相间，有两寸来长。还有一种个儿大些，是棕色的。它们的特点，除了长长的触须，就是那两颗牙了。水牛两颗锯齿形的大牙十分有力，一般的草的茎干一咬就断了。曾傻乎乎地用自己的指头去测试它的力度，结果被咬破了皮。

秋天最喜欢玩的就是拍蚂蚱了。其实，夏天也拍蚂蚱。把拍到的蚂蚱用一根狗尾巴草串了，拿回来给鸡吃。秋天的蚂蚱就不喂鸡了，自己烤着吃。真的，到了秋天，蚂蚱肚子里全是卵，现在知道那是高蛋白。抓上一串蚂蚱，用铁丝串起来，再找点干树枝点着一烤，哈哈，美味啊。

到了晚秋，就是玩杨树叶柄。有个说法，记不起来了。这时候杨树叶子落了，我们就拣来玩。挑那些粗壮的，和对手交叉着，然后用两手紧紧地攥着使劲一拉，断了的就算输了。简单的输赢，就是儿时的乐趣。

北方的冬天灰蒙蒙的，而且很荒凉。能玩的相对少多了。因为天寒地冻，最常玩的是打冰出溜、滑冰车。结冰的地方很多，除了河，还有水沟、自来水周围都有冰。不用费力的是打冰出溜。远远地瞅着前面的冰面，紧跑几步，借着惯性，双腿一前一后地在冰面上滑行。真的很过瘾呀。但是，把握不好也会出事。至今还记得有一次劲用过了，后脑勺着地，摔了个仰面朝天，半天爬不起来。一直觉得脑子有些笨，可能就是那次摔的后遗症吧。

冬天的美丽在雪，纷纷扬扬的大雪把山川河流、房屋道路包装了一番。银色的世界，心情不错。我们将自己包装一番，跑到雪地里打雪仗、堆雪人……

十

儿时的游戏像沙滩上的脚印，潮水来过，也就不复存在了。留在记忆里的，是那份快乐。前面说的那些事，有些是游戏，有些纯粹就是乐子。是不是游戏并不那么重要，重要的是我们快乐了。

窃以为，现在的孩子很幸福，但是不快乐。而我们小时候虽然没那么幸福，但是很快乐。现在的孩子是在蜜罐儿里生活的。可是孩子们太累了，累的没时间玩儿，累的没了快乐。

我不知道几十年以后，他们到我这般岁数的时候，还能不能拾捡到儿时的快乐……

（2006 年 10 月 9 日）

曾经的手艺

仿佛一夜之间这个世界就变了，变得有些匪夷所思。按说这是件好事。可是，手艺没了，那独特的市井风俗也没了。

没有金刚钻儿，别揽瓷器活儿

小时候常听到有人叫："锔碗哎！"心里很纳闷：好好的碗为什么要"锯"呢？碗是怎么样"锯"的呢？有一天亲眼看了"锯碗"，还是不明白，这怎么算"锯碗"呢？直到查了字典，才算弄明白，不是"锯"碗，是锔碗。

那时候穷，用的多是陶器，瓷碗是高档餐具。要是不小心摔破了，只要不是粉碎性的，就一定要锔的。这就有了锔碗的手艺。当然不仅限于碗，盘子、碟子、花瓶等等，只要是瓷器，就可以锔。因为瓷器的硬度很高，普通的钻头是钻不动的，必须用金刚石做的钻头才行。于是就有了"金刚钻"。俗话说，"没有金刚钻儿，别揽瓷器活儿"，就是打这儿来的。

　　伴着锔碗匠的吆喝声，还有铁疙瘩撞击铜锣的声音——这是锔碗匠特有的家什。锔碗匠的挑子，一头是个带抽屉的柜子，里边装着工具和材料；另一头挂着小板凳、金刚钻、铜丝，还少不了铜锣和铁疙瘩。锔碗的时候，要先把破碗用细绳缠绕成整体，然后用双膝夹住，再用金刚钻钻眼儿。那金刚钻小巧玲珑，大约尺把长。看好位置，来回拉动弓子，眼儿就钻好了。眼儿的深浅，就是手艺了。深了，能把碗钻透；浅了，会把瓷崩掉。还真不好拿捏。钻好眼儿，把黄铜锔钉的一头插进去，再比着宽窄钻另一个眼儿。都插好了，再用一把小锤把它敲实。这小锤也很精致，像个工艺品。锔碗匠好生了得，手捏着小锤不歪不斜，锤锤落在锔钉上；不轻不重，钉碗之间着力均匀。最后用石灰膏一抹，把裂缝抹平，活儿就齐了。

"箍搂锅唻！"

　　"箍搂锅唻！"这也是能经常听到的吆喝声。以前城镇居民做饭用的炊具，大部分是铁的：铁锅、铁壶、铁铲、铁鏊子。铁锅是生铁铸的，虽然相貌差了些，却对健康有益。据说，现在患缺铁性贫血的人有增无减，就是淘汰了铁锅的缘故。不过，这铁锅有个弱点，就是生性脆弱，极易摔裂。锅裂了怎么办，那就得"箍搂锅"喽。

　　这"箍搂"一词，《现代汉语词典》里是查不到的，大约是方言。不过，光看字面也能理解了它的意思。箍搂锅匠的工具就比较大了，一看就知道是干"大买卖"的。它最显著的是有火炉、有坩埚，这是用来熔化铜的。怎么个"箍搂"法，我倒记不清了，反正是先把裂了缝的铁锅缠紧，沿缝两边钻好眼，那熔化了的铜液最后就凝固在铁锅上了。如果铁锅摔成了几瓣，那就得锔了。锔锅和锔碗差不多，大同小异。

"焊洋铁壶哎——"

洋铁壶并不是真的洋玩意儿。解放前我们许多东西做不来，像做铁壶的马口铁用的都是进口材料，所以叫洋铁壶。后来能做了，叫法却改不过来。20世纪50年代这种叫法还有很多。像火柴，叫洋火；铁钉，叫洋钉；白布，叫洋布。洋铁壶是马口铁焊成的，所以经常会开口子，就需要焊焊再用。还有洋铁盆、水舀子、水爨（cuàn）子、烟筒这些，也是需要经常焊的。

那时候的称呼好像也不太规范，都是直呼职业，什么"锔碗的""剃头的"，这些工匠就叫"焊洋铁壶的"。他们就吆喝着"焊洋铁壶哎——"走街串巷揽生意。焊洋铁壶的也是一肩挑，一头有个火炉子，还有烙铁、焊锡什么的；另一头装着砧铁、锤子、铁剪等工具，还有铁皮这些原材料。焊就没什么看头了。我们最喜欢看化焊锡。眼瞅着锡条在小铁锅里化成了液体，亮晶晶的，就想要一块玩。受这个启发，我们找来牙膏皮化开，倒在砖上刻好的手枪模子里，一把小小的玩具枪就做成了。

后来盛行用铝锅了，焊洋铁壶的个体户就没了。再要焊洋铁壶，就得去"黑白铁社门市部"了。

"磨剪子来戗菜刀——"

样板戏《红灯记》里有一个角色，"磨刀人"。此人是中共地下党员，奉命和李玉和接头。在粥棚发现情况不妙，高喊一声"磨剪子来呛锼菜刀——"，把敌人引开了。这磨刀人干的营生，就是磨剪子锼菜刀。

磨刀人的行头比较简单，就一条长板凳。板凳的一头固定着磨刀石和砂轮，还有小水桶、长布条和锼刀、锤子什么的；另一头就坐人。"锼菜刀"实际是以磨刀为主。磨刀的时候，一般先把刀在砂轮上打磨一下，这样磨起来要省事一些。之后，在磨刀石上淋些水，就开始磨了。磨刀也有讲究，整个刀刃都要按顺序磨遍，然后再磨另一面。差不多了，磨刀人就把刀反过来，用拇指轻轻的试刀锋。试到不满意的地方，就再磨一磨。最后，用布条一擦，干干净净地递给主顾，让主顾试刀锋。一般来讲，没有不满意的。如果刀很钝了，就先用锼刀锼一下。锼刀的原理有点像木匠的推刨，不过木匠推的是木料，磨刀人锼的却是钢刀。

磨剪子要简单得多。磨刀人会很麻利地磨好剪子，然后试试剪子是否灵巧，再用槌子敲打几下。最后拿起布条一剪，主顾就知道磨好了。当然，主顾自己也要试一试的。我们家至今还有一把 1958 年买的剪子，要不是有磨剪子的，恐怕早就没了。

剃头的挑子一头热

剃头是满族人的习俗，清以前汉族男人不剃头，是束发。待到了清，有"留头不留发，留发不留头"的圣旨，于是便兴起了剃头。

真正见到剃头匠是在河北老家。老家流行着"有钱没钱剃头过年"的风俗，所以春节前剃头匠走村串乡地给人们剃头，实际上是剃光头。剃头匠不吆喝，远远地听见一阵"嗡——"的声音，就知道是剃头的来了。这声音是剃头匠专用的物件发出的，样子像放大了的音叉，不过两头合拢在一起。剃头匠一手握叉，一手用铁钉用力把它挑开，声音就出来了。这物件叫"唤头"。剃头匠的挑子是一头沉。沉的这头生着小火炉，上面架着黄铜脸盆；轻的这头是个当方凳使的小柜子，抽屉里放布、剃头刀什么的。这就是"剃头的挑子一头热"了。

我是城里的孩子，留着分头，不剃。舅舅剃。剃头匠问家里讨半盆水烧热了，用热毛巾渨在舅舅头上。趁这时候，剃头匠拿出有点像半月的旧式剃刀，在一寸多宽、二尺来长的钢（gàng）刀布上钢刀。啪啪的声响中透着几分自信。渨好头发之后，打上肥皂，就开始剃了。从中间开始，一刀到底。三下五除二，头便光溜溜的了。接下来，还刮胡子、掏耳朵。最后用热毛巾一捂一擦，头上还冒着热气呢。剃个头大约是五分钱。村里人没活钱，给个鸡蛋，给碗面也能顶钱使。

"弹棉花哎——"

听到"弹棉花哎——"的叫声，就到了夏天。棉衣服、被子褥子到夏天都不需要了，那些穿了几年铺盖了几年、已经瓷实了的棉花就该重新弹一弹了。

弹棉花的都会在居民区先找个旧房子，有的就在房角搭一个棚子。一来避免花絮乱飞，二来也免了下雨的顾虑。搭好了工作间就该去揽生意了。弹棉花的时候，弹棉花的腰上绑着一条从后背伸到前面的、有弹性的竹皮，那张大弓吊在竹皮上，下面是要弹的棉花。弹棉花的用榔头敲击着弓弦，弓弦颤动着，把棉花一点点地撩拨起来，花絮像雪花一样满屋子地飞扬。弹棉花的节奏像极了快三步的节奏，那声音嗡嗡的，传得很远。弹棉花是个力气活，敲弓是很累的。所以，弹棉花的一般是师徒二人，轮流着弹。从缝隙里看，总见他们光着膀子，汗流浃背。如果只是弹弹旧棉花，弹松也就可以了。如果翻新的是被褥，还要用线把棉花网起来，使它成型。

弹过的棉花和新棉花一样，暄乎暖和。

"修雨伞唻——"

20世纪50年代那会儿，家里有把黄色的布伞。一到雨天，父亲就打着这把伞上班去了。布伞因为是用油布做的缘故，也叫油布伞。油布现在几乎见不到了，它除了做伞，还做炕布。北方是睡炕的，条件差的人家只能铺席子，条件好的都铺着油布。油布上画着好看的图案，最常见的是莲花、鲤鱼什么的。

过去的伞有布伞，还有纸伞。即使用现在的眼光看，那时的纸伞制作也是精良的，如果把伞面换换，就够得上工艺品了。纸伞的伞把、伞骨和支撑伞骨的撑子都是用竹子做的。伞骨和撑子看样子是机械加工的，规格统一。把它们连接在一起、穿孔固定的活儿就得是手工了。时间久了，竹子难免出现破碎，线也会断，纸伞面也会破，这就要修伞了。

修伞的不常见，基本上是南方人。布伞面坏了，一般要把口子缝好，再贴一块油布，上面再刷一道桐油。纸伞面坏了，就贴麻纸，一层一层地上桐油。伞骨坏了，就要换伞骨了。现在的雨伞只有布的了，坏了就扔，修伞的也没几个了。

前几年去杭州买了一把小伞，是工艺品。撑开看不错，再看里边的伞骨、撑子就偷工减料了，远远不如那时候做得精细。

还有些手艺也消失了，比如修竹帘的、修笼屉的。修竹帘实际是打竹帘子，就是利用旧竹帘的竹条再加一些新竹条打一条新竹帘子。把粗竹竿横放在长板凳上，按一寸宽窄的距离系好线绳，线绳两端缠绕在一个木制器物上。打竹帘子的时候再放好竹条，一左一右交叉地编着。十分熟练，很有节奏。以前的笼屉是木制的，坏了以后修笼屉的用藤条、特制的薄软木片修理。现在用不着了，笼屉是铝制品。

突然想起一首歌来，叫《勤俭是咱的传家宝》。那时提倡的是"新三年，旧三年，缝缝补补又三年"。如今这日子好了，谁还锔锅锔碗、修这修那啊。随着物质生活的不断提高，旧手艺的消失是必然的。我想说，手艺是消失了，可勤俭这个传家宝是不应该消失的啊。

（2006 年 12 月 17 日）

《西厢记》故地追踪

前几天整理书，从旧书里发现两本福建省戏曲研究所编的内部学习资料《戏剧名著选》。一下子就翻到了《西厢记》，书上还有自己当年的旁注呢。褐色的纸张，勾引起串串回忆。

中国女排第一次夺得世界冠军的那年，1982 年，我参加山西省戏剧家协会举办的中青年作者学习班。在这里我读了王实甫的《西厢记》和董解元的《西厢记》，对这个故事的发生地永济普救寺有了强烈的兴趣，就想去看看张君瑞跳的墙究竟有多高……

这个愿望一直到 1991 年夏才实现。因为拍电视剧《缉毒行动》采景，我和舒承忠、郭玉香、梁士勇等人才去了普救寺。本以为 16 年前的事已经淡忘，却不料普救寺依旧历历在目。也好，趁机来一次故地追踪吧。

剧组在临猗县，距永济不远。

驱车来到山门，才发现普救寺是依塬而建的。这塬唤作峨嵋塬，滚滚的黄河在它的西南方拐了一个弯。黄河岸边有个古渡口通往长安，即蒲津渡是也。那年，正发掘出牵拉浮桥铁索的四头黄河铁牛，被称为"第八大奇迹"（不知从何排起），正好佐证了这条大路的重要性。故事发生的那年，崔相国老夫人领莺莺"扶柩回博陵去"，走的正是这条路。不过，这渡口早就废弃了。除了铁牛能牵挂出当年繁荣的幻影来，剩下的只是漫漫黄沙滩了。

山门很新，好像是新修不久。这在文物古迹遍地的山西实属罕见。一问，果然如此。原来，唐代的寺院早已毁于明嘉靖年间的一次大地震，1563 年才得以重修。清末，寺院已经破败。后又屡遭刀兵火灾蹂躏，至解放前夕，普救寺便只剩下莺莺塔、石狮、菩萨洞，其余建筑已荡然无存了。1986 年，政府出资，普救寺得以重生。

其实，这普救寺原本不叫普救寺，而叫西永清院，隋初即已有之。到了唐代，晋升为"则天皇后香火院"，且"盖造非俗：琉璃殿相近青霄，舍利塔直侵云汉"。（引自王实甫《西厢记》）它之所以更名，是因了五代时的一件事。五代时，河东节度使造反，后汉皇帝派大将郭威领兵征讨。不料久攻不克。郭威遂访永清院高僧讨教良策。高僧指点道：只要发慈悲之心，城池即可破之。郭威当即在佛祖前折箭为誓，表示城池破后，决不加害黎民百姓。第二天，果然顺利拿下城池，并遵从誓言，没有杀戮一人。从此，西永清院便更名为普救寺。

但普救寺的出名，却是因了王实甫的《西厢记》，因了张君瑞和崔莺莺的一段爱情，因了红娘的牵线搭桥。当年，张君瑞赴京赶考，途中遇雨，到普救寺游玩。碰巧，在寺内看见了扶送父亲灵柩回乡时滞留在寺内的崔莺莺，两人一见钟情。不料，却遭老夫人反对。后红娘暗中牵线，成就了一段千古流唱的姻缘。从此之后，普救寺名声大振。不过，我发现，现在的年轻人只知道婚姻介绍所的红娘，却不知道红娘出于何处了。

不管她了，参观要紧。

顺坡而上，才发现这普救寺有点特别。它不是一个统一的建筑风格，而是分为三条轴线，靠黄河的西边是唐代风格，中间是宋金代风格，东边则是明清风格了。咱也不懂，这不成了大杂烩了吗？寺的规模倒是恢宏，因为依着塬势，建筑漫塬而布。只见楼阁殿宇，错落有致；回廊亭榭，鳞次栉比。最高处便是那闻名天下的莺莺塔了。

那莺莺塔是座砖塔，远看着很是灵巧。原因是它的上部收得好，不一般。没进去看，据说六层上不到七层，必须下到五层后才能上去。没上去也有些遗憾，站在塔顶上，没准儿能望到"黄河入海流"呢。

没上塔顶，"击石听蛙"却是绝不能错过的。原来，这莺莺塔是我国现存的四大回音建筑之一（另三个分别是北京天坛的回音壁、河南宝轮寺塔、四川潼南县大佛寺内的"石琴"），在它附近击石，能听到"咯哇——""咯哇——"的青蛙叫声。几个人纷纷寻找最佳点频频击石，果然蛙声大作。真奇妙啊。怪不得这"普救蟾声"被称为古时的"永济八景"之一呢。哈哈，快哉！

最关心的还是故事的发生地了。

好像都集中在大雄宝殿的两侧。东侧是"梨花深院"，老夫人、崔莺莺、红娘居住的地方；西侧是"西轩"，张君瑞借宿的读书处。想必张生是在这里给故人白马将军写的求救信罢？白马解围之后，张君瑞移居的"书斋院"也不远。看那围墙，乍看之下虽然高了些个，细细观察却有杏树能供踩踏。在爱的动力驱使之下，什么人间奇迹不能创造出来呢？

呵呵，这便是西厢了，还有香案呢。当年游人不多，静静的。我闭上眼睛，想象着《西厢记》的情景：皓月当空，香烟袅袅。墙外一小生念道："月色溶溶夜，花阴寂寂春；如何临皓魄，不见月中人。"这边，小姐回道，崔莺莺"兰闺久寂寞，无事度芳春；料得行吟者，应怜长叹人"。（引自王实甫《西厢记》）紧接着，跳进一个人来和小姐约会。哈哈，这就是才子配佳人的张君瑞和崔莺莺了。蓦地想起一个十分重要的人物来，就是惠明和尚。你想啊，若没有惠明和尚冒死送信，白马将军怎会由蒲关来到普救寺擒下那贼人孙飞虎？擒不住孙飞虎，哪有这千古流唱的姻缘？世人是只知红娘，不知惠明呀。

这天，玩得痛快。沿着张君瑞的路线，踏着崔莺莺的足迹，逛遍了这里的"佛殿、钟楼、塔院、罗汉堂、香积厨"，"数了罗汉，参了菩萨，拜了圣贤"。（引自王实甫《西厢记》）逛普救寺，是源于采景，但更是缘于王实甫，缘于《西厢记》，缘于张君瑞、崔莺莺和红娘……

拍片的时候没去普救寺，选了距此地20余里的一座破旧的古庙。名字记不住了，因为没有《西厢记》。

（2007年4月23日　12点45分）

后记：小舒的妹妹舒萍昨晚结束演出，今天回北京。昨晚从医院溜回家，和弟兄们在"乡村小厨"小聚，猜拳喝酒，至今日2时许。睡到6点30分，铃声叫起。赶到北大医院，继续治疗。打点滴的同时，写完了这篇酝酿已久的文字。

睡觉。关机。

遥远的童话

再也抵御不住自然的规律，树上的叶子渐渐地黄了。枯黄的树叶飘落在地上，显得那么无奈，那么无辜。进入 21 世纪，原先生活中的许多东西也永远地消失了。回头望去，那过去的像一个遥远的童话。

20 世纪五六十年代，是票证年代，什么都要票。吃的，如肉、菜、油；用的，如自行车、手表、缝纫机。穿衣当然也不例外，我记得大人每年有 18 尺布票。那时候很少有成衣卖，会剪裁、有缝纫机的，都是买布自己做；不会剪裁的，求人帮忙做。那是计划经济年代，人们也很单纯，帮忙就是帮忙，没有报酬的。母亲因为会剪裁、又有缝纫机，没少熬夜。有一年"六一"前夕，老人家竟为邻家孩子做了 7 件白衬衣！

衣服的颜色以蓝、灰、黄、黑、白为主色调，鲜有红绿，那是给儿童穿的。衣服的样式也极简单，大人四个兜（后来被称为"毛式服装"），学生三个兜。

那会儿的布料以棉布为主，普通老百姓穿的多是卡其布、斜纹布，能穿灯芯绒衣服，家境就是好的了。我上省艺校那年，为了显得体面，母亲用了两丈二布票给我做了一身灯芯绒衣服，引来了许多羡慕的目光。毛哔叽、华达呢，那是高级的料子，是干部才穿得起的。

穿补丁衣服是再正常不过的了。现在的孩子恐怕连什么叫补丁也不知道了。人们想了许多办法，以便使衣服更漂亮些。白衣服穿得时间长了，汗渍就洗不掉，就会发黄。通常会说，洗不出来了。商店有卖漂白粉的，买来一漂，真的会白许多。蓝衣服穿旧了，洗得褪了色，买来靛蓝一染，又像新的一般！日子就这样有滋有味地过着。

化纤布来得很突然，应该是70年代的事了。先是看朝鲜电影，发现人家的衣服料子不一样，很羡慕。后来就有了的卡、的确良。这种衣料好，不容易有折，平展展的。有是有了，很难买到，要走后门才行。我的第一件的卡衣服是托人买了布，去太原皇泰厚老字号找福霞的姐姐做的。

再后来，的卡、的确良也不见了踪影，尼龙、毛涤充斥了商场。

穿鞋也有个"进化"过程。小时候，大都是穿布鞋，就是千层底布鞋。看别的孩子穿球鞋，好羡慕啊。这布鞋都是母亲做的。做鞋底，要先糊硬"袼褙"。翻出早就不能穿的破旧衣服，剪成一片一片的，再一层一层地刷上糨糊粘在一起。晒干以后剪成鞋底，沿边粘上白布，四五片叠在一起，就可以纳鞋底了。纳鞋底用的是麻绳，先用锥子在底子上扎眼，再把针线穿过去。为了省些力，都要把锥子先在头发上篦一下（能擦上头油）再扎。扎完眼拿针的时候，锥子和针相撞，会发出铛的一声响来。连续地纳，连续地响，很有节奏。鞋帮子也是糊袼褙做的。不同的是，表面这层要用新布。布鞋分很多种，有不分左右的直底鞋，有分左右的弯底鞋；有夏天穿的单鞋，有冬天穿的棉鞋；样式上有尖口鞋、方口鞋、系带鞋。

好像到初中了才穿上买的鞋，回力牌的，鞋底和鞋帮的连接处有一条红色的线（也有蓝色的）。因为是白色的缘故，很容易脏，还买了白鞋粉，刷了鞋以后再涂上一层。夏天穿的塑料鞋曾经风行了一时，几乎没有进入 80 年代就被淘汰了。80 年代以后是皮鞋的时代。

那时候，女孩子不化妆，更谈不上美容。没有化妆品，家里只有冬天才买一盒海蚌油擦脸擦手，为防止皴了皮肤。海蚌油就是把凡士林装在蚌壳里的护肤品，早就绝迹了。用上雪花膏的，也是少之又少。

秋风来了，满地的落叶被风随意拨弄着，像被戏弄的孩子。凛冽的秋风卷走了地上的枯叶，也卷走了树上最后几片叶子。被风卷走的，还有牙粉、搪瓷盆、搪瓷缸子、竹壳暖瓶……

这应该是个进步。改朝换代是历史的进步，物质的更迭更是进步的体现。就说手机吧，从大哥大开始，由模拟进入数字，由单纯的通话功能，发展到收发信息、拍照、录像、听歌、上网，令人眼花缭乱。有怀旧的，拣起了大哥大——仅仅是缩小的外形，却没人想回到那个大哥大的年代。

（2007 年 6 月 5 日）

我是"山话人"

离开山西省话剧院（以下简称"山话"）已经 15 年了，但我依然牵挂着这个引领我走上艺术之路的剧院，我依然觉得自己是"山话人"。

我和山话的结缘始于 1965 年。那年冬天，山话（当年叫山西省人民话剧团）的导演左筱林老师和丘萍老师把我招进了山话学员班，就是山西艺术学校话剧班。我们的主课老师都是山话派来的。从这里起步，我迈入了艺术的殿堂。我写过一篇《艺校生活回顾》，详细地记述了当年的学习生活。

这个时期和山话的接触，除了老师们直接的专业教育，就是接受艺术熏陶。记得看过山话的《比翼齐飞》《焦裕禄》《英雄的 32111》等话剧，对老师们的表演，佩服得五体投地。那时就幻想着，什么时候才能走上舞台，实现自己的演员梦呢？

这是远距离地观察。真正地走近山话，是在"文化大革命"期间。那时，山话也毫无例外地形成了两派。派性不紧张的时候，也上演大戏。由于人手不够，我们这派的学生也派上了用场。我先后参加了《槐树庄》和《南征北战》的演出，当然都是跑龙套。但这是一种近距离的、全方位的学习。

每当排练和演出，我都会在一旁仔细地观看、认真地琢磨——这叫"偷艺"，偷老师和师兄师姐的艺。这对我表演水平的提高起着不可低估的作用。当时的我也显露出一点艺术天分。我还清楚地记得，在《槐树庄》中扮演了一个群众，有一次居然还获得了掌声。

收获的不单单是表演。通过参加演出，我还学到了一门本领：装台。装台就是在演出之前做好舞台上的一切准备工作。布景方面，要画地角线、给大布景打绳、支布景、设计迁换路线；灯光方面，要吊灯，装面光、耳光、侧光、顶光，最后布光；幕布方面，要挂或者整理天幕、横幕、侧幕。这些我都跟着做过。一句话，舞台上的一切，我是门儿清。所以，我们班分配到大同文工团后，我立马"脱颖而出"，不久就成了舞台监督。后来成了主演了，也还兼着这件差事。经常是下场之后便匆匆指挥起布景和道具的迁换来了。

1968 年我们毕业了。作为山话的学员，本来应该顺理成章地分配回山话。但是由于派性膨胀，山话是去不了了，我们的分配也拖了下来。一年之后，山话下放到吕梁，成了吕梁地区话剧团。我们也分到了大同市文工团（筹备处）。

这段时期和山话的接触少了，只是去太原才会和老师们联系，还常常碰不上。我经常去看斗兵老师，还在他家喝过酒呢。1976 年，我们去省城演出《万水千山》，有好几个老师刚好从吕梁回来，几个同学就请老师们来看戏。因为我们的演出，他们也没看过。这场演出，得到老师们的高度评价，也为我日后重返山话奠定了基础。

接触最多的还是恩师左老师，请教的是表导演方面的问题。我把工作中遇到和思考过的问题整理出来，乘着回阳泉探望父母的机会，请教下放到阳泉文工团的左老师。在左老师和她爱人王夫丁老师的指导下，我还得到了导演方面的启蒙。

走进山话是 1978 年 5 月。这年，省里落实政策，恢复山话。这时，左老师也回到了山话。恢复山话后的第一个大戏，就是风靡全国的《西安事变》。那时候演毛泽东是个政治任务，要在全省选拔。我有幸被选上扮演毛泽东的 B 角，从大同回到了太原。屈指算来，这是我 10 年之后第三次参加山话的演出。这时的我，已经是大同文工团的主演了。

其实，我在山话扮演毛泽东只是彩排了一场，平常演出，就是跑龙套。上了说明书的，还有醉将军，还要扮其他四个群众。

省委组织部开出调令，要调我回山话。我以为这回能进入山话了，可大同市委宣传部就是不放。无奈之下，过了中秋节，我又返回了大同。这次在山话工作了近 5 个月。不管怎么样，这段生活是紧张而愉快的。

回去后，我便开拓了导演的路。1979 年底至 1980 年初，大同文工团先后上演了《没法说》《假如我是真的》《救救她》三台大戏，总共演出近 300 场。这是空前绝后的。而且演完《救救她》后，话剧队从文工团独立出来，成立了大同市话剧团，圆了大同话剧人的梦。毫不夸张地讲，我是最大的功臣。因为这三台戏，都是我提议排的、都是以我为主导演的。

更重要的是，这三出戏和山话有不解之缘，都是向山话学习的。大约是学习样板戏的缘故吧，那时盛行从表演、舞美、服化道效全方位的模仿，我们称之为"搬戏"。山话的这几出戏是由章冰、姚大石、左晓林老师分别导演的。我这个导演的作用一是给演员排戏，二是合成。这对我是极好的锻炼，临摹也是需要功力的。《没法说》是我跟在山话老师后面亦步亦趋导的第一出大戏。

真正进入山话，是1986年的事了。那时，大同话剧团已失去了往日的朝气，加之我的家庭也出现了变故，于是我找到师兄谢亢，在他的鼎力帮助下，于12月借调到了山话。重回山话后，再也没有上过舞台，而是到了电影电视剧部。我的电视导演和剧本创作就是这时候起步的。

去山话之前，仅在电视剧《二林小传》中出任过副导演。到了山话，我先后在《特殊采访》《护航》《苦果》《老家伙》《杏林深处》等5部电视剧中出任了副导演，和章冰、丘萍、谢亢、史启发等导演有过愉快的合作。我这个副导演比较特殊，几乎每部片子都是从前期跟到后期，做了许多导演的工作。在我看来，名分并不重要，关键是能够实践，学到本事。

我还独立执导了《老不正经》《晋北题材对话——点火的人》《缉毒行动》等3部电视剧。

我的编剧，也是从山话开始的。第一个电视剧剧本是《车厢里的故事》，虽然是改编，基本上是重写。这个本子得到了许多老师的好评。由于资金问题，没能投拍。后来我又陆续创作了《晋北题材对话——点火的人》《缉毒行动》《莽河清清》和电视系列剧《警钟》（《谁之罪》《新郎梦》《黑老包》三个单本剧）。这些本子全都搬上了荧屏。

到深圳后，我前前后后创作、导演了近 30 个小品，获得过许多奖，几乎成了小品专业户。殊不知，此前我只写过一个小品，就是在山话时创作的《简单不简单》。那是为山西财经学院参加原财政部直属院校的调演写的，还获了二等奖。

山话的领导很器重我，1990 年我被提拔担任了话剧团副团长，主管业务。当时主要是忙乎电视剧，舞台剧反而没排过。上任后搞的电视剧就是《缉毒行动》《莽河清清》和电视系列剧《警钟》。

在山话工作了整整 5 年：1986 年 12 月借调，1988 年 12 月正式调入，1991 年 12 月调离。其间，还先后加入了山西电视艺术家协会和中国戏剧家协会。可以说，在山话这几年，我在艺术修养上逐渐地成熟了。

到深圳后，和山话一直没断联系。曾经为山话的剧组安排过住宿，曾经为山话的事去过两次珠海，而且过年的时候总要给老师们打个电话拜年。

2005 年 4 月，山话的《立秋》要来深圳演出。贾茂盛院长来深联系，我也跟着忙乎了一阵子。因为演出那几天我正好去美国，看不上。于是在 13 日，我邀请了高菊梅、董怀玉、张艺兵、张德胜、张治中、张晶、张肖、乔乔等 20 来人，相聚天天渔港叙旧，以尽地主之谊。都是原来的老同学、老同事，好多人喝高了。

本来说好从美国回来在北京看戏的，因为票太紧张没看成，他们有些过意不去。8 月 10 日，《立秋》又来龙岗文化中心剧院演出，院里请我看了戏。在后台，张艺兵说：大伙说了，这场戏是专门为老梅演的。我真是诚惶诚恐，实在不敢当啊。戏真的太好了，泪水止不住地流淌！我被震撼了。回来的路上给贾院长发了条信息："我很感动，太好了！我为我曾是山话人而骄傲。问大家好，谢谢大家！"

今年话剧百年，胡锦涛主席看了《立秋》，评价极高。从报上看到这条消息，我着实激动了很久。我觉得，作为曾经的山话人，我也有一份荣耀。

山话是个老团，它诞生在抗日战争年代，其前身是八路军吕梁军区吕梁剧社。在我看来，山话有两大特点，一是高水平的艺术，二是优良的作风。山话正是从这两个方面培养了我。

首先是艺术上的。可以说，我的演艺事业、我的导演事业、我的电视事业，都和山话有着千丝万缕的联系。直接的学习是在初入道时，表演是左老师、丘老师和夏可谨老师教的，台词是雷影梅老师教的，形体是朱炳昆老师教的。

山话的艺术家们，都是我间接的老师。虽然是个部队团体，却聚集了许多优秀演员，水平很高。像老团长杨威，在电影《五更寒》中饰演过县委刘书记。1956 年全国第一届话剧汇演，山话的《同样是敌人》获得了一等奖；1964 年华北话剧歌剧汇演，《刘胡兰》还到中南海给中央领导演出，受到周总理和李先念副总理的接见。这两年的《立秋》更是蜚声海内外，山话的水平在全国是排在前面的。除了前面提到的，我还看过山话的《智取威虎山》《刘胡兰》《黄河魂》《血，总是热的》《朱小彬》《危险的旅行》《活寡》等话剧。通过看演出，认识了严飞、斗兵、常文治、陈西珍、张登乔、任道、郭健等一批老艺术家，他们的表演潜移默化地教育着我。像我的笑、我的朗诵，就受到斗兵老师很深的影响；看完常文治老师的罗心刚，我的表演进入了另一个境界。

我的导演启蒙老师是左老师和王老师。当然，也和其他导演老师有关。离开山话的培养，走导演的路将会很难。

第二方面，是山话传给了我优良的作风。不谦虚地讲，我有许多优点。比如，我从不迟到，排话剧我会提前到排练场、拍电视剧我会早早在车旁等候出发；比如，我不吝啬力气，装台扛箱子很积极、总是爬高上梁吊灯；比如，不以导演自居，该搬景就搬景、该打灯就打灯，直到现在，还帮着拿摄像器材。习惯了。

这是因为我看到过，装车的时候山话的书记彭一第一个跳到车上；我看到过，体弱多病的导演左老师坐在后台的地板上擦过演出鞋。我还看到了许多……

今年 5 月，罗湖区戏剧家协会换届选举，我被选为主席。闻讯后，山话和贾院长先后发来了贺电，这是"母团"给我的最高褒奖吧。

如今，我已经是国家一级导演了，获得过许多国家级大奖。我依然为我曾是山话人感到骄傲，也为我无愧为山话人而感到欣慰。

（2007 年 8 月 25 日）

附一：山西省话剧院贺电

深圳市罗湖区戏剧家协会：

获悉梅玉文先生当选深圳市罗湖区戏剧家协会主席，我们山西省话剧院全体员工在此向你会并通过你会向梅玉文表示最热烈的祝贺。

梅先生在我院工作多年，是我院的业务精英。时隔多年，人虽在深圳，但心系山西省话剧院的发展，为深圳与山西的文化交流做出了积极的贡献。梅先生为人厚道，业务娴熟，德艺双馨。他的当选是协会的愿望，也是我们山西省话剧院的骄傲。我们祝愿协会在梅先生的带领下，事业取得更大发展。双方交流与合作更加频繁，为繁荣戏剧事业共同努力。同时希望梅先生及贵会成员有机会来山西看一看，转一转。

山西省话剧院

2007 年 5 月 21 日

附二：山西省话剧院院长贾茂盛贺电

梅玉文主席：

你好，欣悉你当选深圳市罗湖区戏剧家协会主席，特向你表示祝贺。

在与你交往的日子里，让人感到你为人的厚道与热忱，你对山西省话剧院的感情与关注，让人感动。你的做人原则与娴熟业务，当选主席是当之无愧的。你的当选是深圳市罗湖区戏剧家协会的愿望，也是我们山西省话剧院的骄傲。借此机会，祝愿深圳市罗湖区戏剧家协会在你的带领下，全面创新发展，事业更加繁荣。愿我们双方今后有更多的合作与交流，为戏剧事业共同努力。

话剧《立秋》出品人、山西省话剧院院长　贾茂盛

2007 年 5 月 21 日

后记：2016 年 8 月，我被山西省话剧院聘为客座导演，再一次成为"山话人"。随即赴新疆第六师五家渠市执导山西文化援疆剧目《沙枣树》。该剧获得"兵团首届文化艺术周、兵团第九届文艺汇演"优秀剧目奖、优秀组织奖和兵团第八届精神文明建设"五个一工程"奖。该剧还于 2017 年 9 月参加了山西省首届艺术节。

（2017 年 12 月 20 日）

高楼阻不断"老邻家"

　　在深圳十几年了，从来就没听过"老邻家"这个词。居住在深圳高楼大厦里的邻居，真正应验了那句老话：鸡犬之声相闻，老死不相往来。相邻几年没见过面也不足为奇。今年过年回阳泉，又听到久违了的"老邻家"这个词。

　　我是初四的下午回到阳泉的。和家里人寒暄之后，头一件事就是给老邻家打电话，告诉他，"大哥回来了"。这老邻家姓康，小名叫五头。大名叫什么我根本没记住。1980 年以前，我们住平房，我们两家住在同一排。那时候，邻家相处得就像一家人，谁家做了稀罕的好吃的，总会给邻家送去尝一尝；谁家做饭少了油盐酱醋，到邻家总能讨要来；谁家大人有事，孩子就会托付给邻家："中午到你×婶家吃去。"我们就是在这种环境里长大的。所以，孩子们在一块儿玩，都是叫小名。几十年过去了，也改不了口。

　　记得有一年冬天，父母有事不在家，我就在他们家吃的饭。我的女儿洋洋小时候还让"康奶奶"看过呢。我和五头的大姐、大姐夫是同学，和五头并不熟。因为我离开阳泉的时候，他还很小，他和我弟弟他们是玩伴。后来才慢慢熟络起来。1980年以后，我们都住上了楼房，可是来往一直没断。我母亲在世的时候，每年过年，五头都是要来家里拜年吃饭的。逢个节日，五头总会给我发来短信。

所以，我是一定要给五头打电话的，想约他晚上来家里吃饭。没想到他倒先打过来了。原来，是妹妹先给他发了信息。他告诉我：泉回来了，约了几个老邻家一块儿吃个饭，一会儿来车接我。泉，叫刘荣泉。他的父母称我父母为叔婶，我称他父母为哥姐，他叫我大叔。

说起来，我和祥成哥维莲姐也不是从小就熟。虽然住平房的时候，他们在我们家隔壁。但那时我已经到太原了，只是回来的时候见过面。祥成哥维莲姐和父母的来往，我以前也不知道。我到深圳后，几乎每年都回去过年，每次都能见到祥成哥维莲姐来给父母拜年。听母亲讲，她去看过维莲姐的父母，祥成哥和维莲姐怎么怎么好，就这样逐渐加深了印象，也逐渐熟识了。后来父母先后去世，办丧事的时候，我都是请祥成哥当的总管。

泉小时候没什么印象，只是每年泉也到家里来拜年。后来他到深圳富士康谋发展，拉近了我们的距离。虽然仅是见了几次面，请他和家人吃了顿饭。但老邻家的感觉不同，觉得很亲近。后来，他受公司派遣又返回山西，先后在长治、太原的企业工作。巧的是，去年我拍摄凤凰女子合唱团，跟她们游万里长城，居然和泉一家在烽火台相遇了！拍照、寒暄，那是缘分哪。这次回来，当然想见见面。

　　荣泉开着车和五头来接我了。一上车，泉先问候了我，就说改了计划，去家里聚。我也很高兴和祥成哥维莲姐见面，但没有准备。空着手去，有些失礼。也顾不了那么多了。

　　和哥姐三年没见了。还有小梁，是五头的同学。父亲病重的时候，他天天来家里给父亲输液，很好的兄弟。其余几个年轻人，虽然不认识，也是老邻家，一说住几排几排，谁谁家的，都有印象。

　　这些老邻家，其实在80年代初就分开了，都住进了楼房。楼里住的虽然也是一个矿上的人，但都是新邻家，不是老邻家，来往甚少。再也没有以前那种亲密的感觉了。老邻家们是在一个矿上，却没住在一起。平常工作忙，也不常见面。所以，过年的时候，老邻家们都会相互拜年。

　　老邻家相见，自然有许多话说。嗑着瓜子，吃着开心果，天南地北地聊。聊工作、聊生活、聊春晚、聊台湾大选、聊美国换届、聊巴基斯坦形势、聊全国迎战暴风雪……

　　初四的晚饭，和老邻家喝酒，喝得很热闹，喝得很开心。

　　初七，荣泉回太原，把我捎着也送到了太原，一直送到福来特饭店。

　　我突然担心起来，像现在的独生子女没有哥哥姐姐伯伯叔叔姑姑舅舅姨姨一样，"老邻家"终有一天会成为宝贵的民俗而进入非物质文化遗产的行列。老邻家，永远的老邻家噢……

（2008 年 2 月 18 日）

我感动　我流泪

——布心小学磨砺教育参观记

　　夫人许福霞是布心小学教育创新中心主任，周三带队前往园山青少年训练基地搞"磨砺教育"。我应该不是落伍之人，可这"磨砺教育"还是搞不明白。她说，周五你去看看就明白了。

　　同去的还有 70 来位家长。基地在横岗大康村旁山谷里，青山秀美、鸟语花香，乍一看像个公园。远远地看见 600 多名穿着迷彩服军装的小学生以班为单位，齐刷刷地站在操场上。这是布心小学四、五年级 12 个班的学生，已经在基地训练了两天了。

　　听介绍说，这两天孩子们过的是军营生活。这些 10 来岁的"小皇帝"可是第一次离开父母过集体生活啊，真不知道他们是怎么过来的，不简单。根据小学生的特点，除了军事训练，他们更多的是"玩"，寓教于乐。什么用吸管搭高塔、急行军"飞夺泸定桥"、走过砖头摆的"浮桥"，自己动手模拟"野炊"。看来接受了训练是不一样。看他们小脸绷着、小胸脯挺着，满是那么回事！

　　我们观摩的是"军事领导力与责任感训练"。同学们沿着长方形的操场列队站好，在东方之子教育机构宋承昊老师的指挥下，以班为单位选出两个担当"领袖"的同学。"领袖"可不是好当的，他们要宣誓为自己集体中的每个人的错误承担责任。宣誓之后，训练开始了。

　　同学们依据教官的口令，做着"向左转""向右转""向后转""蹲下""起立"的动作。由于注意力不集中，不时有人出错。出错的同学就要举起手大声地说："对不起，我错了！"事后我才知道，这也是训练的一部分：接受"挫折教育"，要勇于承认错误。这时，被选出的"领袖"要承担责任了：要为每个同学的错误罚跑 1 圈！出错的越多，被罚跑的圈数越多。

　　训练才刚刚开始。依然有人出错，"领袖"依然奔跑不停。开始的时候，他们很有精神，步子迈得很大；渐渐地，速度慢下来了；到后来，就满脸通红、汗流浃背了。可是，训练依然在继续。

　　这时候，那些犯错的同学看着为自己的错误而承受着被罚跑的、累得气喘吁吁的"领袖"，有感触了、内疚了，开始流泪了。"领袖"还在被罚跑：汗水擦也擦不完，步伐越来越沉重。但是，没有一个人退缩，他们咬着牙坚持着。越来越多的同学被感动，全体同学都哭了！

　　这是一种精神，一种相互理解、承担责任的精神啊。一直举着相机拍照的我、已经 60 岁的我，为这些孩子的精神所折服，早已热泪盈眶了。

　　训练还在进行。宋老师提议，老师和家长可以参与罚跑。

于是，许多老师和家长含着眼泪加入了奔跑的行列。训练场上出现了一幕幕感人的画面：老师带着学生奔跑着、家长带着孩子奔跑着、"领袖"们有的含着泪水、有的擦着汗珠、有的相互搀扶，一直执着地顽强地努力地奔跑着！这时，同学们流着眼泪举起了右手，向他们的老师、家长和"领袖"敬礼致敬！

出错的同学越来越少，罚跑暂时告一段落。同学们相拥在一起，用泪水表达着对"领袖"的感激和歉意。有 4 个"领袖"被请到台上，宋老师问他们："是什么力量让你非要坚持跑下来？"同学们是这样回答的："我是家长，我们是一家人，我要承担责任。""我们是一个集体，'领袖'肩负着责任，我必须跑。""我是承担错误的人，我一定要坚持下来。""我能承担责任，意味着我长大了。"当宋老师问一个同学，"承担责任的人很重要吗？为什么很重要？"他回答，"我不知道。我认为十分重要。"

听着这些质朴的语言，我的相机再也举不起来了——我再次被深深地打动，泪水再次模糊了我的双眼……

接着，各班由教官和辅导员带着进行反思，交流与评比。我听不清他们说了些什么，但从他们的表情我看得出来：训练是成功的，那种内心的触动是强烈的，孩子们成长了。

训练再次开始。宋老师问："有没有愿意替'领袖'承担责任的同学？"600 多名同学齐刷刷地举起了右手！

训练在共呼誓词"沐浴阳光、快乐成长、接受磨砺、永远坚强"里结束。那稚嫩里透着坚强的声音在山谷间回荡着……

（2008 年 3 月 16 日）

父亲的卷尺 (外一题)

我珍藏着一个卷尺。那是几十年前常见的、圆圆的电镀的铁盒卷尺。卷尺直径约有 4.5 厘米，圆心处是红色塑料扣，上下左右分别刻着"工农牌""山西汾阳""2m"和"69"。卷尺壳的边缘已经锈迹斑斑了，细细的铁丝固定着快要断裂的卷尺拉头。1969 年的铁盒卷尺和现在漂亮的硬塑卷尺一比，它算得上"文物"了。这是父亲的卷尺。

我家居住在山西阳泉二矿。矿上有个土建队，肩负着全矿的土建工程。矿上各单位盖新厂房、添置桌椅板凳，还有职工盖新房子、盖厨房、修旧房子，都由他们承担。领导这支队伍的，就是我的父亲。父亲从 1958 年起担任队长，一直干到退休。记忆中，父亲的兜里永远装着一个本子和一个卷尺。本子是用来记录有关工程问题的，卷尺是检查工程时必备的工具。

50 年前，人们的住房很简单，大都是平房。父亲带领土建队为二矿盖了不少房子，还盖了不少厨房。甚至谁家房子漏了，也由父亲安排维修。所以，矿上的老人都认识他。小时候跟着父亲在街上走，一路招呼不断。后来，矿上开始盖楼了，土建队承担不了了，就请来外包工，父亲就负责监理。

父亲很负责任，经常把施工图纸带回家来看，就是那种蓝色的晒图。我那时很佩服父亲能看懂那标着密密麻麻数字的图纸。记得有一次在家里，他和设计人员争论起来，好像说哪个地方设计不合理，容易出危险。还说了"叫我负责我就得管"之类的话。最后是拿到矿务局才解决的，总工程师支持了父亲的意见。其实，父亲只上过半年学，他从泥瓦匠干起，当上了队长，还有了工程师的职称。用现在的话来讲，父亲是自学成才。

大约是 1988 年夏天吧，我从太原回家看望父母。那时土建队已经改制为建筑安装公司了，退休的父亲被返聘回去做施工监理。当时他正管着矿上的俱乐部工程。父亲问我，愿不愿意去看看正在盖的新俱乐部。父亲从未领我们看过他做的工程。我当然很高兴，说愿意。父亲兴致勃勃地领我去了。父亲一路上如数家珍，给我讲新俱乐部有多大建筑面积，能容纳多少观众，舞台有多宽，有多深。到俱乐部后，父亲就领我前前后后转了个遍，最后爬上了顶棚。60 多岁的父亲腿脚很灵便，我想这与他检查工程长年累月爬高上梯分不开。他也不累。他告诉我，脚下的大梁采用的是球形支架，房顶的力是通过球形分解的。这在当时是最先进的钢梁技术（我后来才知道，这种结构用在了亚运会场馆的建设中）。父亲露出了欣慰的神色。我明白了父亲的意图。父亲常说，他盖了一辈子房子。但这么先进的"房子"肯定是他最后的一座了，这是他老人家的得意之作啊。

在我的心中，"二矿俱乐部"就是为父亲矗立的丰碑。父亲生前，我曾刻意组织过全家在俱乐部门前的合影；父亲去世后，亲友的合影也是在俱乐部台阶上拍的。今年春节回家，看到俱乐部巍峨依旧，只换了个名字，"二矿剧场"。

我没见父亲用过卷尺，但从它的磨损程度可以看出，这卷尺是常用的。到深圳后，我问父亲要来这个卷尺，留作了永久的纪念。

父亲的电话

1962 年夏季的一天傍晚，我像往常一样放学回家。刚放下书包，突然发现家里多了一件东西：窗台上加了一块木板，上面放着一部电话！电话是黑色的，话筒架在机壳的叉簧上，机壳旁有个摇把。这种电话是先要到矿上的电话班，由接线员帮你接通对方的电话，然后才能通话的。

40 多年前，电话绝对是个稀罕物件。在这之前，我只是在父亲的办公室见过电话，还从未打过电话呢。矿上个人装了电话的，是矿长和书记这些矿领导。父亲只是土建队队长，怎么会装电话呢？

我急切地等着父亲回来，好问个究竟。很晚才回来的父亲只是说，工作需要才装的。并一再嘱咐我说，看管好弟弟妹妹，都不能动这个电话。

电话平常就是个摆设，我甚至怀疑它是不是坏的。因为十来天过去了，既听不见电话铃响，也不见父亲打电话。我也从未用过电话，因为同学们没有一家装电话的，不知道该打给谁。我甚至连电话也没拿起过，只是轻轻地摸过。我总想，这声音是怎么顺着电话线传过去的呢？

直到有一天深夜，一声炸雷把我惊醒，朦胧中只见窗外电闪雷鸣暴雨倾盆。这时，电话铃突然响了起来。父亲接完电话，就匆匆穿好衣服、蹬上雨靴、披上雨衣夺门而去了。直到天亮了，浑身湿透的父亲才拖着疲惫的身体回来。原来，他带着土建队的人在雨里奋战了一晚上：房顶漏了，要补；下水道堵了，要通；淤积了水的，要开沟放水。就这样，休息时间每遇大雨，电话铃必然响起，父亲必然出去，出去的父亲必然浑身湿透地回来。

直到几年后我才知道，父亲是矿上抗洪抢险指挥部的副总指挥，级别不高，责任重大。

两年后，家里的电话撤了。我不知为什么。直到父亲退休后，才偶然说起了撤电话的原因。原来，矿上的抗洪抢险已然形成了机制，用不着电话通知，每逢大雨，负责人必然会主动集结，组织抗洪抢险。另外，父亲看着电话总觉得别扭，说"那不是咱家用的东西，省得人们说闲话"。所以，在父亲的一再要求下，电话撤了。

撤去电话的父亲，依然是矿上抗洪抢险指挥部的副总指挥。1967 年夏天，阳泉遭遇几十年不遇的水灾，洪水漫过洮河河坝向矿区袭来。父亲根本顾不上招呼母亲和三个弟妹，在家属区奔走呼号，组织人们赶快撤离，躲避洪水。

父亲再也没有装过电话。1998 年我给家里装电话的时候，父亲刚刚离我们而去。父亲的电话不属于自己，父亲一直没有用上属于自己的电话。

（2008 年 4 月 18 日星期五）

后记：今天是农历三月十三，父亲离我们而去已经十周年了。谨以此文纪念我逝去的父亲。

永远的"抿疙蚪"

　　每次回家，娘总想给我做好吃的、稀罕的，老问我，"玉文，想吃什么？"我总是脱口而出："抿疙蚪！"我从小就喜欢吃"抿疙蚪"，以至于年已花甲、离开山西近20年了，还是想吃"抿疙蚪"。

　　"抿疙蚪"，是山西阳泉方言的读音；在太原，叫"抿曲"；而在河北井陉，叫"抿西儿"。不管叫什么，都是"音译"，只能意会了。

　　说山西人爱吃面，指的是煮着吃的面食（不包括饺子）。这种面究竟有多少种呢？有人说，有据可查，280种！吓人吧？就我所知，有刀削面、刀拨面、剪刀面、手擀面、大拉面（龙须面）、扯面（抻面）、一根面、河捞、柳叶面、揪面片儿（撅片）、抿疙蚪、转盘剔尖（剔巴谷）、拨鱼、擦尖、猫耳朵、掐圪塔、拌疙瘩、包皮面，还有钢丝面、蘸片子、握溜溜、豆面流尖、煮花塔，等等，真的是数不胜数。而且做这些面的原料，并不单单是白面（小麦粉），还有玉米面、高粱面、荞麦面、莜麦面、黍米面（黄米面）、杂豆面、榆皮面，等等。且容我拣那些重要的面食慢慢道来。

先说刀削面吧。刀削面名声在外，是山西面食的"代表作"。它和北京打卤面、山东伊府面、河南鱼焙面、四川担担面，并称为中华五大名面。刀削面，顾名思义，是用刀削出来的面。它源自这样一个故事：元朝时统治者怕百姓造反，实行"联保制"，十户为一保，共用一把菜刀。有天中午，老伴把面和好，叫老头去拿刀。没想到家家都用，自己落在最后。老头无奈，只好回家。路上踢到一块铁片，心想，这也许能派上用场？就顺手拣了起来。回到家，老伴问刀呢，老头拿出铁片，让老伴用。老伴气咻咻地说："这不是瞎侃呢！"晋中方言，瞎侃就是瞎说。俗话说，锣鼓听音，说话听声。侃？砍？砍就砍！这倒提醒了老头，咱何不砍来试试？他磨了磨铁片，把面"砍"进锅里。煮熟捞出来拌上"调和"倒上醋一吃，哈哈，还真的不赖！于是，不经意间就诞生了这日后名满天下的山西刀削面。

平常说的面条，就是手擀面。把面和起来醒一醒，然后就可以擀面了。先把面团擀开，再把面裹在擀面杖上。擀的时候，要从中间往两头擀。那是很有节奏感的劳作。擀一会儿，就要停下来把厚的部分裹在里面再擀。重裹的时候，每次都要撒上"薄面"。这薄面就是干面粉，也有撒玉米面的，目的就是避免粘连。擀好后，抓着擀面杖把面按近两寸的宽度一反一正地折叠好（正反都要撒薄面，不然，这面条可就切不成了），就可以切面了。切面的时候，左手弯曲压在面上用手指比着刀，以控制面条的宽窄。或宽或窄，能不能切匀，全看手上的功夫了。面切好后，抓起最上面一层轻轻提起，再空握住中间，抖一下附在上面的"薄面"，在案板（面板）上来回一放，就是一窝。一块面擀出来有五六窝。煮面的人经常会问："还吃多少？""下半窝吧。"半窝就是半碗，一窝差不多是一碗。

山西人做面，花样繁多。把面擀好后，他先把面切成比刀略窄的长方形，然后用两头带把的刀把面一条一条地拨出去——不是切，是拨。这就是刀拨面了。有人嫌擀着费事，干脆把面一搅，放在盘子里，顺手取根筷子，沿盘子边儿把面剔进锅里。这就是转盘剔尖，也叫剔巴谷。还有的，把和的很软的面放在一个带把的面板上，一手端着面板，一手用筷子一根一根地往锅里拨。这面一头大一头小，酷似小鱼翻跃。于是，便有了一个好听的名字——拨鱼。

山西的面，大部分是条状的，也有片状和块状的。做成片状的是面片，有切成菱形的"棋子疙瘩"，有切成细长三角形的柳叶面，还有把面切成一寸多宽的条，再用手一片一片揪入锅里的揪面片。块状的如擦尖、猫耳朵、掐圪塔。

这猫耳朵、掐圪塔是少数不用工具做的面食。而山西人的面，大都是需要借助工具来做的。最基本的工具，是和面盆、擀面板、擀面杖和菜刀。做面特制的刀具是拨面刀和削面刀。拨面刀大小和普通菜刀差不多，但是两边都有把儿，刀刃是平的。削面刀有巴掌般大小，略呈弧形，手握的这边要卷起来，不然会割破手。拨鱼的面板有两种，一种是木板、木筷子；一种是铁板、铁筷子。就地取材的工具是盘子、碗和筷子，用来做转盘剔尖。还有更绝的，做面用上了剪刀。你能想到用剪子来剪面，做出别具一格的剪刀面来吗？不能不佩服山西人的想象力和创造力。

　　比较大的做面工具有做擦尖的擦床、做抿疙蚪的抿床。在长方形木板的中间再掏一个小长方形，钉上开好眼的拱形铁片，就是擦床了。抿床是纯铁做的。用薄铁板冲压成槽状长方形，下面打好筷子头粗细的眼儿，再在两边铆上铁条以便架在锅上。还有一个把儿很短、像小锄一样的抿子。抿疙蚪的时候，把面放在槽内，再用抿子用力把面抿下去。面短短的，真的有点儿像蝌蚪。

　　最大型的做面工具是河捞床。河捞床的主体是根圆木，中间旋了圆洞，下面钉上有眼儿的铁片，上面有个比圆洞直径略小的圆形木柱插入洞中。它利用的是杠杆原理：把和好的面放进洞里，用力压下圆形木柱，面就会从下面的眼儿被挤出来。因为要用力压才能形成面，所以也叫压河捞。上面说的做面的种种工具，几乎是家家必备的。走遍全国，能用到这么多工具来做同一类主食的，恐怕也就是山西人了吧。

　　有工具可用当然好，没有工具的时候，山西人照样做面吃面。最见徒手功夫的，就是拉面了。把和好的面揉成长条，反复提溜起来旋成麻花状，直到粗细均匀。有那功夫了得的高级厨师，拉成的面条比头发丝还细，细得可以穿针。那就是龙须面了。

　　用拉的方法做的面还有抻面和一根面。抻面是先把面擀好切成指头粗细的条，然后再抻长下锅。一根面，是一碗面只有一根面条。这根面是用一根粗面拉成。一根面是寿面，因为它很长，绵延数米，有福寿绵延、长命百岁之意，所以百姓把它称为长寿面。

　　我们吃的面大部分是白面做的，有些面是以白面为主，里面掺一些玉米面或高粱面，如抿疙蚪、擦尖。还有纯粹用杂粮做的面，比如豆面抿疙蚪、红面擦尖、荞面河捞、莜面鱼鱼，等等。

吃面是必须有浇头的，也叫卤。不同的面配不同的浇头，味道大不一样。我念念不忘的抿疙蚪，就是用酸菜作浇头。简直美味无比！要说浇头，那是非常丰富的，常吃的有肉炸酱、羊肉梢子、西红柿卤、西红柿鸡蛋卤、金针木耳鸡蛋打卤、三鲜打卤、小炒肉，等等。好吃辣的，有辣椒酱、辣椒油，还有大蒜。最关键的调味品，是那老陈醋。倒上醋一拌，你就美美的 dia（榆次方言，吃的意思）哇。最简单的浇头是调和，先把葱花炝好，再倒上酱油、陈醋，家境好的加点儿味精，就算妥了。夏天吃面还有菜码相配，最常见的是菠菜、黄瓜丝和绿豆芽。

还有一种经常吃的面，是汤面。汤汤水水，有汤有菜有面。汤面一般要炝锅，所以也叫炝锅面。这炝锅面后来又发展出一种和（huó）子饭，最大的不同就是里边加入了小米。还有疙瘩汤，太原人叫拌汤。

山西人会变着花样吃面。光煮面这一项就舞玩出切、削、拨、拉、剔、擦、抿、压、搓、溜等十几种花样来。这面不但可以煮着吃，还可以炒着吃鸡蛋炒面、焖着吃豆角焖面、凉拌吃荞面河捞、烩着吃牛肉烩面。而且那些辅料是各取所好，能繁衍出许多亚种来。其次，他是绞尽脑汁吃面。20 世纪 60 年代，三年困难时期，细粮供应少，百分之三十的白面够吃几顿？于是，山西人"发明"了包皮面：把白面擀开，包上和好的高粱面，再把它擀好。切出来的面条，是三层，上下白、中间红，好看又好吃。那时候有个说法，叫粗粮细做。还有"钢丝面"。这"钢丝面"就是把玉米面和高粱面压成细细的圆圆的面条，虽然吃起来硬得像钢丝，但它毕竟是面啊。其三，是对面百吃不厌。山西人恨不得三顿都吃面。我在山西省话剧院的时候一个人，有一段时期没食堂，自己做饭。每天煮挂面、方便面吃，吃了差不多一年，我也没吃烦。

据考，山西吃面的历史已经很久了。晋南考古就发现过原始的磨面工具。最早见著史书的是东汉。不过，那时候不叫面条，而叫"煮饼"。到了魏晋时期，它叫"汤饼"；到南北朝，它成了"水引"；唐朝的时候，它叫成"冷淘"了。这吃面的悠久历史，使山西人形成了自己简单却深刻的面食文化。山西人吃完面，还有个讲究，总要喝碗面汤，叫"原汤化原食"。过生日要吃长寿面，过年要吃"接年面"，还有"迎客的饺子，送客的面"。

山西的面，可以说是面之鼻祖。北京的炸酱面、兰州的牛肉面、四川的担担面、上海的阳春面，都和山西的面有着很深的渊源。就连那风靡世界的意大利面，也是由马可·波罗从太原带到意大利的。怪不得日本友人明星食品株式会社社长卜厚昌元先生考察山西面食后说："世界面食在中国，中国面食在山西，山西不愧为面食之乡。"

到了深圳，"抿疙蚪"就吃不上了。还好，振华西路有家山西人开的杏花村酒家，时间长了，一定会去品尝一下家乡的饭菜。当然，"抿疙蚪"是必不可少的了。

突然想起了一个叫梁三的人，他是我们山西艺校食堂的大师傅，很多年前就过世了。不为什么，就因为他做的炸酱面特好吃！整整四十年了，忘不了……

山西人哪，吃面的命。

（2008 年 4 月 21 日）

"聚焦承德"采风日记九则

2008 年 6 月 15 日　星期日　晴

　　6 月 15 日 12 点 03 分,波音 777 降落在首都国际机场 3 号楼。40 分钟后,我、刘思和李冠儒带着设备和前来接机的承德电视台的同志会合了。

　　我们这次来是参加中国广播电视协会电视文艺研究会组织的第 15 届"聚焦承德"艺术采风活动的。中心曾参加了 2001 年的"哈尔滨冰雪节"和 2004 年的"魅力潮州"采风活动。和前两次人称"三剑客"的我、白桦和晓明亲自操刀不同,这次是我带着两个 80 后冲到了第一线。

　　在机场附近吃过午饭后,汽车载着莆田、宁海等几个台的人前往承德。透过车窗飞速后退的影子,我在记忆的仓库里搜寻着,努力寻找 34 年前的印象和感觉。

　　1974 年,承德围场县文工团演出了一个戏,叫《红鬃烈马》。当时是大演样板戏的年月,新戏一出,自然引起了人们的关注。五月端午前夕,大同市文化局组织了局创作室和文工团的一些骨干来看戏，准备把戏搬回去。大约有十几个人，其中有我。那次是坐火车去的，整整走了一天。记得出北京不久，就从平原进入了山区。火车在丛山间绕来绕去，满眼都是郁郁葱葱的森林。这对于在山西看惯了荒山秃岭的我们，实在是一个意想不到的惊喜。那时候看森林，只是电影里的图像，看得见摸不着，哪里比得上这样的身临其境！

或许是在深圳待了十几年，跌入了绿色的汪洋，眼前承德的翠山远不如34年前那么漂亮。不免生出一丝惆怅。时过境迁，大概就是这个意思吧？

4个多小时之后，汽车进入承德市区。承德之名，是有来头的。承德原来叫热河，雍正继位后，在康熙帝80诞辰之际，将热河赐名"承德"，意为"承受"父亲的"德泽"。车是沿着武烈河行进的，我很奇怪，怎么就找不到一点当年的影子呢？当年火车抵达承德的时候，夜幕早已覆盖了山川，只见满城灯光层叠，住的地方似乎是在山坡上。现在看到的是河谷两岸矗立着的高楼。

汽车停在了山庄宾馆，我们下榻的地方。

2008年6月16日　星期一　晴

清晨起来，发现山庄宾馆正在赫赫有名的避暑山庄的对面。据说正是承德当年"一条马路一座楼"的那座楼。

上午，在避暑山庄德汇门前举行了"'聚焦承德'2008全国电视媒体艺术采风活动"启动仪式。这次从全国各地来了22个单位，我记住的有央视，有北京、天津、上海、湖南、陕西、河南等省市台，还有石家庄、连云港、九江、大同、盘锦、宁海、莆田等地市台。前面有礼仪小姐引导，各台随后。仪式简单而热烈，承德市长和文研会顾问讲话后，看了入城仪式，又坐车游览了市区，仪式就结束了。承德电视台对启动仪式进行了全场直播。

紧接着是抽题。每次采风，选题都要抽取，以示公平。我说让刘思抽，她说她的手气不好。于是，抽签的重任便落在了冠儒的身上。这次的选题，严格地说，有些欠妥。像承钢的循环经济、文学之乡、摄影之乡、承德离北京很近、董存瑞，等等，说得有点像老虎吃天。哎呀，真是难为他们了。

冠儒抽题的时候，我和刘思竭力想从他的背影捕捉到一些信息，希望能抽到一个好操作的选题。只见冠儒一会儿挠头，一会儿又回头朝我们笑，还真不好判断他抽的题是好是坏。后来，冠儒终于憋不住，回到我们坐的地方。我们看到抽到的是13号选题：活动画卷——大型歌舞《紫塞风华》。

立即签订了合同，和承德电视台导拍员韩冬梅、紫塞风华艺术团市场部主任跟拍员张文利也接上了头，还拿到了有关资料。听韩冬梅说，20日将有一场演出。

晚上，是承德市委、市政府举办的欢迎晚宴。此起彼伏的问候声让我感到格外亲切。好多人是老朋友，都过来给我敬酒，像陕西的王文汇、石家庄李金平、大同的鲁卫东，等等。很尴尬的是，有些人很热情地和你打招呼，你却想不起来他（她）究竟姓甚名谁、在哪个单位。这也没办法，谁让咱老了呢。

吃是吃，喝是喝，吃喝中间免不了要走思，这《紫塞风华》究竟该怎么拍呢？

2008 年 6 月 17 日　星期二　阴

凌晨下了一场大雨，气温骤降。昨天还是艳阳高照，现在却是阴云密布了。穿着 T 恤出去，不是凉快，而是冷了。赶紧回房间添衣服，可是没有带长袖衫，只能加一件背心。这时想起了一句老话：出门的时候，一天带三天的干粮，夏天带冬天的衣裳。

今天主办者安排的是参观。上午参观的是普宁寺、小布达拉宫和普乐寺。像这样的寺庙，在避暑山庄周围呈半月形依次建造了 12 座。这是清帝为了团结其他少数民族、巩固边疆局势所实行的怀柔政策和宗教政策的具体体现。那时的皇家寺庙直属理藩院喇嘛印务处管理。承德的寺庙也不例外，是吃皇家饷俸的，因其在京城之外，所以笼统地称为"外八庙"。

普宁寺，就是供奉着千手千眼观世音菩萨的那座寺庙，也叫大佛寺，是仿西藏的桑摩耶寺建的。乾隆平定了准格尔部的叛乱后，漠南、漠北、青海、新疆等地的蒙古族、维吾尔族上层人物齐集承德，显示祖国统一。于是才在 1755 年建了这座庙。有碑文为证。我们那年来的时候，"文化大革命"还没有结束，这属于"四旧"的庙门紧锁着。好在有承德市文化局的人士陪同，等了半个多小时后才有人来开了门。说是千手千眼佛，实际大佛除去正中合十的双手外，只有四十只手、四十只眼。原来，按照佛教的说法，这四十只手和眼可以各配"二十五有"。所谓"二十五有"就是佛教中的二十五种因果报应。二十五乘以四十，便是千手千眼了。它的含义是观世音菩萨的手多、眼多、智慧多、有求必应。现在的普宁寺，是承德唯一的宗教活动场所。进了寺庙，自然不能免俗，咱也烧了一炷香，祈求个平安吉利。

远远望去，普陀宗乘庙和布达拉宫有些相似，也是白墙、红台。果然，它是乾隆下令仿布达拉宫兴建的，所以也叫作小布达拉宫。此庙是 1762 年开建的，庙刚建好，土尔扈特部恰好东归，乾隆还为此撰写了碑文。布达拉宫是达赖的驻地，乾隆建此庙的用意是"山庄之普陀与西藏之普陀一如"，意在和活佛争夺信徒思想。这座庙占地较大，依山而建，台阶陡立。这里留下最深印象的是万法归一殿镏金的方形金顶。

普乐寺，俗称园亭子，因为它的顶和北京的天坛一样是圆的。这是密宗修行的寺庙。密宗讲究男女合修，男身代表智慧，女身代表禅定。只有"定慧兼备"才能成佛。我们凡夫俗子所知道的欢喜佛就供奉在这里。不过，由于须弥座很高、殿内又暗，根本就看不清楚欢喜佛究竟是怎么修炼的。在外面的小摊上才一睹欢喜佛的尊容。密宗实在是太深奥了，怎么也弄不明白这样如何就能修成高僧大德。

下午参观的是赫赫有名的避暑山庄。避暑山庄始建于清代康熙四十二年（1703），竣工于乾隆五十五年（1790），历时 87年。避暑山庄占地面积有 564 万平方米，南平北高、南秀北雄，建有康熙 36 景和乾隆 36 景（有许多还在恢复中）。

建避暑山庄的由来，是因清初皇帝屡去木兰围场打猎而建的。当然这里有锻炼军队、显示力量、防备沙皇俄国对大清国土蚕食的重要作用，也有加强对信奉藏传佛教的蒙古族和藏族的笼络乃至统治的作用。还有一个原因，是为了避开北京炎热气候，以免像顺治那样出天花而亡。不管怎么说，避暑山庄是清政府的第二个政治中心。

避暑山庄，有"一座山庄，半部清史"之说。康熙、乾隆时期，皇帝有半年时间在这里度过。英国使团谒见乾隆皇帝，召见各民族部落的首领，是在这里；咸丰签署丧权辱国的《中英北京条约》《中法北京条约》，是在这里；慈禧太后策划的"辛酉政变"垂帘听政，是在这里；就连嘉庆、咸丰驾崩，也是在这里。

游走在山庄和外八庙之间，就觉得承德不愧为中国的历史文化名城，也真的能享受"世界文化遗产名录"的待遇。这当然是跑马观花，要想了解避暑山庄及其周围庙宇，没有一年半载的工夫怕是不行的。

明天就要开机了，晚上我们决定不在宾馆吃自助餐，找个地方吃烧烤，主要是议一议抽到的选题——《紫塞风华》。

夜间的承德，灯火辉煌。沿着武烈河的堤岸，是人们休闲娱乐的好去处。我见到两处唱歌的地方，伴奏的乐器就是二胡，男女轮番上场，什么《小背篓》《为了谁》，还有《毛主席的光辉》呢。

有一处堤坝搭上了架子，攀藤类植物形成了一条街。细看上面的霓虹灯，果然是"情人街"三个大字。漫步在"街"上，来来往往的是夫妻、朋友、父女、母子，情侣们毫不避讳地搂肩搭臂、卿卿我我的样子，也是一道抢夺眼球的风景。看来，承德人的日子过得也很安逸。

武烈河堤坝还专门留了一段乾隆年间修的坝。走在上面，你觉得是踏在 300 多年前的土地上，有一种很历史的感觉。

可惜，我们没有闲情逸致去欣赏这些场景了，因为听韩冬梅说《紫塞风华》可能演不了。啊，开什么玩笑！不演出，我们拍什么？真是天大的笑话！我想，这根本不可能。

2008 年 6 月 18 日　星期三　有霾

上午在紫塞风华公司看《紫塞风华》DVD，我最关心的是究竟演不演。张文利主任说，因为剧场经济核算要钱的原因，演出很困难。公司正在找市委宣传部杨铭副部长争取。市委市政府这么重视的事，不能说不演就不演了吧？那不成了无米之炊了？

反正也没有个结果，我们的拍摄方案还没有呢，于是回到宾馆房间侃构思。按既定方针，此次出征以年轻人为主。我会在充分调动他们创作积极性的基础上，给予完善和补充。

看有关资料，《紫塞风华》是承德市委、市政府打造的一张名片。市委书记任顾问、宣传部长任总策划，艺术总监、总导演、撰稿和作曲都是从中国东方歌舞团请来的著名艺术家。大型歌舞融歌、舞、诗、乐、画、杂技、柔术等多种艺术表现形式为一体，是视觉的盛宴、饕餮大餐！

《紫塞风华》分为三场，第一场《山庄寻踪》，说的是发生在皇家及其周围的事；第二场《乡土风韵》，表现的是当地的民俗，像二贵摔跤、丰宁剪纸、板城烧锅酒、书法等；第三场《和合礼赞》，表现的是民族大团结，有满族舞、藏族舞、蒙族舞、维吾尔族舞。这是一部承德的历史、民俗画卷。

刘思提出，以一个女孩贯穿全片（舞台演出也是这样），她的所看所思构成了这个片子。我认为，这部片子应该是精美的大拼盘，里面装满了各式菜肴。经过认真地讨论，我们终于敲定了方案，并定名为《梦回康乾》。基本构思是，一个女孩在承德旅游的时候，每看一处总有些画面闪现出来。这些断断续续的闪现，再配上美轮美奂的演出，哈哈，这部片子肯定会有不错的效果。

下午去避暑山庄采景，看看可以在哪些景点实地拍摄。

采景时张文利说，艺术团每天晚上都在承德锦江饭店演出，是综艺节目，其中有《紫塞风华》的 13 个舞蹈。这还真不错，有演出还愁什么？我们决定带上设备，以便及时地拍下来。

我们满怀着希望 7 点 30 分就到了锦江饭店，刚进演出地点，心就凉了半截。这哪里是什么舞台，高度还不够 3 米呢，这就是酒吧嘛。这能演舞蹈？直到快 9 点了，演出才开始。果然不出所料，艺术团因地制宜，十几个人的舞蹈，全部缩减到四五人，最多的也就六人。创作的激情顿时受到了沉重的打击。

张文利出了个主意，我们可以借着采访杨副部长的名义，提出一定要演一场，我们说话可能好使。我思来想去，这个办法也不妥。摄制组不该直接给领导提问题，我们应该赶快向组委会反映。

我心想，何不搬到演播室拍呢？在台里的演播室布好光，虽然不及舞台的演出，但也能拍出不错的效果。于是赶紧叫韩冬梅和台里联系。

2008 年 6 月 19 日　星期四　多云有霾

吃完早饭，我们赶到避暑山庄去采景。还没看呢，就接到电话说，杨副部长 9 点要接见我们。有门儿！也许，杨副部长能协调下来。

杨副部长是全程参与《紫塞风华》的领导，对情况很熟悉。他很热情、详细地介绍了《紫塞风华》从筹备到创作直至演出的情况，同时也谈到了现在的困难。我听出来了，歌舞很好，就是演出不了。杨副部长还亲自给电视台台长打电话，安排人给我们录台里拍摄过的资料。

我彻底绝望了。最后我无奈地和部长说，看来，我们注定要做无米之炊了。

从杨副部长那里出来，我们又赶到承德电视台看演播厅。台领导说，只要能用，保证全力支持。棚倒有三个，唯独没有拍综艺节目的大棚！希望再次落空。有人提议去承钢电视台，那里有大演播厅。一打电话，说是棚里有固定的背景，根本就无法拍！我真不知道该怎么办了，总不能全都在实景里拍吧？一定要在剧场拍几个舞蹈，不能拍全场，几个总能行吧。我跟张主任说，再联系，一定要去剧场拍几个，哪怕有两小时呢。要不然，这事真的没法干了。

中午吃饭的时候，我把情况给文研会的孙燕华老师汇报了。她说，不演怎么拍啊？实在不行就换选题。我说，换题恐怕来不及了，我们尽力做吧。

不管怎么说，拍摄还要继续。按照计划，有一部分舞蹈是在实景中拍摄的，下午调动演员队伍杀向避暑山庄烟雨楼。

避暑山庄有康乾祖孙命名的 72 景。乾隆谦虚，什么事也不超过爷爷。康熙在位 61 年，乾隆做了 60 年退下来当了太上皇。题词也是，康熙题词的景是四个字，乾隆题词的景是三个字。烟雨楼，一看就知道是乾隆题的。2007 年央视的中秋晚会就是在这里现场直播的。我们在这里拍《凤舞霓裳》。十几个亭亭玉立的格格手舞足蹈，吸引了许多游客，我们不得不封锁了通往烟雨楼的道路。

　　远远望着舞蹈着的格格，恍如回到了康乾时期。这不就是我们想追求的效果？这部片子，必须要有特效，我们想到了停机再拍。这样出来的效果很像是幻觉，很符合我们的构思。

　　避暑山庄的围墙上插着很多彩色的龙旗，刘思想拍几个空镜头。当冠儒把镜头对准低垂的旗子时，我说，要有风就好了。话音未落，7面龙旗哗啦啦地飘了起来。张文利开玩笑地说：梅导神啊，居然能呼风，不知道能不能唤雨？要真能呼风唤雨那就好了，我会马上让他们演一场《紫塞风华》。

　　我突然想起一个结尾来：《藏踢》渐渐推向了高潮，转长长的黑场；8秒之后渐显空荡荡的剧场，只有小女孩坐在那里；灯亮了，先是一盏一盏地亮，接着是一排一排地亮，最后舞台大亮，推出字幕《紫塞风华》。全片结束。

2008 年 6 月 20 日　星期五　阴霾

　　今天的安排很紧张，有三个舞蹈要实景拍摄。

　　去寺庙的路上，发现阴霾漫布。我以为只有深圳才有这样的天气，没成想承德也是这样。远处的棒槌山隐藏在重重的阴霾后面，连个影子都看不见。不由得替"古人"担忧起来：不知那抽了"丹霞地貌"的摄制组心情如何？

　　普乐寺，就是密宗的那座庙。我们在这里拍的是蒙古族的《盅碗舞》。现在什么都和以前不一样了。1970 年我在大同市文工团的时候，舞蹈队也跳过《盅碗舞》，那时候演员头上顶的是真碗。结束的动作是把碗从头上翻下来让观众看，这是货真价实的真碗。那时演员是真练啊，碗掉下来可就不好玩了。现在倒好，"碗"长在了帽子上，怎么跳也掉不下来。

安远庙，是仿伊犁的固尔扎庙建的，也叫伊犁庙，这是从新疆迁来的一个部族礼佛的场所。在这里跳的是维吾尔族舞蹈。这个舞蹈我们用了拖影的特技效果，很漂亮。

在小布达拉宫，我们要拍《藏踢》。这里的路长，台阶也陡。我背着磁带、电池、显示器，拖着长着骨刺的左腿两步一个台阶地丈量着距离。等我满头大汗地上去，比年轻人晚了20来分钟，真的是年岁不饶人啊。

正拍着的时候，天突然变了。大风吹来，夹杂着雨滴。只见经幡猎猎，很有气氛。冠儒当然不会坐失良机。

经过协调，剧场答应明天上午10点到12点给两个小时。为了保证明天的拍摄，晚上我们去承德剧场看灯光。我提出了要求，除现场的灯光外，要加上追光、还要用烟雾。剧场演出的是二人台，看了两个节目，实在忍受不了那震耳欲聋的音响和粗俗的表演，就匆匆撤离了。

2008年6月21日　星期六　霾

7点30分，我们进了避暑山庄，早饭也没吃。想趁游客未到，赶拍一些镜头。可惜演员来晚了，8点多钟游客早已熙熙攘攘挤成了一片。没办法，于9点30分提前赶到了剧场。

剧场的灯光师还没上班，我们摸黑在剧场里坐下来等着。一切准备就绪的时候，已经10点20分了。我从容地调动着灯光，什么面光、耳光、侧光、顶光、逆光、追光，什么聚光灯、回光灯、电脑灯，什么一排、二排，我是信口拈来。许多人很惊讶，这个电视导演还懂舞台？他们当然不知道我原本就是从舞台表演起家成为导演的，有20多年的舞台经验呢。

我们总共拍了三个舞蹈，《旗女韵》和《藏踢》，还有《景泰蓝》。在大家的密切配合下，12点03分，两个小时零三分，拍摄顺利地完成了。这些利用光效拍出来的镜头，在片子中起提神的作用，尤其是《藏踢》，是用来推向高潮的。

下午在普宁街拍摄。普宁街在普宁寺旁边，是寺院打造的清代一条街。除了卖各种工艺品、承德土特产，还组织了许多民间艺人表演：有拉洋片、杂耍、杂技、二贵摔跤，等等。这些艺人和服务员，全是清代装束，男的留辫子，女的穿旗袍。街上还有工作人员装扮成清兵巡逻，大概说的是"平安无事"之类的词。游客走来，服务员喊着："大人万福!""格格吉祥!"气氛是相当地好。

我们在街里拍的是表现承德书法的"板城烧锅酒"，还有表现剪纸的，还有以顶坛子表现酿酒的，还有拉洋片和二贵摔跤。另外就是拍王锋（贯穿全片的演员）逛街寻找（发现）。写书法和剪纸的两位老师是小韩请的。小韩很负责任、很敬业。

透过这两天的拍摄，我发现，一切都围绕着一个"寻"字，它的动作性很强，而且能调动观众。片名应该叫《梦寻康乾》。

本来是有霾的，可下午的光线出奇地好，冠儒舍不得这难得的光，跟寺里的人说好，延长了10分钟，拍了一些空镜头。他真想一直拍下去，可是，普宁寺5点30分一定要关门。而且，寺里要放狗了。

2008年6月22日　星期日　阴转晴

凌晨又下了雨。6点30分起床拉开窗帘一看，心就凉了半截!又是个阴天，原计划拍澹泊敬诚殿的光影效果，肯定是拍不成了。

早 7 点 30 分，摄制组又进了避暑山庄。这次的组织工作做得很好，我们凭组委会发的"2008 全国电视媒体采风活动记者证"去哪里拍都可以。我们抓紧时间拍了王锋进避暑山庄的戏。王锋是在《紫塞风华》里演女孩的演员，挺聪明，也很适应镜头前的表演。她长得文静而瘦小，不知为什么，她的父母给她起了个非常男性化的名字。

吃过早饭，又去普宁寺和小布达拉宫，拍王锋看碑文的戏。

我在一旁维持着秩序，一边听导游说，什么是满文呢，就是"中间一条棍儿，两边长满刺儿，画上圈儿和点儿，就是满文字儿"。哈哈，通俗易懂，一下子把满文的特点抓住了。

下午，刘思和冠儒去电视台拍了静物瓦盆鞋、格格帽、傩面具。返回来又进避暑山庄的时候才叫我去。前几次都在平原景区拍，这次是到山上景点拍。在一号景点拍王锋看书，二号景点拍小布达拉宫，三号景点拍棒槌山。

所有的拍摄者都知道，光对于他们意味着什么。几天了，天几乎总是灰蒙蒙的。唯独我们，每次拍景的时候，总有灿烂的阳光。今天依然，上午是阴天，现在又是那么透了，老天真是对我们《紫塞风华》情有独钟啊。

晚上是欢送晚宴。

电视文艺研究会的顾问洪民生专程从北京返回来和大家告别。我特佩服洪台（离休前是中央电视台的副台长）、王录会长、曾文济及潘宝瑞副会长，还有已经离任的宋培福会长、奚明钰秘书长。这些都是离退休的老同志，硬是凭着自己的热情、决心和影响力，把采风活动办得这么好，而且办了 15 届！

刚来那天碰上洪台，他问了我们中心的情况，还说"见到你们这些老朋友来，我就放心了"。这是对我们多大的信任啊！

朋友们相约，下次见！我知道这是我最后一次参加采风活动了，明年一退休，就万事大吉了。但最后这班岗，我一定要站好。

"最后的晚餐"，我喝得很惬意。

2008 年 6 月 23 日　星期一　晴

上午还有空，刘思和冠儒又去避暑山庄拍了些空镜头。

他们觉得这次的创作方法很好，我们是同步进入的。从拿到选题，就和我一块儿讨论，从主题到风格，从全局到细节，都有深入的探讨。而且，构思一直在完善中，我们经常会冒出一些新的想法。刘思说，这次向梅导学习了一些东西。我觉得，我有传帮带的责任，况且这两个年轻人还是很好学的。

这次采风，遇到的问题始料不及。但塞翁失马，焉知非福？有了演出，说不定还没这么好的构思呢。

返深要带的东西真不少，大大小小 12 件，平均每人带 4 件。最后还是导拍员小韩一直把我们送到火车上的。

记得 34 年前离开承德的时候是傍晚，火车站的月台旁边有一座古代建筑，成百上千的燕子欢叫着。今天来得仓促，没看见那座老建筑，也没有燕子的身影。想必它们都还在吧？

1 点 30 分，列车徐徐开出了承德车站，历时 9 天的采风活动真的结束了。当然，回去以后的后期制作还得抓紧，7 月 30 日要交片呢。

再见，承德；别了，我的艺术采风！

（2008 年 6 月 29 日整理）

和母亲有约

——谨以此文纪念母亲80周年诞辰

从1998年4月20日到2004年12月1日，每周我都要给母亲打两次电话，六年半的时间从未间断。因为，我和母亲有约。

那年，我安排完父亲的后事，便张罗着给家里装电话，为的是在深圳能和远在山西阳泉的母亲及时联系。我把4130180的电话号码告诉了母亲。母亲念叨了几遍，总也记不住。她不好意思地说："年纪大了，啥也记不住了。"我灵机一动，说："娘，你记住'四儿玉山灵尾（yǐ）巴灵'就记住号码了。"我给解释着，"咱家玉成是四儿，他的朋友是玉山，这玉山很灵（很聪明），哪儿灵呢，尾巴灵。"说的母亲哈哈大笑，果然，这号码她记住了。临走的时候，我和母亲约定，每逢周三、周日的晚7点我给母亲打电话。

为了能在最短时间内和母亲通上话，我把母亲的电话设置为手机的第一个号码，每次一开锁就能打，省去了查找的麻烦。

和母亲通话，都是些家长里短的事。我总是操着浓浓的乡音问母亲："娘，吃了没有？吃的什么饭？"母亲总是不厌其烦地告诉我，吃的是"闲饭""混锅面""米汤、干粮"……

母亲是家庭妇女，没有经济来源，还患有糖尿病、高血压，每天都离不了药。仅有父亲的抚恤金显然不够，母亲的生活费就由大家分担。不到一年，煤矿效益大减，矿上甚至发不出工资来。我是家里老大，在深圳相对富裕。为了减轻弟妹们的压力，母亲的生活费包括吃药的钱都由我包了，她竟然觉得挺不落忍的。她多次对我说，"文儿，老花你的钱……"每逢这时候，我都要说："娘，我的钱还不是你的钱？你生我养我，我有养老送终的义务，谁让我是你儿子呢？"说得母亲直流眼泪。说归说，母亲还是做出了行动。有两次，她擅自做主把药量减了。因为我在电话中得知，她的血糖又上去了。我佯装生气，不满地说："娘，你减了药，好像是省了钱，可你万一病重了，我不得花更多的钱？你再减药，我不跟你好了！"母亲会连连向我"保证"："文儿，以后听你的，再也不减了。"

母亲那代人，穷日子、苦日子过惯了，干什么都是能省就省。这每周两次的通话，她很心疼。有一次母亲问我："文儿，你麻烦不麻烦？"

我说："麻烦什么？"

"老打电话，也没什么事。"

"怎么没事？和娘说说话就是事。"

"要不，咱们一礼拜打一次？"

"不沾（不行），听我的。娘，你不用乱操心，好好过你的日子我就放心啦。"这事母亲说了好几次。

和母亲通电话的一个重要内容，是告诉我弟妹们及孙子辈的事儿："玉明来看我了……""四儿和丽芳来看我了……""玉萍给我买了件衣裳……""江江领着对象回来了……""涛涛考得不错……""宝宝放假了……""他们好长时间没来了"……

偶尔的，母亲会通过电话让我办点儿小事。我记得只有两次：一次是知道我要回去，让我给外甥女宝宝带几套小提琴弦；一次是知道我经常外出，让我给她请一串长念珠，她要念佛"求个好死"。

每次给母亲打电话，只要在家里，我都会把手机给福霞，让她们婆媳俩说说话；之后还让洋洋和小杰给奶奶问个好。母亲总是很高兴。

母亲每周和我通两次电话，周围的邻家都知道。夏天一到，她们老人们喜欢聚在一起打扑克。每逢周三周日快到晚7点的时候，母亲就说："我不打了，我要回去等俺玉文的电话。"久而久之，全小南坑的人几乎都知道"老梅嫂家的大小子是个孝子"。

母亲临走的前一天晚上，我们娘儿俩还通了话。我照例问母亲："娘，吃了没有？"母亲告诉我："吃了，正在看电视呢。"母亲问我吃了没有，我说正在外面吃呢，吃的是盒饭。我听母亲在电话里欲言又止，忙问她有什么事。她说："没什么事，你忙吧。"因为是市影视家协会开会讨论拍摄老艺术家的事，我也没再问，心想，等周六再问问吧。万万没想到，这是和母亲的诀别！

母亲是在凌晨去世的，走得很安详。

如今，母亲走了快4年了，我的手机也换了两个，但储存的第一个号码依然是03534130180。因为，我和母亲有约。

（2008年9月1日）

我的业余写作

迄今为止，我的写作是业余的。

我喜欢写作，在学生时期就爱写作文、爱记日记。记得初中的时候，我的作文经常被作为范文受表扬。初二暑假的作文，老师布置写篇谈青春理想的议论文。我洋洋洒洒写了一万来字，贴了教室后面的一面墙。参加工作后，经常写角色分析、导演阐述、导演构思，还有论文。可是我没想到会从事写作。

经常练笔，全都交了学费

开始写作品，是广播剧。20 世纪 70 年代初，大同市人民广播电台录制第一部广播剧，我是主要演员，也是导演。我觉得广播剧可以发挥我的长处，就改编了好几个广播剧本。可是没有一个投排的。1987 年，我都到了省话剧院了，还改写了一个 20 集的本子《孝文帝》。至今还是贼心不死，老想着写个广播剧，不知何时能实现这个愿望呢。

　　1974 年，大同市文化局从全市组织创作人员深入大同矿务局煤峪口矿，创作剧本。我记得有永定庄矿的穆德元、同家梁矿的刘志明、电厂的张成旺，我也是其中之一。他们是写话剧的业余编剧，我是专业演员。这样的组合大约是为了剧本更有戏吧。那时采煤刚实行液压支架，是国外引进的先进工具，煤峪口还在试制国产的支柱。我们就据此写了大型话剧《金柱》。我只参加了讨论，没有执笔。后来写了许多段落，好像戏更足一些。这个本子排练了几场，忘了是什么原因，最终没有搬上舞台。

　　1981 年年底，我参加了山西省戏剧家协会举办的第二期"全省中青年作者学习班"。本来是"作者学习班"，我却没有作品，只是编过一本《话剧术语汇编》。我就是想学点儿东西。于是找到王顺（时任山西省戏剧家协会副主席、一级编剧，我的好朋友，那时已调到大同市文化局戏剧研究室），让他给我报了名才参加的。在学习班，我认真读了几个中外名剧，像王实甫的《西厢记》（包括董解元的《西厢记》）、小仲马的《茶花女》、老舍的《茶馆》、高明的《琵琶记》、菲格莱德的《伊索》等，有的还写了读书笔记。听了许多专家的课，如石丁、祝肇年、晏学、刁光谭、刘厚明等，还到北京、天津看了几场戏，厉慧良的戏就是这时候看的。这是迄今为止我参加过的唯一的编剧学习班，收获是很大的。当时就有朋友提议我改行当编剧，可是我不敢，我没有那个功底。

　　真正说第一个作品，应该是 1982 年写的话剧《解放大同》。这个剧本是根据马铁的同名剧本重写的。本来付凯旋已经改好了剧本，文化局决定星期一讨论。当时，团里分成了两派，几乎什么事都不能统一。自然对那个本子也有不同看法。只剩四天时间了，我的老同学、团长张风刚叫我和董友存、王松枝等人再改一个。于是我们加班加点写成了《解放大同》。这个剧本已经和原本没什么联系，只是借用了原本的剧名。终于赶在星期一一块儿上会讨论。虽然两个本子各有千秋，结果却在局里某些人的支持下，采用了《古城霞光》。这也是我参加写过的唯一的一台大戏。

电视剧开创了写作的历史

真正写出作品，还是电视剧成全的我。

1986 年年底我到省话剧院后，就一直琢磨着如何才能拍上电视剧。曾经回阳泉联系过写《葛德林》。葛德林是阳泉矿务局二矿工会主席，口碑极佳。病故后被全国总工会树为典型。我是二矿的，父亲还领我去找过矿务局工会主席。他们是老乡，又都是"老二矿"。省话组织了谢丂、章冰、丘萍、雷影梅老师来写。听了两次提纲后，不了了之。后来，我又重新改写了朋友高继远的《列车轶事》。记得我和舒承忠连夜搞分镜头剧本，十分激动，自认为能获"飞天奖"。但是，因为没有资金，也是无功而返。我导演的第一部电视剧《老不正经》，那是我重新写过的，但我没有署名。

名正言顺的第一部作品，是三集电视剧《晋北题材对话——点火的人》。1988 年 9 月在忻州电视中心拍完《老不正经》之后，和制片主任阎开和合作得不错，就酝酿着拍下一部。我们决定以忻州乡镇企业局为原型进行创作。从搜集素材开始，到最后写出剧本。我当时信心不足，于是找来大连话剧团的高杰和我合作。充分讨论之后，我们俩分工一人写了一半。

后来在话剧院拍摄电视剧《老家伙》（7集）和《杏林深处》（10集）的时候，导演史启发邀我做副导演。为了二度创作的需要，史导对文学剧本做了大量的修改。我不仅参加讨论，还要执笔修改。这都是实实在在的锻炼。

我的第二部作品是1991年3月写的《缉毒行动》，这是根据山西省临猗县公安局破获的贩毒大案创作的。此次最大的不同是独立创作，没有人商量。联系好之后，我一个人深入生活、采访当事人，冥思苦想。写成后，我又担任了该片的导演。

第三部作品是1991年9月写的电视系列剧《警钟》（《谁之罪》《新郎梦》《黑老包》《安全书记》四个短片），第四部作品是1991年10月写的四集电视剧《莽河清清》（后由别人修改为《响水河的故事》，成为编剧之一）。这两个剧本都搬上了荧屏。

写电视剧的感觉是很难，编剧编剧，我的痛苦在于不善于编。因为习惯了二度创作，一度创作总是不太上手。有硬着头皮上的意思。

二十年了，再也没写过电视剧。

为专题撰稿——不得不做的工作

到了罗湖电视制作中心，主要任务之一是拍专题片。这里有个不成文的规矩，一般都是撰稿、导演一肩挑。为专题片撰稿是比较痛苦的一件事，因为我不喜欢，找不到其中的乐趣。但又不得不做。好在我大多是用他们的材料重新进行"组装"，倒也相对容易。我的收获是学到了不少知识。这些撰稿还不是严格意义上的创作。我注重的是尽量把每个片子的风格样式区别开。

1994 年 5 月到这年年底，先后拍了《国企大厦》《畔山花园》《超顺不凡》《深大 TCL》《国企形象》《柜台风貌》等 6 部专题片，我不但是导演，而且也是撰稿。

到 1999 年，先后担任撰稿并导演的片子有《弘法寺首届水陆大法会》《鸿波通讯》《一方乐土》《乐土一方》《中国深圳的商贸、金融、信息中心——罗湖》《坭岗、田贝采访记》《通广——北电》《都市贝雷帽——深圳市罗湖区行政综合执法纪实》等 8 部。其中《通广——北电》是部形象片，我改了一首诗，效果还不错。值得一提的是《乐土一方》，这部片子获得了第六届"全国社会治安综合治理好新闻"专题片一等奖。这是迄今为止罗湖，乃至深圳在这个奖项上获得的最高奖。

在这之后，我为中心"引进"了吴亚丁（作家，时任区委宣传部文明科科长）这个人才，我便逃离了为专题片撰稿的苦差，只担任导演了。

小品使我的创作辉煌

我创作的第一个小品是 1990 年为山西财经学院参加原财政部直属院校调演所写的《简单不简单》。剧本也没有保留下来。据说获了二等奖，我至今也未见过证书。

1992 年刚来罗湖，一切都很陌生。工作根本插不上手，每天上班是擦地、打水、取报纸。自己的价值无从体现。正在闲得无聊的时候，文化馆的张福生老哥说 10 月深圳市要举行首届戏剧小品大赛，让我写个本子参加。时任翠竹街道办事处文化站站长的简丽华也愿意为文化站再排个小品（1991 年我为她们排过《送礼》）。排小品没问题，但写小品对我是个难题。但是我想，无论如何也要硬着头皮完成这个任务。情急之下，我想起在山西省话剧院看过学员演出的一个小品，于是根据那个情节又写了一个《不期而遇》。记着当时还署了"晋话"的名。小品排出来以后，当年即获得深圳市首届戏剧小品大赛优秀剧本奖、"鹏城金秋"优秀创作奖、广东省业余文艺作品评选三等奖。虽然这里边有我的创作，但细究起来总有点儿贪天之功。1995 年，我改编《也想有个家》的时候，就和小说作者取得了联系，付了 800 元改编费。

因为学的是话剧表演专业，又排过不少话剧，写小品就相对容易些。故事、人物、情节、矛盾、起承转合，很过瘾。创作小品的顶峰是《名记》，获得"中国曹禺戏剧奖·小品小戏奖"一等奖。《名记》和《西边日出》还在《剧本》杂志发表了。

这些年，共独立创作、合作、改编了 30 个小品，获得了大大小小几十个奖项。由此，我加入了中国戏剧文学学会，成为深圳剧协理事、秘书长，后又当选为罗湖区剧协主席。

创作小品，实在是因为挥之不去的戏剧情结。我写了一篇《永远的戏剧情结》，详细地记叙了我来深圳后的戏剧活动。

散文，新的生活方式

到深圳后写的文章逐渐地多起来了，有创作谈、拍摄花絮。

有些还发表了，像收录《深圳文艺 20 年》（深圳市文联、深圳市文艺评论家协会编辑出版）的《〈"名记"〉三"絮"》、《罗湖》杂志上的《龙壁之乡》等。不过，总是断断续续的。

日子就这样不咸不淡地过着，直到有一天，亚丁看见我在电脑上玩游戏，说："梅导，你应该写写回忆录。玩游戏纯粹是浪费时间。"我幡然醒悟。是啊，往事如烟，何不把自己走过的路记录下来，这是件很有意义的事啊。随后，写作摆上了我的议事日程。我做了一个写作规划，将要写的内容分成亲情篇、从艺篇、游走篇和其他篇，敲起键盘来。

开始写的时候是弹性的，没有时间和进度的约束，有空就写，陆陆续续写了十几篇。2005 年底，和亚丁、云龙（著名评论家）一起吃饭，席间谈得兴起，承诺 2006 年每月写一篇。这一写便不可收，当年就写了 14 篇，6.1 万多字。

我写文章的目的，一是给儿女和亲属们看的，让他们了解我的工作和生活；二是和朋友们分享，也多一个话题。极少数会拿去发表，正式的只在《深圳特区报》《深圳商报》分别发表过《好一朵报春花》《外婆导演札记》和《有这样一份牵挂》。倒是经常应邀在罗湖文联办的内部刊物《罗湖》杂志上发些文章，像《鲜花，在荧屏上绽放》《我和共和国同龄》《这里孕育了中国票号》《大兴安岭二题》《东王舍·狮脑山》，等等，大约十多篇吧。哈哈，我已经是罗湖区作协的会员啦。

有一次和领导吃饭，时任区文联主席、作家杨继仁介绍我说，老梅不仅拍电视散文、写小品，文章写的也不错，很流畅，基本上不用改。前区作协主席黄建彬看过《这里孕育了中国票号》后发来一条信息："深夜读梅导，着实吓一跳！……"看过我的文章的朋友也多有赞誉之词。我很清醒，这都是对我的鼓励。

我是导演，不是搞文学的，写作是我的业余爱好。敲击键盘，是一种享受；在敲击键盘的过程中，我找到了乐趣。尤其是 2008 年开了博客后，写作已经成了我生活的一部分。不为别的，就为这一乐。

（2008 年 9 月 5 日）

曾经走过

60 年了，生活的变化不可谓不大。回首往事，有时还会疑惑，那是我过去的生活吗？

是的，我曾经走过……

在票证里生活

那些年也不知道是怎么过来的。买东西光有钱还不行，还得要票。什么东西都要票。吃饭、穿衣、买菜，甚至买手表自行车也要票。这么说吧，离开了票，你根本就活不下去。

吃饭穿衣，是生存的最基本需求，这需要专用的票证，就是粮票和布票。

那时粮食是按月按人定量供应的，每家有个粮食供应本，里面详细地登记着有几口人，分别供应多少粮。每月到粮店买粮的时候，再登记上粮食的品种是什么，分别是多少斤。以山西阳泉为例，下井的重劳力 45 斤，一般干部职工 35 斤，学生

（中学以上）31 斤，家属 28 斤，小孩按年龄从 8 斤开始递增。每人每月供应 3 两油。粮食品种包括百分之三十的细粮和百分之七十的粗粮。细粮就是白面，粗粮品种就多一些，有 1 斤小米、半斤豆子（有什么豆供应什么豆）、几斤高粱面，有时还有杂面，剩余的就是玉米面了。大米是奢侈品，逢年过节才有 1 斤。买粮的时候，挎个竹篮子，里边放大大小小四五个口袋，还有个油瓶。

若出差、探亲需要在饭馆吃饭，那就要交粮票了。粮票，分全国粮票和地方粮票。全国粮票，是带油的，全国通用。地方粮票，不带油，只能在本省内流通。若需要粮票，就要到粮店兑换，从下月的口粮和供应油里扣除。

20 世纪 60 年代初，粮食是不够吃的，粮票还可以兑换别的食物。比如，1 斤粮票可以换 5 斤红薯，或 5 斤萝卜片。这样，好赖能填饱肚子。大约到了 1965 年，情况才略有好转，饭馆里有大米和馒头可以外卖了。于是，居民纷纷排队购买，以贴补家里细粮及粮食的不足。到了 70 年代，能买到高价粮了，粮票就用来换农民手里的鸡蛋了。进入 80 年代后期，依靠粮油供应的现象逐渐地消失了。

但粮油供应本并没有取消，它还是个重要凭证，是迁移户口的必备证明。我 1992 年来深圳，还能凭"深圳市市区内居民粮油供应证"到粮店买到低价的粮和油。一直到 1995 年了，女儿迁来深圳，还得要这个证明。但人们早就不用它买粮油了。

那时候，凡是和布有关系的，都要布票。布票不仅仅用来买布做衣服或到商场买成衣，像床单、被面、被里，也要用布票。所以，布票永远也不够用。好在那时候人们节俭，布票也不会过期作废，可以长计划地安排全家的用项。

布票，是按年发放的，大人1丈8尺，小孩1丈2尺。若做衣服，小孩用不完，大人不够用。那时每家一般都有三四个孩子，平均下来，差不多每人一年能做一身衣服。小孩子喜欢过年穿新衣，家里就在春节前给孩子做好或买好，等大年初一早上穿。可夏天还需要添置新衣服啊，于是，过年只能有一件新衣穿，想穿一身新衣服，那是不敢奢望的。

我倒赶上过一回特殊待遇。那是1966年初，我要去省城上艺校。这是一件大事，母亲为了让我体面些，特意花2丈2尺布票，亲手给我做了一身黑灯芯绒衣服。在校园里，我这身服装，招引来同学们不少妒嫉的眼光。此外，母亲还为我做了一套新被褥，花了好几丈布票。我是体面了，家里一年的布票也用完了。

现在补丁一词，都用在电脑里了。原本意义上的补丁，根本看不到了。所谓"新三年，旧三年，缝缝补补又三年"就是当时的真实写照。那时候的衣服，儿子穿父亲的、女儿穿母亲的、弟弟穿哥哥的、妹妹穿姐姐的，绝对是再正常不过的事了。打了补丁的衣服，更是人人都有。我到艺校上学，新衣服也仅有那一身，其余的就都是打补丁的衣服了。我还亲手给衬衣打过补丁呢。

那时用布票，是因为布料全是棉布，资源有限。进入70年代，有了化纤布料，诸如涤卡、涤纶、的确良的衣料上市，布票才逐渐退出了历史舞台。

有人统计过，当时凭票证供应的商品种类最多时曾达66种。每年每人发一大张票，有100来个号，凡是用票的，就公布出来，几号供应什么物品，数量是多少。尤其逢年过节，公布出来一长溜号，我就拿个作业本去抄。

现在人们吃饭，作为粮食的主食基本上是点缀，主要吃的是副食，也就是菜，荤菜和素菜。那时的我们，是以吃粮食为主的。所谓菜，绝对是陪衬。那时副食品稀缺，而且所有的副食品，都要凭票供应。凭票供应的东西，数量极少，一般是半斤，很少有一斤的。除肉、鱼、蛋外，还有白糖、豆腐、海带、粉条、蒜薹、葱头、萝卜、白菜、土豆、芥菜等。一些当地特产，更离不开票。记得1966年冬去北京出差，方彦老师托我们给他在长影的哥哥方化（电影《平原游击队》松井的扮演者）带臭豆腐，要凑两家的票才能装满一罐头瓶。

另一类要票的物品是日用品，像香烟、火柴、香皂、肥皂等，也是人人有份。

还有按户供应的商品，每户一张也有若干个号。像八月十五，一家一斤月饼；过年的时候，一户一瓶酒。这都要用户票购买。

除此之外，还有特殊商品供应票。那时候居家过日子，讲究有"三大件"，即自行车、手表、缝纫机。后来，增加了收音机，称为"三转一响"。这"三大件"的购买，就更难。不可能人人有份，也不可能家家都有。这"三大件"的分配权就掌握在商业部门的领导手里。领导批了以后可以领到一张票。但是，拿到这张票还不行，还要有工业券。工业券一户一个月发一张，买一块手表要12张工业券。你想，"三大件"置办齐全，那不得到猴年马月去！

还好，从1978年开始出现了转机。值得庆幸的是，我们的下一代再也不要用票了，票证年代已经一去不复返了。

我的"三转一响"

20 世纪 80 年代前，家里（或说个人）最重要的资产是"三大件"，后来发展成"三转一响"，即自行车、手表、缝纫机和收音机。这既是生活用品，也是家境乃至身份的象征。结婚的时候，拥有"三转一响"往往是女方提出的必备条件。

那个年代，自行车是个人唯一的交通工具，它是"三转一响"中的首选。国内生产的自行车，有天津的飞鸽、上海的永久和凤凰，后来有了广州的五羊。车子有几种类型：28 英寸的、26 英寸的，有大梁的、没大梁的，还有把车链子包起来的大链盒的。适合男士骑的是有大梁的 28 英寸车，适合女士骑的是 26 英寸车和没大梁的车，也叫坤车。

自行车是心爱之物，人们费了不少心思来装饰它、保养它。记得有专门卖彩色装饰物的（不记得叫什么了），用来系在车轴和车轮上。还有车把套，做得十分精致。有一种是用彩色线勾出来的。车座底下，一般都塞着一团浸过油的棉纱，出门之前，要把车子擦得油光锃亮。

自行车主要是载人的，一般家里先买一辆车子，后车架带着老婆是天经地义的事。等有了孩子，就在大梁上装上竹编的小孩座椅（也有用钢筋焊的）去幼儿园接送孩子。孩子上学后，再带就要坐在大梁上了。能坐在后车架上，说明孩子长大了。

自行车还是运输工具，去商场菜场粮店买东西，都要用自行车驮运。早些年，有些人会在车的大梁上挂个四方兜，用来盛放东西。更多的人是在车座和后车架上缠绕一根绳子，好随时用来捆绑货物。后来，不知谁发明了车筐，大家又一窝蜂地装上了车筐。

我读书的时候，家里经济不宽裕，没有自行车。我上初中的时候，骑过舅舅的车子；到上高中，还骑过三姨夫的车。

我自己拥有自行车，已经到 1979 年了。是父亲在阳泉买的，先买了一辆飞鸽车，后又因故换成了凤凰车。不知道老父亲求了多少人。两年后，经济宽裕些了，也不用自行车票了，我又买了一辆飞鸽牌自行车。这辆车跟着我南征北战，立下了汗马功劳。1983 年，我到吉林艺术学院读书两年，车子托运到了长春；两年后，我返回大同，车子也回到了大同；一年后，我调到山西省话剧院，车子跟着我到了太原；1992 年，我调来深圳，车子没来，而是送回了阳泉，成了父亲的代步车。

在深圳，自行车不叫自行车，叫单车。我，包括全家，买了丢，丢了再买，前前后后买过 10 来辆单车。前些年有句话，开始叫作"不丢车不算深圳人"。后来发展成"不丢三辆车不算深圳人"。虽说是道出了小偷的猖獗，但同时反映出，现在自行车已经是很一般的日用品了。

那个年代，手表该算是奢侈品了。那时人们对时间的观念，远不如现在认识深刻。尤其是出了"时间就是金钱"这句话之后。30 年前，家里都有马蹄表，家境好一些的，有座钟。主要是早上和中午，孩子上学、大人上班需要看钟点，家庭主妇做饭，也要看钟点。到了学校，就有钟声管着了。我在阳泉的时候，上下班时间，发电厂会拉响汽笛，方圆多少里都能听到。

那时手表倒有进口的，好像瑞士表多，50 年代还有苏联的。

最初国产表只有几个牌子：上海产的上海牌、北京产的北京牌和天津产的东风牌。现在，手表是很一般的生活用品（高档表除外），连小学生都戴表了。那时手表可不是人人都买得起的，戴得起手表的，大都是干部。

记得 1969 年刚参加工作不久，有位同事买了一块东风牌手表，怕磕碰坏了，又买了块小手绢把表缠裹起来戴在手腕上。等看时间的时候，还得先打开手绢才能看到表。我们就起哄，总有人询问几点了，他就不厌其烦地打开手绢，然后再缠起来。

我参加工作时也没有手表，而且 31 块 5 的工资也买不起手表。一年多以后，看到其他同学有的买了表，就回家缠着父亲，要了父亲那块苏联表。父亲的表是 1958 年买的，已经戴了十几年了。虽然是旧表，但总比没有强。戴了一年多，就再也走不动了。

我买的第一块手表，是法国野马牌，160 多块钱。那时我在大同市文工团。1973 年 9 月 15 日这天，周恩来总理陪同法国总统蓬皮杜参观云冈石窟，团里大部分人都被叫去充当游客了。我没去。我叫上乐队的温存生，去大北街亨得利表店买了这块表。这块表一直伴我到了深圳。

80 年代，兴起了电子表，几十块钱、几块钱不等。开始很稀罕，我也换成了电子表。有一种像跑表样式的电子表，我戴了两年。挂在脖子上，很时髦的感觉。到后来，电子表就被冷落了。现在抽屉里还能翻腾出七八块呢。当我用上了手机之后，手表基本上就被束之高阁了。

那个年代，相比较，缝纫机倒比手表更实用些。因为那时大都是五六口之家，全家做衣服的费用也是个不小的支出。因此，许多家庭都要想方设法买一台缝纫机。那时的缝纫机出名的是两个牌子，标准牌和蝴蝶牌，都是上海产的。缝纫机的样式有两种：一种是卧兜的，就是机头可以放倒收起来，缝纫机板是个平面；另一种，机头就收不回去了。

我们家有台标准牌缝纫机，大约是 1964 年买的。记得是一个星期天，父亲领着我走了有 10 来里路，到一个叫王岩沟供销社的地方提货。爷儿俩硬是把缝纫机给扛回来了。我的小肩膀还磨出了几道血印子。我后来才知道，这缝纫机是母亲从大姨手里"打劫"回来的。原来，我家当时没钱，恰好大姨捎来钱叫母亲买缝纫机，母亲就截下来了。母亲为此还拜师学了缝纫手艺，逐渐成了家属区的"名人"。从这台缝纫机上轧出的衣服，少说也有几百件吧。如今，这台为我家乃至邻居立下汗马功劳的缝纫机，还静静地立在父母居住过的屋子里。

等我长大成家的时候，已经用不着缝纫机了。

那个年代，那"三转"和我们的生活是密切相关的，而"一响"就显得可有可无了。所以，家境一般的，不会赶那个时髦。像我们家和我就一直没有买收音机。

我上小学的时候，捣鼓过矿石收音机，也能收一两个台的广播。但那是个费钱的事儿，无法做下去。家里听的是有线广播，我们叫"话匣子"。大街上也有高音喇叭。那时候的新歌，都是从"话匣子"里听会的。像郭颂的《乌苏里船歌》，还有电影《红日》《怒潮》里的插曲，等等。我还喜欢听马季的相声，像《女队长》《找舅舅》，百听不厌。小学六年级，我和冯守智说过《找舅舅》；到了大同文工团，我还和李凤春说过这个段子呢。

到了 80 年代，有的家添置了日本产的"半头砖"录音机；到了 1983 年，我家添置了一台 17 英寸的牡丹牌黑白电视机。录音机和电视机的出现，说明"三转一响"已经失去了它的"霸主"地位，属于它的时代开始渐渐地远去了。

坐火车的记忆

第一次坐火车是 20 世纪 50 年代初。年龄太小，不知道从河北井陉到山西阳泉是怎么去的，根本就没有留下记忆。等记事了才明白，我是坐火车去的。

小时候眼里的火车是个庞然大物，远远地就听得见哐当哐当的声音，还呼哧呼哧地吐着白气。很怕拉汽笛，早早地就捂住了耳朵。我知道，有窗户绿色的是"票车"，没窗户黑色的是货车。

我还见过小火车。那是在老家的新井，一座位于井陉煤矿的小站。当年聂荣臻元帅护送的日本小姑娘，就是在这里被八路军救出来的。这个站是石太线上的支线，专为运煤修的，一天只有一趟开往石家庄的票车（后来又取消了）。小火车是在矿区内拉煤车的，最多时能拉四五辆。

坐火车亲身感受到的是自身经济条件的变化和咱们国家日新月异的发展。

就说座位吧。最初坐的是硬座，座位是木头的，硌人。后来换成人造革面的，坐着就舒服多了。到 70 年代中期，从大同回太原，可以坐软席了。比起挤满旅客、充满烟味的硬座车厢，那是一种享受。当然钱也多出了许多。坐卧铺是很奢侈的事。1967 年 11 月办我们话剧班大专学历的事，从太原坐一晚上车去永济，白天办完了事，连夜返回太原，实在困得不行，就睡在了行李架上。没钱买卧铺。直到 80 年代，才敢坐卧铺。硬卧的坐席少，买卧铺票很困难。早早进站，先找车长要号，然后再补票。那全凭嘴的本事了，经常坐不上卧铺。坐软卧的时候极少。

小时候坐的火车很慢，每站都停，是慢车。后来上学工作出远门了，首选还是慢车，因为慢车便宜。后来就坐快车了，再远的地方，还坐特快。火车也越来越舒适了。最初火车没有空调。记得 1980 年夏我去西安参加考试，在南同蒲线上开着车窗，热浪扑面而来。等到了西安，白衬衣成了灰布衫！现在几乎全是空调车了。

牵引的机车也悄然发生了变化。开始的时候是蒸汽机车，烧煤的。后来，换成了内燃机车，声音就小了许多，速度却提高了不少。不知什么时候，铁道上方架起了电线，于是有了电气机车。

我坐过最快的车应该是磁悬浮列车了，只是不知道它算不算火车。2007 年去上海为片子校色，下飞机后坐了磁悬浮。眼睁着显示速度的屏幕，数字越来越快，最高到了 430 公里，然后就降下来了。感觉很爽。

几十年了，坐火车经历过许多难忘的事。

坐硬座时间最长的一次，是 1972 年 11 月从大同到兰州，去看话剧《金色的道路》，坐了 30 多个小时，坐得屁股都疼。

站得最长的一次，是 1986 年春节期间，我到吉林艺术学院上学，从北京到长春，人挤的蹲都蹲不下，整整站了一晚上，站得脖子都僵了。

连续坐车最长的一次，是 1996 年 9 月 25 日到 10 月 8 日，我、白桦和小褶，路线是深圳—广州—北京—满洲里—海拉尔—莫尔道嘎—海拉尔—北京，行程 6500 多公里。当然是一路卧铺。

最难上车的一次是 2004 年春节，我和洋洋在阳泉上车到北京，人多的根本就挤不上去，是车站的工作人员从下面硬把我们推上去的。

坐火车有坐火车的乐趣。在大同工作的时候，我们经常去北京看戏。从大同到北京，慢车要 10 多个小时，若要坐上白天的车，我们就聚在一起打"二百五"。输一把就出 5 毛钱，凑在一起大家到北京改善生活，或是去东来顺涮羊肉，或是去全聚德吃烤鸭——那时候便宜，一盘羊肉 4 毛钱、一只烤鸭 4 块钱。不打牌的时候，要好的几个就买些下酒菜，在车上吃喝一通，也别有一番情趣。

2002 年 11 月 14 日，罗湖区的话剧《阳光地带》在北京演出返回来的时候，我们几个坚决不坐飞机，特意准备了吃喝，为的就是在火车上过把瘾。

坐火车的记忆里，还有三个惊心动魄的小故事呢。

第一个故事：微水追车。

微水站就是现在的井陉站。1962 年夏，我从新井站上车到这里换车返回阳泉，不巧的是，我坐的车晚点了，车还没进站呢，那边的车就开了。要是赶不上这趟车，得到半夜才有车。我才不愿意呢。我把书包挎在肩上，未等车停稳，便跳了下去，朝隔着几道铁轨的火车冲去。车上的旅客都惊讶地从车窗探出头来看我。我拼命地追着，终于抓住了最后一节车厢的把手，喘了一口气后，使劲攀上了车厢的阶梯。这时，只听打开车门的列车员吼着："不要命了！"我才不管呢，擦了擦头上的汗，进了车厢。心想，明天的开学典礼误不了了。

第二个故事：北站跳车。

1967年夏．我参加了山西省革干宣传队。有一次，宣传队要去外地演出，不巧，队里有个主演回了黄寨。队里决定让我和王选杰去通知他。黄寨在太原北郊，要坐火车去。我们在太原北站上了火车。车一开发现不对，冲南站走了，车坐反了！紧急商议了一下，决定跳车。还算冷静，知道火车有巨大的惯性，要顺着火车前进的方向跳。于是，我们俩上演了一出现代版的"铁道游击队"。胳膊肘、膝盖都擦破了，衣服也磨破了。还好，没有大伤。现在想起来真傻，若真的出了事，后悔都来不及了。

第三个故事：广州失窃。

1991年春节过后从深圳返回太原，去广州坐车。上车的人群拥挤不堪。待找到卧铺时才发现腰包不见了，里边装着从沙头角为朋友同事购买的价值7000多元的金首饰！当时脑袋就炸了，每月不足200元的工资如何去赔！身上一分钱都没有了，在卧铺上不吃不喝躺了一天一夜，终于理解了破产的人为什么会跳楼了。

来深圳这些年，因为赶时间，坐飞机多了，坐火车少了。现在退休了，时间大把。我想，再出去的时候，就坐火车，优哉游哉，何乐而不为呢？对了，听说上海到北京要建高速铁路，只要5个小时。我想好了，等通车后，一定专程去坐一回，咱也体验一把高铁的感觉！

（2009年1月9日、12日、20日）

美哉，巴彦淖尔！

——《发现巴彦淖尔》拍摄散记

2008 年 9 月和 2009 年 7 月，两次去巴彦淖尔拍摄。以第二次行程为线，写下了这篇拍摄散记。

巴彦淖尔，我的向往

当飞机冲上蓝天的时候，我不由得激动起来：巴彦淖尔，我又来了！

我曾两次去过巴彦淖尔。第一次去是 2001 年 8 月，当时还是巴彦淖尔盟，我们应邀去玩儿。住在临河市，参观了三盛公水利工程，游览了乌梁素海。

第二次是去年 9 月，巴彦淖尔已经撤盟建市了。我们为巴市搞旅游营销策划，其中一项工作是由罗湖电视艺术家协会拍一部片子。于是，策划组和摄制组一行 7 人奔赴巴市。从临河到磴口，又从乌拉特后旗到杭锦后旗，再到乌拉特前旗，拍了草原、沙漠、阴山和湖泊。

7月26日，这回是第三次去了。此行任务，一是汇报方案，二是拍摄。田文仲和张汉生两位老同志的任务是汇报方案，王铎军和禤晓明的任务是制片外联，我（总导演）、刘思（导演）、李冠儒（摄像）、姜山（摄助）和田鹏（内蒙古电视台《音乐部落》编导）的任务是拍摄。

和巴市结缘，源于和李文天副市长的相识。十几年前他还是盟委宣传部副部长的时候我们就认识了，他很想为家乡做些事，于是和我们有了密切的联系。一直到他当了秘书长、副市长，才把愿望落到了实处。

巴彦淖尔是蒙语，意思是"富饶的湖泊"。它位于黄河"几"字形的顶端，北部是乌拉特草原，南部是河套平原，横亘在中部的是阴山。巴市有许多历史的人文的资源，她有阴山的岩画、西周的青铜、赵秦的长城，有峥嵘的狼山、浩瀚的沙漠、美丽的湖泊，还有蒙恬卫青的戍边、昭君文姬的和亲、王同春兴修的水渠、傅作义的五原大捷。她的悠远和厚重如同磁石一般吸引着我以及我的同事们。

飞机在银川机场降落时，已是下午1点30分了。巴市旅游局的戴春雷科长、吴建锋科长和司机杨忠开了车接我们。到达临河时已是晚上近8点了。

李副市长、杨春申副秘书长、旅游局王永国局长、郝淑冬副局长及其他同志接待了我们。都是老朋友了，自然十分亲切。当然，酒也没有少喝。

当晚就安排了第二天的工作。看来，明天将是一场硬仗。

拍摄像打仗一样

7月27日一大早6点30分就起床了，带着早点，7点朝乌拉特中旗出发。根据安排，摄制组和厦门海关是同一行程。我们今天拍摄的任务是骑兵营、甘其毛道口岸和奇石林。

真是不去巴市，不知道深圳太小啊。中巴120迈的速度跑了3个多小时，10点30分才到达最后的骑兵营。

旗旅游局的王局等人早就在那里等待了。骑兵是最古老的兵种，春秋末期就应该有了吧。1949年开国大典骑兵部队还受过检阅呢。现在，这个兵种没了，只保留了两个骑兵营，阴山脚下的这支骑兵部队——内蒙古军区骑兵第一营，就是我军最后的骑兵营。

骑兵营的战士们首先给我们表演了骑兵阅兵式。在高举"骑兵第一营"大旗的旗手引领下，一个连的骑兵列队进入操场。战士的威武、骏马的矫健，印象极深。更令我们惊叹不已的是战马能在统一的口令下"立正"、卧倒。那不是马，简直是精灵啊。接下来的马上斩劈、越障钻火圈、镫里藏身、乘马射击、跃马拣物等科目，更让我们眼花缭乱，目不暇接。

最后表演的是马队冲锋。只见马队疾速奔来，踏起滚滚黄尘。飞尘中刀光熠熠，杀声阵阵。看着这支雄壮的骑兵，对战士们油然而生出许多敬意。原来我只知道骑兵营是为了拍摄影视剧才保留下来的，后来我才了解到，骑兵营在抗击自然灾害中，也发挥着不可替代的作用。理应向骑兵营的官兵们致敬。

有个遗憾。跃马拣物的时候出了个纰漏，一位战士不小心从马上掉下来，被踩了一下，立即送进了医疗所。临走的时候，我们和部队领导说，检查后一定告我们一声结果。

离开骑兵营继续前进。行了不远，车停在路旁。我赶忙下车询问，他们说，这儿有一处景观，问我拍不拍。我想，这虽然不在计划之内，但既然路过，就该拍，于是招呼大家去拍路旁的风蚀冰臼奇观。

这个地方叫乌不浪口。路边的山坡上散乱地布满了大大小小的石块，奇形怪状，在蓝天的映衬下似乎有些灵动。走近才发现，有的石块上竟有圆圆的石坑。听王局讲，这就是冰臼了。

冰臼是由于远古时期冰川运动而形成的，因其形态很像舂米的石臼而得名。据说，这处风蚀冰臼景观几乎是独一无二的，在世界上还没有类似的发现。它的独占性、特殊性和观赏性，将会为巴市的旅游资源添上浓墨重彩的一笔。

没想到这里比深圳还热，太阳灼烤着，像要晒爆你的皮肤。刘思女孩子早做了准备，涂了防晒霜，还全副武装，只露出两只眼睛。冠儒和姜山也涂了防晒霜。我们其他人没采取任何措施，仅一天就晒得像个黑人。这里的蒸发量是降雨量的 5 倍，只能猛喝矿泉水保持水分。

拍完风蚀冰臼，王局说，前面不远还有秦长城，就在道旁。我顿时兴奋起来，再一看表，发现已经 12 点多了，还有口岸呢。遂决定先赶路，返回再拍。

到了海流图镇，厦门海关的同志们已经等不及我们吃完饭先走了。我们匆匆吃完饭。3 点 30 分，终于赶到了甘其毛道口岸。

甘其毛道口岸位于中蒙边境线上。甘其毛道是"一棵树"

的意思，可以想见它原先的荒凉。现在当然不止一棵树了，临近口岸有些建筑，但四周依然是旷野。和别处口岸不同，这里原来是国家一类季节性陆路口岸，前不久刚升格为全天候口岸。

这里主要是贸易，以煤炭为主。我国这边修建了好大的储煤场。没有见到繁忙的景象，只有庞大的运煤车队在边防人员的指挥下来往。据说每年一月、四月、七月和十月四次开关的时候，这里便商贾云集繁华起来。

我们和边检联系后，到了703号中蒙界碑处拍摄。我想，以后再开放些，游客到口岸可以进入蒙古国境内，体验一下真正蒙古人的游牧生活。距此不远的西边，还有蒙古野驴自然保护区。若能遇上野驴，那可就幸运了。不过这次肯定是去不了了。我们还要拍风力发电厂呢。

在来的路上，我们就发现有好几个风力发电厂。这里天高气爽，风力资源十分丰富，吸引来几家公司在这里搞风力发电。在辽阔的泛着绿色的草原上，在挂着白云的蓝天下，矗立着白色的风力发电机，远远地望去，是一道别样的风景。

拍摄只用了20分钟。我不得不提醒冠儒，要抓紧，不能到近处拍特写。因为此时已经5点多了，我们还要拍塞上奇石林呢。

路上有人说：梅导，我们路过的海流图镇，那里有个世界上最大的敖包。我说，怎么不早说？拍敖包！

很早就会唱《敖包相会》，只是不知道敖包是个什么样子。直到去年来巴市才见到真正的敖包。原来，敖包就是人工堆成的石头堆。也有土堆或木块堆的，不过我没见过。最初，敖包是蒙古族人用来指引道路方向的，像海上的灯塔；后来，敖包又成为部落区域划分的标志；再后来，敖包就演变成神圣的祭祀祈祷的场地了。

从敖包方向的路上走来很多人。原来，上午有一个公司搞活动，刚刚祭完敖包，人群还没散尽。据说祭祀的规模很大，有僧侣信众好几千人呢。可惜没拍到。

这座敖包果然庞大，共有五层，一层一层地堆砌，像一只倒扣的巨大的碗。敖包每层都有五彩神幡环绕。一、二层之间收回去有半米，方便人们烧香、摆放供品。敖包的顶部插着苏德——那是成吉思汗用过的武器；几十条五彩神幡从苏德垂挂下来，神幡迎风飞舞，似为人们祈祷。阳光下，海流图敖包庄严而肃穆。

依然有人绕敖包、献哈达、摆贡品，也有的人在拍照留念。我很想拜拜敖包，可是真的没时间了。这时已经 6 点 30 分了，小禤打来电话催促，还有塞上奇石林没拍呢。

塞上奇石林是一处奇特的自然景观，石林中的石头酷似各种动物，形态各异，栩栩如生。在这里还拍过《文成公主》等影视剧呢。

我们和先期到达的其他人在离石林不远的公路旁汇合。一问情况，原来李副市长今晚要宴请来自厦门、广州和深圳的客人，我们必须要赶回去。难道奇石林拍不成了？一商量，年轻人说，你们回去参加宴会，我们留下来拍。事已至此，只能这样了。于是留下刘思、冠儒和姜山，还有一位司机和车，他们拍完再回去。

我还惦记着那位骑兵营的战士。中旗的王局告诉我们，部队来电话了，那个战士不要紧。记挂的心终于可以放下了。

和乌拉特中旗的同志告别后，我们往临河赶，用了两个多小时。晚 8 点多，终于来到了祈年殿。从未见过这么大的桌子，能坐 30 来人。菜自然丰盛不说，酒照例喝了不少。

太累了。这一天下来，工作了 17 个小时，跑了 800 多公里。

吃华莱士不想家

头一天到达临河，旅游局的领导就给我们下榻的宾馆房间都送了果盘，田老师说这就是蜜瓜，巴市叫华莱士。我们这次来，就是掐着磴口举办华莱士节的日子来的。

7 月 28 日，磴口县"第十七届华莱士暨黄河旅游文化节"开幕。应县领导的邀请，我们一早赶到县府所在地巴彦高勒镇拍摄。

华莱士确实是一位叫华莱士的美国人带来的。这里有段故事，应该是中美两国人民友好交往的又一佳话。1943 年，美国著名的生态学家罗德明博士应甘肃省建设厅厅长张心一博士之邀，来兰州帮助解决干旱问题。罗德明认为兰州很适宜种植美国一种叫"蜜露"的甜瓜。次年，他托来华访问的美国副总统华莱士将种子交给了张心一（一块儿带来的还有许多美国草籽）。1945 年，蜜瓜试种成功。因瓜种是华莱士带来的，遂将此瓜命名为"华莱士"，以示纪念。后来，此瓜推广到磴口，在河套地区独特的土壤、日照、气温等条件下杂交培植，最终成为河套蜜瓜。磴口，也在 1998 年被国务院特产办命名为"中国华莱士蜜瓜之乡"。如今，华莱士被誉为"天下第一瓜"，远销国内外。这华莱士节也举办了 17 届了。

　　果然是过节的气氛，镇内人来车往，十分热闹。接上县旅游局的同志，随即赶往开幕式现场。开幕式在被称为"万里黄河第一闸"的地方举行，在"万里黄河第一锁"的下方洼地里，正在举行摩托车障碍赛。这是开幕式的一部分。通往那里的路早就交通管制了，车子不让通行。若不是我们打着县领导的旗号，怕是开不进去的。尽管这样，路上的人还是络绎不绝，现场更是人山人海，围得水泄不通。有些晦气，我的手机居然挤丢了。虽然付出了代价，还是挤进去完成了拍摄。

　　中午吃饭，我们被奉为贵宾安排在单间，县里郭书记、丁县长、敖书记都来敬酒。我们因为下午还要拍摄，基本没喝。这艰巨的任务就留给王铎军王总了，谁叫这是他的家乡呢。

　　下午，我们决定去拍摄瓜农。

　　汽车沿着黄河干渠旁的马路行驶，路两旁是笔直的钻天杨，也就是小白杨。雪白的树干，碧绿的树叶，微风吹过，飒飒作响。那白杨的眼睛一闪而过，留下的是几分神秘。在此时此刻，你也感觉不到这里和南方有什么区别。蔚蓝的天空，碧绿的大地，这在深圳是绝对看不到的。

　　都说河套是个好地方，这块富饶美丽的土地令人陶醉。果然不假，时值华莱士收获的季节，我们路过的村子，街道两旁地上摆放的、拖拉机装着的，到处是华莱士，到处都能听到瓜农的叫卖声。华莱士的香味在空气中弥漫着，甜甜的不肯散去。说这里是流香淌蜜的世界一点儿也不为过。

　　县旅游局贺副局长给我们联系了一块瓜田，请瓜农来摘瓜。瓜田没有想象中的那么大，周围还种着玉米和葵花。两位瓜农很配合，田鹏、刘思、冠儒他们设计好了镜头，认真地拍着。

摘瓜的大嫂送我一只小瓜，说是最甜的瓜。我舍不得吃，装在摄影包里每天背着。于是，我的包平添了许多香味。直到拍完片子去呼和浩特那天，我才发现瓜已经烂了，不得不惋惜地把它扔掉。

真正地品尝华莱士，还是第二天的事。

华莱士节一个重要项目，就是赛瓜。这天上午，十里八乡的瓜农把自家的瓜拉来参加比赛，夺得头名的，自然能卖个好价钱。

赛瓜场地设在镇内的广场上，我们去的时候，已经坐满了人。台下有十几张桌子，上面摆放着华莱士，分别编了号。评委都是专家，分为几组。他们先看瓜的外形，然后再当场品尝，当场打分。为了有准确的口感，每品尝一次，就立刻漱口，以免影响下次的品尝。在场的观众也有口福，都能品尝这些瓜中仙品。

我也吃了几块——真的还不会品尝。闻着就很香，吃到嘴里，浓浓的、甜腻腻的，味道久久不会散去。吃完以后一定要洗手洗嘴，不然黏黏的，什么也做不了了。在巴市期间，每天都有华莱士和西瓜。大家都吃不了，只好带着瓜果"南征北战"。到后来，我们想了个办法：集体吃瓜。还真的"消灭"了不少。

要说吃瓜的感觉，真应了《夸河套》里的词了："吃上磴口的华莱士，保证你们不想家。"

万里黄河第一闸

每次到巴市，万里黄河第一闸是必定要去看的。这就是黄河三盛公水利枢纽，距磴口县城巴彦高勒镇东南约 2.5 公里处。

河套地区自古以来就注重兴修水利。最早见诸史书的有汉代的古渠，现在还有晚清的黄济渠、民国时期的杨家河等百年老渠的遗迹，更有"河套民族英雄"王同春兴修的通济渠至今还在使用。新中国成立后，于 1957 年动工修建三盛公水利枢纽，1961 年开闸放水。黄河由此成为"人"字形：那一撇是黄河，经过 18 个闸口滔滔西去，奔向大海；这一捺，经过 8 个闸口滚滚而来，流向八百里河套。人们把这一捺亲切地称为"二黄河"。此前，河套地区只是靠黄河水自流灌溉，无法控制水量大小。自有这万里黄河第一闸后，用水就得到了有效的控制。

这第一闸全长 309 米，将波涛滚滚的黄河拦腰截断，规模之大，气势之伟，不得不令人赞叹。想那八百里河套，自此便五谷丰登，丰衣足食矣！不仅如此，第一闸更为河套平原增添了一道独特的人文景观。180 多公里的"二黄河"，还有延伸出去的"三黄河"，沿堤种植着白杨，两边是丰饶的田地，一派魅力诱人的田园风光。

7 月 29 日下午，我们调来了一辆可以升起来的市政车，再次来到这里拍摄。镜头首先对准了"河套源"。

在黄河大坝的巴市一侧矗立着一块巨石，上书"河套源"三个大字。背后是雄伟的万里黄河第一闸。想必是河套地区因第一闸的黄河水而富庶繁荣，人们才把它作为源头来纪念的缘故吧。

镜头调过来，就是雄浑壮观的"万里黄河第一锁"了。

这是一座钢铁雕塑，是用第一闸的 6 扇废旧闸门建造的。雕塑的主体是三把锁，分别叫永昌锁、永固锁、永恒锁，象征着事业永昌、爱情永恒、婚姻永固。这第一锁，有人叫作"黄河结"，有人唤为"同心锁"。我以为无论何名，都体现出了巴市人、河套人，乃至中国人的一种精神，一种向上的、团结的民族精神。

在市政车司机运师傅的配合下，我们很快完成了北岸的拍摄，随即驶过大坝到南岸去了。

在第一闸的南岸，黄河工程管理局建成了一处人工湖。说是人工湖，实际就是第一闸拦住黄河后形成的宽阔水域。有关部门在这里进行了绿化，增添了许多服务设施，像饭店、小吃摊档、遮阳凉伞、游艇，等等。

这里很热闹，游客络绎不绝，叫卖声不绝于耳。听随行的戴科说，这里已经是巴市的一个重要休闲场所了。我们赶紧坐上汽艇，开进了黄河。黄河很温柔，友好地承载着我们这些远道而来的客人。汽艇昂首冲开平静的河面，艇后留下长长的浪花的划痕。浪花欢快地翻滚着，在阳光的抚摸下迸发出炫目的光芒。远远的岸边，是齐刷刷的白杨，白杨的眼睛在注视着我们。

突然间，我觉得很自在，很空灵。

亲近"红色的公牛"

"红色的公牛"是蒙古语，就是乌兰布和沙漠。想必它发作起来，像极了桀骜不驯的公牛。

这"红色的公牛"方圆有一万多平方公里，巴市这边恰在磴口县境内。我和"红色的公牛"有过四次亲密的接触了。第一次，是 2001 年 8 月，我们在沙漠的边缘看到了沙漠治理的成果。第二次，是去年 9 月 23 日，我们傍晚时分赶到这里，遗憾的是此前下过雨，又是阴天，沙漠的味道根本拍不出来。第三次，是这次来的 7 月 29 日，我们到刘拐头拍沙漠边上的黄河，没有时间拍沙漠。第四次，8 月 1 日，专程来拍摄这"红色的公牛"，而且还有航拍。

头一天下雨，从乌拉特中旗回临河和北京来的航拍组会合后，连夜赶往磴口。担心第二天的天气，又是上网查，又是打电话问气象局，也没个肯定准确的结果。5 点就醒了，假如天气晴朗，摄制组就要出发拍摄了。但是天公不作美，只见阴沉沉一片，乌云布满了天空。我的心凉到了极点。我们是靠天吃饭的，没有阳光意味着拍不到好画面。难道今天要歇菜？

将近 10 点，云层里终于透出些阳光。于是果断决定，去现场等待，这样还可以节省路程的时间。没想到，就在去乌兰布和的路上，乌云散尽，金灿灿的阳光普照了大地！哈哈，"好耶！"

既然有了阳光，就要抓紧时间多拍些航拍镜头。先是拍向日葵，接着又拍草地、拍黄河。到中午 1 点来钟，我们才赶到沙漠边缘的一个蒙古包里吃午餐。因为没有预定，这里几乎没有什么吃的。只有砖茶、羊肉、白面饼子，吃得还很香。西瓜是自备的。

车子颠颠簸簸终于开到了沙路的尽头，直射的阳光灼烤着我们的皮肤，沙漠泛着惨淡的白色。我们只好在几块标语牌的阴影里歇着，等待阳光斜射下来。

眼前便是"红色的公牛"了。

　　这片沙漠和别的沙漠有些不同，沙漠中居然还有许多湖泊。像去年我们去的东青湖就是一处。那湖泊是鸟类繁殖和迁徙的乐园。这片沙漠还生长着许多沙生植物，像干草、麻黄、沙棘、梭梭等，还有"沙漠人参"肉苁蓉呢。

　　但是，情形依然很严峻。在刘拐头拍摄时我发现，这"红色的公牛"已经无情地逼近了母亲河。它附近树立了一块牌子，讲磴口人民如何治理沙漠、取得了哪些成果。我们现在拍摄的地方叫二十里柳子，这里有宏大的治沙工程，是沙漠变绿洲的典型。磴口人已经栽种了宽阔的防风固沙林，创造了柴草网格压沙植树治理流动沙丘的方法，还开辟出 20 余万亩的耕地呢。这不知道是不是"人定胜天"奇迹，起码是改造自然的成果吧。

　　将近 4 点，太阳斜射下来，拍摄开始。我们航拍用的是航模小直升机，在航模上装上摄像机，人在下边遥控操纵。拍得好不好，要下来看回放。在沙漠里航拍不容易，航模起降会掀起沙尘，沙尘进入发动机就完了。我们决定给航模"建"个起降平台。于是田鹏、冠儒、姜山几个抬了牌子，在火辣辣的太阳下翻过几座沙丘，找了一处理想的起降点。航模师傅带着飞机也翻过来了。航模飞得不太远，飞行半径也就 200 来米吧。几个航次下来，任务就完成了。留下我们继续拍摄。

　　冠儒翻上跑下，寻找着好机位，以便拍出好镜头来。我带着 SONY-200，也想拍些好照片。还真让我找着了。我发现有两个黄色的圆鼓鼓的沙丘相连着，顶端是深色的未被风化的沙石，远远望去，像两颗裸露的乳房——"沙漠之乳"！我感叹大自然的神奇，屏住呼吸，摁下了快门。

　　太阳渐渐地落下来了，这是我生平第一次见到大漠落日。

红红的太阳亲吻着天边的沙海，连绵不断的沙丘抹上了一层金黄，沙砾闪烁着七彩的光芒。刹那间，茫茫大漠的粗犷恢宏和天然神韵一起呈现在我们眼前，同时也深深地烙刻在了脑海之中。

月亮升起来了，乌兰布和淹没了。

说实话，我并不满足镜头摄到的景色，因为沙漠没有那么纯粹。但我欣喜，因为目所能及之处都有了绿色——虽然只是星星点点的点缀。我期望有一天，这"红色的公牛"会变成"绿色的公牛"。

梦幻峡谷回眸

梦幻峡谷，单听这名字，就会引起你无尽的遐想。

梦幻峡谷虽位于阿拉善盟境内，入口却靠近巴市磴口县这边，游客从巴市来比较方便。于是两家商定，资源共享，利益分摊。

我们是去年 9 月 24 日去的。策划组的田文仲老师、王铎军总经理，摄制组的戴素霞、吴白桦、禤晓明、李冠儒和我一行 7 人，在旅游局朋友的带领下前往梦幻峡谷。

沿着两边长满红柳、梭梭的沙土路走两个来小时就到了梦幻峡谷。我不禁眼前一亮，映入眼帘的是一片深红色的世界。我以为这样的景观只有外国才有呢，谁知道在巴市，在狼山的西部，也有如此炫目的景色。

峡谷的入口处很宽阔，两边层层相叠的深红色的沙石，经历了上万年的风剥雨蚀，大自然神奇的刻刀雕琢出了如梦如幻的奇景。

行不多远，右手上方便出现了一尊半身"雕像"：一位缠着头巾的非洲少妇正回头凝望着什么。我给它命名为《回眸》。

在曲折蜿蜒的峡谷里流连，时时能感受到一种沧桑般的壮美。我拐入一条窄窄的峡谷，突然发现里边有一尊佛盘坐在那里打坐。我以为是尊泥塑呢。走近一看，却是天然生成的石佛。头、躯干、上肢，比例匀称，栩栩如生。我为我的发现得意，更为大自然的鬼斧神工而惊奇。

我原路退出，不经意间向上望去：哎呀，这不是一条"天河"吗！峡谷两边的崖壁，就是弯弯曲曲的河岸，中间夹着一条瓦蓝色的河，流动的白云恰似翻滚的浪花。我不得不再次为大自然的神奇叫绝！

上了一个台阶地，峡谷越来越窄。峡谷尽头，攀岩而上，可以到达山顶。山顶地势起伏，呈丘陵状。依然是红色的岩石，连绵起伏。远远近近、大大小小有许多石堆，不知是否也应该称作敖包。天高云淡，心旷神怡。

据说梦幻峡谷景区还有飞流直下的代尔格瀑布、清澈甘甜的神水洞泉水、惟妙惟肖的石骆驼。但是没有导游，也没有景点图的指引，这些美景与我们擦肩而过了。

梦幻峡谷，瑰丽的世界。

"喝酒就喝河套王！"

"今天晚上不喝酒啊不喝酒，喝酒就喝河套王啊河套王！"这是去年在巴市我为河套王作的填词"广告"。

　　去年在巴市，餐餐有酒（今年当然也不例外），喝的就是当地产的河套王。河套王，浓香型，有 39 度、52 度等 N 种产品，入口香醇绵柔，不上头！

　　河套王酒厂在巴市杭锦后旗旗政府所在地陕坝镇。这里曾经是绥远省临时省会，曾设过河套行政区公署，傅作义将军的长官司令部也曾在镇上驻扎。如今酒厂早升格为河套酒业集团，还成了陕坝镇乃至巴市的城市名片。7 月 30 日，我们再次来到河套酒业集团拍摄。

　　酒业集团建了个内蒙古酒文化博物馆，展示的是内蒙古地区的酒文化，收藏的都是和酒有关的文物。比如新石器时代的大罐、陶壶、陶杯，北魏的大瓮，唐代的石磨，元代的烧酒锅。还有许多少数民族的酒器，比如东胡的青铜垒、青铜盏，鲜卑的铜斗，突厥的长颈瓶、银壶，契丹的鹿纹大罐，党项的葡萄酒瓶，女真的酒意诗文罐，蒙古族的板耳金杯，等等，令人眼花缭乱。馆内还展示着五千年来北方草原的酒宴、酒会、酒礼、酒疗、酒禁、轶闻掌故等图片、照片和实物，很长见识。

　　我也喜欢杯中之物，酒柜里有俄罗斯的玻璃杯、好莱坞的不锈钢杯、奥地利的啤酒杯，蒙古族的银碗、牛角杯，还有从文物商店购买的仿西周青铜凤纹爵。没参观这些真玩艺儿之前，我还沾沾自喜呢。如今一看，我那几件东西根本就不值一提。

　　杜康造酒咱没见过，河套王造酒咱可是亲眼见了。去年厂里领我们参观酒厂，首先来到"北方第一窖"，就是发酵、蒸馏车间。刚到车间门口，长桌上就摆着十几个倒着酒的小塑料杯让我们品尝。大概是刚出甑的吧，劲儿很大，喝下去如同一股热流从喉咙直到胃里，如火烧一般。

车间果然大的惊人，真不愧为"北方第一窖"。当然，这第一窖主要是它的年产量——5000 吨，绝对第一。车间内热气腾腾，天车吊着发酵好的原料驶来倒在水泥地上，工人们用铁锹翻倒着原料，等温度降下来，就装进甑里开始蒸。蒸汽向上升腾，在盖子上凝成水珠，然后顺着甑壁底部的铁管流出来，这便是原酒了。

一个工人接了一杯酒，又看又闻，还尝了尝——应该是检查酒的质量吧。他还叫我尝了一口呢。这酒，更冲。

拍完第一窖，我们又到窖酒库房去拍摄。这里每个大缸能装 1 吨酒，一行有 40 个大缸，摆了也有几十行。你说大也不大？

河套王应该早就销往全国各地了吧？反正深圳就有，我们都喝了好几年了。深圳有内蒙古人开的那达慕、马头琴等酒店，更有巴市人开的西贝莜面连锁店，河套王是这些酒店的首选佳酿。

这不，上周五晚上朋友又约去新开的一家西贝莜面吃饭，喝的还是河套王。

河套的田园风光

学生时代就知道河套这个词了，但不求甚解。这次拍摄才弄明白它的意思，原来它是个象形词。从地图上看，黄河从青海出发，由川北北上过甘宁，经内蒙古，南下秦晋，折向东边豫冀鲁入海，呈现出一个大大的"几"字形。这"几"字形看起来像个绳套，于是这个地方就被叫成了"河套"。我佩服人的想象力的同时也纳闷，能看出来这儿像套子的人没几个，它是怎么得到大家认可的呢？

　　需要说明的是，河套地区范围很广，巴彦淖尔是其中重要的一部分。我们拍摄的河套田园风光，也仅仅局限在磴口、杭锦后旗和五原的几个点。我们分别在 7 月 30 日、8 月 1 日和 4 日进行了拍摄，还动用了航拍。

　　河套美丽的田园风光缘于"二黄河"，首先要看的也是二黄河。河套地区渠道纵横，渠道两岸都修有道路，道路两旁都经过了绿化。大片的田野被白杨划分成网状的格子，在这些格子里分别种着玉米、葵花、番茄和蜜瓜等农作物。夏秋季节，满目葱茏。在田埂上漫步，养目养神。

　　如今，这里还引进了生态园的概念。我们去的杭后，建了个康尔徕生态园，规划建设目标是集生态农业、生态养殖业、生态林果业、生态旅游业为一体的综合性新农村建设示范点。它有个示范园，里面种植了许多果类菜。和我们通常概念中的菜不一样，这里的菜五颜六色、奇形怪状，极富观赏性。在园里走走看看，很长见识。

　　二黄河流经的地段，据说还有成片的胡杨林、红柳滩和枳茇滩，全都是一种自然生态的环境。这些原始状态的田野与精耕细作的农田相映成辉，构成了河套地区特有的田园风光。

　　田园风光的另一看点是新农村和农家生活。

　　我们航拍的新农村，眼前的村子和印象中的村子完全不一样。我小时候在河北农村长大，工作后也多次下乡、拍摄农村题材的片子，可以说对农村并不陌生。但是眼前的村子还是让我吃了一惊。村子坐落在一片原野之中，四周栽着杨树，房屋整整齐齐地排成几排，一看就是统一规划的。村子中央有一个活动的广场，有花坛、篮球场，还有健身器械呢。突然想到，在这里养老，那真能延年益寿啊。

市旅游局的王局给我们联系了建正村，拍农家生活。村民给我们做了当地的面食——蒸月饼。我看，这就是工艺品，面食工艺品。这美丽的造型中透着河套人的聪慧。

村民给我们做了一桌菜，都是当地的特色。王局请来了李镇长、严主任、韩村主任作陪，品尝农家饭。我更中意的是主食拉面，白白的，很筋道，浇上羊肉臊子，倒点儿醋，那叫一个香！

我还觉得，要真正领略河套风光的精髓，除了看，除了吃，还要听。听河套的爬山调、蛮汉调，听听他们带着浓重的乡土味《夸河套》："大佘太的葫芦，西水道的瓜，圐圙布伦的烟叶子，人呀人人夸。乌梁素海的芦苇，一眼望不到边。金黄金黄的大鲤鱼，惊动了呼市包头；渤海湾那乌达，石嘴山那宁夏，十个轮轮大卡车，一趟一趟的拉……"（歌词摘自"烛光天使的博客"）

五原，吕布的故乡

还没上学呢，看河北老家的社火就知道了"三英战吕布"的故事。长大了看《三国演义》，更知道了"吕布戏貂蝉""辕门射戟"等故事。只是不知今生会到吕布的故乡五原。

五原，有文字记载的历史已经 2400 多年了。但直到 1912 年，才正式定名为五原县。五原是全国著名的葵花之乡，产量占全国的十分之一。一进县城，就能看到高大的葵花雕塑矗立在葵花广场，这是五原的 Logo。我们去的时候，正是葵花开放时节。放眼望去，四周田野金灿灿一片，葵花长得欢实、耀眼，又是一个丰收年。

五原不但有黄色植物葵花，还有红色植物番茄。我们不明白他们为什么叫番茄而不叫西红柿，他们认为番茄和西红柿不一样，从外形到味道都有差别。拍摄中间我了解到，今年番茄的收购价降低了，农民有意见，不愿意卖。低价收购伤了农民的积极性，农民宁愿烂在地里。

五原地处黄河最北端，有关部门在黄河北岸树了一块石碑，上刻"黄河至北"四个大字。流经这儿的黄河，恬静如淑女款步，完全不似壶口的湍急如猛虎下山。也许正是如此，才孕育出河套这片米粮川吧。

7 月 31 日，县旅游局的同志请来了县歌剧团的郭团，唱河套的民歌爬山调和蛮汉调。"朝阳阳开花，向呀么向阳阳笑，好政策呀么富了咱大河套。后大套的山曲儿比呀比牛毛多，三天也唱不完那个牛呀牛耳朵。""乡亲你个不想走，你就再折个回来。我们给你白面条条、羊肉臊臊、猪肉烩菜、现炸油糕把你来招待。乡亲啊，你要走，我们就把你来拉。出产新的白布衫衫，扯成那穿不成的啊呀呀变成羊褂褂。"葵花园里荡漾着粗犷、嘹亮的原生态。郭团的声音很好，没参加过大的比赛。我想，他若参加，说不定也出了名呢。

没想到县里建了一座综合博物馆。馆内展出的有现代书画，有农耕农具，有出土文物，有历代的陶器、瓷器、青铜器，还有阴山岩画。镇馆之宝是一座高 111 厘米、兼有印度建筑风格的陶制舍利塔。馆内还有王同春、五原誓师、五原大捷三个专题馆。

王同春，清末民初人。应该是"开渠专家"了。此人十分了得，一生开凿义和渠、沙河渠、刚目渠、丰济渠、灶王河渠、永济渠等6道大渠、270多道支渠，可灌水田7000多顷。他扎营指挥开渠的地方叫隆兴昌，后人丁渐旺，生意雀起，终成为五原县县城。

五原誓师，是1926年9月冯玉祥从莫斯科返回后，率领部将响应孙中山推翻北洋军阀的誓师大会。当年的誓师台是个土台子，位于五原县旧城区内。不知是哪位高人突发奇想，要建座新誓师台。新台还没有建好，几十级的花岗岩石阶横跨在王同春修的水渠上，最高处是个平台，以后要依据照片搞座雕塑。看着这不伦不类的誓师台，实在是哭笑不得。

有名的历史事件还有五原大捷。1940年3月，傅作义将军指挥晋绥军在五原抗击侵华日军。一战下来，击毙日军水川伊夫中将和金腾少将，歼灭日伪军5000余人，缴获枪支弹药无数，一举收复了五原县城。当时华夏震惊，举国欢呼，被誉为"历史空前伟绩、抗战光辉范例"。据此，五原建了抗日烈士陵园，大门外有傅作义将军跃马挥手的雕像，园内的纪念墙上刻满了牺牲将士的英名。

我们有个建议，要强化博物馆意识。你想啊，单纯的烈士陵园除了清明节谁还会来光顾啊。假如建成"五原抗日博物馆"，将那时的全国形势、敌我态势、战场情景、战斗故事、缴获战利品一一展示陈列说明，效果岂不好得多？

中午，县旅游局的杜局、王局等人在百年老店"汇元方"饭店招待我们吃饭。"汇元方"是当年走西口来到隆兴昌镇的山西人开的饭店，它的"招牌饭"是糜米酸饭酸粥，据说是山西河曲人的饮食习惯。我吃了，果然好吃。哈，谁叫我是山西"老醯儿"呢。听说五原县还吃"和合饭"呢，那也是地道的山西饭。

来了两次了，吕布故里究竟在哪里呢？不得而知。

阴山的岩画

8 月 2 日一早，我们从临河出发，去乌拉特后旗拍摄牧民生活，中途要穿过阴山山脉，航拍阴山。

阴山山脉呈东西走向，从内蒙古阿拉善一直延伸到河北张家口一带。阴山山脉的每一段有不同的名字，横亘在巴市境内的是狼山和乌拉山。由此巴市在地理上被分为前山和后山。前山是河套平原，农耕区；后山是乌拉特草原，游牧区。从前山到后山，要穿越远古时代就形成的狭长弯曲的河谷，通常也是少数民族进入中原的通道。现在沿河谷修筑了公路，我们今天穿越的是狼山。

狼山，头顶蓝天，脚踏绿茵，自身是褐色。不知是因为山上狼多，还是山形像狼牙，才被叫作狼山的。狼山的山势陡峭而峥嵘，犬牙交错，应该是狼牙交错了吧。整座山几乎是赤裸裸的，没有什么植被。但就在这几乎是不毛之地的大山里，深藏着被称为"举世罕见的珍贵古代民族文物"的阴山岩画。

去年 9 月 22 日、26 日，后旗旅游局的宝局长带我们先后看了滴水沟和格尔敖包的岩画。

第一次看到的岩画，是滴水沟岩画。滴水沟距旗所在地巴音宝力格镇不远，沟口竖着一块水泥石碑，表明这里是全国重点文物保护单位。进沟不远，攀上一处断崖，就看到凿刻在沟上方两侧暗红色岩石上的岩画了。岩画的题材涉及较广，有人面、手印和动物。雕刻的手法极为简练，有一只羚羊，只用了简单的几根线条就勾勒出来了。有的也不太好理解。有幅画，像人面，但脸上都是麻点。据考证这里的岩画是新石器时代到早期青铜时代的，思维肯定和我们不一样。

第二处岩画是格尔敖包岩画。我们是从获青线那边拍完石骆驼过来的，到达的时候已经是中午了。格尔敖包也是一条河谷，汽车走了大约 20 来分钟，远远地看到山坡上有一处新盖的平房，旁边还有太阳能设备，周围架着电线杆，电线杆上装有探头。一问才知道这是用于监测、保护岩画的太阳能电子视频监控系统。为了保护这些岩画，政府雇请当地老百姓担任监视工作。我们去看了看监视器，岩画四周的情形清清楚楚。有了这些保护设备，岩画可以安然无恙了。

烧开了水，冲好砖茶，泡上带来的羊肉，就着烧饼。

这里的岩画大致有三处，都在河沟边陡峭的山壁上。第一处离房屋不远，不太多。我在岩石的一角发现了两个人舞蹈的岩画：二人相拥在一起，双手弯曲向上，步伐整齐划一。线条极简练。第二处的面积不小，密密麻麻的刻满了岩画，能辨认出来的是许多动物，有羊、鹿、牛、狗、老虎等等，不下几十种。还有大量的人形，圆脸，有眼睛和嘴，有的还有鼻子。头上刻有头发，有的很像是装饰物。第三处在房屋的斜对面，面积相对小些，但这里的岩画有外星人的感觉。

据考证，阴山地区早在原始社会就有人类居住了，阴山岩画的凿刻更是延续到了清代。仅在巴市境内就发现了 153 处，共有岩画 5 万余幅。最早发现阴山岩画的是北魏的郦道元，在《水经注》中有记载。阴山岩画给我的是一种震撼，使我对生活在这里的祖先产生了崇敬感。

巴市的 9 月底，已经很有凉意了。我们从深圳而来，衣服单薄，根本抵御不住冷风的侵袭。所有的衣服都穿上了，还是有些发抖。但面对这些瑰宝，再冷也算不了什么了。

拍完岩画，顺河谷走出，眼前又是另外一番景象。我们顾不上衣薄，跳下车来又支起了摄像机。

这条河谷简直就是一条"画廊"，可以搞摄影大赛了。

不一样的草原

8 月 2 日航拍完狼山，午后 2 点多才到达赛乌素镇。乌拉特前旗政府原来就在这个小镇上。

乌拉特是"能工巧匠"的意思，乌拉特草原得名于乌拉特部落。乌拉特部落是蒙古族最古老的部落之一，她是由成吉思汗的弟弟哈布图哈萨尔的嫡系及其属下后裔组成的，原本生活在呼伦贝尔一带。清朝顺治五年（1648），清廷将这一带封赐给乌拉特三公旗（即乌拉特前旗、中旗、后旗），遂迁徙到此地，是为乌拉特草原。

概念中的草原，是"风吹草低见牛羊"的茫茫原野。乌拉特草原是不一样的草原，这里是荒漠草原。一蓬一蓬的草，叫不上来名字，粉的、紫的、绿的都有，很好看。植被稀疏，沙土裸露是这里的一大特色。但这并不妨碍蒙古野驴、戈壁红驼和狼山白山羊在这里的生长。

前些年有则新闻说，从蒙古跑来一批野驴，中方给予了很好的保护。这就是蒙古野驴保护区。拍野驴，要花费很多时间，所以不在我们的计划之内。

戈壁红驼，我们则很幸运地拍到了。那是去年，拍完阿贵庙出来，我们正好碰上一支驼队在转场。双峰高耸的红驼满身是红色的毛，煞是漂亮。近百只的队伍，也算得上是浩浩荡荡。

不仅如此，我们还在赛乌素镇看了一场稀罕的驼球赛。驼球赛是乌拉特后旗从蒙古国引进的项目，当时是第三届。驼球的比赛方法与马球赛相近，我只能看个热闹。比赛双方各有5名队员上场，骑着骆驼挥动赛杆击球，打进对方球门为胜。平时印象中的骆驼很笨拙，但它在赛场上表现出的机敏真的是不曾料到。在骑手的驾驭下，"沙漠之舟"进退有度，很有看头。这要是作为一个旅游项目，也不错吧。

说到羊肉，人们戏称，这里的羊"吃的是中草药，喝的是矿泉水"。其味之美，用"垂涎三尺"形容也不为过。我有口福，多次品尝，果真不错。

这次来赛乌素镇，为了拍好牧民生活，特地又请来了赛校长。

赛校长是蒙古族，旗小学的校长。赛校长能唱蒙古族一种独有的曲艺好来宝。好来宝是说唱形式，演唱者拉着四胡，有说有唱。去年我们安排的篝火晚会，就是请赛校长唱的好来宝，内容就是驼球赛。

我向赛校长请教，能不能组织拍摄祭敖包。赛校长说，可以。于是我们组织拍摄了祭敖包。这里的敖包比海流图镇的敖包小了许多，但却是 15 个：中间一个大的，两边分别有 7 个小的。在赛校长的带领下，宝局、戴科、小禤等人都穿上了民族服装，先由长者（赛校长）拢火，把牛奶洒进火里。叩拜完后，一些人绕着敖包敬酒、献哈达。

祭完敖包后，又拍了赛校长说唱好来宝，大队人马就先行撤回镇里了。留下我和刘思、冠儒、姜山拍落日和晚霞。

这天的云彩格外地美，先是像一幅疏密有致的水墨画，后来，天边外彩霞悄然升起，又像一幅浓墨重彩的油画了。晚 8 点，月亮挂上天空，蓝湛湛的。仰望夜空，再环顾草原，我有一种被净化了的感觉——我被融化了……

回到镇上，已过 9 点。正宗的蒙古餐开始了。主人端上来奶茶、奶制品、手把肉，给我们敬酒、献哈达；赛校长还即兴献上了好来宝。和蒙古族兄弟度过了愉快的夜晚，令人难以忘怀。

很晚了，我们才驱车返回巴音宝力格镇。在路上，我想了很多。

我想，要能拍到奔腾的马群和云朵般的羊群，那该多好啊。但是，这些都不容易拍到了。除非要大规模组织。为了保护草场，羊群也开始圈养了。牧民已经定居，住上了砖房；不再游牧，蒙古包也没有了。虽然遗憾，对牧民却是好事。

我想，要能多拍一些景区该多好啊。但是，拍全也是不可能的了。乌拉特草原太大，旅游资源也丰富。仅乌拉特后旗就有巴音满都呼恐龙化石区、宝音图红骆驼、善达古庙、沙顶湖、玛瑙湖、梭梭林、野驴保护区等许多可看的地方，全市都拍完，那不得用几个月的工夫？

我突然发现，巴彦淖尔的地形地貌、乃至植物都可以和美国的拉斯维加斯媲美。都是褐色荒山、荒漠草原。对了，这里的草是不是也有华莱士带来的美国草籽繁衍的"后代"呢？

不灭的香火

去年来巴市，还去拍摄了两座庙宇。

先去的是阿贵庙。阿贵庙在磴口境内、狼山腹地。这是内蒙古地区藏传佛教红教的唯一寺庙。弯弯曲曲的河谷，不那么好走。地处如此偏僻之地，香火依然不绝，可见佛祖在人们心目中的地位不容小觑。

顺着颠簸的路拐过一个山脚，阿贵庙呈现在眼前。它不是一座整体的庙宇，而是依山势分成了两部分。河谷右边，好像是主殿；另一边是白塔和别的庙堂。在群山的环抱之中，这座藏式建筑显得醒目而庄严。

我们来到庙前，没见到喇嘛，只见几位老人在寺外聊天。旅游局的朋友上前一问，才知道这其中一位就是喇嘛。不知为何他要穿上俗衣。经联系，他和另外两位喇嘛配合我们进行了拍摄。

看多了高大的庙宇，这里的大殿明显地小。但这并不影响信徒的祭拜。阿贵庙每年的两大节日，七月初十的送神日和九月初十的迎神日，都有很多虔诚信徒不远千里前来拈香礼佛，平日寂静的山谷便会是另外一番景像。

阿贵庙四周有五个大洞，洞里还有建筑。我们想上去，却被告知：上山的路塌了，还没修好。只好作罢。

我注意到阿贵庙周围的山，岩石一层一层的，有的褶皱、有的直立，有的弯曲。可以想见当时的地壳运动多么地强烈。

东升庙，就在后旗巴音宝力格镇上。这是座很奇特的庙宇，显宗、密宗同庙。一个殿是汉传佛教，一个殿是藏传佛教，两座殿的装饰风格大相径庭。近日看报道说，东升庙要建一座露天大佛。到时候，香火肯定更旺呢。

说到巴市的庙宇，还有善达古庙——位于乌拉特后旗，内蒙古西部著名的藏传佛教黄教派庙宇；有宝莲寺——位于杭锦后旗的，内蒙古西部唯一一处禅宗道场；有甘露寺，也叫常素庙——位于临河，内蒙古西部最大的净土宗道场。下次吧，下次去巴市，一定前去拜谒。

阿弥陀佛！

巴日沟看"虎"

拍阴山岩画，"群虎图"是一定要拍的，因为那是阴山岩画的代表作。但是群虎图不好拍，路远，又难走，几次要求都没能遂愿。这次，我是铁了心一定要拍，最终成功了。

8月3日，我们4点30分就起床了。昨晚从赛乌素镇回来，宝局长告诉我，借了一辆吉普车，派两个人带路，大早去拍群虎图。

宝局也早早地到了宾馆，他把昨晚打包的羊肉送来给我们做早餐。5点20分，我们出发了。开车的是蒙族小伙子乌汉，旅游局的小陈带路，我和田鹏、冠儒挤在后边。因为只有一辆车，所以今天是兵分两路，大队人马去杭锦后旗航拍田园风光。

刚刚驶出镇子，便见东方彩霞红满了天！天哪，要不是亲眼所见，真不相信世界上还有这么漂亮的早霞！

6点上车，先在红柳沟里行驶。这下可知道什么叫"路不好走"了。严格说起来，根本就没有路，顺着山间的河沟，沟里布满了大大小小的石头，车子颠簸着前进，一只手紧紧地抓着把手，头不时地撞上车棚，屁股都要颠成两半了。

天色渐渐地亮起来，红柳沟也显出了它的本来面貌。和别处一样，山是石头山，陡峭嶙峋，植被稀疏。沟里和山坡上稀稀落落的长着山榆和山红枣。还有一种叫荨麻的植物，有毒的。航拍的小李不小心碰到了它，皮肤立马红肿了一片。山石上散落着三三两两的山羊，也没见人放牧。原来，这里还是野放。到了夏天，主人就把羊放出来，任由它在山里转悠，个把月来清点一次。一直到冬天，才把羊拦回去。这里人保持着质朴，羊从来不会丢失。

整整走了一个半小时，7点35分我们到达了巴日沟。巴日，蒙古语是老虎，就是老虎沟。这条沟只是两山之间的结合部，没有明显的沟口。距沟口不远，立了保护的牌子。

我们匆匆吃了带来的饼子和羊肉，还吃了一个西瓜，带了矿泉水，就开始爬山了。我看了看时间，此时是7点55分。

小陈和乌汉在前面带路，冠儒背着摄像机，田鹏背着三脚架，我只能空手跟着。实际上这里没有路，沟里都是被山洪冲刷得光溜的大石头，比河沟里的石头大了许多。这条沟也比较陡，不仅要用脚，还得用双手往上爬。

田鹏刻意走在后边，一路护着我。毕竟是体重90公斤且已60岁的人了，只能走走歇歇。等我气喘吁吁、浑身湿透到达的时候，整整用了一个小时——怎一个累字了得！但我很激动，很兴奋：群虎图，我终于看到你了！

在我头顶上方，有一块褐色的长方形的大石头，比周围石头的颜色都要深一些；石头的面很平，好像是刻意加工过的。一路上来，还没见过这么平的石头呢。猛地闪出一个念头：难道是天外来客……

我仔细观察着这幅"群虎图"：从左到右总共刻有7只老虎，最突出的是老虎的眼睛，看了它，你就明白什么叫"虎视眈眈"了。把它们编成号，1号、3后、4号、5号和7号是5只大虎，2号和6号是2只小虎。其中2号已经看不出虎形了，只剩两只眼睛能判断出来。有个奇怪的现象，1至6号，6只虎全都冲着7号。看来这是一个老虎家族。除了老虎，还有骆驼、狗和人。

也许是天长日久风化了的缘故，画痕很浅。画的右下方有一块长条状的岩石片剥落了，我怀疑是有人想偷岩画留下的。依当时的生存条件，这幅岩画绝不是一时半会儿就能完成的，一年两年也说不定。

我环顾了一下周围的环境：四周山上稀稀拉拉地长着几棵树，基本属于不毛之地。一万年前，这里的环境不会是这样吧？肯定是茂密的森林，林中有数不尽的动物，应该是老虎和古人们共存的天堂。否则，古人看不到虎，也不会有闲情逸致来刻什么岩画。

还有件事想不明白，这巴日沟的石头都是圆滑的，显然是多少万年山洪冲刷的结果。岩画若是在这之前刻的，那不也被洪水冲刷圆了，岂能保存至今？若是在此后刻的，这里早该是人烟罕到之地了，谁会跑来专门刻画？百思不得其解，还是留给专家去研究吧。

9点35分，我们开始下撤。田鹏把人们丢弃的矿泉水瓶子捡起来带走。我们向他学习，一路上把瓶子都拣了回来。下午，田鹏返回呼市去了。

王局说，梅导值了，我这管旅游的局长还没看过"群虎图"呢。哈哈，我能去巴日沟看"虎"拍虎，很有成就感哟！

阴山下的长城

阴山不仅有远古的岩画，还有古老的长城。对于封建社会内地的统治者来说，阴山是道天然的屏障。所以，用作抵御入侵的长城就修到了这里。据资料显示，巴彦淖尔现存的古长城遗址，有乌拉山赵长城、小佘太赵长城、小佘太秦长城、乌不浪口秦长城和乌拉特后旗汉长城。

去年我们分乘两辆车去乌拉特前旗小佘太拍摄秦长城，我乘的车走错了路，没看到长城。据冠儒讲，小佘太秦长城很雄伟，都是用石块垒砌的，还有烽火台。

8月4日，去乌拉特前旗拍赵长城。赵长城是战国时期赵武灵王二十七年所建的，是现在留存的最古老的长城，距今已有2300多年的历史了。遗址在距白彦花镇不远的乌拉山南麓，是全国重点文物保护单位。若不是保护碑的明示，我绝不会相信眼前这隆起的土堆就是赵长城。站在赵长城遗址的高处，可以大致看清它的走向，断断续续的，有多处被挖断了。靠近遗址的地方，还有散落的民居，一串电线杆子和遗址交叉而过。

知道赵国的都城在河北邯郸，但不知道赵国的疆域能到这么远的地方；知道赵武灵王胡服骑射的故事，但不知道巴彦淖尔是他学习胡服骑射的地方。

5日傍晚，从大桦背下来后赶到乌拉特中旗拍摄秦长城。秦始皇统一天下后，派大将蒙恬屯兵戍边，这里的长城，就是那时修建的。这段秦长城刚刚维修过，全是用石块垒成的。它沿着山脊，起起伏伏，一直通到陡峭的山崖。在山崖上向下望去是一条宽阔的河谷，想必是当年通往匈奴的大路。真可谓是扼咽喉之要道。

开始我以为石块是从别处运来的，但这样开采、运输，工程量很大。后来，我发现离山边很近的地方，有一段窄窄的深深的壕沟，不像战壕，也不像水渠，不知是干什么用的。走近一看，沟里有采石的痕迹。我恍然大悟，他们是就地取材，而且对周边环境的影响降到了最低，不细看，以为原来就是这样呢。

站在烽火台上向西望去，长城沐浴在落日的余晖中。如果顺着这里一直走下去，该能到去年我们拍过的高阙塞吧。高阙塞是赵武灵王在今巴彦淖尔境内筑建的第一个军事要塞，它建在乌拉特后旗的狼山脚下河谷旁的一块高地上。我们顺着还算完整的石阶路登上城堡，看到整个要塞由两个小城组成，四周墙体都是用河卵石垒砌的，墙体内部还填充着小石块和砂土。正是石头城的缘故，才会保存到现在吧。向东望去，是一马平川。我立马明白了高阙塞的重要性。

一轮明月升起来了。月光下的长城朦朦胧胧的，不知名的昆虫鸣叫着。2000多年前，王昭君也是在这样的月色下弹着琵琵思念故乡的吧?

据史书记载，昭君出塞时曾经在鸡鹿塞居住过。鸡鹿塞是西汉时期的一座军事小城，位于磴口县。这座城池相对大些，也是用石头砌成的。估计当年周边还有不少建筑，是很繁华的边陲小镇，要不昭君怎么会在这里居住呢。我想，昭君那时，这要塞的功能已经不再以军事目的为主了，而是成为汉族和匈奴民族相互交融的边塞重镇了。

冠儒很敬业，一直拍到 8 点多，吃饭的时间早过了。旗旅游局的同志一直在政府的饭堂等着呢。等我们赶去，他们很抱歉，说，师傅下班了，不能炒菜了。这餐饭，没喝酒，吃了 3 碗最想吃的面条。这真是"因祸得福"啊!

大桦背的秋天

再有两天就要立秋了，早晚还真的有些凉意。

4 日晚，我们入住白彦花镇的林苑宾馆，准备第二天一早上大桦背。林苑宾馆是大桦背林场的招待所。要上大桦背必须要林场配合，因为我们只有一辆北京现代，面包车根本上不去，林场场长给安排了一辆皮卡。

早上 7 点，我们出发了。天气不太好，有些阴，多云。管它呢，上去再说。通往大桦背的也是一条顺着河谷的路，为了开发大桦背，正在修一条柏油马路。所以，车还是在老路上行驶，一路上尘土飞扬。

大桦背的正式名称叫作"乌拉山国家森林公园"。乌拉山也是阴山的一部分。这里的山背后长满桦树，因此叫作大桦背。

　　三个小时后，终于到了林场场部，可是离拍摄的顶峰还有一段路，更不好走，连北京现代都上不去了。我们商量，全集中在皮卡上，由孙师傅送我们上山。我们带好设备，田老师、张总、小禤和我几个年龄大的，坐在车里，刘思、冠儒、姜山和旅游局的朋友上后边的车厢。多亏了这辆皮卡，孙师傅绕着石头，轰着油门，左摇右晃地艰难地向上爬着。快到山顶的时候，车被一块大石头咯了一下。孙师傅检查了车，说太重了，得下几个人。田老师和张总下了车，说我们走上去，你们先上。也只好这样了。

　　终于到了山顶。冠儒把设备拿下来一看，居然没带电池！原来是刚才换车的时候没清点好，也怪我没有提醒他。这是个教训。没办法，只好下山去取。来回差不多要一个小时呢。

　　这山上原先驻着一个雷达站，顶上修筑了水泥平台，钢架子还没拆除，山坡上还有几排平房。我想，何不废物利用修成一座旅馆呢，夏天还可以接待游客呢。

　　山上的雾很大，不远处的顶峰时隐时现，看不清大桦背的真面目。据说天晴的时候，站在这里能看到明珠般的乌梁素海，能看到丝带般的黄河，还能看到包头呢。

　　冠儒终于取回了电池，可以开始拍摄了。

　　中午是野餐，旗旅游局的同志带着各种以肉为主的熟食，吃得真香啊。

　　天已经转晴了，终于，大桦背撩开了她神秘的面纱。只见近处是争奇斗艳的花草，远处是袅袅婷婷的桦树，峰峦叠嶂，景色秀美，真不愧为"天然公园"。在阴山转了这么久，这里是唯一的例外。

拍摄中，我发现了一件怪事，许多桦树已经没有了枝叶，仅剩下光秃秃的树干。好像不是雷击的，也许是病虫害，不知为什么林场不清理掉。

在山顶拍完，我们步行下山，一路走一路拍。为了拍到别人不曾拍到的镜头，我离开大路，穿过草丛，向另一山坡走去。这儿的植被真的很好，野草有一尺多高。我深一脚浅一脚地在没人走过的坡上探出一条路来，等上去一看，果然另有一番景色，没白来。冠儒他们随后上来，拍得过瘾。

快到农场场部的时候，山坡下有一片绿茵茵的草坪，黄色的、蓝色的野花夹杂其中，旁边的桦树也枝繁叶茂，与别处不同。细听之下，鸟鸣声中还掺杂着潺潺水声。真的是太美了。

用了两个多小时，腿都走软了，终于走到了场部。一刻未停立即出发，还要赶到乌拉特中旗拍秦长城呢。

我想深秋再去一趟，那时的大桦背是满山红叶。可惜没能成行。

富饶的湖泊

"富饶的湖泊"，这是蒙古语巴彦淖尔的意思。据说，巴市境内有大大小小200多个湖泊。

去年来的时候，我们拍了磴口县境内的东青湖和纳林湖。

东青湖原来属农垦兵团，周围早已进行了开发建设。虽然陈旧些，但依然是个好去处。湖里长满了芦苇，狭窄的水道纵横交错，犹如一座迷宫。在水中行船，是另一番"曲径通幽""柳暗花明"的趣味。

纳林湖处于乌兰布和沙漠的边缘，北边是连绵起伏的沙丘，南边是人造千亩胡杨林。我们去的时候有一家公司正在开发，盖旅游宾馆和饭店。我们只是在湖边转了转。湖中有十余处岛屿，可惜没有上去。许多水鸟在湖中悠闲地觅食，宁静、安详。只是不知宾馆和饭店建好后，它们还能这么自由自么？

也是去年，我们去了位于乌拉特前旗境内的乌梁素海。乌梁素海是内蒙古西部最大的湖泊。别看它名气不大，地位却很显著。综合各方信息，它有如下特点。首先，它是地球同一纬度上最大的湿地，已经被列入《世界湿地名录》；其次，它是世界八大候鸟迁徙通道上链接南北的重要节点；其三，它是全球范围内干旱草原及荒漠地区极为少见的大型的多功能湖泊；其四，它是黄河流域最大的淡水湖和中国北方少有的鸟类观赏点。因此它获得了"塞外明珠"的美誉。

我们坐着汽艇在湖上游弋，拍摄在湖中逐波嬉戏的水鸟。远处的湖面上，鸟儿们飞起落下，捕食着水里的鱼虾。据说湖水中生存着 20 多种鱼类，所以吸引了 130 多种珍禽异鸟在这里繁衍生息。每到秋季，各种鸟类便纷纷飞来，乌梁素海便成了候鸟的天堂。

我们上了一个岛屿，这里被芦苇荡包围着。站在木桥上，周边芦苇摇曳，芦花闪着银光。我们待了很久，不愿离去。

回到岸边已经是傍晚了。晚霞映在湖面上，红灿灿的美。

这里也在搞开发。我只能希望别在湖区搞开发，否则开发就成了破坏。乌梁素海距西山咀镇并不远，开车不过半小时而已。为什么不把开发放在镇里呢？

9 月 8 日，我们去位于临河区的镜湖采景，发现这里保留了一种原生态的美。它的建筑是木结构的，和湖、和周边的芦苇十分协调。和青城山的亭子一样，呈现出一种和谐美。这是有识之士的作为啊。后来听说有人嫌它土，想建得洋气一些。千万别，那是一种破坏。

那天，我们选了镜湖旁边视野开阔的一片草地拍摄图门格日乐独唱的《鸿雁》和巴特尔马头琴独奏的《万马奔腾》。这里的同志说，《鸿雁》是巴市的歌，可惜让呼伦贝尔唱出去了。我这回要把它用在片子里，让它实至名归。马头琴已经拍过两次了，都达不到要求。我们看过巴特尔的演奏，他的琴声热烈、奔放，能打动人，非常棒。他告诉我，明天要去参加自治区的马头琴比赛。他的成绩应该不错吧。

我倾听着悠扬的马头琴，默默地祈祷：让我们珍惜这些大自然的恩赐吧！

多彩的巴彦淖尔

为巴彦淖尔做旅游营销方案的时候，我就发现巴市的旅游资源实在是太丰富了。两次拍摄，更证实了这点。

从地形地貌看，有荒漠草原、河套田园、草原湿地、沙漠、风蚀奇石；从人文景观看，有阴山岩画、边塞长城、庙宇、敖包、历史遗迹等。

我整理了一下两次拍摄的内容，分为三部分。

第一部分是北部的乌拉特草原，拍了东升庙、国际驼球节、荒漠草原、恐龙化石区、风蚀景观骆驼、篝火晚会、骑兵营、风蚀地貌（冰臼）、甘其毛道口岸、风力发电厂、海流图敖包、

塞上奇石林;

第二部分是中部的阴山山脉，拍了梦幻峡谷、阿贵庙、人根峰、鸡鹿塞、高阙塞、格日敖包岩画、滴水沟岩画、巴日沟岩画、获青线的骆驼、小余太秦长城、赵长城、大桦背;

第三部分是南部的河套平原，拍了三盛公水利景区、黄河、华莱士暨黄河旅游文化节、乌兰布和沙漠、纳林湖、东青湖、河套王酒厂、万亩葵花、五原博物馆、五原烈士陵园、"黄河至北"处、乌梁素海、维信高尔夫球场。

真的是太丰富了。就这样，还有没拍摄到的新忽热古城遗址、三顶帐、千年古榆、野驴保护区、小余太赵长城、玛瑙湖、梭梭林，还有善达古庙、宝莲寺和甘露寺（常素庙）几个庙宇。

我们规划了一下，这些景点可以分为东南部草原、湿地、森林、岩画古迹旅游区，西南部河套农业与沙漠、岩画古迹旅游区，北部高原荒漠戈壁、岩画古迹特种旅游区。我想，游客肯定会喜欢的。

至于我们的片子，也可以透露一些"内部消息"了：这是一部电视散文，分为三集，分别是《阴山怀古》《草原探幽》和《河套揽胜》。阴山的嶙峋陡峭、雄浑壮阔，草原的苍茫广袤、生机盎然，河套的葱郁丰饶、姹紫嫣红，都在片子里了。我的情、我的意，也在片子里了。

等片子出来，你一定要看哟!

蓝色的哈达

很快，15 天的拍摄要结束了。

9日，我们在巴市政府给李文天副市长和旅游局领导汇报旅游营销策划的有关情况。李副市长临时有事，委托杨春申副秘书长代表出席，旅游局王永国局长和有关同志参加了会议。整个营销策划方案和我的电视片的构想顺利通过。

送行的晚宴设在新大都酒楼，李文天副市长、杨春申副秘书长，旅游局的王永国局长、郝淑冬副局长，巴市电视台的徐主任都来了。

这些日子和旅游局的同志共同工作，自然是加深了友谊，今晚要"喝大酒"。王局曾讲了个段子，说"三讲"中某人查找问题是"好喝酒"，究其原因是"酒好喝"，整改措施是"喝好酒"。这自然是笑话，但喝酒，是不变的主题。在祈年殿、在生态园、在湘人、在国际酒店、在各旗县，每天都有酒，每天都少不了喝。

按照当地民俗，举行了最隆重的烤全羊仪式。主持人是位蒙古族青年，大家推举我来剪彩。我接过主持人递过来的刀，在羊背上划了一个十字。然后接过盛满美酒的银碗，蘸着酒敬天敬地敬父母，之后一饮而尽。最后领受主持人献上的蓝色的哈达。献哈达是蒙古族同胞最高的礼节。

敬酒，你能想到的，豪爽、痛快。

半个月来，和我们朝夕相处的戴科、吴科、杨忠，就没有休息过一天，一切以拍摄为重，安排路线、联系吃住，辛苦的程度不亚于我们。还有局里的马主任、何主任，包括旗县旅游局的同志，都耗费了不少心力。真的很感谢他们。

要感谢的还有电视台的徐主任以及小黄等人，帮我们找了不少我们拍不到的资料。还有段祥武老师。段老师是电视台总编，已经退休了，对我们这部片子也做了贡献。虽然没能合作成，但交了个很好的朋友。

　　田老师即席赋诗，刘思、冠儒、姜山都唱了歌。我的拿手戏当然还是朗诵。酒，喝了一杯，又喝一杯，喝大了……

　　再见了，巴彦淖尔！

（2009 年 8 月 10 日整理）

祝福祖国

——"罗湖区庆祝建国 60 周年网上诗文朗诵会" 札记

我是中国人

黄土高原是我挺起的胸脯

黄河流水是我沸腾的热血

长城是我扬起的手臂

泰山是我站立的脚跟……

——摘引自诗人王怀让的《我骄傲，我是中国人!》

登录罗湖社区家园网，点击位于网站首页正上方的"今夜我们倾听——罗湖区庆祝建国 60 周年暨第十届读书月网上诗文朗诵会"栏目，你就能看到并听到这声情并茂的诗歌朗诵。这是由区委宣传部（文明办）和区文联联合主办的庆祝中华人民共和国 60 华诞的一个重要节目。

早在 2008 年底，在罗湖区文联部署 2009 年工作的重要会议上，区戏剧家协会郑重提出，今年是新中国 60 华诞，是国家大庆和大喜的重要日子，区剧协将联手区作协、区视协等兄弟协会，共同联手承办这次庆祝新中国成立60周年的网上诗文朗诵会。当时，这个颇有分量的策划，很快得到区文联领导的高度认同和大力支持。今年下半年，恰逢区委宣传部（文明办）筹备开展第十届深圳读书月活动，于是再度相与合作，与区文联共同主持并推动了此项工作的顺利完成。

为搞好这项活动，区剧协、区作协和区视协等几个专业协会，调集力量，同心协力，积极合作，倾情打造了这台别出心裁的网上诗文朗诵会。谨此，向伟大的中华人民共和国60华诞献上罗湖人的赤诚和深情。

每一篇诗文，都是写给祖国的情书

让我爱吧

我的祖国 让我爱您

让我把您放在心上

像爱母亲一样爱您

又像念父亲一样念您……

——摘引自诗人唐志勇的《心上的祖国》

按照分工，区委宣传部文明科和区作家协会负责挑选诗歌，科长薛江和作协副主席汪朝晖担任朗诵会的文学编辑，他们是怀着对祖国深切的爱来做这件事的。近一个月的时间，他们组织人力，在书上、报上和网上浏览了近百首诗作，最后筛选出了30多首诗歌。

随后，区文联副主席、朗诵会策划人吴亚丁召集作协、剧协、视协和文明科的负责人就此召开了两次会议，从中认真挑选了 12 首。这 12 首诗歌是：王怀让的《我骄傲，我是中国人!》、舒婷的《祖国啊，我亲爱的祖国》、梁君的《唱给祖国》、席慕蓉的《父亲的草原母亲的河》、赵月明的《我爱你中国》、唐志勇的《心上的祖国》、梁南的《我追随在祖国之后》、食指的《相信未来》、余光中的《乡愁四韵》、徐志摩的《雪花的快乐》、纪弦的《你的名字》和林武宪的《秋天的信》。

这些诗歌，都是曾经在中国大地广为传诵的当代著名诗作，字里行间闪烁着诗人睿智的思想火花，深刻地反映了当代中国人的丰富情感和精神世界。这些名篇佳作，或歌颂祖国的繁荣昌盛、或抒发笔者心中的思绪感怀，或寄爱国之情于青山绿水之间……从各个不同的角度，丰富了这场网上诗文朗诵会的内容，为做好节目奠定了良好基础。

每一声朗诵，都是说给祖国的情话

如今终于见到辽阔大地
站在这芬芳的草原上我泪落如雨
河水在传唱着祖先的祝福
保佑漂泊的孩子
找到回家的路……
——摘引自诗人席慕蓉的《父亲的草原母亲的河》

这首诗歌，是著名诗人席慕蓉的名作。如泣如诉地流淌在耳边的，是市戏剧家协会副主席李绍琴女士优美的朗诵声音。

来深圳前，李绍琴是甘肃省话剧团主要演员。从市文化局退休，一直致力于戏剧活动，前几年更是把"读剧"引进了深圳。她的朗诵，动于衷而形于外，感染力极强，在深圳可谓首屈一指。她的出演，为朗诵会增加了分量。

艺术总监、区剧协主席梅玉文深知，一首好诗，一定要有好的演员来朗诵。这样，才能将其意境演绎得更加淋漓尽致。他负责组织演员，就是遵循这个原则，在全市范围内，寻找适合的优秀演员来担纲。

这次朗诵会还请来了原哈尔滨话剧院演员曹宝兰。他朗诵的是王怀让的《我骄傲，我是中国人!》，铿锵有力的声音，满含热泪的激情，把那份中国人的骄傲表达得淋漓尽致。原青海省电视台播音指导时来群，朗诵的是余光中的《乡愁四韵》，浑厚的男中音，深邃的目光把漂泊游子思乡的愁绪表达得入木三分。原山西省话剧院演员舒承忠，朗诵的《秋天的信》，把我们带入了一个童话的世界。

参加朗诵会的还有深圳小品的领军人物唐秀明、李学军和孙长盟等人。他们分别朗诵了《祖国啊，我亲爱的祖国》《相信未来》和《我追随在祖国之后》。这些人都曾经是专业人员，到深圳后虽改了行，但专业并没有丢。他们仍然是深圳和罗湖业余戏剧的发烧友，在省内外举办的各类戏剧小品大赛中频频获奖。这一次，他们将自己的情感，深深融入到诗歌当中，将诗歌演绎得精彩动人。

此次朗诵会，还特意邀请了布心小学的退休教师许福霞和她培养的学生，这里有个传承的寓意。师生们质朴的情感表达，给整台朗诵会增添了青春亮丽的美好色彩。

在录制现场，演员们都表现得特别敬业：学生们自己备好服装，购买了道具；有的准备了几套服装，让导演挑选；有的录制一遍不行，主动要求再录一遍，直到满意为止。他们说，这是献给新中国生日的诗，一定要对得起观众，也要对得起自己。

每一个镜头，都是献给祖国的赤诚

朋友，坚定地相信未来吧
相信不屈不挠的努力
相信战胜死亡的年轻
相信未来、热爱生命……
——摘引自诗人食指的《相信未来》

网上诗文朗诵会，既要放到网上，就必须进行电视录制。因此，大量工作，都要通过罗湖区电视艺术家协会来完成。视协主席、朗诵会制作总监吴白桦调集精兵强将，进行拍摄、剪辑和包装。

本次诗文朗诵会，是在摄影棚里拍摄完成的。背景用的是红色的基调，以喜庆和热烈的色彩，表达罗湖人对祖国的诚挚热爱和欢庆。区电视中心的吴立强、梅杰反复调试了灯光、摄像机等设备，力争拍出最佳的效果。由于是歌颂祖国的诗歌，片子里需要大量的历史镜头，负责资料的鲍慧敏花了几天时间搜寻了大量资料，诸如抗日战争、三大战役、50 年代的社会主义建设、原子弹爆炸、卫星上天、改革开放、香港回归、飞船上太空、北京奥运，等等，以提供给后期制作采用。这些影像资料，很好地辅助了单纯朗诵的不足。音频部分是由协会的黄建华负责，他精心选了 12 首和诗歌内容情绪贴切的音乐做背景音乐，很好地烘托了朗诵者精心设计的语言演出效果。

"朋友，坚定地相信未来吧/相信不屈不挠的努力/相信战胜死亡的年轻/相信未来、热爱生命……"（食指《相信未来》）这首诗，映衬在演员背后的是形似浪花的图景，它的简洁诠释了诗歌的深刻内涵。其他诗篇，都插入了相应的画面。诸如秋天的落叶、冬天的雪花……这些画面，都细致贴切、形象生动地表达了诗歌的意境。这些后期剪辑都是友良完成的。

后期制作的主要任务之一，在于它是节目的最后的包装。包装得好，能提升作品的品位；包装得不好，将使作品大打折扣，甚至前功尽弃也未可知。所以，它的重要性是不言而喻的。

每一个节目，都是祝福祖国的礼物

假如我是一朵雪花

翩翩地在半空里潇洒

我一定认清我的方向——

飞扬，飞扬，飞扬——

这地面上有我的方向……

——摘引自诗人徐志摩的《雪花的快乐》

国庆前夕，"今夜我们倾听——罗湖区庆祝建国 60 周年暨第十届读书月网上诗文朗诵会"与网民见面了。这个朗诵会一经推出，立刻受到了网民的热捧。网友纷纷跟帖，称赞这种形式，称赞演员们的表演。他们说："有创意！""图文精美，盛世华章！""艺术家们充满感情的朗诵，让人心潮起伏、热血沸腾，悠然升起对祖国母亲的无比热爱与深情祝福。"……还有网友，因为喜爱，甚至专门打电话来索取光碟。

网上朗诵会，也得到了区里领导的支持和肯定。区委常委、宣传部长刘石磊看过后说："网上朗诵会很有创意，一次比一次做得好。这样花钱少、有影响的工作要支持。明年深圳建市 30 周年，还要做网上朗诵会。"

如今，"今夜我们倾听"已经成为罗湖的一块著名的文化品牌，它迄今也已举办了六届。早在 2005 年，第六届深圳读书月期间，为办好罗湖区读书月活动，时任文明科科长的吴亚丁和区剧协副主席的梅玉文，积极策划，大胆想象，依托剧协的资源，精心组织了首届罗湖区本土诗文朗诵会。其所撰诗文，全部为罗湖诗人和作家的作品；其参加朗诵者，亦全部为罗湖区专业朗诵家及业余朗诵爱好者。那次在区文化公园举行的舞台演出，贴近群众，贴近生活，还专门邀请区美术家协会画了许多中外文化名人的头像，悬挂在舞台上，朗诵者们活动其间，饶有特色，极有品位，受到群众的热烈欢迎，收效颇佳。此后，每年的 11 月，"今夜我们倾听"朗诵会这种形式，就逐渐演绎延续成为罗湖区读书月的一大特色项目，给罗湖区的读书活动增添了异彩。

2008 年 5 月，四川发生"汶川大地震"。这一次，罗湖区的艺术家们第一时间，全情投入，密切配合，利用罗湖区这个著名品牌，制作了极有罗湖区特色的《心系震区，罗湖有爱》"网上诗文朗诵会"，迅速推到罗湖社区家园网，赢来大量的点击率，群众交口称赞，产生了广泛的社会影响。

这种新的综合文艺表现形式，还很快引起了中国广播电视协会的注意。《心系震区，罗湖有爱》网上朗诵会，受到协会纪录片工作委员会和广播电视文艺工作委员会的重视。同年年底，在杭州召开的国际传媒大会上，这个节目获得"我们在一起"抗震救灾电视音乐、电视文学、电视纪录片的特别表彰。

将传统的诗歌朗诵与现代电视和互联网传播形式相结合，这是罗湖区创造推出的一个非常具有创新意义的文化品牌。朗诵，这种高雅艺术目前在罗湖，正在轻松地走进寻常百姓之家，更多的人喜爱它，并且在倾听之中受到艺术的熏陶。而利用网络传媒这种新形式，则可以突破传统演出的局限性，把艺术传输到世界的每一个角落，更多的人，因此而能够随时欣赏到精彩的朗诵。网上诗文朗诵会，也因此而成为一场永不落幕的艺术演出。

"假如我是一朵雪花

翩翩的在半空里潇洒

我一定认清我的方向——

飞扬，飞扬，飞扬——

这地面上有我的方向……"

罗湖区的网上诗文朗诵会，也像这大自然飞扬的雪花，必将在人们的热爱中，传播得更远，更远……

（2009 年 9 月 28 日）

我的表弟叫没样

老家河北井陉有个习俗，给孩子取个俗的小名，好养活。什么石头、狗蛋、瓮碴，等等。我的小名叫"傻拉锤"。问过母亲，难道我小时候很傻？母亲也没给我个满意的答复。我这小名还"连累"了二弟，他干脆就叫作"傻瓜"。

我的表弟叫没样。问过大姨，大姨说，小时候太淘气，淘得没样。可从我记事起，也没觉得没样怎么淘气，倒是他循规蹈矩的样子给我留下了深刻的印象。

我小时候是住姥娘（就是外婆）家长大的。大姨家赵庄岭离姥娘家康庄只有 6 里地，沿着一条小河，经过小寨，穿过庄稼地，就到了。我家在山西阳泉，从小学到中学，每次回老家，总会在大姨家住几天，为的就是和没样一块玩儿。没样小我一岁，两人能玩在一起。我记得晚上我们俩睡一个被窝，躺在被窝里也不老实，你捅捅我，我捅捅你，嘻嘻哈哈地闹着。直到大姨嗔怒地说一声，才老实下来。

叫我留恋的是农村的夏天。白天我们挎着篓子，拿着镰刀

去野外给牲口割草。其实就是去地里玩儿。没样知道牲口喜欢
吃什么草，知道哪里的草长得茂盛。用不着多久，就能割满满
一篓子。

有时，没样会带我去抓蝈蝈。在地里头，经常会听到蝈蝈
欢快的叫声。寻声找去，瞅准了，迅速而轻轻地扣住它，一只
蝈蝈就逮住了。回家后，放进用高粱篾编织的小笼子里，再放
上它喜欢吃的南瓜花，就妥了。每天听着蝈蝈的叫声，挺美的。

最好玩的是套知了，我们叫"没唸哇"。先到牲口圈里找根
马尾，系个活扣，绑在竹竿上。然后悄悄接近知了，把活套放
在它的正前方，知了会用前爪扒，扒来扒去，活扣就套在脖子
上了。这时赶紧一拉，就套住了。我们给它拴上一条线，牵着
跑啊跑啊，这时的知了会拼命地叫着，更激起了我们的乐趣。

河北井陉农村的房顶，是用炉渣和石灰夯实的。夏天屋里
很热，我们就在房顶上睡。先泼上凉水，再铺上席子，很凉爽。
但光我们孩子是不能在上面睡的，大姨父跟我们一起睡。看着
满天的星斗，听着大姨父讲着牛郎织女的故事，伴着远远近近
的野虫的鸣叫，很快我们就进入了梦乡。

记得有一次我俩去小寨看戏，很晚了，没样就领我去了他
姑姑家，在那里睡了一晚上。

我到太原上学后，就很少回老家了，和没样见面的机会也
就少了。1966年红卫兵大串联，没样到了太原，还到省艺校看
过我呢。

再后来，我分配到大同，没样也参加了工作，见面就更少
了。我只是在1985年、1997年回过老家。1997年回去那次，还
是没样找车接的我呢。没样是1998年我父亲去世的时候去过阳

泉。2004 年过年，没样弟兄三人去阳泉看我母亲，我恰从深圳回家过年，又见了一面。

见面虽然少，但我们兄弟一直没断了联系。先是通信，后是通话，现在都上 QQ 了。

没样一辈子在信用社工作，兢兢业业，平安着陆。

小时候叫惯了，直到没样娶妻生子，我还是改不过来，依然直呼小名。前一个小时，没样告诉我，22 日，他当爷爷啦。你看，都当爷爷的人了，我也该改口叫表弟的大名了——我的表弟叫海文。

（2010 年 1 月 28 日）

后记：再过 20 分钟就是腊月十五了，正是表弟海文的 60 岁生日，匆匆撰就此文，以示祝贺！

在中国最美的乡村行走

2010 年 3 月 22 日 阴、部分时间有阳光、中雨

婺源——清华、思溪延村

清晨 5 点就被列车员叫醒换票，景德镇到了。

此行是和王宏健去婺源拍油菜花的。摄影，是我为数不多的爱好之一，刚刚到发烧的边缘。平时出差、旅游，总是带着相机，像这样专程出来拍照，还是第一次。

出了车站，和几个人拼了辆小面包，直奔婺源的第一站清华镇而去。天色朦胧，在似睡非睡中到了清华。刚一下车，我便摔了一跤，左膝盖重重磕在水泥路上，生疼。背着相机、三脚架，拉着行李箱，咬着牙一路问询来到田园宾馆，很快安顿好住下。匆匆吃过早餐，就背着器材出去了。

清华是座千年古镇，在唐代是婺源的县治所在。古镇坐落在山谷间，傍着一条河流，两旁是梯田，长着郁郁葱葱的油菜花。镇内的古民居已经不多了，取而代之的是新式楼房。

我们是奔彩虹桥而去的，这是一座建于 800 多年前南宋的廊桥，该桥因唐诗"两水夹明镜，双桥落彩虹"而得名。我们来到桥前，不免有些失望：几个农民在铺石子路，桥也有些破烂。我们上了桥，没走几步，就被工作人员吆喝着轰了回来。原来，这里正在维修，暂停开放。

下午，去思溪延村。下了班车还有大约 3 里的路程，几辆摩的围上来，要载我们去。我们决定步行，这也是锻炼呢。沿着溪水旁的路前行（我后来发现婺源几乎所有的村庄都离不开水），沿途尽是油菜花，这就是三月的婺源，油菜花的世界。

景区门口矗立着一座牌楼，上书"思溪延村"四个大字。引人注目的是那个硕大的算盘，有两米多高、四五米长吧。这意思是告诉游客，我这里是被誉为"儒商第一村"的。买票的时候我着实高兴了一下，花半价买了全程票，这是我实实在在享受的退休待遇呢。

原以为思溪延村是一个村子呢，却原来是两个，外面的是延村，里面的是思溪。

路过哗哗转动的水车，延村远远地呈现在眼前。村头有农民赶着水牛在水田劳作。灰色的徽式民居被黄色的油菜花映衬着，愈发显得古朴而悠远。沿青石板路走进村庄，见到的大都是明清古建筑。听村民讲，村子原来叫作延川，意思是期望后代子孙像村头川流不息的清溪绵延百世，后来才被叫成延村的。

上游思溪村，也有 800 多年历史了。建村者姓俞，俞鱼同音，因感念"鱼儿离不开水"，遂以思念清溪为由，取名思溪。这里的古民居更多，且官宦与商贾共存，村里青石板路的铺法也官商分明，横铺的是官，竖铺的是商。许多民宅还是拍摄影视剧的景点呢。

在村里转了许久，最后来到村外的高坡上。居高临下，思溪尽收眼底。古村背靠青山，面临清溪，周边是油菜花地，真可谓青山秀水，世外桃源啊。我们架起了相机，想拍落日下的思溪。可惜，太阳时隐时现，总不给个灿烂的笑脸。还想赌一下，连返回去的摩的都联系好了（下午 5 点过后便没有班车了），可是，4 点 30 分的时候，天空居然落下了雨点儿。无奈之下，只好收拾器材，悻悻离去。

今天走路不少。吃完晚饭，宏健买了瓶红花油，为我的膝盖推拿。亏他懂得医术，使我少吃了不少苦头。

2010 年 3 月 23 日　阴天
婺源——里诗春、菊径、和村、岭下、查平坦、溪头、簧村

早上 5 点 40 分就起床了。

今天的路途遥远，跨度较大，于是通过宾馆老板，包了一辆小面的，准备多跑些路。询问过摄友客栈的老板、彩虹桥书摊的老板后，我们决定不再去已开发的景点，而是自己去找那些新的景点去拍摄。我们想趁着昨晚大雨过后该有云雾的清晨拍些好照片。

第一个景点是诗春。

诗春，建于南宋，原名大安里下小坑，后称施村，元朝御封"文武世家"后改名为诗春，是古代婺源四大名村之一。诗春四面环山，像个燕窝，风水极好。不大的村子，据说出过 166 个七品以上的官员呢。村里还有许多祠堂、书屋、亭宇、坛址等古建筑，可惜时间不允许，只好放弃了。

拍摄不太理想，没有预想里的云雾，天依然阴沉沉的。我们询问司机小胡，他建议我们去拍"脸盆村"，说那也是个摄影者常去拍的地方。

第二站是菊径。

登上公路旁的山包向下一望，果然名副其实：整个村庄背靠青山，前面被一条小溪环绕着，圆圆地真像个脸盆。菊径也是建于宋代的古村落。只是不知村名出自何处，这富有诗意的村名能唤起多少遐想啊。

下来的时候遇上一群摄友，相互问询，居然他们来自故乡阳泉。哈哈，这世界真的很小啊。

第三站是和村。

和村紧倚在山脚下，我们爬上村口的茶山，俯拍这座小村子。返回的路上，小胡给我们讲起了和村的故事。这里原来都是胡姓住户，程姓是外来户，怕受欺负。知书达礼的胡姓人就和程姓人签了一个契约，双方约定：胡不欺程，程不欺胡，两姓世代和睦相处。于是，便有了和村。

第四站是岭下。

岭下依然在山脚下，村口依然流淌着一条河。通往村里有座水泥桥，桥头有一棵有着数百年历史的大树。河这边是油菜花地，那边靠村子的是一片稻田，鸡们在田里优哉游哉地啄食。可惜的是，河里靠岸的地方有垃圾，大煞风景，躲也躲不掉。婺源很美，但也有瑕疵，最大的问题就是许多河道都有花花绿绿的塑料垃圾。不知是游客丢弃的，还是村民们扔掉的。看来，还要下大力气提高国民素质啊。

第五站是查平坦。

这是宾馆的老板介绍的，说那里梨花、桃花、油菜花都开了，美得很。这座村子在去理坑的岔路上，从双河口拐向一条土路。小面的好像没有减震设备，在铺满碎石块的路上狠命地颠着，就这样颠到了山顶。

查平坦就在山顶上。首先迎接我们的是收停车费的农民管理员，一部车子10元，还是可以接受的吧。

查平坦不大，村脚下四周围是梯田，长满了油菜花；村子里的梨树开着白白的花朵，偶尔能见到几株粉色的桃花。我们穿过村子，到了后山的高处，才勉强拍了几张。其实不太理想，不来也罢。

午饭是在沱川吃的。吃过午饭，便赶往第六站溪头。

所以叫作溪头，应该是溪水的源头之故吧？走近村子，只见一条溪水从山里流出来，在村口形成了一个小小的瀑布。村子就在这溪水的边上。据说沿溪水进去，里边的山涧更美，山上长满了各种植物。可惜，我们没时间进去。看得出这里正在为旅游开发做着准备，进山的青石板小路已经铺就，旁边还修好了栏杆。

第七站是簧村。

簧村没有进去，因为马上就要下雨了，在村边拍了几张便匆匆离开了。

至此，婺源北线便走完了。

还是天公不作美啊。假如春光明媚，在满目葱茏的青山脚下，在遍地金黄的油菜花海洋里，在充满历史人文的古村落中——在中国最美的村庄里行走，该是多么地惬意啊。

2010 年 3 月 24 日　中雨

婺源——月亮湾、庆源

我们早早地就出发了。今天去东线的庆源，这也是一座没有开发的村子。

雨淅淅沥沥地下着，车窗外是一片朦胧的雨雾，远处的群山、村落和油菜花，都躲在了神秘的雨幕后面。

车快到李坑的时候，路旁停着几辆汽车，游客们穿着雨衣、打着伞在江边拍照。忙问司机这是什么地方，说是月亮湾。于是马上停车，备好相机，打着伞来到路边。只见江中一座弯弯的小岛，恰似弯弯的月牙儿。忙找好位置，两人互换着打着伞，支起脚架，调好快门光圈，拍下了雨中的月亮湾。

车子经过李坑、汪口，拐进晓起，再过江岭，翻山越岭终于到了庆源。进村后才发现，虽然还没有正式开发，这里的各项设施却已经很有规模了，村里处处挂着客栈的招牌便是明证。没多费力，我们住进了詹老师客栈，还是标间呢。

吃过午饭，便迫不及待地出去选景拍摄了。

天依然下着雨，我们撑起雨伞，在古村落穿行。和别处不同，一条溪水穿村而过，两岸是古老的民宅。沿着溪水还是青石板路，隔不多远就有一座用整条青石板搭成的小桥，临街的商铺前搭起了供人们休息歇脚的美人靠。沿河种着些桃树，院子外种着梨树，正是桃花红梨花白的时节，把粉墙黛瓦的古民居映衬得别有一番风味。村中有棵 1300 多年的古银杏树，足见古村的历史久远。

出得村来，是大片开满油菜花的田地，稍远处是层层梯田。我们沿着古驿道爬上了旁边的小山包，整个庆源便尽收眼底。

四周是重重山峦，云雾缭绕，近处是油菜花，金光灿灿。庆源古村被油菜花簇拥着倚靠在这青山的怀抱里，好一处世外桃源！眼前是那条古驿道，当年庆源的文人商贾就是沿着这条路走向外面的世界的。庆源，是目前为止遇到的最美的景色了。

在一块油菜花地的田埂上刚刚架起相机，猛然听到一声严厉的呵斥：不能拍！扭头望去，是一个打着伞的村妇，她要收钱，因为田是她家的。我们很不以为然，这是野外啊，又没进田里，还收钱？无奈解释不通，只好给了 5 块钱息事宁人。后来换了个地方，又被另一个村妇要了 5 块钱。这就是没有开发的弊端，没有统一的管理，只好任农民乱收费了。和村妇聊，知道村民对村干部很有意见，喊了十几年了，开发的事就是定不下来。这也是一种无奈。

在雨中操作着相机，实在有些不太方便。预计明天是晴天，有可能起雾，拍了几张后就撤回去了。

宏健明天要回去，想知道婺源去景德镇的最后一班车是几点。我在旅游地图上查到婺源长途客运公司的电话，没人接；又通过 114 查到号码，还是没人接。怪事，这长途客运是怎么了？

2010 年 3 月 25 日　晴天

婺源——江岭、晓起

清晨起来，果然是艳阳高照。

匆匆洗漱完毕，便向村外奔去。有阳光不假，却没有预想中的云雾，不免有些扫兴。但毕竟有了光，效果还是不一样的。

返回的时候寻找捷径，误入一家的院落。正待转身，猛不防被一个老太拉住要钱：这是我的家！天哪，这简直是抢劫啊！赶紧摆脱老太的纠缠，离开了这里。

10点多，和一对年轻夫妇拼车离开庆源，前往江岭。

下山经过的段莘水库，被赋予了一个形象的名字：高山平湖。应该说，哪里的水库都是高山平湖吧。相比千岛湖、万绿湖这些名字，还是缺少了一些诗意。但名字的欠缺，并不影响它的美丽。镜头的焦点依旧是村庄。这些坐落在水库边的村庄恰似出水芙蓉，格外地清新、优雅。

多花了20元，面的把我们拉到了山顶，这里便是出名的江岭风景区了。举目望去，两座葱茏的青山间夹着一块不大不小的盆地，块块梯田里闪着油菜花泛出的金黄；盆地间流淌着一条河流，河的两边散落着几个村庄，左边叫东岸，右边叫西岸，右手边的就是江岭。初春的阳光洒满了山谷，洒满了梯田，洒满了村庄，也洒满了游人的身上，暖烘烘、情切切，好一派田园风光！

我们背着器材，提着行李，沿着古驿道边拍边向山下走去。说是古驿道，实际都是用新采的石头铺的。石头有些泛红。没有说明指示，你绝对无法和古驿道联系起来。其实保留一段老路，或用原来的旧石材重新铺一下，那感觉就完全不一样了。路程不长不短，走走停停，竟用了两个多小时，这时我们还没吃饭呢。没觉得累，也没觉得饿，许是这迷人的风光令人陶醉的缘故吧。

坐上了去县城的车，宏健要到县里换车去景德镇，然后返回深圳。和宏健告别后，我在晓起下了车，独自一人继续我的旅程。

我拖着行李进村，找到一家叫作小河饭店的民宅安顿下来。找房东要了开水，泡了我带的方便面，吃完后就到街道上转悠起来。

晓起分为上晓起和下晓起两个村庄，我下榻的村子叫下晓起。晓起建于唐代。1200多年前，一汪姓家族避难，半夜逃到这里，次日拂晓起来，不禁眼前一亮，但见两山夹持，小溪蜿蜒，草滩开阔，树木参天。遂决定在此安居，定村名为"晓起"，小溪也起名为晓溪。及至宋代，有人又在上游建村，于是便有了上下晓起。

下晓起小巷纵横，有迷宫之感，家家户户都开了店铺，初以为是进了农村商场。走了几处，顿觉索然无味，于是向村外走去。紧靠村边，搭着一座长方形大棚，摊贩分列两旁。我看这倒不错，街里商铺都应迁来此处，以还村庄一个宁静。穿过大棚，便是一棵已有500多年树龄的香樟老树。绕着村旁的山坡，可以看到许多高大的树木，原来这里的树都是香樟树，怪不得村里有阵阵香味呢。村民出售的有许多香樟制品，像镇纸、手珠、木梳等，有的干脆直接把树干或树根锯成片出售。

沿着一条青石铺就的驿道向上游走去，便是后建的上晓起。倒是上晓起出了个名人叫江人镜。清代，他曾任蒲州知府，后代理山西按察使，最后做到两淮盐务使。虽然宗祠有些破旧，但不难看出当年的显赫。

这几天走来，我发现婺源真的很有文化，这从村名就可以看出一二。像清华、诗春、菊径、庆源、思溪、太白、消遥、赋春，等等，若胸中无墨，是断然起不了这样特有文化气息的村名的。

晚上回到店里，遇上两位从沈阳骑车来的夫妇。五十多岁了，能有如此体力，唯有羡慕而已。我这辈子怕是不可能骑车旅游了。不过，我年过六旬，尚能负重步行拍摄，也可聊以自慰了。

2010 年 3 月 26 日　有阳光

婺源——江湾、汪口、李坑

昨晚就计划好了，今天去江湾、汪口，晚上宿李坑。

吃过早餐，正左顾右盼寻找车辆，一个人前来搭讪，问我去哪里。我说江湾，他说 20 元。立即成交。

车到江湾，我不能提着行李参观拍照啊。一问，可以免费把行李寄存在服务处。哈哈，这可解除了我的后顾之忧，立即办好寄存手续，进入这座建于唐代的千年古村。

过了水塘，就是一个广场，引人注目的是萧江宗祠，正对着的是宽阔的街道，右手边是一座古戏台。那座萧江宗祠是近几年重修的，气势非凡。吸引了我的，是那精美的雕刻：木雕、砖雕和石雕。人物、花鸟、山石、树木，细腻纤巧，栩栩如生。婺源的"三雕"已经入选国家非物质文化遗产名录了。那条宽阔的大街，显然是后来扩建的，以前的农村当然不会有这么气派的街道。沿街都是店铺，街道两旁挂着写着"萧江"的红灯笼。萧江祖上于宋代迁居江湾，后成为名门望族。江湾，是领袖故里，更是文人辈出的"书香"之家。这里的乡民著述颇丰，据说《四库全书》收录了他们 100 多部著作呢。

在村里转了一圈，去那明清遗留的老宅看了看。可惜不是搞建筑的，要不然能学不少东西呢。这里明显比别的地方干净。

我看一处仿古建筑，写着"舒园"二字，还有英文。初以为是个商铺，再细看却是厕所。还真没见过厕所有如此文雅的称谓呢，这该是婺源文人的创造吧。

出了江湾，直奔汪口。

汽车转过一个弯，一座由江水簇拥环抱的村庄呈现在眼前。这么漂亮的地方，不知为何没有介绍。车又走了10分钟，汪口到了。匆匆寄存了行李，背着相机和三脚架原路返回，去找那个拍摄的点。

太阳高照，比起前两天的寒流，今天真有点热了。穿得不少，又是上坡，等走到那个拍摄点，不仅大汗淋淋，还是气喘吁吁了。待定下神来，才看清是两条河流交汇，像个"丫"字形，村庄就在"丫"字头上。

拍完返回，问了问正往江边走的村姑，原来这就是汪口。心想，汪口这村子不小，从入口到这里，1公里路怕也不止呢。等进服务大厅一看，可不，正是汪口，墙上的大幅照片正是在我刚才去过的那个位置拍的！不过，人家的照片很广，我怎么就没想到呢？不行，看完后得去重拍，咱不留这个遗憾！

顺着一条长长的小巷，我走进了汪口古村。汪口，是中国历史文化名村，建于宋代，距今有1100多年历史了。皆因村口这条江湾河水汪，故名"汪口"。汪口自俞氏宋代建村以来，文风鼎盛、人才辈出，进士、举人、大夫，不乏其人。汪口是古代的水陆码头，明清时期，小巷两旁店铺林立，江上舟船往来，十分繁华。

那条长街很有特色，窄窄的，沿着河湾顺势而去，两旁的建筑依然保留着明清时代的特色和风格。顺着右手边房屋间的台阶可以下到河边，村民们在河边洗衣，游客们在江里漂流。旁边的巷子里还有"一经堂""懋德堂""大夫第"等明清古建筑。最出名的还是俞氏宗祠，仅看那宗祠里形制考究的各种雕饰，它就是一座艺术宝库。怪不得它是国家的重点文物保护单位呢。

从村里出来，顾不得酸困的双腿的抗议，还是向刚来时的那个拍摄点奔去，以了却那桩心愿。

中午时分，便赶到了李坑。

和别处一样，这里也早就商业化了。我尚未进村，便被一个村民接了去，去住他家的"清静客栈"。沿街民居，几乎家家是商铺。游客更是摩肩接踵，熙熙攘攘，简直就是"人河"。我是挤过满街的游客才走进去。放下行李，便去实行"火力侦察"。

李坑被誉为"小桥、流水、人家"，坐落在山坳里。村头是一棵满目沧桑的古树，迎面是一条蜿蜒而来的溪水，左手是磨得发亮的青石板路，溪水上隔不多远便架着石桥或木桥，两边是粉墙黛瓦的明清古建筑。真的是山清水秀，风光旖旎。美中不足的是李坑已没有油菜花了。因为这里地势较低，相对天气热一些，花便早早地谢了。

直到傍晚快 7 点了，人群才渐渐散去，恢复了些许宁静。这样的环境如何拍片？只好等明天清早了。

2010 年 3 月 27 日　多云转晴
婺源、景德镇

6 点起床，盼望着阳光灿烂。可事与愿违，太阳像顽皮的孩子，躲在云层后面不肯出来。你有什么办法？只好这样啦。

拍了一圈之后，贼心不死，想吃过早饭等太阳出来。始料不及的是，7 点 40 分，第一队游客就来了。紧接着，旅游团队接踵而来，立时塞满了整条村子。眼看着没戏了，决定立即撤退。逆流而出，8 点左右离开了李坑，前往婺源县城。

在婺源长途客站坐上去景德镇的车，欣赏着一路风光，两小时后到了景德镇。

先去火车站小件寄存处存了行李，再去售票处询问有无回深圳的卧铺。售票员说，硬座都没了。幸亏来的时候就买了返回去的车票，不然可就惨了，十五六个小时呢。

眼看时间还早，就想去市里逛一逛。瓷都嘛，还是很想看看的。听服务员说，人民广场不远，便毫不犹豫地选择了步行。这是此行的一个收获，对走路，简直是乐此不疲了。

和各地一样，这里也是热火朝天地盖楼，到处是售楼的广告。人民广场是看不见了，附近是一片工地。周边大部分是新起的楼房，最显眼的是金鼎商业广场。这是一座很大的综合商厦，有游艺场、小吃街、商场和电影院。以一条马路为界，那边还保留着一些老房子，过去看了看，基本上都是小饭馆。

不知为什么，在这里打消了我了解瓷都的念头。为了度过整个下午，决定看电影消磨时间。先看《变相黑侠》，再看《越光宝盒》。前者还能看下去，后者的表现，绝对不敢恭维了。

晚上在冷冷的候车室里候车，想着婺源之行，浮现在脑海里的，依然是溪水，是油菜花，是粉墙黛瓦……

2010 年 3 月 28 日　晴天

T25 列车上，景德镇——深圳

早上，被列车的广播声叫醒，车已快到赣州了。

昨晚幸运之神眷顾，居然补上了卧铺，免去了劳顿之苦。

此行出来，基本属于自助游，有许多东西值得总结。主要是两点：

第一，随身物品要带够。俗话说，"一天带三天的干粮，夏天带冬天的衣裳"。要储备食物，最好是牛肉干，以备不测。在江岭，就是吃了我带的两根热狗，才坚持了两个多小时。要带足衣服，以防降温。要带雨具。若没有伞，下雨天肯定拍不成。要带些常用药，头疼脑热、跌打损伤的药要备，速效救心丸也要备。有备无患，心中不慌。

第二，要做足功课。出来前目的地的吃住行、风土人情、拍摄点，甚至好照片都要心中有数，最好是打印出来，随时备查。到当地，还应买份地图。风土人情方面很重要，这是创作的一个重要内容。这次去李坑，就不知道李坑有傩舞。早知道就不会在景德镇浪费时间了。

中午时分，接到女儿的电话，"爸爸，祝您生日快乐！"哈哈，今天是我 61 周岁的生日呢。此前已经收到夫人和儿子发来的祝贺短信了。紧接着，又收到妹妹打来的电话。

在深圳西站下了车，儿子接上我，坐上了夫人开的车。路上接到单位小襦的电话，说晚上接待内蒙古巴彦淖尔来的客人。

席间，小襦给我点了长寿面，朋友们共同举杯祝贺。哈哈，没想到，家人都没能为我过生日，千里之外的朋友倒为我祝上寿了。这许是沾了中国最美乡村的光了吧？

（2012 年 4 月 4 日整理）

那朵电视文学的奇葩

　　罗湖的电视散文，在深圳乃至广东，几乎是一枝独秀，是一块响当当的文化品牌。我有幸亲历了这朵奇葩的成长壮大，因为我是罗湖电视散文的始作俑者。

　　1992 年，刚从山西省话剧院调来深圳罗湖电视制作中心的我很灰心，觉得从此远离了艺术，英雄再无用武之地了。后来创作了小品《也想有个家》，获得广东省戏剧花会金奖，算是在戏剧小品领域里找到了自己的乐趣。但是，自己的单位毕竟是电视制作单位，自己的专业又是导演，老拍专题片也不是艺术啊。我觉得应该拍艺术片，只有在艺术领域里才能发挥自己的优势，才能充分体现自己的价值。

　　我仔细分析了电视中心的实力。此前，电视中心拍过一部上下集电视剧，还有专题片和纪录片。吴白桦的摄影没问题，禤晓明的制片没问题。拍什么呢？电视剧？MTV？电视散文？我思考了很久。最后，瞄准了电视散文。电视散文短小精悍，投资少，易驾驭。我想，电视散文一定能搞出名堂。

和白桦、小禤很容易地就达成了共识。但航途并不是一帆风顺的，刚刚起步就遭到了挫折，我们选的题材被领导一口否决了。又苦苦等了一年，机会终于来了。

1996 年，为了迎接香港回归，罗湖区委区政府组织了系列活动，其中包括文艺创作。我想，一定要抓住这个千载难逢的机遇，把电视散文推出来。我们的合作者、时任区文联副主席的杨继仁精心创作了散文《情涌大鹏湾》。文章通过分居香港内地的祖孙二人渴望团聚的心情，写了两地人民企盼香港早日回归祖国的迫切意愿。我拿到文章，丝毫不敢懈怠，开动脑筋，冥思苦想，于 7 月 30 日拿出了散文策划书。策划书实际是一份简单的导演阐述，我把电视散文定位为"四美一精"，即文章美、解说美、音乐美、画面美，精就是不搞"一般化"的东西，要拍就拍成精品。整部片子要"像国画，要留白，要有'十里蛙声'的'功夫在画外'的追求"。我是志在必得。

不久，区委宣传部在银湖召开会议，汇报迎回归的创作情况。区里十分重视，时任区委书记王顺生亲自出席——在我的记忆中，区一把手出席创作会议这是绝无仅有的一次。会上，我汇报了电视散文的创意。经讨论，《情涌大鹏湾》也列入了罗湖区迎 1997 香港回归系列活动的创作项目。我很激动，愿望终于要变成现实了！但我明白，这仅仅是万里长征刚走完第一步。

从香港采风回来后，我开始写分镜头剧本。在剧本中我突出了几个创意：小孩朝界碑撒了一泡尿，潮水冲垮沙滩上的"墙"，沙滩上留下的脚印。还有几个元素：海螺、气根、饱经风霜的手。这些，都有着不可言传的内涵。

紧接着剧组成立了。我是导演，吴白桦摄像，禤晓明制片，翁晓波作曲，演员是梅洋（我的女儿）。和当年动辄几十人的电视剧组比起来，这确实是一支精干的队伍。

虽然是个短片，拍摄工作却是大量的。我们去香港拍了市容市貌、惊涛拍岸，去虎门拍了林则徐纪念馆、销烟池、炮台，去蛇口拍了左炮台，去中英街拍了界碑，去东部沿海拍了各种不同的海岸线（当年我们在大梅沙拍过的海岸线现在已不复存在了，盐田港扩建填埋了原来的海岸线）。为了营造合适的氛围，我们还用上了烟饼。配音的时候一时找不到合适的人选，就先由我和梅洋录了音。原本只想做参考声的，但最后也没找到别人，就一直保留了下来。

审片的时候，区四套班子的主要领导全来了，机房里坐了满满一片。领导很满意，提了些修改意见，顺利通过了。

但是，片子能不能得到认可，关键要看中央电视台能不能播出。我想，我们的作品起点一定要高，不能一步一个台阶地慢慢来。要瞄准中央台，瞄准最高水平。5月11日，白桦带着片子到了中央电视台。有关负责人第二天就约见了他，说，"看得出你们有想法，中英街是精彩的一笔，脚印用得好，但是短了。爷爷的不出现和少女的出现，在一般作品里非常少见，有独到之处。一看就知道是下了功夫的。"当时还没有合适的栏目安排播出，最后安排在中央电视台二套"祖国各地"播出。在回归前夕，广东卫视在6月7日首家播出，紧接着深圳有线台和深圳电视台连续播出。香港回归前后，广东珠江台、中央电视台一套、新疆卫视、四川卫视、云南卫视、山东卫视、浙江卫视都播出了这部电视散文。就这样，电视散文这朵奇葩在罗湖开始生根了。

在做《情涌大鹏湾》后期的时候，小平同志去世了。我们就想着，在他去世一周年的时候，拍一部纪念邓小平的电视散文，这就是 1998 年的《那棵葱郁的高山榕》。这部片子的主创人员是《情涌大鹏湾》的原班人马。片子完成后，送中央电视台"电视诗歌散文"栏目首播，受到了好评。

没想到的是，这部片子得到了邓家人的青睐。3 月 2 日这天下午，邓小平的儿子邓质方专程来罗湖表示感谢。他在机房又看了一遍片子，然后上了 7 楼和领导见面，我和白桦也参加了。他说，家里人看了，所有纪念老人的片子，都没有这么亲民。他代表母亲和家人，表示感谢。邓质方当时很低调，不让见报，不让摄像，只拍了几张照片。遗憾的是，我们主创人员却无缘参加。

1999 年的夏天，还在拍电视散文《罗湖桥》的时候，我和日后任区文联副主席的吴亚丁在大头岭到区委的班车上策划出了电视散文专辑《深圳写意》（最初叫《深圳的八月》）。我于次年拿出了策划书。

市委宣传部到罗湖调研后确定，《深圳写意》为市委宣传部和罗湖区联合制作，是向深圳经济特区成立二十周年献礼的重点作品。同时确定倪鹤琴博士为文学编辑，我为总导演。

文章是在全市征集的。最后，从 12 篇文章中选了 4 篇拍摄，分别是《书香》《家园》《红树林》和《一座城市，一条路……》。最后片子在中央电视台播出，而且获得了第十九届（2001 年）中国电视金鹰奖提名奖。

2001 年 6 月，我们赴武汉参加"全国第四届百家电视台（单位）电视音乐节目展评"颁奖活动。罗湖电视中心是这次活动的大赢家，不仅《红树林》《读雪》《那棵葱郁的高山榕》分获了金银铜奖，而且，《红树林》还获得了最佳电视诗文奖和最佳制作奖两个单项奖。

自此以后，罗湖电视中心名声大噪，白桦、小禤和我被称为"深圳三剑客"。2004 年深圳电视台艺委会某主任到潮州参加"魅力潮州"采风活动，报到的时候他说是深圳的，人家热情地回应道："罗湖的吧，你们来了几个人？"

2002 年，我们完成了《油榨坊》。这部片子从导演方面下了不少功夫，像山歌的运用、农民进城后对城市的变形处理、音效表达情绪的处理、黑白场长达 8 秒的处理，等等。电视是导演的艺术，在这部片子里有了充分的体现。片子经广东电视台国际部安排，先后在美国纽约中文台、凤凰卫视欧洲台美洲台、（香港）美亚娱乐电影频道播出。这是我们首部送到境外播出的片子。

《油坊往事》是吴亚丁继《一座城市，一条路……》《读雪》之后的又一力作，他的作品都获了奖，我们后来合作的《我们应该选择怎样活着》获得了一等奖。

经过多年努力，我们的电视散文终于达到了顶峰。所谓顶峰，是指得了最高奖——"星光奖"一等奖，而不是指艺术的顶峰。艺术是没有顶峰的，只有高峰。《走不出外婆的目光》送我走上了最高领奖台。

《走不出外婆的目光》是深圳报业集团副总杨黎光创作的，他是三届鲁迅文学奖得主。我丝毫不敢怠慢，认真完成了导演阐述《为亲情矗立丰碑》。我把这种祖孙间的亲情、中华民族的传统美德物化为一座丰碑。

2002 年的春节我没有休息，开始了分镜头创作。分镜头剧本前前后后四易其稿，最后采用的是传统的叙事方式。在分镜头剧本中，我把故事的发生地由城市改成了农村（杨黎光祖孙间的亲情发生在长江边上的安庆市）。我认为，把散文拍成电视，就成了艺术作品。应该不拘泥于生活的真实，而追求艺术的真实。

这次我决定冒一回险，选用非职业演员。"我"是非杨黎光莫属了，外婆就在当地挑选。天不负我，在黄山市黟县屏山村遇到了胡再丕大妈，奠定了这部片子必定成为上乘之作的基础。

我觉得这个剧组像电视剧组一样，导、摄、灯、化、服、道，基本齐全。多少年不拍电视剧了，许多做法沿用了电视剧的模式，既亲切又陌生。像开机鸣放鞭炮、室内放烟、桥面泼水，就连"预备、开始"也是久违了。拍摄进行得很顺利，胡大妈意想不到地出色。白桦的摄像很到位，灯光、化妆以及各部门之间的配合也不错。拍最后一场戏的那天，早上 5 点就起床了，从黟县赶了几十里路到稠墅。当时的情景依然历历在目：贞节牌坊下的乡间小路上，一张张地铺满了白色的纸钱；摄像机前支架起燃着木炭的火盆，营造出惶惑的影像；杨黎光背着外婆一步步走向远方……

从重庆领回"全国第五届百家电视台电视文艺节目展评"金奖后不久，意外地得知，片子还获了第二十一届中国电视金鹰奖提名奖。紧接着，片子又获得第十八届全国星光奖一等奖！和我一起站在济南"飞天奖"领奖台上的，是中央电视台"电视诗歌散文"的制片人。在绚丽的灯光下，我高高地举起了奖杯和证书，摄像机和照相机留住了这个瞬间。至此，我、我们这个团队攀上了电视文艺的顶峰。

值得欣慰的是，我们并没有就此驻足，我把它推而广之，拍了一系列电视文学作品。如电视报告文学《渔民村的变迁》、音乐纪录片《花开的声音》、电视艺术片《遐想潮州菜》《梦寻紫塞》。之后我们还拍了电视散文系列《发现巴彦淖尔》。

这些年来，我们总共拍了 17 部电视散文，获得 15 个国家级奖项。罗湖电视散文这朵奇葩开遍了祖国的大江南北。可以这么说，电视散文开创了我们罗湖电视创作的春天，电视散文成就了我们罗湖电视人的事业。

（2010 年 7 月 4 日）

三驾马车·戏窝子·黑马

20 世纪 90 年代，深圳人开始在文化领域里耕耘，播撒着戏剧的种子。几年下来，罗湖的戏剧小品已然是姹紫嫣红，蜚声省内外了。由此，罗湖落下个"戏窝子"的美名。在戏窝子没成形之前，张福生、梅玉文和方伟元在罗湖戏剧舞台上各领风骚，被省内外小品界誉为"三驾马车"。

张福生，编剧，来自江西赣南歌舞剧团，在区文化馆工作。他先后创作了《一碗面条》《兵哥哥回来了》《一张字条》《反仆为主》等小品。梅玉文，导演，来自山西省话剧院，在区电视中心工作。他利用业余时间先后创作了《也想有个家》《名记》《悄悄话》《西边日出》等小品。方伟元，编导，来自江西抚州文工团，也在区文化馆工作。他先后创作了《忘年交》《庭园故事》《寻》《初孕之喜》等小品。这些小品，在 20 世纪 90 年代初期先后获得了省级和国家级的奖项，在全国小品界享有一定的声誉。

其实，在三驾马车形成的前前后后，罗湖一直有一批戏剧人在勤奋创作着，而且也是成绩不菲。像李金的《还是这花香》，张英伟的《绚丽的枫叶》《承包》，王少先的《送礼》《加密码》，也都是获过省和全国的奖项的。

及至再往后，又有廖虹雷、吴亚丁等人加盟，便形成了"八虎将"的局面，于是罗湖这个"戏窝子"便应运而生了。那时候，在区委区政府的支持下，在"窝头儿"张福生的率领下，罗湖戏剧人激情涌动，戏剧小品如雨后春笋般茁壮成长着。

当然，这个戏窝子不仅有这些编导的功劳，还应该有演员的重要位置。因为戏剧的最后完成还是演员立在舞台上的演出。早期参加罗湖小品演出的，有张福生、梅玉文、方伟元、王少先、李金这些编导，还有卢时初、唐秀明、曹宝兰、王维滨、张依茹、哈小姚这些演员。后来，陈龙、侯继宽、李学军、孙长盟、王立海等人先后加盟，形成了一支不可多得的力量。因为他们都是专业出身，演小品，只是牛刀小试而已。在广东省戏剧花会、中国戏剧奖·小品小戏奖和群星奖的舞台上，每次都能看到罗湖戏剧人活跃的身影，每次都有斩获。

进入新时期后，张福生宝刀不老，依然奋战在一线，先后创作出《人在旅途》《四人空间》等小品，拿下中国曹禺戏剧奖的七连冠。梅玉文继校园剧《老鼠的尾巴》夺魁后，悄然隐退，去他的主战场电视散文领域大展拳脚去了。方伟元创作了《面具》欲参加中国戏剧奖角逐，但壮志未酬，英年早逝，先大家而去了。至此，三驾马车已不复存在。戏窝子里的八虎将，张英伟、王少先早已金盆洗手，隐退多年，廖虹雷转战民俗研究，吴亚丁在小说界得意纵横，唯有李金还勉力支撑着，偶有作品问世。眼看着罗湖的戏剧行将衰落下去了。

到了 2005 年，一匹黑马脱颖而出，邸叙然的《你要相信我》参加首届中国戏剧奖（小戏小品）及首届全国小品大赛决赛并获奖。这之后，一发不可收，接连创作了《第五大名著》《最近我不烦》《大话环保》等一大批剧目，还网罗了赵勇、穆荣、杨成成、李牧霏等一批人马，他们驰骋在各种演出、比赛的舞台，最后还闯入了中央电视台《周末喜相逢》，取得了前所未有的成绩。

弹指间，20 年过去了，长江后浪推前浪。我们欣慰地看到，罗湖依然是个"戏窝子"！

（2010 年 7 月 7 日）

后记：邸叙然在 2008 年 5 月成立了深圳小品艺术团，聘请张福生为艺术指导、梅玉文为艺术顾问。后更名为深圳小品话剧团，依托 09 剧场，打造了《军哥剧说》系列节目，还创作了话剧《水墨中国》《净化论》和《我要恋爱》，成为创建国家公共文化服务体系示范项目。

（2018 年 5 月 7 日）

故乡的情

题记：2010 年 6 月 5 日，年逾花甲的我离开深圳，踏上北去的列车，开始了这次蓄谋已久的故乡之旅……

秦皇古道必经之地

久违了，我熟悉而又陌生的故乡！

上次踏上故乡的土地，还是 1995 年。那年应老同学之邀回大同担任一部片子的导演，忙里偷闲回老家看了看。说好还要回来的。谁知，这一走就是 15 年。其间发生了多少变化啊。大姨、舅舅和大姨父先后去世了，弟妹们结婚生子、有的都当爷爷奶奶了，我也六十有二了。

老家，就是我的籍贯、出生地。我老家的概念比较大，包括了爷爷家、姥爷家、大姨家和三姨家。我虽然 3 岁就随母亲迁到了山西阳泉，但上学前常在老家住，上学后直至初中之前几乎每年放暑假我都要回老家。因此，故乡于我不是概念上的籍贯，而是我实实在在生活的一部分。

我的老家在河北省石家庄，原本都是井陉县，但按现在的行政区划分成了两部分：我的出生地爷爷家西王舍和三姨家贾庄属石家庄矿区，姥爷家康庄、大姨家赵庄岭属石家庄井陉县。矿区现在成了一块飞地。一条从平山县到涉县的平涉公路把这四个村庄由北向南串在了一起。

在井陉火车站下了车，大姨家的表弟海文和双文开车来接我。他们知道我有游览的爱好，刻意带我绕道去看秦皇古道。汽车沿着公路奔驰，窗外的景物一闪而过。

井陉位于石家庄的西面，地处太行山，是个山区。井陉是依据地形地貌而得名的：四面高平、中部低下如井；陉，即山脉中断的地方——此去往东就是华北平原。井陉可是个古老的地方了，有旧石器时期人类活动的遗迹，有仰韶文化遗址，还是商文化起源的祖地之一。井陉是太行山进入华北平原的隘口，据《吕氏春秋·有始览》记载，这里是"九塞之一"，自古乃兵家必争之地。抗日战争时期，井陉的一部分是晋察冀抗日根据地。百团大战时，聂荣臻元帅救助日本孤儿的事情就发生在这里。

这便是秦皇古驿道了，两千多年的历史就镌刻在这偌大的青石上那深深的车辙里。历史上曾发生的几次重大战事，如战国蔓葭之战、秦王翦伐赵、秦末韩信破赵（背水一战）、北魏伐后燕，走的都是这条秦皇古道。眼前仿佛出现了车轮滚滚战马嘶鸣的景象……

当然，我回来不是发思古幽情的，我是来亲吻故土，探望亲人的。

皇帝御赐的西王舍

早上 7 点 30 分就到村口了，叔叔家的二弟海元早已候在那里。因为没有他的引领，我根本找不到回家的路。

以前从阳泉回老家，要坐从太原到石家庄的火车，一个多小时的路程，在微水车站下车。1958 年县政府迁到微水，就改叫井陉站了。从微水到西王舍有 30 多里。那时候的交通很不方便，大多数情况下都是步行。一条弯弯曲曲、上上下下的乡下泥土路，要走将近 3 个小时，累极了。后来，东王舍那边的新井车站开了一趟往返石家庄的临客，返回阳泉的时候可以搭乘到微水。现在好了，公交车半小时一趟，只要 20 分钟就能来到村口。

沿着一条水泥大道走去，一座高大的牌楼矗立在眼前，上书"西王舍"三个大字。这就是我的出生地了。可是，眼前的景象和我所熟悉的景象无论如何也联系不在一起。记忆中的西王舍分明是地地道道的农村么，怎么这里还盖起了楼房？只见右手边是一排黄色的楼房，不远处是几栋即将竣工的新楼。海元告诉我，村里 10 多年前就盖了楼了，妹妹银镯还买了一套呢。

海元执意要我看看村头这座公园。公园是在一座小型水库的基础上修建起来的，有座湖心岛，沿湖边种植着垂柳，再往里还有水榭亭廊。过去的农民、现在的居民每天能在这样的环境里晨练、散步，那是何等的惬意啊！

湖对面是兴国寺，原来只是座小庙。后来新修，规模就扩大了。这座庙是有来头的，它曾住过宋太宗的皇侄呢。

老家有两个王舍，东王舍和西王舍。我一直觉得这"王舍"是有一定来历的，可惜一直找不到证据。这次在大姨家的海文表弟那里看到《东王舍村志》，才解了我心头之惑。

书中写道，"东王舍历史悠久，据村内永安桥碑文记载，商代就有东台、西台之说，至今已有三千多年的历史，何时形成村落，有待考证。该村古代是沿岚河（现清凉河）自然居住的一个村落，初称两台村，后因河分东西两岸，故称之为东台、西台。北宋初，辽宋交战，宋太宗赵匡义御驾亲征，皇侄赵德芳突患疾病，兵营毗连两台村驻扎，息战待治。经随军御医医治不见好转，遂向东台村医生张守义求治，经张守义在兴国寺治疗病愈。宋太宗为谢张守义救治之恩，对其封官赐财，均以谢辞，故赐张守义'皇恩'御匾。军中文士因观东台受制于地形约束，人财不旺，需南迁百步方兴。至道元年（995）宋太宗昭示'皇王驻跸，兵舍相连，河分两岸，舍分东西'。于是由皇家拨资南迁，南迁后的东台改为东王舍村，西台改为西王舍村，沿用至今。"

这段文字说明了几个问题：一、西王舍有三千多年的历史；二、宋皇的侄子曾在此养伤居住；三、村名为宋皇御赐。原来，东王舍、西王舍是真有些来头的。我奇怪，西王舍为什么不写本村志呢？

我们骑上摩托朝村里驶去。这是一条主路。路两边全是后来盖的一排一排的新房，一点也看不到旧房子的痕迹。

父亲兄妹四人，伯父在太原，父亲在阳泉，姑姑嫁到了石家庄，只有叔叔留在了老家。叔叔很憨厚，是很老实的那种人。

他除了在煤矿上班，还要种家里的地（那时家里都是农村户口）。叔叔整天笑眯眯的。他话语不多，可是很亲我，一看就是从心里涌动着的那种亲。可惜，叔叔已经故去了，婶婶也不在了。

叔叔家有兄弟姐妹 4 人，大弟成元和二弟海元都没在祖屋居住，都住在后来新盖的四合院里。我是长孙，叔叔的孩子比我小了十几岁。大约是没有伙伴玩的原因吧，每次回来，基本是长住在姥娘家。在西王舍，大部分只是来回路过住一两个晚上，偶尔会多住几天。虽然如此，毕竟有割不断的亲缘，见面还是很亲切的。

他们告诉我，他们现在都在上班，孩子们也都大了，工作的工作，上学的上学。说起村子最大的变化，那就是城市化了，村委会改成了居委会。一字之差，农村户口成了城市户口。但他们还有地，也得种地。

中午，我请在家的亲人一起聚聚。当大哥的，也尽尽心意。成元家、海元家的来了，金镯也来了，还有我的远房侄子、小时候的玩伴儿来珍也来了。大家都说，时间太短暂了。我也觉得，下次回来应该多住几天，好好看看、了解了解西王舍。不然，还真对不住这生我养我、御赐的西王舍呢。

长满野草的祖屋

青石铺就的小路依旧闪着亮光，当看见祖屋的时候，我默默地愣住了。

这就是我的祖屋么？这就是我出生的祖屋么？眼前的祖屋，

像被遗弃已久的老人，破衣烂衫，目不忍睹。大门前的路上长满了各种野草，大门上着锁。那门楼顽强地屹立着，砖瓦的缝隙间长着小草。绕过门楼，从东屋墙上的破洞望去，对面的西屋已经坍塌，厚厚的屋顶破碎在院子中央。高大的北屋还在勉强地支撑着，只是不知它还能撑多久？唯一有生命的，是那棵老梨树。只见它枝叶飘摇，像是欢迎过去的小主人。

62年前，我就出生在那座已经坍塌的西屋，一直住到3岁那年迁往阳泉。那段生活没给我留下什么印记，只记得我做过一个梦，梦见地下橱柜的门自己开了，有一队天兵天将从天而降，穿过我家的窗户，在后炕上摆开战场捉对儿地厮杀。母亲说，我小时候身体很虚弱，经常发高烧说胡话。

那门楼是我小时候盖的。之所以有印象，是因为家里一下子来了很多人吃饭，而且吃的是平常吃不到的好饭："疙瘩"和"小米捞饭"。"疙瘩"是把玉米面做成小小的圆圆的饼放进菜锅里煮熟了，"小米捞饭"是把小米煮熟了捞出来再就着菜汤吃。之所以说是好饭，是因为那时候没有什么油水，平常尽吃白水煮菜，碗里见不到几粒粮食，而这种饭粮食多菜少，当然好吃。和现在"好饭"的观念大相径庭。

老屋的门楼是农村常见的样式，迎风石上刻着菱形的花纹，高高的屋脊。打开大门，迎面是一块影壁。原来进了门后有一架葡萄，门楼重新盖好后葡萄又移回来了，不幸应了"树挪死"的那句老话。院子里有一棵梨树。春天来临的时候，满树开着白白的花，十分好看。东房是厨房，西房是住人的。拾阶而上坐北朝南的是上房。上房外面有两盆高大的夹竹桃。上房中间是堂屋，相当于现在的客厅，左右是东西厢房。爷爷奶奶住东厢房。堂屋正中摆放着一张八仙桌，靠山墙上有个"爷爷"（我们老家对神仙、佛爷的称呼）龛，里边供奉着几个神仙，是木刻彩印的那种。这些，就永远定格在我几十年前记忆的底板上了。

记忆中的爷爷是个慈祥的老人，头发像"列宁头"。爷爷抽烟很厉害，那时候抽的是旱烟，后来才抽上纸烟。我还见过爷爷的水烟袋，那是铜做的，下面一个容器装了水，容器上伸出两根管子，一根是弯的烟嘴，一根是直的烟锅，点烟用纸捻子，一吹就着火，抽的时候会胡噜胡噜地响。爷爷还会拉"胡胡"（山西梆子的主乐器），是村里业余剧团的琴师。也许是在家住得少的缘故，我基本上没听爷爷拉过"胡胡"，也没看过西王舍村剧团演的戏。爷爷曾教我唱过一段戏，是著名晋剧表演艺术家丁果仙的戏，只记得有"大溜溜""二溜溜"这么两个词，其余的全忘记了。

爷爷很亲我。每次从姥娘家回来，我必定哭得两眼红肿，再加上上火，眼屎糊住双眼，根本睁不开。爷爷就用铜脸盆打来开水，用热毛巾给我敷。

至今只准确地记得爷爷说过的一句话："年年有个二十六，小进（月）三天就过年。"四五岁的时候，我跟父亲回老家过年。腊月二十六这天，爷爷领我去贾庄赶集，购买年货，在路上爷爷跟我说的。年三十那天晚上，爷爷和从太原回来的伯父、父亲、叔叔在东厢房喝酒，我也在。奶奶和姑姑做菜，没上桌。喝酒用的是一个锡酒壶，父亲倒了一盅酒，用火柴点燃，用来温酒。不知是谁把酒盅碰洒了，火把父亲的棉衣烧了个小洞。

记忆中，我好像有点儿怕奶奶，不知道为什么。可是奶奶还是疼我的。记得 1960 年我回老家，正是三年自然灾害时期。我和来珍去采野菜，回来后奶奶给我吃的是从人民公社大食堂打回来的饭，里面多少有些粮食，而奶奶吃的是纯野菜，一点儿粮食也没有。

望着眼前长满野草的祖屋，我知道，一切的一切都已是过往的尘埃，奶奶和爷爷早已经故去了。遗憾的是，奶奶和爷爷走的时候因为学习和工作的缘故，我都没能回去……

望着下面埋葬着爷爷奶奶、叔叔婶婶的麦地，再一次百感交集。老人安葬的地方已经成了别人家的土地，坟早已平掉了，根本看不出来，只能根据地形大致估计墓的位置。

2010 年 6 月 27 日上午 10 点 30 分，我跪下来，重重地磕了三个头，给爷爷和奶奶、给我的亲人……

三姨教我荡秋千

"三姨!"

三姨只是笑着，什么也没说，一会儿泪水就涌出来两行。是啊，有 6 年没见三姨了，邯郸也 12 年没来了。

三姨亲我。因为我出生的时候是三姨伺候母亲坐的月子，我是三姨抱大的。我小时候常住姥娘家，三姨还没出嫁，就带着我。我跟三姨上过学，是农村的学堂，不是学校。一间屋子里边放几张长条桌子和长凳子，像识字班。她听课，我就在旁边玩。三姨荡秋千很棒，把我也练出来了，不畏高。我参加工作后装台爬高，没有不敢上的地方，想必和小时候荡秋千有关吧。

　　后来长大了，三姨带我去地里干农活，翻红薯秧、浇菜园子、摘枣、收谷子，还耕过地。我还喜欢跟着三姨下暖窖取菜。北方的冬天很冷，农村的屋里烧柴火，也是很冷的。为了在冬天也能吃上菜，就要想办法把菜储存起来。农村的菜很简单，只有红薯、红萝卜、白萝卜和"蛮茎"（家乡话，也是一种萝卜）。在一块地里挖一个十几丈深的井，顺着井壁两侧掏好能放下脚的小洞，就能上下了。在井底往旁边再掏两个洞，菜就分别放在洞里，用土掩埋好。井口再盖好盖子，上边铺上玉米秸保温，就成暖窖了。外面冰天雪地，井底却温暖如春，很棒。

　　还依稀记得三姨出嫁时的情景，那时候是旧式婚礼，讲究骑马坐轿。三姨夫骑着高头大马，穿长袍马褂，戴插着金花的礼帽，胸前十字披挂戴一朵绸子扎的大红花。三姨是一身红，戴的是凤冠霞帔。一路上有吹鼓手吹吹打打，鞭炮乒乓直响，好不热闹。

　　三姨夫老家在石家庄矿区贾庄。从西王舍爷爷家往北，不出 2 里就到了贾庄。20 世纪 80 年代由于大兴土木，两个村子基本上就连在一起了。贾庄原来是乡政府所在地，现在成了镇。

　　我回老家的时候，总会在三姨家住一两天。每次去三姨家，只要有戏，三姨总会带我去看戏。贾庄有个戏园子，经常有剧团演出。地处晋冀交界处，井陉人既看河北梆子又看山西梆子，老家人叫作东梆子和西梆子。我清楚地记得看过《杨八姐游春》呢。

　　后来，三姨随三姨夫所在的地质 119 队迁到了阳泉，我就再也没去贾庄了。在阳泉，住的近了，我就常去三姨家，还带着玉明。

　　我骑自行车还是三姨教会我的。大约是初一那年暑假吧，我回姥娘家，正好三姨也回家看姥娘。有一天在大门前看到远处河对岸的打麦场上有个女孩在学车，三姨说：玉文，你也不学车？我说：学也没用，家里又没车子。三姨说：先学会再说。并激我说，人家女孩子都会，你男孩子还能不如她？我的积极性被调动起来，推上舅舅的车子，跟上三姨，只用了两天就学会了。我家没有车子，上初中骑过舅舅的车，上高中骑过三姨夫的车。直到15年后的1978年我才有了自行车。

　　1969年国庆节后，三姨随119队迁到了江西鹰潭。之后辗转山东兖州、河北邢台，1972年又定居到河北邯郸。第一次去邯郸看三姨是我和玉明去的。那时候119队的基地还在建设中，三姨还没房子，住在老乡家里。我们去了也没地方住，姨夫就领我们去住骡马大店。正值三伏，天气奇热，不会低于40摄氏度吧。人们都不在屋里睡，而是拿张席子铺在院里睡。就这也睡不着，地上冒着热气，还得到水管那儿接上水洒在席子上。折腾了一晚上，实在困得不行了，才迷糊过去。这时候也不看戏了，三姨让娟萍、卫东带着我和玉明到丛台公园玩了一趟。临走的时候，三姨还送了我一副樟木板，让我结婚的时候做个箱子。

　　第二次去邯郸是1987年创作电视剧《护航》，我们住在邯郸市人民检察院，常去看望三姨。1988年元旦的时候，我还从大同接来洋洋在三姨家住了几天。

　　后来就没再去邯郸了。倒是我回家看母亲的时候，三姨会借这个机会也去看望母亲，我们会见一面。过年过节，我会给三姨寄去礼品，打电话问候问候。老说来，老没来。12年过后，我终于第三次到邯郸看三姨和姨夫来了。

我答应三姨多住些日子。这一住就是 12 天，过了端午节才走。三姨几乎每天都问我："玉文，想吃什么饭？"我总是说："什么也沾（行），我好养活。"说完两人就哈哈地笑起来。这些日子，三姨操心费力，只怕我吃不好睡不好。呵呵，还当我是孩子呢。

临走的时候我说："三姨，保重。我还会来邯郸看你和三姨夫的。"

三姨夫的退休生活

小时候在老家很少见到三姨夫，因为姨夫在阳泉地质 119队保卫科工作，长年不在家。我记得在贾庄只碰上过一回。那次我去看三姨，正赶上姨夫探亲回来。早上醒来，我发现姨夫的枕头下面有把驳壳枪！我特别想玩玩枪，当然未能如愿。

后来三姨家也搬到了阳泉，我就经常去，因为在三姨家能看姨夫的书。三姨说，俺玉文，就好看个书。看书是我的爱好，我在三年级的时候就跟在邻居后边看完了《烈火金刚》。姨夫的书大都是政治类的，记得看过《人民公敌蒋介石》（是不是陈伯达写的忘记了）、《红旗飘飘》和《红旗》杂志等。姨夫在太原省煤矿学校进修的时候，我也在太原读艺校，也常去找他，在他那里改善生活。

那时对做保卫工作的姨夫有种神秘感和崇拜感，不知他是如何和阶级敌人作斗争的。我眼里的姨夫总是精神抖擞，显得十分干练。姨夫是在中煤第一勘探局纪委书记的位置上退下来的。

姨夫不抽烟不喝酒、不打麻将不玩牌，没有什么爱好。但退了休的姨夫却有了三个爱好。他的第一个爱好就是种菜。

其实，早在他刚来邯郸的时候就开始种菜了。三姨家的小区距滏阳河很近，姨夫发现在河边有小片的空地，就琢磨着种点儿菜贴补家用。后来滏阳河整治，他又挪到别的地方。就这样一直种了20来年。

姨夫种菜很认真，各种工具一应俱全，翻地、浇水、施农家肥，一丝不苟。他每年都要种豆角、西红柿、茄子、丝瓜、辣椒、韭菜、苦苣，这几年又种油麦菜、生菜、苋菜、空心菜。哈哈，都赶上菜市场了。我这回去邯郸，吃的菜就都是姨夫自己种的。

三姨和姨夫很辛苦，早上5点就起来骑车去地里了，为的是早上凉快。但他们很高兴，说既省了买菜的钱，又锻炼了身体，何乐而不为呢？

我这次去邯郸，也跟着去忙乎了几次。原来，邯郸搞市容整治，正好要把姨夫的地平了。为了减少损失，姨夫决定把韭菜移到卫东家的窗外。这要先浇粪、翻地。这是脏活累活，姨夫不让我去。但我兴致很高，坚持要去，还是带我去了。后来，海文从老家来后，大家一起把韭菜移好了。

姨夫的第二个爱好是写"打油诗"。

因为家里穷，小时候没上几天学，所以姨夫文化不高。但姨夫很爱学习，还爱编"打油诗"。"文革"中，有次他编的打油诗上了广播，从此受到鼓舞，就成了一个爱好。

姨夫的打油诗，都是政治时事类的。毛主席诞辰，他写了

"巨人巨智定乾坤，心中只有国和民，思念人民好领袖，一代伟人永记心"。报上报道有人信神拜佛，他写道"神不怕，鬼不怕，神鬼都是泥捏下，坚持唯物莫唯心，唯心信邪邪缠身"。他看了电视剧，像《李卫辞官》《神医喜来乐》《大宋提刑官》，他都要把感想写下来。姨夫这几年的打油诗集了厚厚的一大本。

有天单位来了电话，通知姨夫去领稿费，姨夫很高兴。看来，姨夫的打油诗还得继续写啊。

姨夫的第三个爱好是打太极拳。姨夫很注意锻炼身体，每天一早一晚要打两趟太极拳。现在的腿虽然有些抖，但依然坚持不懈。76岁的老人了，精神状态很不错。

我最没想到的是，姨夫和三姨竟然是低碳经济的最早践行者！当然，在他们眼里，这是节约。几件事给我留下了深刻的印象。

谁也不会想到，姨夫写打油诗的"本子"居然是废旧的年历裁成的。现在是什么年代了，还自己装订本子。我敢打赌，这样的事，全国也找不出几个。

头天我就看到，三姨洗菜的时候，地下摆了好几个脸盆，沿墙还有一溜塑料瓶，洗完菜的水也没有倒。三姨说，洗菜水先灌满瓶子，用来浇阳台上的菜和花，剩下的冲厕所。

我想烧壶开水，刚拧开水龙头，三姨说"等等"。只见姨夫从阳台上拿回三个装满水的大塑料瓶，我一摸，还是热乎的。看我疑惑的目光，姨夫解释说，"塑料瓶先灌满水，放在太阳下晒。等烧水的时候，它也晒热了。这样能省煤气；冬天就放在暖气上，洗手洗脸也有了热水"。这个习惯，他们已经保持了几十年了。

端午节那天，我在天香阁请三姨和姨夫吃饭（弟妹们作陪），也是尽我作外甥的心意。我斟满了三杯酒，衷心地祝愿二位老人健康、长寿、快乐！

弟妹带我逛邯郸

我有福气。刚到邯郸那天，恰好娟萍买了一辆车，海生提车出来，直接就到车站把我接回了家。

三姨家的表弟表妹有三人，老大海生、老二娟萍、老三卫东。说实话，小时候，也是因为他们小，我们在一起玩得并不多。但我们在一起永远都没有陌生感，而是很亲。和海生是最熟悉的，因为他最大，接触多。他曾在宝安开过两年车，我却一直没去看过他。只有一次晚上他往深圳送货，我才约他见了一面。对娟萍印象最深的，是我和玉明第一次到邯郸，三姨让娟萍带着我们和卫东到丛台公园玩。她大约10来岁吧，我发现她有很强的"领导能力"，把两位哥哥一个弟弟安排得井井有条（怪不得她日后仕途发达呢）。那些年，她常回昔阳婆家探望，总要路过阳泉看我母亲，若赶上我回来，也能见面。卫东去年送阳阳到广州上学去了趟深圳，那时我才觉得他长大了。因为他离开阳泉的时候才两三岁。

我一去邯郸，他们全都调动起来了，当然包括他们的另一半：海生的媳妇惠君，娟萍的老公保平，海生的媳妇淑杰。全都是热心肠。

知道我喜欢旅游和照相，他们就刻意安排我到邯郸的景点去游览。

6月8日，首先是卫东带我去武安古武当山，还参观了地质博物馆。9日，海生开车带着我，上午先去了磁县的兰陵王墓和天子冢，又去了临漳的邺城遗址。下午，又到峰峰矿区看了南响堂山石刻和北响堂山石刻。

10日，海文也从老家赶来了。海文是大姨家的老大，海生曾在大姨家住过一年呢。11日，海生带着我和海文，去永年县看弘济桥、广府古城和毛遂墓。12日，海生和卫东带着我们去了大名县——就是《水浒传》里的大名府，先后看了五礼碑、狄仁杰碑、天主教堂和老城门，最后还是卫东的朋友款待了我们。15日，又是我们兄弟4人，前往涉县的娲皇宫和一二九师司令部游览。至此，加上我和海文去过的黄粱梦、丛台、学步桥和回车巷，邯郸的旅游景点基本上被我一网打尽了。

那几天，娟萍的新车没怎么用，就由海生开着，成了我和海文的游览坐骑了。多亏娟萍买了车，也多亏海生已经内退，给私人老板开车比较自由。要不然，游遍邯郸不知要花费多少钱财和时间呢。

本来我和海文吃住在三姨家，弟妹们也为我专门摆了接风宴，还常买些邯郸特产送来。但他们还是要执意单独请我们，海生和卫东在家里、娟萍在饭店。实在是盛情难却啊。当然，我也表示了一下。我希望以后在深圳还有机会。

我们去了，大家都很高兴，这是不争的事实。但麻烦还是有的，起码打乱了他们的生活节奏，真有些过意不去。我想，这也是走动得少造成的。以后，若能多走动起来，或许就不会这样劳师动众了吧。

我知道，这里体现出来的，是亲情，是上一代和我们这一代割舍不断的亲情。

赵庄岭的大姨家

"哥，到村子里转转吧?"海文提议道。

"好。"我答应着，就和海文出了家门。

海文家在平涉公路边上，也是村子边沿。我们沿着公路向村里走去。脚下这条熟悉而又陌生的公路，一下子勾起我许许多多的记忆。

这条路从微水经过西王舍、贾庄，再往北过了小作（zào）河，就到了赵庄岭，这里是大姨家，有 8 里地的样子吧。赵庄岭原来也是一个乡所在地，一条大路把村子分为东岭和西岭两个村。大姨家在东岭。到 20 世纪 80 年代末，撤乡建镇，归了小作镇。

赵庄岭缺水，是个干旱的地方。小时候见过人们求雨。几十个赤臂的汉子，头上戴着柳条编的帽圈，抬着龙王爷满村子转，好像还敲锣打鼓，念叨着什么。灵验不灵验就不知道了。到了 1958 年兴修水利的时候，这里修了水渠，才改变了干旱的情况。现在，这条水渠已经废了。

那时为了存水，村里家家有个深深的"水葫芦"，冬天下雪后把雪扫进去，到春天没水的时候再用。夏天用水，是到三里地以外的河滩附近担水，我和海文跟着大姨夫去过几次，要走很远的路，回来挑着水还是上坡，很累很累。现在好了，家里有了水窖，还用上了自来水。

小时候常住大姨家，因为大姨和大姨父对我亲，还能和海文他们玩。

那时大姨家进了大门就是一条窄巷，里边是二门。二门里有间东房，最后进了三门才是院子。不是他们富裕，是受地形的制约，只能如此。前二道门都十分简陋，只有进院子的门才好一些。春文去年拆了二门，新修了大门。

老家的房子是平顶的，用厚厚的灰渣砸实，平平的很光滑，到秋天还可以晒粮食。有一年夏天，天气太热，我和海文跟着大姨夫在房顶上睡觉。躺在席子上，有微风吹过，很是惬意。我们望着天上的星星，指点着北斗七星，讲着牛郎织女的故事，直到很困了，才进入梦乡。1985 年秋天，领洋洋回去过，现在洋洋还记得上房玩儿的事。

这就是大姨父和大姨生前住过的老院，虽然都翻新了，但我依旧忘不了它。大姨夫是苦出身，15 岁就没了父亲，挑起了家庭生活的重担。大姨夫是很慈祥的，记忆中他很少对弟妹们发火，给我的印象是每天乐呵呵的。大姨夫小时候在新井矿捡煤，父亲看家伙（看库房），还有小作的姨夫是烧水的，那时候他们就认识了。他们肯定都未曾想到，多少年后居然成了"挑担"。后来大姨夫还在石家庄桥西小煤窑干过几年。我记得姨夫是民兵，小时候的晚上经常见他扛着"三八"大盖，提着马灯去巡逻——就是看田，怕坏人搞破坏。

大姨夫当过队长，印象中有晚上回来给社员们记工的事。大姨夫是个热心人，喜欢帮助别人。他被赵、杜、郝等几个散姓推举为"管事"，这些人家的婚丧嫁娶，他都要出面张罗，而且能达到各方面的满意。大姨夫处理过一起如何让去世的老人有个好的归宿、进而平息了亲戚们的恩怨的事。结果是老人的八个侄子齐齐给大姨夫下跪表示谢恩。

大姨夫晚年的时候，除了耳背，身体很好。那些年一直给人磨面呢，五六十斤的面，他一下子就能扛起来。农忙的时候还去地里干活，拦都拦不住。

大姨身体一直不太好，听大人们说是"心口疼"，一直吃着药。大姨老了以后，经常默默地闭着眼坐着，大约是不舒服吧。有时候，会去阳泉或邯郸和母亲、三姨家住些日子。1995 年回去的时候，我给了大姨 200 元。是我的一点孝心吧。听三姨说，大姨用这些钱买了"花衣"（凤冠霞帔），去世以后穿着走了。

每次去大姨家，大姨总要想方设法给我们做好吃的：面条啦、饺子啦；还有农村的特产：红枣、柿子、北瓜、红薯、红萝卜，等等。每次回来，大姨总要给母亲和我们带些稀罕东西，除了那些特产，还有白面、瓜片、粉条、枣糕、云头儿、面筋等。

2001 年我回家过年，78 岁的大姨夫和 70 岁的舅舅还专程来阳泉看望母亲和我。回去的时候，我把两位老人送到了火车上。自此，再也没见过面……

一路走着一路想着一路看着一路聊着。看了正在修的文化活动中心，看了被火烧过的火神庙，看了那座清代的拱门。只是，再也见不到曾经的亲人。

大姨和大姨父去世的时候，我也没能回去。

2006 年 3 月，大姨夫逝世前后，我曾写了如下几段文字：

3 月 11 日，玉萍来电告我，大姨父病了，病得很重。83 岁的老人病重意味着什么，我很清楚。遗憾的是，我不可能回去探望老人了。于是决定寄去 2000 元，表表我的心意。不想，我也病了几天。15 日稍好一些，便去了邮局。办完此事后告知海文。海文来电说，姨父是 2 月 26 日病的，脑溢血，当时就不省人事了。在医院也不见好，就拉回家里继续输液。本想过几天告我的。当日，海文又发来短信，说："哥对亲人的厚重我们敬佩！我爸从 15 岁开始劳作至今，一生很辛苦，我们决不辜负哥哥的期望，精心伺候老人。"

22 日下午，手机骤响。我一看是海文来的，便知大事不妙。果然，海文泣不成声地告我：中午 12 点 30 分，大姨父走了……

立即和玉明、玉萍通话，嘱他们回老家为姨夫送葬。

23 日，食不知味，给海文发去唁电："姨父仙逝，不胜悲哀；重孝在身，节哀顺便。"

海文回复："父亲一生，十分艰辛；平日身康，突然现实；儿孙晚辈，悲痛万分；老人恩德，儿孙永记。哥哥孝心，兄弟不忘；天各一方，哥恩常想；总有机会，兄弟相会。"

我答应过回去看看的，我一定要回去给大姨父和大姨磕几个头……

6 月 28 日这天，我让海文、双文、春文三兄弟领我去给大姨大姨夫上坟，以弥补我未能送别的遗憾。大姨和大姨夫在天有灵，看到玉文给你们磕头烧纸了吧。

在海文家扎营

在邯郸就说好了，这次回老家，大本营扎在赵庄岭海文家。

大本营扎在赵庄岭的理由有两个。第一，海文小我一岁，我们俩从小在一起玩儿，长大了也没断了来往，熟。第二，大姨家恰好在爷爷家和姥娘家的中间，来往都方便。

海文是大姨家的老大（大姨家还有妹妹双娃，弟弟双文和春文）。小时候回老家，我总要在大姨家住几天，为的就是和海文一起玩。后来回老家，总是海文领着我去小作看二姨、去西岭看老舅。海文有收藏的爱好，我还给他搜集过深圳和香港的报纸。海文参加工作在信用社，一直干得不错，当过负责人。前些年他家就装了电话，我们经常通话。后来，海文又有了电脑，我们还经常上 QQ 呢。

和双文、春文在一起做的事相对少些，也不记得什么了。只知道双文当过很多年大队会计，后来在镇里的水泥厂上班。春文长大后参了军，在内蒙古集宁服役。我当时还在山西大同工作，应该是八几年吧。那年冬天我去看他，他和战友借了军皮大衣给我穿。不料，回去后丢了。后来我听说要赔。可惜我囊中羞涩，也没能帮他一把。春文在部队炊事班，复员后到乡政府当过厨师。

1995 年我和玉明回去，大姨和姨夫很高兴，把海文、双文和双娃叫来，春文掌勺，弟兄们还一起喝了几杯。

2004 年大年初三，大姨夫让海文、双文和春文来看母亲，我们又相聚了。从 1998 年父亲去世，那时我和海文、双文 6 年没见了，和春文 9 年没见了。弟弟们又带来了许多家乡的特产：云头儿、"砍三刀"、面筋。那几天，我只吃这些特产，好像又回到了老家。弟兄们相见格外亲，总有说不完的话。初四在玉明家，海文说了一番有感情的话，我哭了，大伙也哭了。这是对过去的感怀，也是对今后的祈愿……

那次弟弟们只住了两天，就回去了，我和玉明送到了车站。海文说，哥，抽时间回去看看吧。我当时答应了。没想到，6 年之后，才兑现了我的承诺。

这次回老家，也是和海文商议过的：我们一起去邯郸看三姨、一块去旅游景点转。6月17日，我和海文同车离开邯郸，我回阳泉住了3天。

20日我回老家那天，侄子卫卫开着车，海文和双文兄弟俩去井南车站接的我。我还真是有福气，卫卫也是刚买了车。原本他们计划要带着孩子去赵县看孩子的姥姥，为了我，特意推迟了行程。按照海文的安排，当天就去了于家石头村和秦皇古道。

行程安排得很紧凑。第二天，海文和密今两口子、春文和瑞铃两口子，还有双文家的艳丽，卫卫开车，陪我去了苍岩山。第三天，海文弟兄三人、瑞铃，还有卫卫西云两口子、艳丽艳增姐妹俩，又去了平山县的天桂山和西柏坡。后来，海文又领我转了萝钵寺。

在赵庄岭这些日子，密今每天招呼我吃喝，总怕我吃不惯，总变着花样地给我吃。双娃、密枝、林华有时候也过来帮忙做。双文、春文还叫我去家里吃喝。双娃没有排上队，只好等下次了。临走的时候，还给我带了新玉米面和豆子等杂粮呢。

我实在是过意不去。久不回来，回来一趟，还给弟妹们增加负担。我请弟妹们到饭店吃了一顿，表达了一下自己的心意。最后，我还偷偷地给海文留了300元。

不想，海文马上回了个信息："哥：你回来住几天，我们很高兴，特别为哥哥的为人很感动，我们盼望你多回来走走。你到我这儿住几天，就像到了家一样，你再留钱，就见外了，自己的车嘛。这个钱我决不会留的。望哥不要多说了，我会想办法给你的。"我不知道该再说些什么。

这次回老家，我有个深切的体会：老家的天气很热，摄氏三十七八度的高温；但是，比天气更热的是兄弟们的热情。

我还要回去的，还要住海文家。

童年记忆里的康庄

这回回来，妙子领着我在村子里走了一圈。村子里的小路，早先是青石铺的，如今都是水泥路了——修高铁的时候铁路上给钱铺的。在这条路上，我来来去去不知道走了多少回，也曾经串过门、挑过水、看过戏。那熟悉的街道、熟悉的水井，还有熟悉的戏台，勾起我无数的回忆……

从赵庄岭大姨家出来，顺着大路一溜下坡就到了姥娘家。那时候的路是弯弯曲曲的，有 6 里长。路两边是庄稼地，走到一多半的时候，路过小寨村边，就顺着河滩走。小寨河边的山坡上有一座小庙，每走到这里总会莫名其妙地紧张，总怕有强盗从山上冲下来，不由地就会加快步伐。其实，这就快到姥娘家了。转过这个山脚，就看到了姥娘家的村子。

姥娘家叫康庄。刚学"康庄大道"这个词的时候，很是自豪了一阵子。实际上这里是北康庄，因为井陉县还有个南康庄。北康庄属方山乡，是山区，抗日战争时期这里是晋察冀根据地的一部分，母亲还当过儿童团团长呢。

康庄村前有一条河，没有名字。这条河是季节河。冬天没有水，夏天发洪水，有时候还特别大。1963 年发大水，把村口井边上的一棵大柳树都冲跑了。不发大水的时候，河水清清的，长满了水草，里边还有小鱼，有小蝌蚪。石墙上还有垂下来的串枝莲。在这条河水里，不知留下了多少儿时的欢乐。

村子是沿着河边顺着坡势建的，姥娘家在村子的最东边。进了村口，总有认识的舅舅姨姨、哥哥姐姐们打着招呼，立马就感到了乡情的温暖。姥娘家是依山修建的，要顺着沿石坝底边铺的石头路上去。这里有四户人家，最外边是另外一家，依次过去就是姥娘家、大舅家、二妗子家。大舅、二妗子、三舅和我们是远房亲戚，因为薛家是小姓，所以走得很近，跟一家人似的。

姥娘家前边有一块小小的空地，实际上就是一条路，再往前就是坝的边沿了。靠坝的边沿有个小石桌，吃饭的时候搬几个蒲团一放，就成了饭桌。再两边是姥娘种的花，还有一棵枣树。

姥娘家出门往东然后往北，过了马路过了河，这是通往地里的路。这条路还是那样，窄窄的，两边长满了野草，常有"礓礤石"。我就踩着这条路，去石门菜园子浇过水，去枣洼沟驮过萝卜，去东坡放过羊。

冬天除外，暑假回老家是一定要干活的。割草、铡草、担水、赶驴、翻山药秧、间苗、浇园，我都干过。最惬意的事，是当天到家就把鞋一脱，可以光脚玩了。

菜园子是人民公社的时候分给农民的自留地，每家有两厘。菜园子很好玩，都是水浇地。春天的时候，顺着水渠，把两边的地整成一畦一畦的菜地，种上茄子、辣椒、西红柿、豆角、白菜。有时候还种玉米，大概是粮食不够吃的缘故吧。我回去后经常跟着姥爷去菜园子，或间苗或浇菜。水井是机械的那种，驴拉着水车转，水就抽上来了。我的任务是在水渠边自家的菜畦边上挖一个口子，等浇满了水，再堵上，让水浇下一个畦。

干活的时候打着赤脚，在水里蹚着，很开心。

村子里有不少种果树：红枣、黑枣、黄连籽、柿子、核桃、桃、杏，还有石榴。果树长在自家的院里或地里，地里的树没人看管，也没人偷。可惜是稀稀落落地散见于山坡地头，成不了气候。

日子虽穷，人们还是想办法做出些特色来。像把柿子晒干，磨过以后做成柿子面；到冬天，还把软柿子冻起来，吃冻柿子；把枣串起来晾干，就成了枣篦子。

我见过地主书堂，那是姥爷的东家。人们就书堂书堂地叫，一点儿也不像书上写的穷人见地主那样。我也认识他，就叫舅，算起来比姥爷还小一辈。

回姥娘家的生活很愉快，无拘无束的，那是孩童时的天堂。

如今的康庄变化很大：那条路——就是平涉公路，直了宽了；河也干涸，没水了；村子扩展了许多，人们都住上了新房子。最惊人的，就是眼前那条石家庄通往太原的高铁了。妗子说，什么时候咱们村修个车站，去成都看喜林就更方便了。

我的姥爷姥娘

我们老家管妈叫娘，管姥姥叫姥娘。我是住姥娘家长大的。我至今一口纯正的乡音，就是姥娘家的话。

姥娘和姥爷很亲我。听母亲讲，一岁的时候，我出麻疹，又抽风，连着六天水奶不进。母亲上火，把奶都憋坏了。姥娘日夜守着我，蘸着水擦我干枯的嘴唇。姥爷为我都急得哭了。母亲说，谁也想不到你还能活下来。还是我命大，居然活过来了。为了能养活我，姥娘去观音庙许了愿，许100个枣圈，把我"锁"到12岁。12岁那年，我请假回去开锁。记得是脖子上挂着11条"锁"——一条线绳，上面拴根红布条。从家出去，一路上不能回头，一直到观音庙。磕了头，还拿了什么东西，才返回来。

姥爷家里很穷，是长工。姥爷没上过学，一个字也不识。可是，姥爷的心算十分了得。听母亲讲，每年秋收的时候，粮食要过秤，姥爷的心算比账房先生的算盘还快。我还没上学呢，姥爷就教会了我"小九九"口诀。"子鼠、丑牛、寅虎、卯兔……"十二属相的推算也是姥爷教我的。人们报个年龄，我马上能推算出他的属相。

姥爷耍社火是一把手，拿手的是耍"毛毛枪"（即红缨枪）。据母亲讲，姥爷把一杆长枪舞得上下翻飞，令人眼花缭乱。我出生的时候，姥爷年事已高，不能上场了。所以我从没见过姥爷的功夫。由于德高望重，姥爷担任了社火会的"会首"。小时候曾跟着姥爷走会——就是率社火到其他村表演，到过南陉。姥爷背了个褡裢，里边装着烟、"梨膏"，还有他们社火队的饭钱。"梨膏"其实就是硬糖，有长方形的、有螺蛳状的，五颜六色，煞是好看。在那个物资极度匮乏的年代，糖对一个小孩子的诱惑力极强。可是姥爷绝不会多给我，因为那是大伙的。

和爷爷家的社火不同，姥娘家是素社火，净脸，没任何装饰，玩的是真刀真枪，是真功夫，远近闻名。那鼓敲起来很威武，铿锵的鼓声中透着一股剽悍。开始是流星锤打场子，接下来是双头钩、扑刀、单刀、双刀、红缨枪、哨棍、两节棍、三节棍等；还有套路组合，徒手夺枪，单枪破双刀等等。我曾学过一套徒手拳，还给爷爷表演过，可惜后来全忘了。

姥爷抽了一辈子烟，是旱烟。我记得点烟用的是火镰。火镰是一个斧头状的荷包，刃这边是一块比较厚的好铁（也可能是钢），后边的包是皮子做的，里边装着艾（一种燃点很低的草）和火石。火石就是石英石，我还在河滩里给姥爷拣过。点烟的时候，拿一点儿艾放在火石上，再用铁刃使劲撞火石，擦着的火花能引燃艾，之后把着了的艾放在早已装好烟丝的烟锅上，一吸就把烟点着了。小时候我经常给姥爷点烟。姥爷大病一场以后把烟戒了，后来活到 82 岁。听母亲讲，姥爷去世的时候，全村的人几乎都去了。

记忆中惹姥爷生过一次气。我还是比较勤快的，会主动干活儿。每次回去，我都会去地里找姥爷。有一次，到家就快中午了，我就没去找，和妗子她们说话。这时姥爷背着一筐草回来了，我也没去接。姥爷不高兴了。别人接他，他不让，说，叫玉文来。我赶紧过去接过姥爷的草筐，姥爷才露出了笑脸。

我不爱吃零嘴，也没有特别喜欢吃的东西。唯有花生，是我的最爱。这是小时候姥爷惯我的"毛病"。那时候没有什么好吃的，尤其在农村。姥爷疼我，就在河滩的沙地种点儿花生，收了以后把花生藏在一个小坛子里。这些花生别人是不能吃的，只有等我回去的时候吃。

有一年，姥爷和姥娘看队里的桃园，在一棵核桃树下搭了窝棚。姥爷把掉下来的核桃都收起来，那时核桃还没熟透，还有一层软壳。我回去以后，用石头把外边的软壳砸掉，弄得手指黑乎乎的。虽然在桃园，我也不能随便吃桃。只有在卖桃的人来摘桃的时候，我才能吃上摔坏的桃。可惜，这个桃园早就消失了。

小时候我跟姥娘给姥姥上过坟，多少知道一点儿姥娘的辛酸史。姥娘虽然讲着一口地地道道的井陉方山话，但却是山西人。原来，姥娘四五岁的时候父亲去世了，家里的同宗兄弟为了争夺产业，就把她和姥姥一起卖到了河北井陉。姥娘在方山一个地主家当使唤丫头，后来嫁给了我姥爷。姥娘是三寸金莲。

那时候，我就喜欢跟着姥娘转。什么浇花呀、打糨糊糊鞋底呀、搓麻绳呀，到过年，就跟着给"爷爷"（各种神）龛的灯盏搓灯捻、添油，点灯花。

姥娘爱养花，都是些草花——西藩莲、指甲花、鸡冠花、美人蕉等。指甲花是红色的，很好看，还是农村女孩子染指甲的免费化妆品。把成熟的花捣成花浆，撒些盐搅拌起来；再把花浆糊在指甲上，用纸包住；一晚上的工夫，指甲就染红了。家里的姐妹们都喜欢。

农村爱剪花，虽然比不上陕北的农民剪纸，却也能剪出许多漂亮的窗花来。姥娘剪的时候，我也学着剪，手艺练得还不错。5岁的时候，母亲给我做了一条新裤子，我用剪刀在膝盖处剪了一朵梅花，高兴地给母亲看，结果挨了一顿打。我的手很巧，还会做"鞋"。那时，我们都穿大人做的布鞋。鞋底先是用旧布一层一层粘在一起，然后再用麻绳纳成底子。我曾用母亲做鞋底的边角料做过尖口鞋、方口鞋、戴带鞋，小小的，大约有一寸多长，很像那么回事。这都是看姥娘她们做学会的。

姥娘还会做笸箩。那是用纸浆糊在瓦盆模子上，干了以后褪下来，再贴上纸烟盒，一个笸箩就做成了。或盛旱烟、或放针线，用途不小。那会儿的烟有绿叶、火车、大生产、敦煌、大婴孩。这些牌子现在似乎都没有了。

农村条件不好，我回去以后，姥爷和姥娘总要想办法给我打闹些好吃的。最特殊的待遇是喝生鸡蛋。姥娘家养着几只下蛋的鸡，鸡蛋不是供人吃的，而是家里的货币。常用来去供销社换油盐酱醋针头线脑，甚至哄小孩们的糖——我们叫"梨膏"。这么珍贵的鸡蛋，姥娘对我却从不吝啬，给我实行的是特殊政策：喝生鸡蛋。这是为了给我补身体，据说鸡蛋生着喝是养人的。

姥娘爱吃肉，我也爱吃。爱吃是爱吃，可那个时候想吃也没钱买啊。有的时候，生产队会杀掉老弱残疾的牲畜，姥娘家也会分一份。若是在冬天，一定会留到我回去再吃。这是真的喜欢我啊。

老家有个讲究，"迎客的饺子送客的面"，对我这个外孙也不例外。农村的白面是很少的，在那个吃不饱的年代，这都是过年过节才能吃到的美食。饺子，老家叫"扁食"。一般是素馅儿，就这也吃得很香。后来条件好了，会买点儿肉。村里没肉可买，要到十几里外三姨住的乡所在地贾庄才有。乡村既没有汽车，也没有自行车，要步行去买才能吃到。走的时候吃面条。吃面条是没有菜，只有葱花加点儿盐，没有颜色再加点酱油（农村一年也用不了一斤酱油），最后，从神龛里取出一个满是油垢的小瓶，滴几滴香油。不知道是现在的香油质量下降了还是什么原因，反正那时候的香油真香。而且，"捞碗"的面条（即干面条）只给我一个人吃，其他人，包括姥爷姥娘都吃"混锅面"（菜和面条，汤汤水水煮一锅）。

我很没出息，离开姥娘家的时候总要哭，舍不得离开、又不得不走。个中之情，一言难尽啊！

上小学的时候，寒暑假都要回去，初中的时候回去就少了。后来上艺术学校、参加工作就再没回去。姥爷姥娘去世的时候我也没能回去。直到1985年，我和玉明领洋洋回姥娘家，才给姥娘姥爷烧了纸、磕了头，了却了我的一桩心愿。

1995年回去之后，又15年过去了。

6月25日，我终于在姥爷姥娘的坟前说："姥爷、姥娘，玉文又回来看你们了！"

康庄的弟弟妹妹

这次回康庄，在文堂家住了两天。文堂住的是姥爷和姥娘曾经生活过的、也是我小时候住过的老院，但是舅舅早就翻新重盖过了。

康庄的舅舅家有表妹表弟6人，依次是密花、密林、林华、喜堂、文堂、喜林。除林华嫁到赵庄岭、喜林在成都工作外，全都在康庄。密花、密林的孩子都在外地打工，都是奶奶级的了。林华也有一个孩子在外地打工。喜堂在贾庄铁厂当焊工，文堂和别人搭档当建筑工。他们的孩子还小，都在上学。当然，因为是农村人，他们都还要种地。唯一离开农村的是喜林，她通过自己的努力，考上了大学，又分配到葛洲坝集团工作，现在成都。

康庄还有几个远房的兄弟姐妹，但都未见到。只见到了住的最近的三舅家的密堂兄弟。密堂前几年得了脑血栓。幸亏抢救及时，现在生活能够自理。知道我回来了，他脚步蹒跚地一天上来三次，和我聊天，还要请我去家里吃饭（我谢绝了）。

每到一处，我都要请健在的老人和兄弟姐妹们吃顿饭。我知道，他们极少可能去深圳，我回来又添不少麻烦，所以，我一定要表示表示，请大家吃一顿"我的"饭。在康庄也不例外。但因为这里的饭店很差，大家都不想去，就去小作买回些凉菜，在家里自己做着吃。满满一大家子，中午和晚上吃了两顿，很热闹。

妗子如今是四世同堂，可惜舅舅没有看到。妗子平时在两个弟弟家轮流吃饭，一住就是半年。妗子闲不住，在谁家就帮助谁家干点儿活。其实，喜林常接她去住，宜昌、成都都去过。可是，妗子住不惯，住不了多少日子就回来了。

和弟妹们聊天，发现他们很有满足感，没有过多的奢求。虽然外面的日子很精彩，但那似乎是个虚无的世界，与自己无关。弟妹们都有四合院的房子，都是 1980 年以后新盖的。粮食也不缺。现在农村的日子，比我小时候是好多了，不愁吃、不愁穿，但生活的质量和城市相比，差别还是巨大的。我常常想，人和人的差别，其实是环境的差别，许多偶然的因素决定了你的一生，甚至是几代人的命运。

打心眼里希望，我在农村的亲人们生活得更好些。

永远的乡音

"口音一点儿也没改。""还是咱们这儿的话。"

乡亲们都很诧异。是啊，离开家乡都 60 年了，居然乡音未改！每到这时候，我都会很自信地说，"我是井陉人！"

说起来井陉老家的话，也是"十里不同音"，细听起来还是有差别的。在邯郸、在西王舍、赵庄岭、康庄，我都说井陉话——其实就是康庄话。

小时候住姥娘家长大，自然是一口地道的康庄话。后来迁移到阳泉，学会了阳泉话。1958 年，全国推广普通话，从那时起我就坚持说普通话了。只是回了家和父母依旧说井陉话。1966 年离开家，开始从事话剧艺术后，说井陉话的机会就更少了。只有偶尔回家探望父母，才可能说。

和老人、和弟妹们、和乡亲们在一起，用家乡话一聊，顿时就拉近了距离，十分亲切。有些土话一说，像"不沾"（不行）、"没老"（没有）、"觉筛"（娇惯）等，那感觉就是从没离开过这块土地的主人。

而让我惊讶的，是有些我并不熟悉的人，居然记得我。在西王舍，一个年龄小我几岁的人见到我说，"是玉文吧？"在赵庄岭，一个 79 岁叫光蛋的老哥哥来看我："我来看看，玉文还认不认得我啦！"在康庄的菜园子里，遇上一位姥爷，一见我就说，"这是西王舍的大外甥玉文吧？"

真没想到，我只是上小学和初中的时候常回老家，和他们也不常见面。1964 年后，仅仅在 1985 年和 1995 年回去过两次。这么多年过去了，家乡的人还认得我这个远方的游子，我真的很感动。

离开老家的时候，亲人和老乡们都说，常回来看看。我答应了，我肯定还要回去的。

我深深眷恋的，依然是故乡的土、故乡的亲人……

（2010 年 8 月 23 日）

追随恩师的日子

从 1965 年认识左筱林老师，几近半个世纪。我也从一名普通的高中生成长为国家一级导演。我不会忘记，是左老师引领我走上艺术之路的，左老师是我的恩师。她的爱人王夫丁老师在我成长的路上，也给了我许多教诲。这些，我刻骨铭心，没齿难忘。

值此第 16 个教师节来临之际，特撰此文，以纪念恩师。

一

初识左老师是 1965 年，那年冬天我考上了为山西省话剧团培养学员的山西省艺术学校话剧班。主考官是左老师和丘萍老师（我后来的班主任）。老师削瘦的身材，苍白的脸，镜片后面是一双炯炯有神的眼。考场就在阳泉二中的楼上小会议室。我朗诵了一首诗，打了一套学校刚学的初级二路拳，接着做了小品"找车票"。考完已经是晚上 8 点多了，楼道有些暗，我搀扶

着老师走出了教学楼。那时只知道老师是山西省人民话剧团的
导演。

1966 年 2 月，学校开学。左老师是我们的表演课主讲老师，
讲斯坦尼斯拉夫斯基，讲演员自我修养，讲表演元素。我有幸
成为老师亲自辅导的学习小组里的一员，在老师手把手的教导
下，我开始练习各种表演元素小品。自此，老师把我领进了艺
术的殿堂。

此时，对老师也有了进一步的了解。老师于 1945 年参加了
八路军吕梁军区晋绥八分区大众剧社（后合并为吕梁剧社），
1950 年在中央戏剧学院歌剧系学习表演，毕业后于 1954 年考入
导演干部训练班学习导演，是苏联专家列斯里的得意门生。
1956 年毕业回到省话先后导演了《一仆二主》《太行高风》《汾
水长流》《战斗里成长》《西厢记》《万水千山》《霓虹灯下的哨
兵》等几十台大戏。1965 年华北话剧歌剧汇演，老师导演的话
剧《刘胡兰》广受好评，还去中南海小礼堂演出，受到了周恩
来总理和李先念副总理的接见。我认为左老师有两大功绩，一
是将斯坦尼斯拉夫斯基体系带回山西省话剧团，二是为山西的
话剧事业培养了两批人才。老师的第一批学生是剧院的中坚力
量，第二批学生（我们这批）虽然受"文革"影响大都改了
行，但留在专业内的都是一级导演、一级演员的佼佼者。

那时总觉得老师是非常严肃的。少先爱笑场，怎么也忍不
住，气得老师把杯子都摔了。忘了是谁把长发剪成了短发，上
课的时候，老师说：记住，演员的头发是不属于自己的。那年
"六一"我们排了两个独幕剧：《100 分不算满分》和《青春红
似火》。遗憾的是，我不在老师那个剧组。

可惜，学习生活只有短暂的一个学期，"文化大革命"就开始了。我们在学校，老师们回团，分别参加运动。后来，鬼使神差，我参加的组织和保护老师的组织分属两派，不好意思去见老师。只是在得知老师病后去探望了一次，此后便失去了联系，也没再见到老师。

二

1969 年 11 月，我被分配到大同市文工团，等到排戏的时候才发现学的东西太少了，经常有表演上的问题困扰着我。

肯定是和老师有缘，1971 年，我得知老师已被下放到阳泉文工团。阳泉是我家啊，我可以利用回家的时间去看望老师、向老师请教了。

这年春节，我利用在太原演出的机会回阳泉探望父母。第二天，便迫不及待地去看望老师。在阳泉工人文化宫，我找到了老师。老师正在排《夫妻识字》。我喊了一声："左老师!"老师望着我，显然有些惊讶："玉文?"是啊，4 年多了没见面，也许老师没想到我会去看望她吧。老师显得有些憔悴。

排完戏，老师说："回家。"我们骑着车子，到了在东风剧场旁边的小院，老师家在拐角处的一所房子。

说话间王夫丁老师回来了。王老师原来是省话的副团长、导演，后调往省歌剧舞剧团当团长。当时一块下放到阳泉，王老师在文化局创作组。我是第一次见王老师。左老师介绍说："这就是我跟你说过的，最会演戏、没有来看过我的梅玉文。"我有些脸红。不知该如何解释。好在老师并不是计较，大家一笑了之。

接下来几天，我天天去找左老师，看老师排戏，在老师家吃饭，晚上向老师请教。老师总是耐心地解答着我提出的所有问题。就这样，每次回阳泉，大部分时间是在老师家度过的。我曾和阳泉文工团的人说，真羡慕你们啊，守着老师，能学到那么多知识。

这期间，我还请左老师和王老师到照相馆拍了张合影，以留住这段记忆，留住我的思念。

临走的时候，老师嘱咐我说："你们学习的时间太短，工作了，还得在实践中学。老话说，师傅领进门，修行在个人。你想提高，就找找杏黄皮儿的《论演员自我修养》，好好看看。"最后，老师送给我一个红塑料皮儿的笔记本，并给我题了词："沿着毛主席的革命文艺路线永远前进！左筱林　1971 年 2 月 15日"。

三

后来和老师的联系，主要是信件来往。凡我不懂的，就写信向老师请教。我有几个角色的准备和总结，都是在左老师和王老师的指导下完成的。

1973 年 1 月，演完《金色的道路》中的罗布藏后，我把如何体验角色的体会写信给老师，请求指导。31 日，老师回信说："要想使任何形式的表演都获得艺术的生命，就必须对内容进行感受和体验。"

夏天，我们要排练《不平静的海滨》，我演江振华。7 月 24

日我回到阳泉，整理出 9 个问题去找老师。不巧，老师病了。但知道我是为创造角色而来，就抱病为我讲课。25 日和 26 日，连着两天，老师一讲就是 3 个多小时。排练演出期间，我记下了创作中的所有问题和思考，写成一本《演员日记——记一个角色的诞生》。11 月 5 日，利用出差机会我又回阳泉，知道老师给阳泉文工团排了这个戏，于是骑车赶到荫营郊区看了老师的戏，并听了老师的分析。之后，我把创作日记交给左老师。其间，此戏在全国遭到批评。29 日，老师寄回笔记本。老师批道："病中仔细阅完演员笔记，山西日报发表了一篇读者来信《一个值得注意的倾向》，不知玉文读到否？文章中提到的问题，该是我们在排练《不平静的海滨》之前交换过的意见，玉文还会记得吧。现在该如何分析这个剧本呢？又如何认识这个剧本呢？继续写吧。"

1973 年 12 月，我在《年青的一代》中扮演肖继业，就一些理论问题又向老师请教。12 月 1 日，老师回信说："演员演角色，第一步就得自信。信什么呢？一，相信舞台上虚构的一切都是真实的，这样演员才能全身心地把自己交给舞台。否则何以谈到创造。二，相信'假使'的作用。这就是说：假使我是角色，处在这样的环境中，遇到如此如此的事件，我会产生怎样的态度、怎样的感情等等。你想想看，如果当演员的不相信假使的作用，他还能当演员吗？所以说演员在舞台上、排练室，任何时候都必须'自信'，否则很难谈到别的问题。这个问题在表演上叫作'信念与真实'。"12 月 20 日，老师信中说："必须着重于人物性格的刻画，在语言方面狠下功夫，否则将会流于一般化的创造。"

1974 年 10 月，我们去北京看《枫树湾》。11 日回到大同，宣布了角色，我演一号人物赵海山。不知何故，也没有马上排练。于是我便休了探亲假，于 17 日回到了阳泉。其实，我有我的小算盘：又能在老师的指导下创作这个角色了。23 日，我到老师家，汇报了案头准备工作。老师布置了三个作业，我回家去做准备。27 日，向王老师汇报作业，老师详细地分析了我作业中存在的问题。作业被否定了一半！只好回家重做。30 日，人物分析终于得到了老师的肯定。

11 月 2 日，我返回大同前，老师和我谈话。老师说："一个人要正直，要按毛主席讲的三条基本原则办事。""要警惕，不可骄傲。特别是由于业务上的长进，更要防止看不起别人。""要谨慎，说话、办事都要注意。""要努力钻研业务，练练基本功，台词形体都要练。""要虚心，要向同志们请教，多学习别人的长处。""该谈恋爱可以谈，着眼点放在志同道合。"这是恩师对我的关爱啊！

1975 年 2 月 17 日，老师来信强调："拿到角色，要从主题、从生活、从人物出发去刻画角色。""演戏就是演特定环境中的特定人物关系和特定思想感情。"

这年 3 月演完后，我写了一篇 15000 字的总结《赵海山形象的创造及其他》，寄给了老师，请老师指教。后来接到老师回信，告诉我，她忙，身体也不好。总结是王老师看的，意见都写在上面了。我一看，竟有 45 处 1500 余字的批语！我很感动，王老师花了多大的心血啊！对照老师的意见，我认真地进行了反思，这对我又是一次重要的提升。

我成长为大同市文工团的主要演员了。没有老师的这些指导，我不可能成长得这么快，也不可能有这么扎实。

四

1978 年，老师落实政策，返回恢复后的山西省话剧团。剧团恢复后排的第一出戏是《西安事变》，左老师和姚大石老师出任执行导演。

老师记着我，推荐我出演毛泽东。经过试妆、试戏，我被定为 B 角。于是，我回到了省话。

我的戏虽然少，但分量重，压力大。我每天都要听录音、练台词、练走路。唯恐亵渎了这个神圣的角色。那个时期，老师的工作更紧张。那是部三个小时、几十个演员的大戏。由于身体的原因，老师只能排重场戏。其他的戏由姚老师排。那样，她可以多休息些。所以，也没多少时间和老师坐下来聊聊。

那时老师临时住在院里排练场（是座庙）的旁边。偶尔会去看看老师，但总是说几句就走，不过多地打扰老师。

但我总要抽出时间来，去排练场看老师排戏，学习演员的表演（这个戏的主要角色都是团里的台柱子，也是老师），学习老师的导演。老师排戏很细，总要给演员分析人物、分析规定情景、分析人物关系。真还学了不少东西，笔记本记了满满的一本。后来我回大同，参加《西安事变》导演组，全都派上了用场。

总忘不了老师在南宫后台擦鞋的形象。此剧人物众多，国民党方面将官就有十几个，马靴、皮鞋能摆一溜儿。剧院有个好作风，干部要参加"劳动"。像彭一书记等人还参加装台。老师身体虚弱，就去服装组擦皮鞋。她没有力气举着马靴擦，就把马靴穿上，先用布擦去灰尘，再打上鞋油，用鞋刷仔细刷好，最后用布擦亮。老师那削瘦的身材，和粗大的马靴形成了巨大的反差，让人油然而生敬意。

本以为，这回能调到省话剧团（因为我的调令已从省委组织部开出来了），从此能在老师的指导下创造角色了。可是，大同坚决不放我，而且也要排《西安事变》，我演毛泽东，我必须回去。

中秋节那天晚上，省话剧团摆百鸡宴，庆祝《西安事变》百场纪念，也庆祝剧团的恢复（省话被下放吕梁 8 年）。我无心喝酒，去和老师告别。

我哭了。老师安慰我说，回去就要好好工作，不能闹情绪。调动的事以后再找机会吧。

在省话剧团待了近半年，几乎天天能见到老师。这是我和老师在一起最长的日子。

五

返回大同后，除继续演戏外，我开始向导演方向发展。

导演的路也是在老师的指引下开始的。早在 1972 年，我为大同文工团排《半篮花生》，就曾向老师请教过如何排戏的问题。老师送给我一本小册子——《导演工作的一些体会》，是在王老师给山西省艺术干部学校导演干部训练班上课的讲义基础上整理而成的。我回到大同后，买了一个塑料皮笔记本，全部抄了一遍。这本小册子成为我迈入导演专业的启蒙教材，它深入浅出，浅显易懂，解决了我不少难题。

就这样，我渐渐走上了演员、导演的两栖路。

1979 年年底，我最先得到了省话剧团演出《救救她》的消息，而且是老师排的，我决定先去看看。戏由雷影梅老师（我的台词老师）、董国华和石连甲主演，当然不错。我当即和老师要了剧本，说我想排这个戏。老师非常支持我，和我谈了许多需要好好把握的关键地方。

我回去按老师的要求，开始做导演计划、画舞台调度图（实际是照搬老师的处理）。得知确定由我执导后，老师自然很高兴，特意寄来了她写的说明书的前言，让我好好把握剧的主题。我付出了很大的努力，精心地排了 A 组演员（B 组是冯英老师排的）。这出戏创造了大同话剧史上的一个奇迹——演出130 场的最高纪录。

一晃，8 年过去了。8 年间，我在大同市话剧团创造了许达宝、秦滔、罗心刚等 20 多个角色，导了《没法说》《假如我是真的》《哥儿们折腾记》等 7 台大戏。我去吉林艺术学院导演干部专修班脱产学习了两年，拿到了第二个大专文凭（第一个是老师教的省艺校话剧班）。我还加入了山西省戏剧家协会，担任了大同市戏剧家协会（首届）副秘书长。

1986 年，我借调回山西省话剧院的时候，老师已经退休了。我也不排话剧了，"改行"去了影视剧部（后来还是把我调到话剧团当了副团长）。

我常去探望老师，主要是说说正在做什么事，拍什么片子。老师精神好了，也胖了。想必是不用再操劳了。

六

在省话剧团工作了 6 年，1992 年，我调到了深圳。自从装了电话，每年都要给老师拜年，问候老师的身体状况，汇报一下我的工作情况。每次回去，我都会探望老师。

2002 年，中国戏剧出版社出版了我的《剧的演绎》，我把它送给了老师。在后记中我写道："引领我走进艺术殿堂的是左筱林老师。在这里，我第一次知道了斯坦尼斯拉夫斯基，知道了什么是表演，知道了元素和小品。毕业后我分配到大同，左老师下放到了阳泉。每次探亲回家，白天几乎都是在左老师那里度过的，不是看她排戏，就是向她请教。走上导演的路也是在左老师这里得到的启蒙。那时没有书可看，弄不懂的问题就整理出来，写信或利用回家去问左老师。当年教我们的还有丘萍老师、雷影梅老师。是老师培养了我勤学敬业、不断进取的作风，自认为是个好学生。对老师的辛勤培育，我永远也不会忘记。"

2005 年春节，我们回山西探亲。正月初四这天，舒承忠鲍慧敏夫妇、李锡昌，舒的妹妹舒萍夫妇，还有我和福霞，我们从阳泉启程，前往太原探望左老师和王老师。我们挤在一辆车上。舒、鲍、李是左老师在阳泉文工团的学生，舒萍是左老师那儿的常客，都和老师走得近。我们专门买了鲜花送给了老师，还忙着和老师合影留念。看到几个学生来访，老师好高兴，忙吩咐女儿小左女婿白江准备午饭，款待我们这些人。本来，话剧院贾茂盛院长要招待我们的，我们也不好意思打扰老师。王老师专门打去电话，告诉贾院，中午他们哪里也不许去，就在老师家。摆了满满一桌子菜，丰盛极了。两位老师年事已高，有自己的生活规律。他们没吃，笑眯眯地站在那里，看着我们吃了一顿饭。这顿饭真的很难忘怀。

那些年我经常给老师汇报我的情况，拍什么片子了，得什么奖了，哪部片子在中央电视台播出了。老师听了很高兴，老是鼓励我。2006年春节，我高兴地向老师汇报：我已经被评为一级导演了。老师自豪地说："我的学生，肯定评得上一级导演。"听得出，欣慰之情溢于言表。

2008年大年初一，我和福霞去给两位老师拜年。老师说，身体有毛病了，住了两次医院。我嘱咐老师：保重身体，明年回来还来看你。

没想到，这一走竟是永别。7月5日下午2点40分，老师去世了！

不知该说什么好。电话是老师安葬那天才接到的，王老师不想惊扰我们，不让通知我们。我在第一时间通知了7个同学，联合他们给话剧院发去了唁电："噩耗迟悉，无比震惊、不胜悲哀！未能诀别，抱憾终生！唯各在异地，遥叩恩师，祝恩师走好！"

晚上，我、福霞、小舒、鲍子聚在一起，为恩师开了个小小的追思会。打开《左筱林 争春不息谱华章》——介绍恩师生平的文章，点上蜡烛，满满地斟了一杯酒，默哀了三分钟。每个人为恩师夹了一口菜。聊了很久，聊恩师如何招考话剧班，聊恩师在阳泉文工团排戏，聊恩师在话剧院排《西安事变》，聊2005年春节我们去看望恩师，聊今年春节我和福霞看望恩师……

恩师走好！

七

2009 年 2 月，我退休了。90 高龄的王老师寄语，"我祝他，休息下来以后，还继续关心文艺，在同学之间沟通吧。祝他休息下来，家庭和睦，心情舒畅，自己到各地方走一走，会会老同志，会会一些老同学，交流交流经验。祝他幸福吧!" 我禁不住热泪盈眶。

8 月 20 日上午，我和福霞去了老师家。

进门的时候脚步有些沉重，我甚至不知该如何面对。房间依旧，只是墙上挂着恩师的遗像。恩师静静地，仿佛在凝思着什么，或许，她还在眷恋着她为之付出了一生的话剧事业吧？蓦地，鼻子一酸，眼泪夺眶而出。我深深地鞠了三躬。

开始，我不知该说什么好；后来，情绪才渐渐地平复下来。王老师叫保姆给我们端来了西瓜，边吃边聊着。王老师白发苍苍，稍稍憔悴了些，精神还算好。王老师还关心我退休后的情况，我说，暂时还歇不下来，还有好多事要做。王老师勉励我，有机会还是要好好地做些事。我叮嘱老师，千万要保重。

本来说好和话剧院的领导相聚的，可王老师执意要留我们吃饭。我不忍拂了老师的好意，便留了下来。王老师的女儿女婿小左和白江在山西饭店定了房间，饭菜很丰盛。还有外甥女黄黄，还有连甲兄。

我的第一杯酒，祭奠了恩师……

上个月，王老师寄来了《说戏——左筱林王夫丁戏文集》。那是两位老师一辈子的心血。我虽然不再搞戏了，但我会怀着虔诚的心、怀着敬意去读这本书的。我想，从书里，我能再次和老师交流，能再次得到老师的教诲。

左老师只教过我两个月，从来没有给我排过戏。但老师就是我的恩师，没有她，就没有我的今天。我永远永远不会忘记。

在教师节之际，我想轻轻地问候一声：老师，你还好吗？

（2010 年 9 月 7 日）

回大同

2012 年 7 月 15 日—18 日，我回到了阔别 17 年的山西省大同市。

四十二年情谊长

策划了一年，给十几位 42 年前的老同事、老同学打了几十个电话，大同艺友返同探友行终于在 7 月 15 日付诸实施了（其实去年马仲鸿等人已经捷足先登回去过了，但今年的意义在于，有两位老师同行）。

大同市文工团，是我们走向社会开始工作的起点，在那里我们付出过心血和汗水，在那里我们打下了日后从事事业的基础。后来许多人离开了大同，但大同从未在我们心中抹去，大同一直是我们魂牵梦绕的地方。那一切都是从芭蕾舞剧《白毛女》开始的，在邱书芳、王虎歧两位老师的辅导下，"山窝里飞出了金凤凰"。

现在，当年大有仓 5 号的人们大部分都退休了，大同市歌舞团（即当年的文工团）也和雁北文工团合并重组，成大同市歌舞剧院了，但人们更想相聚了。

从外地回到大同的共 10 人。辅导老师邱书芳、王虎歧和从深圳回去的"儿童"许福霞、"黄世仁"梅玉文是从太原出发的，"女友"王小帆由弟弟"蝌蚪"开车从北京出发，"二婶 B 角"全宝玲此前已携同学田玉芹到了大同，后来到大同话剧团的高菊梅由老公邢吉贵陪同也已先期到达。大同"总管"赵玉根已经定好，下午 6 点部分团友在大同国宾大酒店会合。

终于见面了！

第一个见到的是在龙盛宾馆接待我们的李培唐，当年是文化局的办公室主任。下午，当年的老局长、军代表吕文也来到宾馆，吕局 78 岁高龄，明显地老了。

晚上见到的是"杨白劳"董友存，喜儿 B 角方淑坤，"男友"卢云、卢奎、宋国民，"狗腿子"季振东、何录、郭继文，"红缨枪"陈宴军，合唱队雷尔桃，"候补大春"焦逸云，大提琴王顺、横笛徐国仲，"赵大叔 B 角"赵玉根。第二天再相聚，又见到了"大红枣"张伟丽，打击乐宋祥，小方老公李陵，小焦夫人韩建华，二桃老公苏振军。

不用介绍、没有犹豫，时隔二三十年一眼就能认出对方，张嘴就能叫出名字！

握手、拥抱、问候、谈笑、碰杯、留影……

仿佛要把 42 年的话、42 年的情一下子都要倒出来……

古迹旧貌换新颜

大同已有 2300 多年的建城史，是中国九大古都之一，国家首批历史文化名城。

我是 1969 年 11 月分配到大同的。那时大同的城墙早已被拆得七零八落，只有西门外和北门还残存着一些土墙，城砖早已被居民拆去盖厨房了。城里有九龙壁、南寺（善化寺）、上下华严寺、四牌楼等古迹，城外就是云冈石窟了。这些地方我们已去过多次，熟悉得很。这次回来，玉根还安排去这几个地方游览，莫非那些古迹能生出花来？

7 月 16 日一早，我们先来到位于南城门斜对面的善化寺。寺庙前扩展出广场，很宽阔，寺院门前是座五龙壁，该是哪里移过来的吧。现存善化寺的三座大殿，分别是金代和辽代所建，是国内为数不多的辽金建筑，寺内还有清代塑像。旁边正在扩建着花园。整体来看，善化寺似乎变化不大。

之后去了华严寺。华严寺也是辽金建筑，我们知道最出名的是被称为"东方维纳斯"的合掌露齿的胁侍菩萨。华严寺分上下寺，在西街靠南的一条小巷子里。以前走路要走很长时间，现在坐车眨眼就到了。眼前是一片仿古建筑群，并不见寺庙的影子。原来，周围的民居都拆掉了，两座寺庙连成了一体，新建了山门、观音阁、地藏阁、天王殿等，还建了一座华严宝塔。塔的地宫是一座"金殿"，都用黄铜打造，金碧辉煌。我独自一人登上了塔顶，放眼望去，大同城尽收眼底。城内多处还在施工，远处可见北门的城楼已初显轮廓。大约一两年吧，眼前肯定是座新城。

在寺院转了一圈，也没找到原来上下寺的关系，新的布局完全是按辽金时期大华严寺的规模整修的。和原来是大不一样啊！

下午，我们去城墙游览。

现在恢复的是东城墙和南城墙。据说是按明代的规制恢复的。我登上过西安的城墙、平遥的城墙和河北邯郸的广府古城墙，印象中都没有这么宽阔，没有那么多门楼，也没有这么漂亮。17日晚间还看了城墙的夜景，更美。用福霞的话说，是"比故宫还漂亮"！

我的感觉是了不起，大同修复古城的力度真的很给力。听闻有些人对这些"假古董"颇有微词，认为劳民伤财，不值。其实，很多古迹都是重建的。善化寺不就是在唐代遗址上重建的辽金寺院吗？假以时日，大同城墙也是古迹啊。

17日，我们一行前往位于武周山南麓的云冈石窟。观音堂和佛字湾依然矗立在路旁，只是那路却和昔日大大地不同了。那时候这条路是运煤的干线，煤车络绎不绝，地上煤灰飞扬。现在是一级公路了吧，宽阔、整洁，两旁还有绿化树木。公路拐进一座写有云冈石窟几个大字的仿古门楼，这便到了云冈石窟了。以前的路是在石窟门前通过的。为了保护石窟，那条运煤的路往后移了几十公里。

这里的气势真有世界文化遗产的意思了。我们先经过的是附属建筑，首先见到的是昙耀塑像，云冈石窟最先开凿的石窟就是他主持的，被称为昙耀五窟。这里新修了几座大殿，有和尚住持。最惊奇的是围绕这些建筑的湖，如此缺水的大同，居然整出一片湖水，实在是令人咋舌。

　　穿过这片建筑才进入石窟群，这才是这里的主角。我依次进窟参观、拍照。昙耀五窟、五华洞、露天大佛，那么熟悉，那么亲切，这里留下过我们多少记忆啊。

　　石窟前绿荫一片，从前这里仅有稀稀拉拉的一些树。最后经过的是民俗一条街。原来这里是云冈村，整体搬迁出去了。民俗街上有商店（我们去了康巧玲的绢人店）、有现场打糕的，还有饭店。时间太紧，也没好好看看。其实应该买个纪念品带回来。

　　听说这里由深圳的民俗文化村承包经营，这种运作模式也是值得称道的。

　　大同的旅游产品，货真价实。仅从旅游讲，真的是不虚此行啊！

话剧情缘遭终结

　　16日中午，小方在花园大酒店宴请大家的时候，何禄开车陪我去银鼎酒店芙蓉厅和原大同市话剧团的同事们见面。

　　之所以说"原大同市话剧团"，是因为话剧团已不复存在，在大同市歌舞剧院只留了一个影视中心。话剧，是我赖以发展的事业，我的戏剧生涯几乎全是在大同度过的。没想到，昔日的辉煌不再，一切都烟消云散了。

　　单位没了，可人还在。这不，刘爱兰、杨瑞生招呼，王丽敏安排，十来个原大同市话剧团的人又相聚了。没有犹豫，每个人都能叫得出名字。

王善文、王松枝，1972 年我们从《金色的道路》开始就一起演戏了。《不平静的海滨》《年青的一代》《枫树湾》《万水千山》《霓虹灯下的哨兵》《不准出生的人》《西安事变》《古城霞光》，等等。差不多都是主演啊。

刘爱兰、张进鸣、杨瑞生，是 1977 年话剧团成立时招收的学员，我给他们带过表演课，同台演出过《雷锋》《枫叶红了的时候》《姜花开了的时候》《让青春更美丽》《泪血樱花》，还给他们导过《没法说》《假如我是真的》《救救她》《深夜静悄悄》《哥们儿折腾记》《哥仨和媳妇们》等戏。杨瑞生后来改行搞灯光，我在省话拍电视剧时还合作过呢。

刘慧敏，1979 年《没法说》时调来的，演戏、化妆，后来拍电视剧。

王丽敏和王天河，是山西省话剧院 80 年代的学员，1984 年分配到团；李燕和姚淑玲是 1984 年的学员。我给他们导过《SOS》《十五的月亮》和一台话剧专场。

在一起喝酒，谈论的都是往事。

席间，李志毅老哥打来电话，说走错了地方，找到矿务局去了。结果没有见到面。

回到太原后，19 日中午张晓虹开着车和姚美玉接我们两口子到外滩风尚咖啡聚餐。她们俩也是 1977 年进团的学员，演过不少戏，获得过省一级优秀中青年演员奖。晚上，晓红要了票陪我们看了颇具地方色彩的《桃花红》。10 点多了，在南面长风街住着的她还开车送我们回最北面的尖草坪。

原单位是真的没了，不仅名称没有了，连团址也被拆除正建着庙宇。可是，无论在大同、还是在太原，曾经的话剧一直是大家谈论的主题。我们相约，若真的有领导支持排话剧，这些老人就聚在一起再秀一把！

过去大家在一起的时候，也没觉得如何，分开这么久，倒生出许多情分来。我把这都视作情谊珍藏着。

怎一个情字了得

人与人之间，最重的是一个情字。勾连 42 年前老同事的，就是这个情字——情感、情谊、情分、情怀、情结、情节、情景、情境、情愫、情思、情义、情致——怎一个情字了得！

这里记下的是大同的老同事们为我们做的那些实实在在的事。

赵玉根，我的话剧班同学，65 岁了，这次聚会的大同总管。他劳心费力，精心安排，全程陪同。

在龙盛宾馆接待我们的是李培唐，当年文化局的办公室主任。因为接待过法国总统蓬皮杜，被玉根请来接待我们。73 岁的老人还跑来跑去，挺不落忍的。

78 岁的老局长吕文，提前结束了在内蒙丰镇的同学聚会，特意赶回大同和大家相聚。

方淑坤李陵夫妇，在大同最有名的花园大酒店贵宾 11 摆酒款待我们，喝的是五粮液。还在百忙中陪同我们参观善化寺、华严寺和云冈石窟，华严寺还是小方联系的。18 日，夫妇俩驱车送我们到火车站。

宋国民，在天然居做东宴请大家，有 26 人之多，喝的是汾酒 20 年陈酿。

何录，开着私家车，全程陪同。邱老师想玩麻将，就领回家去，和夫人张秀珍招待几个人玩。最后上火车，还不忘给我们带来大同的混糖月饼。

郭继文，安排我们游览善化寺、大同城墙，参观中国当代雕塑展，每处都派了讲解员，还联系好电瓶车带我们在城墙上转了一圈。

王松枝，我们还没到呢，就买了水果送到宾馆的房间。她没见到我们于心不甘，18日一早还赶到宾馆为我们送行。

张伟丽，得知我们要来，专程从徐州赶回来和我们见面。

在太原的吕小琴，因为照顾婆婆没能到大同。当我和福霞回太原后，还要了车、带着东西和我们见面。

忘不了的还有那些老同事老朋友：董友存、王顺、徐国仲、卢云、季振东、卢奎、陈宴军、雷尔桃、宋祥、韩建华、苏振军，都来和大家欢聚，真的是情深谊长啊。

这情谊还体现在返同人身上。邱老师是推掉了省里舞蹈考级专程来的，王老师把此事列为今年唯一要事，全宝玲把看孙子的任务放在了一旁，最最忙的小帆让弟弟开车回去了四天！福霞和我是专程从深圳回去的。情义之重可见一斑。

18日一早，焦逸云招呼我们在新唐宏吃过早餐，和玉根、何禄、小方、李陵，还有小帆、"蝌蚪"，把邱老师、王老师、福霞和我送到火车站，挥手道别。

大同之行匆匆结束了，但意犹未尽。大家纷纷相约：来年再聚！当年大家在一起，都还年轻，也没有这么亲密，有些人之间甚至还有过不愉快。但是，时间可以荡涤一切，岁月抚平了记忆的疤痕，留下的是美好的回忆，珍惜的是来之不易的缘分。

行色匆匆留遗憾

在大同玩了两天，在龙盛宾馆住了三晚，但始终没有弄明白自己身在何处。大同变化太大了。

15日在新南站下车，问了的士司机才知道这里是大同的南面。坐车沿魏都大道行走，只见宽阔的大道两旁高楼林立，新鲜而陌生，顿时产生了疑问：这是我工作过17年的大同么？直到看见"三二二医院"几个大字，才依稀浮现出旧时的印记。那是部队医院，位于城西南，团里有人病了，也来这里看病。但两旁分明是新起的建筑。

两天多下来，大同于我也仅仅是几个点：三二二医院、二医院、红旗商场、四牌楼、大同三中和大同火车站。形不成原来的大同城概念。

曾经的大同市文工团筹备处大有仓5号、大同市歌舞团（文工团）雁同西路1号、大同市话剧团鼓楼西街24号（？）全都拆了，全都是工地。

还真的没有一座城市有这么天翻地覆的变化，没有一个像大同这样的领导。大同市长耿彦波被称为"耿拆拆"，我看是褒奖。若干年后，人们会感谢他的。

因为我是此行的组织者，还要陪同邱老师、王老师，只有两天多一点，时间安排就太过匆忙，留下了两大遗憾。

第一个遗憾，该见的人没见到。张致仁老兄，前段时间一直身体不好，电话也不接，应该去探望的，但没去成。李头儿李凤春走了，只剩张桂桃老师了，听说身体欠佳。也说过去探望，最终也没去。这真的是遗憾。

　　第二个遗憾，许多景点没有去。连九龙壁和东门外文瀛湖畔的新城区都没去看，更别说应县木塔、北岳恒山、悬空寺了。

　　大同，我还要再回来的，为了我的遗憾。

（2012 年 7 月 25 日）

《沙枣树》记事

　　2016 年 8 月，我被聘为山西省话剧院客座导演，赴新疆生产建设兵团第六师五家渠市执导山西文化援疆剧目《沙枣树》（话剧）。

　　10 月，《沙枣树》参加首届兵团艺术周暨第九届兵团文艺汇演，获得"优秀剧目奖"和"优秀组织奖"。2017 年 6 月，获得兵团第八届精神文明建设"五个一工程"奖。9 月，应邀参加首届山西省艺术节展演。继而被文化部艺术司确定为"西部及少数民族地区艺术创作提升计划重点原创剧目专家支持项目"，9 月 26 日在新疆为文化部专家组演出，颇得青睐。这一切，似乎来得有些始料不及。

"母院"的召唤

　　我现在从事电视艺术，但一直有个夙愿，渴望重返舞台。

　　我曾是话剧演员，扮演过大大小小 60 多个角色。舞台于我是神圣的殿堂。灯光透着深邃，隐身在光影背后的，是那些神秘的观众。举手投足，一颦一笑，都有着创作的愉悦。我也曾是戏剧导演，执导过 18 个小品、7 台话剧和戏曲。舞台上，演员、舞美、灯光、服化道效浑然一体，我驾驭着驶向前方。1988 年曾为山西高平人民剧团执导《活寡》，参加山西省上党梆子调演囊括 11 个奖项。如今，这些早已离我远去了。

自 1991 年调入深圳，20 多年在电视领域里耕耘收获不菲，退休后的工作生活也很惬意。但心中总是不甘，我渴望重返舞台，渴望圆我重返舞台之梦。毕竟戏剧才是我的初心，艺术之路的起点。

2016 年 8 月 4 日上午的一个电话，使我的梦想变成了现实。

电话是山西省话剧院张德胜书记打来的。我们曾是搭档，25 年前同任话剧团副团长。他说，山西实施文化援疆，有出话剧《沙枣树》，问我可不可以接。我毫不犹豫地回道，"我愿意。"山西省话剧院是我的"母院"，况且舞台的魅力实在是太吸引我了，这是天赐良机啊！我当然不能错过。

距上次排舞台剧已经 28 年了！

好在 28 年来，我从未离开过戏剧。戏剧由专业转成业余，作品从大戏变为小品。小品是小了点，但它毕竟也是戏。我编导了《也想有个家》《名记》《悄悄话》《西边日出》等近 30 个小品，获得过"曹禺戏剧奖·小品小戏奖"、群星奖等十多个奖项。其间还看过 20 多出来深圳演出的大戏。比如总政话剧团的《高山情》、北京人艺的《天下第一楼》《阮玲玉》《哈姆雷特》等，还有陈佩斯、蒋雯丽他们几个演的戏。

戏剧，我并不陌生。

山西文化援疆

当时我正担任电视片《永远的长征——纪念长征胜利 80 周年网络诗文朗诵汇》的总导演，幸好已接近尾声。我把工作安排好，8 月 8 日便赶赴太原。

见到德胜，才知道了这次排戏的来龙去脉。新疆生产建设兵团第六师五家渠市和山西省是对口援疆单位，山西文化系统的一些大戏如《立秋》《一把酸枣》《解放》都在五家渠演出过。此前话剧院和第六师还合作创作了反映兵团生活的话剧《生命如歌》，产生了很大的影响。2016 年，兵团要举行第九届文艺汇演，《准噶尔时报》报社记者钟麟（众灵）写了反映第六师 103 团周春山烈士事迹的剧本《周春山》。5 月，他们找到话剧院，希望帮助第六师把戏排出来。准备工作已经有些日子了，原本是有导演的，因家中有事，才临阵换将找到了我。说来也巧，此事的最终确定，竟然是在深圳。先前在太原商谈未果。后来话剧院和第六师宣传部的领导都来深圳参加文博会，最后商讨决定了此次合作。看来《沙枣树》还是和我有缘啊！

这个文化援疆项目，双方采用合作方式。话剧院方面，负责编剧、导演、主要演员、舞美（包括灯光、服装、化妆）设计和制作，以及音乐设计。五家渠方面，配备主要演员 B 角和其他演员，舞美各部门派人跟班学习。这就是个难题，我要率领一批专业人员和一批业余人士共同完成一件不容有失的艺术作品！

值得宽慰的是和编剧安兰的会见。安兰，山西省文化厅创作室副主任，一级编剧，她创作的《我要当班长》曾获文华奖。安兰参照钟麟的《周春山》，重新写了一稿《沙枣树》。我最欣赏的是剧本主题，和穿越的样式。可以说一拍即合。经过一个多小时的交流，安兰说："梅导，剧本就交给你了。"这是多么大的信任啊！

初识兵团周春山

马不停蹄，我于 12 日凌晨到达乌鲁木齐。接机的是五家渠市文化中心张钦主任。他刚从贵州回来，比我提前近两个小时。事后得知，张钦主任是这个戏的首倡者，而且是剧组负责人。

几天来，张钦带着我，先后参观了五家渠的将军纪念馆、103 团的兵团知青纪念馆、亮剑团史馆、周春山纪念馆和周春山烈士墓园，还参观了八一纪念馆、102 团 9 连老屋，以及共青团农场。虽然是跑马观花，但对新疆生产建设兵团，对第六师和周春山都有了进一步的了解。

新疆生产建设兵团第六师地处天山东段北麓，下辖 14 个团牧场。第六师于 50 年代来到五家渠。此地本无名，只因有五家人，且紧靠五龙河而得此名。这里的全称是新疆生产建设兵团第六师五家渠市，第六师是地师级，五家渠市是县级，领导称为师市领导，政委即书记，师长即市长。这个师的前身是黄麻起义的红军部队，走出来洪学智、许世友、向守志等 100 多位将军，有着悠久的革命传统。使其名扬天下的是以王近山师长为原型创作的电视剧《亮剑》。

周春山，天津知青，1965 年高中毕业后，积极响应党的号召，来到蔡家湖农六师 103 团二连当农业工人，一干就是 8 年。他积极工作，多次受到表扬，被树为学习标兵。1968 年被确诊为白血病。但他不顾医生和家人的劝阻，毅然离开天津，返回 103 团。1973 年 5 月 21 日，周春山因病情恶化，医治无效，献出了宝贵的生命。根据周春山生前遗愿，被追认为中共党员。1973 年，兵团党委授予周春山同志模范共青团员称号，追记一等功，被自治区人民政府批准为"革命烈士"。2014 年，被兵团评为"新中国屯垦戍边 100 位感动兵团人物"。

我被实实在在的感动着，被兵团人、被周春山们所感动。他们怀着报效祖国的红心、不求回报付出终生的精神在当下是多么的珍贵！

生长在这里的沙枣树、芦苇、红柳，给我留下了难以磨灭的印象。我甚至觉得它们都是兵团人的化身，在浩瀚的戈壁上用自己的生命滋润着这块贫瘠的土地。还有远处的博格达雪山，透明而白洁，像周春山那样顶天立地的屹立着。这些视觉形象，都将会出现在我的戏里。

钟麟给我送来几本书，全是反映兵团的。对兵团了解不多，为排好戏，只有恶补！我重点看了收入《岁月的呼唤——在新疆兵团农六师 103 团的日子里》一书刘建伟写的《春山长青——纪念周春山烈士牺牲 30 周年》，还有《剑雨——情系》、《一代知识青年的楷模——周春山》等几篇文章。感动之余，认真做了读书笔记，逐步形成了《对〈沙枣树〉的一些思考》，提出了剧本修改方向。

8 月 15 日，第六师宣传部在文化中心召开会议，专门听取我对剧本的修改意见。出席会议的有高华生部长、尹惠莲副部长，剧本的原作者钟麟，作曲焦继军（原五家渠市政协主席），退休干部杨军（1973 年周春山的扮演者），以及张钦主任。我的意见得到了与会各位的高度认同。会后，这些意见又迅速地反馈到安兰那里。

紧接着，我又折返太原。返回太原最重要的事，是和我的合作者们会见。戏剧艺术是合作的艺术，导演是这个集体的核心。一出戏的成败，可以视作是合作的成败。合作的好，一定成功；反之，必然失败。作为导演，我很明白个中道理。

重拾青葱岁月的激情

无场次话剧《沙枣树》讲述的是隔代人理想冲突的故事。剧本以新疆生产建设兵团第六师 103 团 20 世纪 70 年代天津知青周春山烈士的故事为经线，以兵团第四代黄珊珊寻访烈士足迹为纬线，编织了一出穿越时空的活剧。黄珊珊与周春山就理想、信仰、爱情、奉献、英雄、青春、生命等话题进行时空对话，撞击出心灵的火花……周春山扎根边疆、无私奉献的精神深深打动了黄珊珊，她找到了主心骨，决心像周春山一样，把满腔的热情洒在这片土地上！

剧本的主题思想和结构样式都吸引着我。我想，一定不辜负"母院"的期望，要排出对得起自己、对得起第六师的好戏。

紧锣密鼓，马不停蹄。

9 月 10 日，我和安兰来到五家渠，再一次对剧本进行修改；14 日，舞美设计邱玉、执行导演兼场记马晓倩、服装设计闫瑞祺以及道具组等人到达；17 日，话剧院演员和五家渠演员先后就位；18日下午，《沙枣树》剧组正式建组；19日，全体演员体验生活，参观将军展览馆、兵团知青纪念馆、亮剑之师纪念馆，最后参观了周春山烈士纪念馆并祭拜了周春山烈士；21日，按照原定计划，开排！

久违了，一切是那么熟悉：和编剧讨论剧本，给演员做导演阐述、人物分析，和舞美设计、灯光设计、音乐设计讨论构思，审查服装、化妆、道具的方案，布置场记、剧务需要做的工作……

最大的难题是整合业余演员和专业演员的差距。五家渠的演员来自不同的单位，虽然是文艺积极分子，也都活跃在舞台上，但演话剧毕竟还是头一遭，台词、形体必须在一个月内达到要求。时间紧任务重，排练场成了教学场。以高小宝为首的话剧院的演员们动起来了，台词一句一句的示范，动作一遍一遍的教；五家渠的演员也认真地学、刻苦地练。经过一个月相互间的艰难磨合，业余和专业之间的距离缩短了，不再是两张皮，逐步达到了和谐统一。我终于长舒了一口气。

舞美，采用了简洁的设计理念。沙枣树（花）、人字形的平台是固定的，各场配以大道具，再有红柳和芦苇的点缀，形成了简洁的活动空间。灯光则用来切割表演区，切割时空。

为保证剧目如期参加汇演，全体演职员牺牲节假日休息时间（国庆节也只休息了3天），加班加点，克服重重困难，短时间内拿下了一出大戏。

第六师宣传部和山西省话剧院的领导对这次文化援疆十分重视，排练期间，高华生部长、尹慧莲副部长常到剧组嘘寒问暖，协调解决遇到的问题；话剧院张凯院长、梁春书副院长赶来剧组探班，张德胜书记更是自始至终和剧组吃住在一起。

我的戏剧观

《沙枣树》是以传统加现代的样式呈现给观众的，也可以说是现实主义和浪漫主义的结合。

我是崇尚传统戏剧的，学习的是斯坦尼。"三一律""四堵墙"是我所熟悉的戏剧样式。所以在表演上，我强调内心体验，真实的交流，生活化表演。要求演员投入真情实感，首先感动自己，即使演技差一些，也没有关系。

当然我也不完全拒绝植入现代戏剧的元素。如果能够更增强戏剧的感染力，何乐而不为。比如说黄珊珊的穿越，当下的黄珊珊与20世纪70年代周春山对话。这里采用的是非生活化表演：两人并不直接交流，但语言又丝丝相扣。非生活是呈现出来的结果，而作为演员，还是真实的自己，表演上朴实无华并无任何夸张之处。

舞台处理也采用了一些"现代"手法，比如心理物化。当周春山接过徐燕送给他的围巾后，心花怒放，将围巾抛向天空。此时大屏幕出现了一条飘动的红围巾。其实，我们戏曲古已有之。《梁山伯与祝英台》最后的"化蝶"不就是异曲同工吗？所以，我更愿意称此为浪漫主义。还有六场的下雪、结尾处飘落的沙枣花都是这样的。

传统的戏剧观念认为，戏剧是演员的艺术，戏剧的最后完成，主要地要靠演员来完成。舞台看不见导演的痕迹，导演要死在演员身上。而现在的戏剧观念则是顽强地表现着自己，突出导演的个性，虽然最终也是通过演员来完成的，但表演的风格、舞美的体现、调度的处理、各种手段的运用，无一不在试图证明导演的存在。即使是处理传统戏剧，也不忘记打上个性的印记。

坦白地讲，我不喜欢现在风靡的所谓的现代戏剧，不是娱乐性就是纯理性，还美其名曰"玩艺术"。真是不敢苟同。现代戏剧的理性思维破坏了传统戏剧营造的真实的氛围，由情感的投入变成了理性的判断，把传统戏剧的神圣破坏的一塌糊涂。我们心目中的艺术圣殿去了哪里？我们追寻的那种崇高境界又在哪里？当然，作为一种戏剧样式、体裁，也无可厚非。但充斥了占领了几乎所有的舞台，就是十分可怕的事了。更可怕的是戏剧人的麻木不觉，年轻戏剧人的亦步亦趋。

这就是我的戏剧观，我的坚守。我认为，一定要立足于传统，在传统的基础上发扬光大，而不是推翻传统。我希望看到戏剧的厚重，看到经典，看到大餐，而不是浮躁的表面化的快餐。小吃是需要的，但麻辣烫终究抵不过满汉全席的。

出乎意料的反馈

经过一个月紧张的演员排练和舞美制作，10 月 22 日，《沙枣树》迎来了首场演出。随之，24 日为第六师五家渠市第十一次党代会演出、27 日参加新疆生产建设兵团首届文化艺术周暨兵团第 9 届文艺汇演。

接地气的《沙枣树》引起了人们强烈的共鸣，许多观众被剧中的故事情节感动的泪流不止；剧场火爆异常，掌声多达 30 几次，收到了意想不到的效果。第六师五家渠市领导给予了高度肯定，王淼副政委认为这出戏"既有厚重的历史感，又有重要的现实意义""是一出好戏"。杨治国副市长说，这是"山西文化援疆的又一成果。"

观众纷纷发来微信盛赞演出成功。他们说"演出很精彩，我和我的女儿都流泪了。谢谢所有的演职人员带给我们这样一场高水准的演出""真的太好了！太感人了！我一直哭的。仿佛回到了那个年代！真实的再现。我们小时候的感动好像就在眼前！感谢你们的重现。""看完演出挺感动的，演的真不错，都是发生在身边的真人真事，而且是那个让人不能忘怀的年代，所以在看的过程中很亲切也很感动，真的很好。""刚才的首演很成功、很感人，我也几度泪盈眼眶……衷心感谢所有的演职人员付出的艰辛而卓有成效的努力！期望明晚更上层楼！期待此次兵团汇演大放异彩！""演的真好，很感人，好像回到我们年轻的时代，祝贺演出成功，一炮打响，正能量！"

那天晚上，德胜和我说："梅老师，圆满。"

我给自己的作品打个 80 分吧。整出戏还没有完全达到我所满意的效果，有些戏和舞美设计也不尽如人意，灯光效果也没完全出来。都说影视是遗憾的艺术，其实戏剧也是遗憾的艺术，有许多事是导演无法把控的。我现在可以自信地说，如果条件允许，我还可以做得更好。

2016 年 11 月 21 日晚，我在深圳收到张钦从新疆哈密颁奖晚会现场发来的微信：《沙枣树》获得"优秀剧目奖"、第六师获得"优秀组织奖"。

戏剧从来不是一个人的戏剧，戏剧是集体的艺术。感谢大家，感谢台前幕后每一位为《沙枣树》付出的人。

沙枣花花香四溢

原以为，《沙枣树》已经完成了历史使命。没想到进入2017年，好事接踵而至。

6月，首先传来喜讯，《沙枣树》荣获兵团第八届精神文明建设"五个一工程"奖。这表明，《沙枣树》得到了进一步肯定。

8月，山西省首届艺术节组委会发出邀请，邀请山西援疆力作《沙枣树》9月6日、7日在山西大剧院展演。

在新疆演出，这是发生在观众身边的事儿，他们有经历有情感，也容易受感动。走出新疆到山西演出，对这个戏就是一次检验。能不能感动山西的观众呢，心里是没有底的。但当我们准备复排组织演职员看录像的时候，依然被感动着，个个热泪盈眶。我心中有了些许底气。

没想到的是，远道朋友会闻讯而来，有晋中市的、阳泉市的，还有从石家庄坐动车来的。更夸张的是兵团歌舞团团长申健"打飞的"从乌鲁木齐赶来太原看戏！

效果出乎意料的好，剧场里响起多次掌声。戏一演完，就有许多观众拥到舞台前面，有人说："挺感动的，我掉了三次泪。"还有人说，"感谢你们排了这么好的戏！"居然还有观众排队等着接受电视台的采访。

山西戏剧网先后发表了王嘉和杨璐的署名文章。王嘉在《重塑信仰 洗礼精神——评话剧〈沙枣树〉》一文中说，《沙枣树》"是一部充满新意的戏"，"是一部歌颂先烈、育人立志的戏，是能够引发人们思考人生、重塑信仰、洗礼精神、坚定信念的戏剧作品，是一盏照亮往事的明灯，是一面反思现实的镜子"。杨璐在《你是风儿你是树——观摩话剧〈沙枣树〉有感》中说，"《沙枣树》这部剧为什么能让我们心灵激荡？因为它提醒我们：空虚的人，会被人云亦云的碌碌无为所湮没，而在琐碎中默默奋斗的人，即使献身洪流也会得到永生!"山西电视台、山西日报、山西网络广播电视台、山西晚报数字报、太原电视台、戏剧传媒也分别进行了报道文章，对《沙枣树》给予高度评价。

山西省文化厅赵克谦副厅长、第六师五家渠市刘新跃副师长和王宏伟副市长、原太原市委宣传部范世康部长等领导先后观看了演出，都给予了充分的肯定和鼓励。

可以说，《沙枣树》从山西载誉而归。

回到深圳没两天就接到通知，《沙枣树》被文化部艺术司确定为"西部及少数民族地区艺术创作提升计划重点原创节目专家支持项目"，要为专家汇报演出。这是被文化部选中的唯一一台非专业院团的重点剧目。

9月26日下午，《沙枣树》剧组再次在新疆五家渠亮相，为文化部专家举行专场演出，演出获得专家的好评。国家话剧院原常务副院长王晓鹰说，"演出质朴，真挚，近几年来主旋律作品不少，像《沙枣树》这样真切能打动人的不多见"。中国艺术研究院话剧研究所所长宋宝珍说，"这是一场出色的演出，蛮激动的。特别感谢演员，专业演员和业余演员配合得很棒，合作成果体现出来了"。中国戏曲学院舞美系主任马路说，"演出非常完整，舞美设计具有专业水准，干净简洁。几个支点恰到好处，有时代感"。中国儿童艺术剧院原院长欧阳逸冰说，"演出非常真诚非常质朴，是用滚烫的情感和观众交流。"专家还从各个方面提出修改意见，并期待《沙枣树》走向全国。

事后，我和安兰依据专家意见做了修改方案，报到了文化部艺术司。或许吧，《沙枣树》能参加 2019 年的中国戏剧节呢。

感恩山西话剧院

有人很奇怪，"这是山西文化援疆的剧目，你在深圳工作，和你有什么关系呢"？说来话长。

我从事艺术工作已经 51 年了，从一名普通高中生成为一级导演，编导的戏剧和电视作品多次获得过曹禺戏剧奖、星光奖和金鹰奖。"树高千丈也忘不了根"。发现我的，是山西省话剧院的左晓林老师和丘萍老师；培养我的，是山西话剧院的老艺术家和老领导。我学习的是山西话剧院的艺术，继承的是山西话剧院的传统。我一直自豪地说，"我是山话人"。所以说，山西与我不仅有关系，而且关系还很深。

《沙枣树》彩排的那天，当演员们一波一波的上来谢幕时，我情不自禁地流下了眼泪。为了我的付出，为了我心中的艺术。

不知道艺术的路以后还能走多远，但我永远感恩山西话剧院。

（2017 年 11 月 9 日
于深圳市罗湖君逸华府）

（发表于 2017 年 11 月 21 日山西省戏剧研究所微信公众号）

那些年那些戏

这辈子和戏有缘，演戏，导戏，写戏，还有看戏。

一

20 世纪 50 年代，我还是个孩子，看戏就是看热闹。在河北井陉老家农村，逢年过节都能看到戏。演出的大都是农村的业余剧团，唱的是河北梆子和晋剧。姥姥家康庄就有个剧团，我的远房表哥表姐都是演员呢。小作村还有个叫凤凤的表姐更是了得，她被井陉县剧团看中，成了专业演员。演出场地有野台子（即所谓的搭台唱戏），也有老戏台。三通鼓敲罢，戏就开演了。来得早的从家里搬了凳子坐在前面，大部分人都是在后面站着看。戏台子高高的，没有幕布，摆着一桌二椅；后台两侧门上挂两块守旧，分别是"出将""入相"；也没有电灯，舞台两侧吊着两个汽灯，贼亮贼亮的，还嗞嗞作响呢。记得趴在戏台边看过河北梆子《三娘教子》《走雪山》《蝴蝶杯》和《卷席筒》。三姨住在贾庄镇，镇里有座戏园子，有那种长条凳子可以坐，照明还是电灯呢。我看过井陉县剧团演出的《杨八姐游春》，是三姨给买的票。在赵庄岭大姨家看过一出古装戏，至今还记得一个细节：一个人挥起菜刀向对方劈去，对方倒在桌前。待对方转过身来的时候，那把刀就砍在脸上，肉翻着血淋淋的，很恐怖。却怎么也想不起剧名了。

读小学和中学都是在山西阳泉，那时职工业余戏剧活动很火。我看过矿务局二矿机电科的《林海雪原》《雷锋》，阳泉电厂的《千万不要忘记》，阳泉市工人业余话剧团的《红岩》，都是话剧。专业剧团来演出，学校还组织包场，五毛钱一张票。记得看过中国儿童艺术剧院的《以革命的名义》，有列宁呢！觉得很神奇。"忘记过去就意味着背叛！"就是戏里的经典台词，我一辈子也没忘记。还看过话剧《八一风暴》《乌豆》（京剧《杜鹃山》据此改编），不知道是哪个剧团演的了。戏曲也看过，像北方昆剧院的《老师啊老师》、大同市评剧团的《血泪仇》，还有晋中晋剧团的《狸猫换太子》。不能否认，这些戏对我日后从事艺术事业起到了潜移默化的"诱导"作用。

二

1966 年初，我考入山西省艺术学校学习话剧表演，看戏就成了学习的一部分了。那年正赶上山西省第二届现代戏汇演，看了几出戏曲，大部分不记得了，只有晋中晋剧团的《三下桃园》（后来山西省晋剧院据此改成的《三上桃峰》曾因江青的打压轰动一时）和山西省晋剧院的《刘胡兰》有印象。

不过，那时候的我，唯话剧独尊，不喜欢戏曲，总觉得咿咿呀呀地唱没什么意思，也就是看看而已。最渴望看的还是山西省话剧团的话剧。山西省话剧团，即山西省话剧院，我的"母团"。其前身是 1945 年成立的八路军吕梁军区吕梁剧社，有一批出色的演员。老团长杨威就是电影《五更寒》里的主演刘拐子。我们常挂在嘴上的是四位老师：严飞斗兵常文治陈西珍，号称"四大台柱子"。看省话演的第一出戏是省话创作的《焦裕禄》。常文治老师演焦裕禄，斗兵老师演张钦礼。斗老师生动的幕间词深深打动了我，我由此感受到台词的魅力。及至后来我在台词上的不俗表现，这绝对是受到斗老师的影响。在校期间还看过省话演出的《比翼高飞》《英雄的 32111》《槐树庄》《智取威虎山》《门合》《南征北战》，看过太原市话剧团的《赤道战鼓》、学校表演四班的晋剧《老师》。那时看戏就是一种熏陶，是对话剧和戏曲的入门观摩。

三

1969 年底到 1986 年底，先后在大同市文工团、大同市话剧团工作，先当演员后做导演，看戏的机会就更多了。

基层剧团创作力量很薄弱，团里上演的剧目都是向外面剧团学习的，其实就是"拿来主义"。那时也没有知识产权一说，团里决定了要排的戏，就组织导演、演员和舞美去学习，就是对号入座去"搬戏"。演员照葫芦画瓢把人物的形象搬回来，舞台调度、舞美设计也是照抄不误。按时间顺序，我们先后去外

地学习了《金色的道路》（甘肃省话剧团）、《不平静的海滨》
（太原市话剧团）、《年青的一代》（天津人民艺术剧院）、《风华
正茂》（天津人民艺术剧院）、《枫树湾》（湖南省话剧团和海政
话剧团）、《万水千山》（总政话剧团）、《雷锋》（江苏省话剧
团）、《霓虹灯下的哨兵》（太原市话剧团）、《枫叶红了的时候》
（太原市话剧团）、《不准出生的人》（北京军区战友话剧团）、
《西安事变》（甘肃省话剧团）、《让青春更美丽》（中国青年艺
术剧院）、《泪血樱花》（太原市话剧团）、《深夜静悄悄》（中央
实验话剧院）、《灰色王国的黎明》（中央实验话剧院）、《血，
总是热的》（山西省话剧院）。前前后后演了30多出戏，也就看
了30多出戏。演出单位有国家级的、省级的，也有市级的。那
时看戏是学习，"搬戏"更是直接的学习。实实在在的讲，台上
的演员就是我直接的老师，我学习他创造的角色，从语气表情、
举手投足、一颦一笑，全部模仿，几乎是照葫芦画瓢地用在了
我的角色创作上。据此，我演了罗布藏、江振华、肖继业、赵
海山、罗顺成、鲁大成、冯云彤、叶峰、格桑、许达宝、秦滔、
罗心刚、毛泽东等20多个主要角色。我的表演生涯可以说是从
模仿着老师和艺术家而起步的。

后来当了导演，开始也是拿来主义。我先后导的《没法说》
（山西省话剧院）、《假如我是真的》（山西省话剧院）、《救救
她》（山西省话剧院）、《哥儿们折腾记》（中央实验话剧院）、
《哥仨和媳妇们》（青岛市话剧团），也是带着演员和舞美去搬
回来的。直至从吉林艺术学院导演干部专修班学习归来，才进
入了真正的创作阶段。

四

那段时间，我们还借"搬戏"的机会见缝插针地观摩学习，主要是在北京和太原。回想起来，北京的主要剧场都去过了。有王府井东单一带的首都剧场、中国儿童剧场、吉祥戏院、青艺剧场，西单一带的长安大戏院、民族文化宫、西单剧场，前门外一带的广和剧场、中和戏院，还有虎坊桥的北京工人俱乐部、西直门的北京展览馆剧场、复兴门外的二七剧场、新街口的人民剧场、复兴门外月坛街的红塔礼堂，等等。那时我们去北京总是来去匆匆，高水平的演出不可能提前买到票，大部分票都是"钓鱼"钓来的。"钓鱼"就是买退票。那时候没有黄牛票，大都是临时有事来不了而退票的。而且戏开演后票都会降价。就凭着钓来的票，我看过许多台好戏。

我们看戏首选是国家级的院团，排在第一位的是北京人民艺术剧院。因为郭（沫若）老（舍）曹（禺）的编剧，因为焦菊隐的导演，因为于是之、刁光覃、朱旭、蓝天野、朱琳等前辈的表演。这些编导演都是我国话剧界泰斗级的人物。北京人艺因了这些艺术大家独树一帜，蜚声海内外。我赶上北京人艺举办"焦菊隐诞辰八十周年逝世十周年纪念演出"，有幸看了于是之、蓝天野、郑榕、李翔、英若诚、朱旭、童超、胡宗温、吕中、谭宗尧等原班人马演的《茶馆》，但仅仅是第一幕！只有两个字的感觉：震撼！我看了国内第一出小剧场话剧《绝对信号》（编剧高行健、刘会远），由此知道了林兆华。我看过黄宗洛在《小井胡同》饰演的毕五、在《左邻右舍》饰演的赵春，领略了一个老戏骨践行"只有小角色没有小演员"的风采。我看过刁光覃、朱琳主演的《蔡文姬》，看过狄辛、蓝天野、董行佶主演的《王昭君》，看过林连昆主演的《狗儿爷涅槃》。我还看过《公正舆论》《贵妇还乡》《左邻右舍》《谁是强者》《不尽长江》。由此看到了梅阡、苏民、刁光覃、方琯德、金犁、林兆华等大导演的杰作，老演员金昭、吕齐、韩善续、仲跻尧、谭宗尧、修宗迪、倪大宏等人的精彩表演，还有后起之秀梁冠华、宋丹丹、王姬、尚丽娟的不俗表现。

应该是曲高和寡吧，北京人艺的独特性，决定了下面的剧团没办法搬演他们的戏，大同话剧团也只演过他们的《红白喜事》。相对而言，中国青年艺术剧院和中央实验话剧院的戏就好把控些，我们演过青艺的《让青春更美丽》、实验话剧院的《深夜静悄悄》《灰色王国的黎明》《哥儿们折腾记》。

除此之外，我先后看过中国青年艺术剧院上演的几出名剧：夏衍的《上海屋檐下》、曹禺的《原野》、吴祖光的《风雪夜归人》；几出外国戏：莎士比亚（英）的《威尼斯商人》、迦梨陀娑（印）《沙恭达罗》、埃·罗布莱斯（法）《蒙塞拉》；还看了《本报星期四第四版》《街上流行红裙子》《迟开的花朵》《带后院的四合院》《红鼻子》，还有王晓鹰的处女作《魔方》。这些戏的导演分别是金山、陈颙、张奇虹、石羽、路曦等，主要演员分别是杜澎、王冰、邵华、冯汉元、郑乾龙、曹灿、于黛琴、王景愚、王夫堂、王憧、孙彦军、陈希光、冯福生、赵奎娥等。用如雷贯耳形容这些艺术大师恐不为过吧。

中央实验话剧院的演出，我还看过《一仆二主》《窦巴兹》《大风歌》《爱情之歌》《土地的儿子》《船在风浪中》《江淮风雨》。导演是舒强、耿震、田成仁、贺昭等人，主要演员是雷恪生、肖驰、澹台仁慧、石维坚、游本昌、李法曾、郑振瑶、张家声、俞若娟、冯宪珍、廖京生、黄小立等人。

现在中国青年艺术剧院和中央实验话剧院已经成为历史了，两个剧团合并成中国话剧院了。遗憾，还没看过。

看过中国儿童艺术剧院的《理想之光》《报童》，看过中央戏剧学院的《马克白斯》《残酷的游戏》《做纸花的姑娘》，看过海政话剧团的《郑和下西洋》《枫树湾》，空政话剧团的《九一三事件》《这里通向云端》，以及北京市文工团的《觉醒》、北京曲艺团的相声剧《您看我像谁?》和北京话剧团（有些不确定）的《青松岭》。还有《戏剧》杂志社演剧研究工作室演出的《罗慕路斯大帝》。留下深刻印象的是王铁成在《报童》里扮演的周总理，李雪健在《九一三事件》里扮演的林彪，以及徐晓钟导演的《马克白斯》和鲍国安在剧中扮演的马克白斯。

还看过中国评剧院马泰主演的《故都春晓》、中央芭蕾舞团的芭蕾舞剧《天鹅湖》、中国歌舞剧院的舞剧《红楼梦》。

在北京除了可以看到当地剧团的戏，还可以看到各地赴京演出的戏。那时外地进京的剧团也不少，有上海人民艺术剧院魏启明主演的《陈毅市长》、上海青年话剧团李祥春主演的《战船台》，西藏话剧团大旺堆主演的《前哨》，吉林市话剧团的《三代女经理》，这是话剧。还看过南京军区前线歌舞团的歌剧《芳草心》、甘肃省歌舞团和中国煤矿文工团的舞剧《丝路花雨》。

和北京一样，上海人民艺术剧院和上海青年话剧团也合并了，叫作上海话剧艺术中心。窃以为这样的合并并不好，原来的品牌没了，仿佛没有了根基，没有了历史。当然，这是题外话。

在太原，还看过山西省话剧院的《黄河魂》《刘胡兰》《明月初照人》《危险的旅行》《朱小彬》《活寡》《迷雾人生》，看过山西省晋剧院的《龙江颂》、山西省歌剧舞剧院的歌剧《酒干倘卖无》。以及来太原演出的陕西人民艺术剧院的《情报处长》、郑州市话剧团的《神秘的古城》。

河北围场县文工团的《烈马河畔》、阳泉市文工团的《妇女战歌》《不平静的海滨》、山西孝义的碗碗腔《风流父子》、大同市晋剧团的《红嫂》和雁北文工团的眉户剧《一颗红心》都是在当地看的。有些剧团和我们团水平相当，看戏就是一种磨砺：如果是我，我将怎么办。

1982年，山西戏剧家协会组织中青年作者学习班，到北京天津看了一轮戏，记住的只有天津人民艺术剧院的《对对双双》，北京京剧院四团的《三打陶三春》。在天津劝业场还看了京剧大师厉慧良先生的《艳阳楼》。

1984年在吉林艺术学院导演干部专修班学习期间，恰逢辽宁省黑龙江省吉林省第一届话剧观摩演出，先后看了辽宁人民艺术剧院的《红玫瑰》和《人生在世》，哈尔滨话剧院的《胆识之歌》，吉林市话剧团的《生活的脚步》。李默然先生饰演的周克（书记）挖耳朵的典型动作至今记忆犹新。

还有学院表演系的毕业大戏、凯丽主演的《无辜的罪人》。

暑期期间，适逢中华人民共和国文化部主办1984年现代题材戏曲、话剧、歌剧观摩演出，我们观看了辽宁人民艺术剧院的《高山下的花环》，北京军区战友话剧团的《龙城虎将》，上海人民艺术剧院的《真情假意》，中国京剧院三团的《恩仇怨》，上海沪剧院的《姐妹俩》，湖南花鼓戏剧院的《八品官》。

1988年，我到了山西省话剧院。那年为高平剧团导演（合作）的《活寡》参加山西省振兴上党梆子调演，看了几出戏，唯有晋城市剧团的《两地家书》留下了深刻的印象。

那时的看戏是一种提高。不仅是大饱眼福，而是相当于大师的亲授。这都是顶尖的表演艺术家，我从中揣摩到不少东西，受益匪浅。除此之外，就是那些大导演给我导演方面的启迪。

五

1992年，我调来深圳。专业转为电视，戏剧成为副业，但对戏依然情有独钟，看了不少。深圳最初好像没有组织活动，后来有了文博会艺术节、大剧院艺术节、深圳戏剧节，保利剧院、华夏艺术中心也都有活动，全国各地来深圳演出的剧团就多了。只要有机会，我一定会去欣赏。

话剧方面我看过的有北京人艺的《天下第一楼》《雷雨》、徐帆主演的《阮玲玉》、濮存昕主演的《哈姆雷特》，总政话剧团的《冰山情》，中国戏曲学院导演系的《迷雾》《庄先生》（深圳的剧本），南京大学硕士剧团的《蒋公的面子》，二丁一笑戏剧男团的《寻欢作乐》，上海话剧艺术中心的《七月与安生》，四川传媒学院的《一代斯文》，广东省有关部门组织演出的《黑瞳》、广州军区战士话剧团的《天籁》，还有《有多少爱可以胡来》。

后来出现了主打个人名义上演的剧目，所谓明星效应。我先后看过陈佩斯的《阳台》、蒋雯丽的《海鸥》和《让我牵着你的手》、江珊的《守岁》、茅威涛的《江南好人》，孟京辉的

《空中花园谋杀案》《罗密欧与朱丽叶》，赖声川的《暗恋桃花源》、蓝天野的《冬之旅》，林兆华的《银锭桥》。

戏曲方面我看过上海昆剧团的《长生殿》《邯郸记》，重庆川剧院的《金子》，安庆黄梅戏艺术剧院的《大清名相》。舞剧看过四川凉山彝族自治州歌舞团的《彝红》，音乐剧看过中国歌剧舞剧院的《焦裕禄》，七幕人生的《音乐之声》，歌剧看过汕头市爱乐合唱团的《紫藤花》。

深圳本土也有不少戏。唯一的专业剧团是深圳市粤剧团，看过该团的《大鹏的梦》《粤·秀剧场》《南海疍家人》。话剧看过深圳剧协的《泥巴人》《深圳日记》《有一种花的语言》。后来，市剧协搞了诗剧场和第一朗读者，我参与过也看过。比如，从容的诗剧《隐秘·莲花》。深圳大学师范学院艺术系也是一支生力军，我看过他们演的《忠实的妻子》《无人生还》《牺牲》《给"人肉"穿上衣服》。深圳宝安区文化馆的《蓝天中的蒲公英》，宝安实验曲艺团的《三生三世》，深圳晚报的《波罗揭谛》，深圳信息职业技术学校的《日出》，龙华新区观澜文体中心的《打工妹妹》，甸甸巴士话剧团的《百变奇葩》等，我都看了。值得一提的是坚持十年之久的深圳小品话剧团，他们的"军哥剧说"系列《剧说温暖》《剧说成功》《剧说幸福》《剧说快乐》《剧说团队》《剧说爱情》和《剧说廉洁》，还有话剧《净化论》和《我要恋爱》，我都看过。舞剧方面，我看过深圳市舞蹈家协会的舞剧《一样的月光》《四月的海》，深圳龙岗文化馆的舞剧《客家围屋》。还看过深圳辛宽魔幻艺术团的魔术舞台剧《梦城父子》。

作为从山西出来的艺术家，我很自豪。山西院团来深圳演出的戏应该是全国最多的。如山西省话剧院的《立秋》《立春》《生命如歌》《甲午祭》，单是《立秋》就来了四次！还有山西省京剧院的《走西口》《紫袍记》，山西艺术职业学院的舞剧《一把酸枣》《粉墨春秋》，山西戏剧职业学院的舞剧《解放》，山西吕梁市民间艺术团的歌舞剧《山里娃》。

偶尔也到周边去看戏，去广州看过广东话剧院的《绿色的阳台》、广州文化局的《西关女人》、总政话剧团的《毛泽东在西柏坡的畅想》、广东省禁毒委的《等你归来》，去东莞塘厦看过广东亚视演艺学院的《英雄与罪犯》《和谁去过情人节》，去惠州看过惠城区的《邓演达》。利用采风和旅游的机会，在圣彼得堡看了芭蕾舞剧《天鹅湖》，在北京国家大剧院看了黑龙江省评剧院的《半江清澈半江红》，在国家话剧院看了浙江省话剧院的《谁主沉浮》，在天桥剧场看了四川省歌舞剧院有限责任公司的舞剧《红军花》，在济南看了佛山艺术剧院的《铁血道钉》，在太原看了山西省话剧院的《那山那水那女人》。

六

看着这些戏，伴我走进了 2009 年，这年我退休了。我没分出来退休前后的区别，我只觉得我是在这些戏的簇拥中一直走过来的，看戏并没有结束。这时候看戏，是一种欣赏了。

2017 年 9 月，我为新疆生产建设兵团第六师导演的话剧《沙枣树》参加山西首届艺术节期间，在太原看了山西省晋剧院的《寇准调京》《辕门斩子·交印》、广东歌舞剧院的舞剧《沙湾往事》、大同歌舞剧院的话剧《热泉》。

2017年11月23日—12月12日，中国田汉研究会在深圳罗湖举办"青年戏剧月"，16场我全看了。看的话剧有湖北宜昌歌舞剧团的《悬崖上》、美国西雅图瓦雄青年剧团的《索菲》、加拿大红色天空艺术团的《野马》、越南国家话剧院的《渴望》、马来西亚华人民间社团心想太阳剧坊话剧《爱之路》、深圳小品话剧团的《水墨中国》、张家港文化馆的《港城梦工厂》、大庆话剧团的《对不起，我爱你》和《地质师》、甘肃省话剧团的《红水衣》、北京楷模剧社的《明天》、香港演艺学院的《三姊妹与哥哥和一只蟋蟀》、意大利马莫娜戏剧舞团的《灰色的生活》和《关联》。看的戏曲有中国戏曲学院的京剧《陌上看花人》、包头漫瀚艺术剧院的漫瀚剧《布衣郡守》、湖北荆州汉剧院的《优孟与楚庄王》。

那些年参加深圳鹏城金秋、广东省群众戏剧花会、中国曹禺戏剧奖·小品小戏奖的比赛，每次都看不少场的小品小戏演出。虽然也是戏，但和大戏还是不能同日而语的，就不再赘言了。还有些看过的戏想不起来了，能够记得住查得到的，就是以上那些个了。大约有话剧180台，戏曲37台，歌剧、舞剧、音乐剧等26台。看了那么多戏剧界的泰斗、名家的戏，真是三生有幸啊！

看戏看什么？从人生的角度，看理想精神，看品德情操，看人间冷暖，看世道家风。从专业的角度，看编剧，看导演，看表演，看设计，看灯光，看音乐，还看服化道。小时候看戏看热闹，工作后看戏看门道。退休之后，看戏就是一种享受了。

从事了一辈子艺术事业，看了一辈子的戏，值了。

（2018年2月20日）

跋

我的本职工作是导演，排话剧、排戏曲、拍电视剧、拍纪录片、拍 MV、拍电视散文；当然也写，写导演阐述、写策划方案、写电视剧、写小品。而写散文（自认为只是记述文），于我则是爱好。2008 年开了博客，写作成了生活的一部分，但依然是自娱自乐。

这里汇集的主要是近二十年写的 39 篇文章，包含着亲情友情、民俗风情、过往印迹和拍摄花絮等内容。我记载了对父母亲的怀念，对兄弟姐妹的深情，对同事朋友的记挂，对家乡故地的眷恋，对自然山川的热爱，对曾经经历的回味和在专业工作中获得的乐趣。想写什么就写什么，内容庞杂，不够专业。有些甚至是流水账，但绝对真实。

以写作时间排序，窃以为穿插着看不会产生视觉疲劳。

文中有涉及历史地理的资料，大都系百度而来，剪剪贴贴，没有刻意注明出处，在此一并向原作者致谢。

文中人物，真名真姓，未及一一告知，若有冒犯之处，也望谅解一二。

从未想到要出版这些文章，感谢罗湖文联、感谢罗湖作协，让我的拙作大白于光天化日之下。

特别要感谢深圳市作家协会副主席、罗湖文联副主席、作家吴亚丁先生百忙之中为拙作作序。这已经是第二次了，第一次是为中国戏剧出版社出版的《剧的演绎》作序。……不再赘言。

这本书，能够看到一个不一样的我。

（2018 年 6 月 20 日）